페스트

La Peste

페스트

차 례 La Peste

일종의 감금 상태를 또 다른 감금 상태에 빗대어 표현한다는 것은

그것이 무엇이든 실제로 존재하는 그 무엇을

존재하지 않는 그 무엇에 빗대어 표현하는 것과 마찬가지로 합당한 일이다.

— 대니얼 디포

La Peste

1부

이 연대기의 주제가 되는 기이한 사건들은 194×년 오랑에서 일어났다. 일반적인 입장에서 그 사건들은 약간 평범하지 않은 면을 가진 사건치고는 그 발생 장소가 어울려 보이지 않았다. 사실 언뜻 보기에 오랑은 평범한 도시로서, 알제리 해안에 있는 프랑스의 도청 소재지에 지나지 않는다.

솔직히 말하면, 이 도시의 외관 자체는 볼품없는 편이다. 게다가 조용한 풍광으로 인해 이 도시는 여러 기후가 혼재해 있는 독특한 도시임에도 불구하고 다른 상업 도시들과 별달리 분간이 되지 않는다. 어떻게 설명하면 상상할 수 있을까? 예를 들면 이곳은 비둘기도 없고, 나무도 없고, 공원도 없는 도시, 그래서 새들이 날개를 펄럭이는 소리도 나뭇잎이 바스락거리는 소리도 들을 수 없는, 한마디로 말해서 생기가 없는 곳이다. 이곳에서는 계절이 달라졌다는 사실도 하늘을 보고 알 수 있을 뿐이다. 봄이 왔다는 사실도 단지 공기의 성질이나 어린 장사꾼들이 교외에서 가져오는 꽃바구니를 보고서야 알 수 있다. 말하자면 이곳의 봄은, 사람들이 시장에서 파는 물건과 같다. 여름에는 햇볕이 너무 나 강렬해서 집들의 내부가 바싹 마를 정도고, 마을의 모든 벽들은 회색빛 재로 뒤덮인다. 그래서 덧문을 닫은 채 벽의 그늘 속에서 사는 수밖에 없다. 반대로 가을에는 진흙 천지가 된다. 화창한 날들은 겨울이 되어야 비로소 찾아온다.

어떤 한 도시를 아는 편리한 방법은 사람들이 그곳에서 어떻게 일하고, 사랑하며, 죽는지를 알아보는 것이다. 기후 탓인지는 모르겠지만, 이 작은 도시에서는 모든 것들이 열렬하면서도 무심한 분위기 속에서 동시에 이루어진다. 그래서 사람들은 권태에 젖어 있고 여러 가지 습관을 붙여보려고 애쓴다. 시민들은 일을 많이 하지만, 그것도 모두들 한결같이 부유해지고 싶은 욕심을 충족시키기 위해서다. 그들은 무엇보다도 상업에 관심을 갖고 있는데, 그들의 표현대로 말하자면 특히 장사에 몰두한다. 물론 그들은 천성적으로 단순한 즐거움에 대한 애착도 갖고 있기에, 여자와 영화와 해수욕도 좋아한다. 그러나 그들은 매우 이성적으로, 그런 즐거움은 토요일 저녁과 일요일에 만끽하기 위해 남겨두고 주중의 다른 날들은 많은 돈을 벌기 위해 애쓰며 보낸다. 저녁이 되면 그들은 사무실을 떠나 고정된 시간에 카페에 모여들고, 늘 같은 길을 산책하거나 자기 집 발코니에 나와 앉는다. 아주 젊은 사람들의 욕망은 강렬하고 일시적인데 반해, 노인들의 취미 생활은 기껏해야 공굴리기 모임과 친목회의 잔치에 가는 일이나, 카드놀이의 운수에 큰 판

돈을 거는 등의 범위를 벗어나지 않는다.

아마도 사람들은, 이런 삶의 모습이 이 도시에만 나타나는 특별한 것이 아니라 요컨대 우리의 모든 동시대인들이 그런 식으로 살고 있다고 말할지도 모르겠다. 또 아마도 오늘날에는 아침부터 저녁까지 일을 하고, 그 후에 개인 생활을 누리기 위해 남겨진 자유 시간에는 카페에서 카드놀이를 하거나 수다를 떨며 시간을 소비하는 사람들을 보는 것보다 더 자연스러운 일도 없을 것이다. 그렇지만 어떤 도시와 지방에서는 사람들이 이따금 일상적이지 않은 것의 낌새를 알아채기도 한다. 그러나 보통은 이것 때문에 그들의 삶이 변화하지는 않는다. 단지 낌새를 알아챘을 뿐이고, 그것으로 그만큼 이득인 데 그친다. 그와 반대로 오랑은 겉으로 보기에는 낌새가 없는 도시, 다시 말해 전적으로 신식인 도시다. 그러므로 우리 도시의 사람들이 어떤 방식으로 사랑을 하는지에 대해서는 분명히 밝힐 필요도 없다. 남자들과 여자들은 소위 성행위라고 부르는 유희를 통해 빠르게 서로를 탐닉하거나, 두 사람이 가진 오랜 습관 속에 얽매인다. 흔히 이 두 가지 극단 사이에서 중간 상태는 나타나지 않는다. 더욱이 중간 상태 역시, 특별하지는 않다. 다른 곳과 마찬가지로 오랑의 사람들도 늘 시간이 부족하고 깊이 생각할 여유가 없어서, 사랑이 무엇인지 제대로 알지도 못한 채 사랑한다.

이 도시에서 일어나는 일 중에 조금 더 독특한 것이 있다면, 그것은 사람들이 죽을 때 곤란함을 느낄 수 있다는 점이다. 하지만 곤란함이라는 말은 썩 적절한 표현이 아니며, 불편함이라고 말하는 편이 더 적절하다. 병에 걸린다는 것은 결코 유쾌한 일은 아니지만, 어떤 도시와 고장에서는 병에 걸린 사람을 잘 보살펴주기 때문에 어떤 의미에서 본다면 환자로서 편안한 상태로 쉴 수 있다. 환자에게는 부드러움이 필요하다. 그는 무엇인가에 의지하는 것을 좋아하며, 이는 자연스러운 일이다. 하지만 오랑에서는 극단적인 기후와 사람들이 다루는 사업의 중대함, 보잘것없는 생활 환경, 재빨리 지나가는 황혼, 그리고 쾌락의 성질 등 모든 것이 건강한 몸을 필요로 한다. 이곳에서 병이 든 사람은 매우 외롭다. 같은 도시에 사는 모든 사람들이 전화기로, 혹은 카페에 앉아서 선화 증권과 어음 할인에 대한 거래로 떠들고 있는 바로 그 시간에, 태양의 열기로 바싹 타들어가는 수백 개의 벽들 뒤에서 마치 올가미에 걸린 쥐처럼 죽어가는 사람을 한번 상상해보라. 비록 현대적인 곳일지라도 이토록 메마른 곳에 죽음이 그렇게 들이닥칠 때, 그것 때문에 겪는 불편함이 어떠할지는 충분히 이해할 수 있을 것이다.

이상의 몇 가지 정보만으로도 이 도시에 대해 충분히 어림짐작할 수 있으리라. 그럼에도 불구하고 어떤 부분도 과장해서 생각해서는 안 된다. 특히 강조해야 할 부분은 도시와 일상생활의 평범한 모습이다. 사람들은 보통 일단 습관을 붙이면 그 습관에 맞춰 쉽게 하루하루를 보내는 법이다.

이 도시가 바로 그런 습관들을 조장한 이상, 모든 것이 최선의 상태를 위한 것이라고 말할 수 있다. 이런 관점에서 인생을 바라본다면, 분명 인생이 아주 흥미진진하게 비춰지지는 않는다. 하지만 적어도 이 고장에서는 사람들이 무질서라는 것을 모르고 지낸다. 그래서 솔직하고 친근하며 활동적인 시민들은 여행자의 머릿속에 그들이 분별 있는 사람들이라는 평판을 늘 심어주었다. 특별히 경치가 좋은 곳도 없고, 식물들도 자라지 않고, 활기도 없는 이 도시는 마침내 휴식을 취하는 곳이라는 인상을 주기에 이르러, 사람들은 그곳에서 결국 잠이 들게 된다. 하지만 이 도시는 완벽한 윤곽선으로 구별되는 만(灣) 앞에 있고, 환한 언덕에 둘러싸인 채 헐벗은 고원 한가운데서 멋진 경치와 접하고 있다는 사실도 덧붙이는 편이 좋겠다. 다만 도시가 이 만을 등진 곳에 세워져서, 바다를 바라보는 것이 불가능하고 바다를 보려면 늘 멀리까지 찾아나서야 한다는 점만은 유감스럽다.

여기까지 이야기했으니, 이제 누구나 다음의 상황을 쉽게 납득할 수 있으리라. 나중에야 깨닫게 되었지만, 시민들로서는 그해 봄에 발생한 말썽들, 실은 이 연대기로 다루고자 하는 일련의 중요한 사건들의 첫 번째 신호였던 말썽들을 전혀 예상하지 못했다. 이러한 사실들이 어떤 사람들에게는 매우 자연스럽게 보일 터이고, 반대로 어떤 사람들에게는 터무니없는 것처럼 보일 터다. 그러나 결국 연대기 작가는 이러한 반론들을 다 고려해줄 수는 없다. 그의 임무는 단지 어떤 일이 실제로 일어났고 그것이 한 공동체 전체의 삶과 관계되는 일이었으며, 그래서 그가 말하는 것이 진실임을 마음속으로 믿어줄 수천 명의 증인들이 있다는 것도 알게 되었을 때 '이 사건이 일어났다'고 말할 뿐이다.

뿐만 아니라 이 연대기의 서술자가 누구인지는 나중에 드러나겠지만, 그가 어떤 우연 때문에 상당한 수의 증언들을 수집할 수 있는 처지가 아니었더라면, 또 사태의 압력으로 인해 그가 상세히 기술하려고 하는 모든 일에 휩쓸려 들어가지 않았더라면, 이런 종류의 일에 착수해보겠다고 할 만한 명분을 거의 찾을 수 없었을 것이다. 이렇게 해서 그는 역사가의 과업을 수행하게 되었다. 물론 역사가는, 그가 아마추어라 할지라도 언제나 자료들을 갖고 있는 법이다. 그러니 이 이야기의 서술자도 그의 자료를 갖고 있었다. 무엇보다도 그의 증언들이 있었고, 그에 이어서 다른 사람들의 증언이 있었다. 왜냐하면 그는 자신의 임무로 인해, 이 연대기에 나오는 모든 인물들의 비밀스러운 이야기들을 모을 수 있었기 때문이다. 그렇게 해서 마지막으로, 이 연대기의 원고들이 그의 수중에 들어오게 되었다. 그는 그렇게 하는 것이 적절하다고 판단될 때는 원고들 속의 내용들을 끌어내서 마음 내키는 대로 그것들을 이용할 작정이다. 또한 그는 이렇게 할 작정인데……. 그렇지만 이제는 아마도 설명을 늘어놓거나 이렇게 조심스럽게 말하는 것은 그만두고, 이야기의 본론으로 들어가야 할 때인 것 같다. 처음 며칠 동안 일어난 일들을 보고하려면 약간 세밀하게 묘사해야 한다.

::

4월 16일 아침, 의사 베르나르 리외는 자신의 진찰실에서 나서다가 층계참 한가운데서 죽은 쥐 한 마리에 발부리를 부딪쳤다. 당시 그는 크게 신경 쓰지 않고 그 쥐를 한쪽으로 치우고서 계단을 내려왔다. 하지만 거리에 나오자 그곳이 쥐가 나올 곳이 아니었다는 생각이 떠올라서, 걸음을 돌려 수위에게 가서 그 사실을 알렸다. 수위인 늙은 미셸 영감의 반응에 리외는 자신이 기이한 경험을 했다는 느낌을 더욱 강하게 받았다. 죽은 쥐의 출현이 그에게는 단지 이상한 일이었지만, 수위에게는 사람들의 비난을 받을 만한 창피한 일로 여겨졌기 때문이다. 하지만 수위의 입장은 단호했다. 수위는 그 건물 안에는 원래 쥐가 없었다고 했다. 리외는 이층 층계참에 쥐가 있었고 아마도 죽은 것 같았다고 힘주어 말했지만, 미셸 영감의 확신은 흔들리지 않았다. 그 건물에는 쥐가 없었으므로 누가 그 쥐를 밖에서 가져왔을 것이며, 요컨대 그것은 누군가의 짓궂은 장난이라는 것이었다.

같은 날 저녁에 베르나르 리외는 건물의 복도에 서서 자기 방으로 올라가려고 열쇠를 찾다가 복도의 캄캄한 구석에서 털이 젖은 큰 쥐 한 마리가 비틀거리며 불쑥 나타난 것을 발견했다. 그 쥐는 멈춰서 균형을 잡는 듯하더니, 리외에게로 달려오다가 다시 멈춘 후 작은 소리를 내며 제자리를 빙글빙글 맴돌았고, 마침내 벌어진 주둥이로 피를 토하며 쓰러졌다. 리외는 그 광경을 응시하다가 자기 방으로 올라갔다.

그가 골몰히 생각하고 있었던 것은 쥐 자체가 아니었다. 쥐가 피를 토하고 죽었다는 사실이, 그를 계속해서 신경 쓰이게 만들었다. 일 년째 병석에 누워 있는 그의 아내는 이튿날 어느 산중에 있는 요양소로 떠나기로 되어 있었다. 아내는 그가 시킨 대로 침실에 누워 있었다. 그녀는 거처를 옮기면서 느끼게 될 피로를 그런 식으로 대비했다. 그녀가 미소를 지었다.

"기분이 참 좋아요." 그녀가 말했다.

리외는 침대 머리맡에 놓인 전등 불빛을 받으며 자기 쪽으로 향하고 있는 아내의 얼굴을 바라보았다. 서른 살이 되었고 병색까지 뚜렷했지만, 리외에게는 그 얼굴이 여전히 매우 젊었던 시절의 얼굴로 보였다. 그것은 아마도 다른 모든 것들을 지워버리는 그 미소 때문일지도 모른다.

"잘 수 있을 때 자도록 해요." 그가 말했다. "간호사가 11시에 오면 12시 기차를 탈 수 있도록 당신을 데려다주겠소."

그는 땀으로 젖은 그녀의 이마에 입을 맞췄다. 아내의 미소가 그를 방문이 있는 곳까지 배웅해주었다.

이튿날인 4월 17일에 수위는 지나가던 리외를 붙들고, 어떤 못된 말썽쟁이들이 죽은 쥐 세 마리를 복도 한복판에 가져다놓았다며 아이들에 대한 비난을 늘어놓았다. 쥐들이 피투성이인 것으로 보아 분명 큰 쥐덫으로 잡은 것 같다고 했다. 수위는 쥐들의 발을 붙잡은 채 잠시 동안 문 앞에 서서, 범인들이 빈정거리면서 나타나지 않을까 하고 기다렸다. 하지만 아무도 나타나지 않았다.

"아! 나쁜 놈들, 내가 그놈들을 꼭 붙잡아야지." 수위가 말했다.

불안해진 리외는 그의 환자들 중에서 가장 가난한 환자들이 사는 시의 변두리 구역부터 회진을 시작했다. 그곳에서는 쓰레기 수거를 다른 곳보다 훨씬 더 늦게 하기 때문에, 일직선으로 뻗어 있고 먼지투성이인 그 동네의 길을 따라 달리는 자동차는 인도에 내놓은 쓰레기통들을 스치듯이 지나가게 된다. 이런 식으로 지나갔던 거리에서, 리외는 채소 찌꺼기와 더러운 걸레 조각들 위에 내던져진 쥐를 열두어 마리나 발견했다.

그가 처음으로 찾아간 환자는 거리로 향해 있는 침실 겸 식당 방의 침대에 누워 있었다. 그는 얼굴 표정이 딱딱하고 볼이 움푹 팬 늙은 스페인 남자였다. 그는 자기 앞의 이불 위로, 완두콩이 가득 담긴 냄비 두 개를 놓아두고 있었다. 리외가 들어갔을 때 그는 몸을 반쯤 일으켰다가, 오래된 천식 환자 특유의 거친 숨결을 다시 진정시켜보려고 몸을 뒤로 젖혔다. 그의 아내가 대야를 가지고 왔다.

"그런데 선생님, 그놈들이 나오는 것을 보셨어요?" 주사를 놓는 동안 그가 말했다.

"그러게요. 이웃집에서는 세 마리나 쓸어냈대요." 그의 아내가 말했다.

노인은 두 손을 비비면서 말했다.

"온갖 쓰레기통에서 다 나오고 있어요. 배가 고파서 그럴 거예요!"

그 후 리외는 온 동네 사람들이 쥐에 대해 이야기하고 있다는 사실을 쉽게 확인할 수 있었다. 회진을 마치고 그는 집으로 돌아왔다.

"선생님께 전보가 와서 위층에 갖다놓았어요." 수위 미셸이 말했다.

리외는 그에게 새로운 쥐를 봤는지 물었다.

"아! 천만에요." 미셸이 말했다. "제가 망을 보고 있는걸요. 무슨 말씀인지 아시죠? 그놈들이 감히 가져오질 못하는 거예요."

전보에는 이튿날 리외의 어머니가 오신다는 내용이 담겨 있었다. 리외의 어머니는 며느리가 병으로 집을 비우는 동안에 아들네 집안일을 돌보러 오는 것이었다. 리외가 집 안에 들어갔을 때, 간호사는 이미 집에 와 있었다. 리외는 그의 아내가 자리에서 일어나 옷을 갈아입고 화장까지 하고 있는 것을 보았다. 그는 아내에게 미소를 지었다.

"좋아요, 아주 좋아요." 그가 말했다.

잠시 후 역에 도착하자, 그는 아내를 침대차의 좌석에 데려다 앉혀주었다. 아내가 기차 칸을 둘러보았다.

"우리 형편으로는 너무 비싼 좌석이잖아요?"

"쓸 때는 써야지." 리외가 말했다.

"그 쥐 이야기는 대체 뭐예요?"

"나도 모르겠어. 이상한 일이지만 곧 지나가겠지 뭐."

그리고 그는 아내에게 빠른 어조로 용서를 구했다. 아내를 좀 더 잘 돌봐줬어야 했는데, 자신이 너무 소홀히 했다고 말했다. 아내는 그만하라는 듯이 고개를 저었다. 그러나 리외는 이렇게 덧붙였다.

"당신이 돌아올 때는 모든 일이 더 잘될 거요. 그때 새 출발합시다."

"그래요." 눈을 반짝이며 그녀가 말했다. "새 출발을 하자고요."

잠시 후에 그녀는 남편에게 등을 돌리고 유리창 밖을 내다보았다. 플랫폼에는 사람들이 바글거리고 서로 부딪치면서 지나가고 있었다. 그들은 기관차가 증기를 내뿜는 소리를 들었다. 리외가 아내의 이름을 불렀다. 아내가 돌아봤을 때, 그는 아내의 얼굴이 눈물에 젖어 있는 것을 보았다.

"이러지 마요." 그가 부드럽게 말했다.

눈물로 젖은 얼굴에서 약간 어색한 미소가 되살아났다. 아내는 한숨을 깊이 쉬었다.

"이제 가보세요. 모든 일이 잘될 거예요."

그는 아내를 껴안아준 후에 플랫폼으로 내려왔다. 이제 유리창 너머로 웃고 있는 아내의 얼굴만 볼 수 있었다.

"부디 몸조리 잘해요." 그가 말했다.

그러나 아내는 그 말을 들을 수 없었다.

리외는 출구 근처의 플랫폼에서, 어린 아들의 손을 잡고 있는 예심 판사 오통과 마주쳤다. 리외는 그에게 여행을 가느냐고 물어봤다. 키가 크고 머리카락이 검은 오통은 어떻게 보면 옛날 사교계 인사와 비슷한 인상이었고, 또 어떻게 보면 장의사의 일꾼 같은 우울한 인상이었다. 그는 친근한 목소리로 짧게 대답했다.

"시댁에 안부 인사를 드리러 갔던 아내를 기다립니다."

그때 기관차가 기적을 울렸다.

"저, 쥐들이……." 판사가 말했다.

리외는 기차 쪽으로 걸어갔다가 다시 출구 쪽으로 돌아섰다.

"네, 아무 일도 아닐 거예요." 그가 말했다.

그 당시에 리외가 기억 속에 포착한 상황은 단지, 역무원이 죽은 쥐들로 가득 찬 상자 하나를 겨드랑이에 끼고서 지나갔다는 사실 뿐이었다.

바로 그날 오후에, 리외가 진찰을 시작할 무렵 어느 젊은 남자가 그를 찾아왔다. 신문 기자인 그는 이미 아침에도 한 번 다녀갔다고 했다. 그의 이름은 레몽 랑베르였다. 키가 작고 어깨가 두툼했으며 단호해 보이는 얼굴에 눈이 맑고 총명해 보이는 랑베르는 활동적인 옷차림을 하고 있었는데, 여유 있는 생활을 누리는 사람처럼 보였다. 그는 곧장 본론으로 들어갔다. 자신은 파리에 있는 어떤 큰 신문에 기사를 싣기 위해 아랍인들의 생활 환경을 취재하고 있는데, 그들의 보건 상태에 대한 자료가 필요하다고 했다. 리외는 보건 상태가 좋지 못하다고 말해줬다. 그리고 그는, 더 자세한 얘기를 하기 전에 그 신문 기자가 과연 진실대로 기사를 쓸 수 있는지 알고 싶다고 했다.

"물론이죠." 랑베르가 대답했다.

"제 말씀은, 과연 당신네들이 철저하게 고발할 수 있느냐는 말입니다."

"철저하게는 못합니다. 우선 그것을 말씀 드려야겠군요. 하지만 그런 고발이 근거 없는 것일 수도 있겠죠."

리외는 부드러운 어조로 그런 고발이 사실무근일 수도 있겠지만, 그런 질문을 제기함으로써 랑베르의 증언이 기탄없는 것인지 아닌지를 알고자 했을 뿐이라고 말했다.

"저는 기탄없는 증언만을 용납합니다. 그러니 당신에게 제가 가진 자료를 제공할 수는 없겠군요."

"그야말로 정치가 생 쥐스트 식의 발언이군요." 신문 기자는 웃으며 말했다.

리외는 언성을 높이지 않은 채 자신의 말이 그런 발언인지는 전혀 모르겠지만, 그 말은 자신이 살고 있는 세상에 대해 지쳤으면서도 여전히 동포에 대한 관심을 갖고 있으며 자기 딴에는 불의와 타협을 거부하기로 결심한 인간의 발언이라고 말했다. 랑베르는 목을 움츠리며 리외를 바라봤다.

"무슨 말씀인지 알 것 같군요." 그가 마침내 자리에서 일어나며 말했다.

리외는 그를 문까지 바래다주면서 말했다.

"그렇게 생각해주시니 감사합니다."

이제 랑베르는 약이 오른 것처럼 보였다.

"네, 알겠습니다. 폐를 끼쳐서 죄송합니다." 그가 말했다.

리외는 그와 악수를 하고 나서, 지금 이 도시에서 수없이 많이 죽은 쥐들이 발견되고 있는데 이것에 대해서 취재한다면 희귀한 현지 보도를 만들어낼 수 있을 것이라고 말했다.

"아! 그거 흥미로운데요."

랑베르가 외쳤다.

리외는 오후 5시에 다시 왕진을 가려고 밖으로 나서다가 계단에서 한 남자와 마주쳤다. 그는 건장한 체격이었으며, 볼이 움푹 들어간 투박한 얼굴과 짙은 눈썹을 가졌고, 아직은 젊은 축인 남자였다. 리외는 건물 꼭대기 층에 살고 있는 스페인 무용가들의 집에서 그와 가끔 마주친 적이 있었다. 그 사람 장 타루는 담배를 열심히 빨아대면서, 계단 위의 자기 발밑에서 죽어가고 있는 쥐 한 마리의 마지막 경련을 지켜보고 있었다. 그는 회색 눈을 들어 차분하지만 약간 집요한 시선으로 리외를 바라보더니 인사를 건네면서, 쥐들이 이런 식으로 출현하는 것은 기이한 일이라고 말했다.

"그렇죠. 결국 성가신 일이 될 거예요." 리외가 말했다.

"어떤 의미에서는요, 선생님. 단지 어떤 의미에서 본다면 말이에요. 우리는 이런 일을 한 번도 본 적이 없잖아요. 이 말만 하고 싶을 뿐이에요. 하지만 저는 흥미로운 일이라고 봅니다. 그럼요, 확실히 흥미로운 일이죠."

타루는 손으로 머리칼을 쓰다듬어 뒤로 넘기면서, 이제는 움직이지도 않는 쥐를 다시 바라보다가 리외에게 미소를 지었다.

"하지만 선생님. 결국 이런 일은 특히 수위가 신경 쓸 일이죠."

바로 그때 리외는, 건물 앞 현관 근처 벽에 등을 기대고 있는 미셸을 발견했다. 그는 평소 늘 상기되어 있는 얼굴이었는데 오늘은 피로한 기색이 역력했다.

"네, 알아요. 이제는 두세 마리씩 나타나네요. 하지만 다른 집들도 마찬가지인걸요." 쥐가 또 나타났다는 것을 알려주는 리외에게 미셸 영감은 말했다.

그는 기가 죽어 있었고 근심이 가득해 보였다. 그리고 기계적인 몸짓으로 목덜미를 쓰다듬었다. 리외는 그에게 몸은 괜찮냐고 물었다. 미셸은 물론 건강이 안 좋았지만 그렇게 말할 수는 없어, 다만 마음이 편하지 못하다고 했다. 자기 생각으로는 정신적으로 힘든 것 같다고 했다. 그 쥐라는 놈들이 그에게 타격을 줬으니, 그놈들만 사라지면 모든 것이 훨씬 더 나아질 터였다.

그러나 이튿날인 4월 18일 아침, 역에 나가 그의 어머니를 모셔온 미셸은 수위의 얼굴이 한층 더 수척해진 것을 보았다. 지하실부터 다락방에 이르기까지, 십여 마리의 쥐들이 계단에 흩어져 있었기 때문이다. 이웃집의 쓰레기통들은 온통 쥐들로 가득 차 있었다. 그런데 리외의 어머니는 그런 말을 듣고도 놀라지 않았다.

"그럴 수도 있지."

그녀는 까맣고 부드러운 색조의 눈을 가진, 은발의 키 작은 부인이었다.

"너를 만나니 행복하구나, 베르나르. 쥐가 몇 마리 나온 건 그보다 중요한 게 아니지."

아들도 같은 생각이었다. 사실 어머니와 함께라면 모든 일이 수월할 것 같았다.

그래도 리외는 시청의 쥐 박멸 담당부에 전화를 걸었다. 그는 그곳의 과장을 알고 있었다. 리외는 그에게, 수많은 쥐들이 떼를 지어 밖에 나와 죽는다는 소문을 들었는지 물었다. 메시에 과장은 그 소문을 들었을 뿐만 아니라, 부두에서 멀지 않은 곳에 있는 자기네 사무실에서만도 오십 마리가량의 쥐가 나타났다고 했다. 그러면서도 과장은 그 일이 과연 심각한 문제인지 아닌지 의문이라고 했다. 리외도 그것에 대한 판단을 내릴 수 없었으나, 아무래도 쥐 박멸 담당부에서 나서야 할 문제 같다고 이야기했다.

"그럼." 하고 메시에가 말했다. "지시가 있어야겠지. 만약 자네 생각에 정말 그럴 필요가 있다고 한다면, 지시가 내려지도록 애써보겠네."

"당연히 그래야겠지." 리외가 말했다.

그의 집에서 일하는 가정부가 좀 전에 와서 그에게 전하기를, 자기 남편이 일하는 큰 공장에서는 죽은 쥐를 수백 마리나 쓸어냈다고 했다.

어쨌든 이 도시의 시민들이 불안을 느끼기 시작한 것은 대충 그 무렵부터였다. 실제로 18일부터 공장들과 창고들에서 수백 마리나 되는 쥐의 사체들이 쏟아져 나왔기 때문이다. 어떤 경우에는, 너무 오래 고통스러워하는 쥐들의 생명을 끊어줘야만 했다. 그러나 시의 변두리 지역부터 시내 중심지에 이르기까지 리외가 지나가는 곳마다, 또 시민들이 모여 있는 곳마다, 쥐들이 쓰레기통에 무더기로 쌓인 채 혹은 도랑 속에서 길게 열을 지은 채 대기하고 있었다. 그날부터 석간신문은 이 사건을 독점해서 다뤘다. 석간신문은 과연 시 당국은 행동을 개시할 것인지 아닌지, 그리고 이 혐오스러운 쥐 떼의 침해로부터 시민들의 안전을 보장하기 위해 어떤 긴급 대책을 세우고 있는지를 질문했다. 시 당국은 어떤 계획도 없었고 어떤 것도 예상하지 못했지만, 우선 그 문제를 토의하기 위해 회의를 열기로 했다. 쥐 박멸 담당부로부터, 죽은 쥐들을 매일 아침 새벽에 수거하라는 지시가 내려왔다. 수거가 끝나면 담당부의 차 두 대가 와서 그 쥐들을 소각장으로 운반해서 태워버리기로 했다.

그러나 그 후 며칠이 지나자 상황은 악화되기만 했다. 죽어서 쌓이는 쥐들의 수는 점점 많아졌고, 매일 아침 수거되는 양도 점점 더 많아졌다. 나흘째 되는 날부터는 쥐들이 떼를 지어 거리에 나와 죽었다. 쥐들은 골방이나 지하실, 지하 창고, 하수구 등에서 줄지어 휘청거리면서 기어 나와서, 햇빛을 보고 비틀거리다가 제자리에서 빙빙 돌고는 사람들 곁에 와서 죽었다. 밤이면 복도와 골목길에서, 쥐들이 죽기 전에 내는 최후의 소리를 선명하게 들을 수 있었다. 아침마다 변두리 지역에서는 쥐들이 개울가에까지 즐비하게 늘어서 있었다. 어떤 쥐는 뾰족한 주둥이에 작은 꽃 같은 피를 묻히고 있었고, 또 어떤 쥐는 몸이 퉁퉁 부어서 썩어가고, 또 다른 쥐는 뻣뻣해진 몸에 수염만은 꼿꼿이 쳐들고 있었다. 쥐들은 시내에서조차 층계참이나 안마당에서 무더기로 발견되었다. 쥐들은 또 관공서의 홀에서, 학교 운동장에서, 때로는 카페의 테라스에서 다른 쥐들과 따로 떨어져 죽어 있기도 했다. 시민들은 시에서 사람들이 가장 많이 드나드는 장소에서까지 쥐들이 나타나는 것을 보고 망연자실했다. 아름 광장과 큰 거리, 프롱드 메르 산책로 같은 곳도 쥐들로 인해 군데군데 더러워졌다. 시가지에서는 죽은 쥐들을 새벽에 깨끗이 치워놓아도, 낮 동안 그것들의 수가 조금씩 점점 더 많이 늘어났다. 밤에 인도 위를 산책하던 사람이, 죽은 지 얼마 안 된 쥐의 물컹한 몸뚱이를 밟는 일도 가끔 일어났다. 이런 상황은 마치 우리의 집이 자리 잡고 있는 그 땅 자체가 그 내부에 쌓여 있던 고름을 제거하고, 지금까지 안에서 곪고 있던 고름 덩어리와 혈농을 표면으로 내뿜고 있는 것처럼 보였다. 마치 건강한 사람의 짙은 피가 갑작스럽게 소용돌이치기 시작한 것처럼, 여태껏 그렇게도 잠잠하다가 며칠 만에 발칵 뒤집힌 이 작은 도시의 아연실색한 모습을 한번 상상해보라!

사태는 더 심각해져서 랑스독 통신(안내와 자료 등 모든 문제에 대한 정보를 제공해주는 곳)은 무료로 정보를 제공하는 라디오 방송을 통해, 25일 단 하루 동안에 6,231마리의 쥐가 수거되어 모두 소각되었다는 소식을 발표했다. 도시의 사람들이 날마다 눈으로 목격하는 일상적인 광경의 분명한 의미가 무엇인지를 말해주는 그 숫자는 혼란을 더욱 가중시켰다. 그때까지만 해도 사람들은 단지 좀 불쾌한 사건이라고 불평하는 정도였다. 그런데 이제는, 아직 규모를 헤아릴 수도 없고 원인도 찾아낼 수도 없는 그 현상에 뭔가 불길한 점이 있다는 것을 알아차리기 시작했다. 오직 천식 환자인 스페인 노인만은 계속해서 양손을 비비면서 "나온다, 나와" 하고 노인 특유의 즐거운 어조로 되풀이해 말하고 있었다.

하지만 4월 28일에 랑스독 통신이 약 8,000마리의 쥐가 수거되었다는 소식을 발표하자 도시 안의 불안감은 절정에 이르렀다. 사람들은 근본적인 대책을 요구하며 당국을 비난했고, 바닷가에 집을 가진 사람들은 벌써부터 그곳으로 피신할 계획에 대해 떠들고 있었다. 그런데 이튿날 랑스독 통신은, 그 현상이 돌연 멈췄고 쥐 박멸 담당부에서 수거한 죽은 쥐의 수도 무시해도 괜찮은 양이라고 보도했다. 시민들은 안도의 한숨을 내쉬었다.

바로 그날 정오에 의사 리외가 자기 집 건물 앞에서 차를 세우는데, 길 저쪽 끝에서 수위 미셸이 머리를 숙이고 팔다리를 벌린 상태로, 꼭두각시처럼 뒤뚱거리며 힘겹게 걸어오는 모습을 봤다. 미셸은 리외도 알고 있는 어떤 신부의 팔을 붙들고 있었다. 그는 파늘루 신부였다. 그는 박식하고 활동적인 예수회 신부로 리외도 전에 가끔 만난 일이 있었으며, 종교 분야에 대해 무관심한 사람들 사이에서조차 대단한 존경을 받고 있는 사람이었다. 리외는 그들이 다가오기를 기다렸다. 미셸은 눈을 번뜩이고 있었고, 거친 숨소리를 내고 있었다. 미셸은 몸이 안 좋아서 바람을 쐬러 나왔는데, 목과 겨드랑이와 사타구니에 심한 통증이 와서 돌아와야 했으며 파늘루 신부에게 도움을 요청할 수밖에 없었다고 했다.

"종기가 난 것 같아요." 그가 말했다. "너무 무리했나봐요."

리외는 자동차의 창문 밖으로 팔을 뻗어서, 미셸이 내민 목 밑을 손가락으로 만져보았다. 일종의 나무 마디 같은 것이 만져졌다.

"가서 누우세요. 체온도 한번 재보시고요. 제가 오후에 가서 봐드릴게요."

미셸이 가고 나자, 리외는 파늘루 신부에게 쥐 사건을 어떻게 생각하느냐고 물었다.

"오!" 신부가 말했다. "전염병일 겁니다." 그는 둥근 안경 너머로 눈웃음을 짓고 있었다.

리외가 점심을 먹고 나서, 아내가 잘 도착했다는 요양소의 전보를 다시 읽고 있으려니까 전화벨이 울렸다. 전에 치료해준 적이 있는, 시청의 직원에게서 온 전화였다. 그는 오랫동안 대동맥 협착증으로 고생했던 사람이었는데, 가난해서 리외가 무료로 치료해준 적이 있었다.

"네." 그가 말했다. "저를 기억하시는군요. 그런데 이번에는 다른 사람 때문입니다. 빨리 좀 와주세요. 이웃집 사람에게 문제가 생겼어요."

숨 가쁜 목소리가 흘러나왔다. 리외는 미셸을 떠올렸지만, 미셸을 보는 것은 일단 뒤로 미루기로 결정했다. 몇 분 후에 리외는 변두리 지역의 페데르브 거리에 있는 나지막한 집의 문으로 들어섰다. 서늘하고 악취가 나는 계단의 중간쯤에서, 그는 자신을 마중하러 내려온 서기 조제프 그랑을 만났다. 그는 오십 대 남자로서, 노란 콧수염을 길고 둥근 모양으로 길렀고, 어깨가 좁고 팔다리가 마른 사람이었다.

"이제 좀 나아졌어요." 그가 리외에게 다가오며 말했다. "하지만 아까는 그 사람이 정말 죽는 줄 알았어요."

그는 계속 코를 풀었다. 마지막 층인 3층의 왼쪽 문 앞에서 리외는 붉은색 분필로 쓴 글씨를 읽었다. '들어오시오. 나는 목을 매달았소'.

그들은 안으로 들어갔다. 탁자는 한쪽 구석으로 치워져 있었고, 뒤집힌 의자 위로는 천장에서부터 밧줄이 늘어뜨려져 있었다. 하지만 밧줄에는 아무것도 매달려 있지 않았다.

"때마침 제가 와서 풀어줬죠." 가장 간단하게 표현하면서도 늘 적당한 말을 고르는 그랑이 말했다. "제가 외출을 하려던 바로 그때, 소리를 들었거든요. 문에 있는 저 글씨를 봤을 때는, 뭐라고 설명해야 할까요, 그저 장난인 줄로만 알았지요. 그런데 저 사람이 이상한, 아니 불길하기까지 한 신음 소리를 내는 거예요."

그는 머리를 긁적이며 말을 계속했다.

"제 생각에는 안에서 벌어지고 있는 일이 고통스러울 것 같았어요. 그래서 자연스럽게 안으로 들어간 거죠."

그들은 문 하나를 밀어서 열고, 밝긴 하지만 살림살이가 초라한 방의 문턱에 섰다. 키가 작고 얼굴이 둥근 한 남자가 구리로 된 침대에 누워 있었다. 그는 거칠게 숨을 쉬다가, 충혈된 눈으로 그들을 바라봤다. 그가 숨을 내쉬는 사이사이에 쥐들이 찍찍거리는 소리가 들리는 것 같았다. 그러나 방구석에서는 아무것도 움직이지 않았다. 리외가 침대 쪽으로 갔다. 그 남자는 아주 높은 곳에서 떨어진 것도, 너무 갑작스럽게 떨어진 것도 아니었기 때문에 척추에는 이상이 없었다. 물론 약간의 질식 증상은 있었다. 엑스레이를 찍을 필요가 있었다. 리외는 강심제 주사를 한 대 놓아주고, 며칠 만 지나면 모든 게 다 호전될 것이라고 말했다.

"고맙습니다. 선생님." 남자는 숨 가쁜 목소리로 말했다. 리외가 그랑에게 경찰서에 알렸는지 묻자 그가 당황한 기색으로 말했다.

"아닙니다. 오, 아니에요! 제 생각에 그것보다 더 급한 것은……."

"물론 해야죠." 리외가 그의 말을 막았다. "그럼 제가 알려야겠군요."

그러나 그 순간 환자가 몸을 움직이며 침대에서 일어나더니, 자신은 괜찮으니 그럴 필요가 없다고 주장했다.

"진정하세요." 리외가 말했다. "뭐 대단한 일도 아니니 안심하세요. 하지만 저로서는 신고를 하지 않으면 안 돼요."

"오!" 하고 남자가 소리쳤다.

그러더니 그는 뒤로 펄쩍 물러나서 훌쩍거리며 울기 시작했다. 조금 전부터 자기 콧수염을 만지고 있던 그랑이 남자의 곁으로 다가서며 말했다.

"자, 코타르 씨." 그가 말했다. "생각을 좀 해봐요. 의사에게는 책임이 있는 법이잖아요. 예를 들어, 당신이 또 그런 짓을 할 경우에……."

그러나 코타르는 울음 섞인 목소리로 다시는 그런 짓을 안 할 것이고, 다만 잠시 실성한 상태에서 그랬던 것이니 이제 자기를 조용히 내버려두면 좋겠다고 말했다. 리외는 처방전을 썼다.

"알겠습니다." 그가 말했다. "이 일은 그대로 둡시다. 이삼 일 후에 다시 오지요. 하지만 어리석은 짓은 다시 하지 마시오."

리외는 층계참에서 그랑에게, 자신은 신고를 해야 하는 입장이지만 경찰에게 그에 대한 조사를 이틀 후에나 해달라고 부탁하겠다고 말했다.

"오늘 밤에는 저 사람을 좀 지켜봐야 할 텐데요. 가족은 있나요?"

"모르겠어요. 하지만 제가 지킬 수 있습니다."

그는 머리를 설레설레 흔들고 있었다.

"사실 제가 저 사람과 잘 아는 사이라고 할 수도 없어요. 하지만 서로 돕고 살아야죠."

그 집의 복도에서 리외는 무의식적으로 구석진 곳들을 살피며 그 동네에서는 쥐들이 완전히 없어졌는지 그랑에게 물었다. 그랑은 그것에 대해 전혀 모르고 있었다. 사실 그랑은 그런 이야기를 듣기는 했지만 동네에서 들려오는 소문에는 별로 관심이 없었다.

"제게는 다른 근심거리가 있거든요." 그가 말했다.

리외는 그때 이미 그랑과 악수를 하고 있었다. 아내에게 편지를 쓰기 전에 미셸의 상태를 봐줘야 했기 때문에 마음이 급했던 것이다.

거리에서 석간신문을 파는 사람들이 쥐들의 침해는 완전

히 끝났다고 외치고 있었다. 그러는 사이 리외는 환자가 상반신을 침대 밖으로 내민 채, 한 손은 배에 다른 한 손은 목덜미에 대고 굉장히 고통스러워하며 불그스름한 담즙을 오물통에 토하고 있는 것을 봤다. 수위는 오랫동안 애를 쓰다가 거의 숨이 막힐 지경이 되어 다시 자리에 누웠다. 체온이 39.5도였고, 목의 멍울과 팔다리가 부어올랐으며, 옆구리에는 거무스름한 반점 두 개가 점점 커지고 있었다. 이제 그는 배속이 아프다면서 신음하고 있었다.

"쑤셔요." 그가 말했다. "이 고약한 놈의 통증이 계속 쑤셔대네요."

거무스름하게 변한 그의 입에서는 말도 제대로 나오지 않았다. 그는 두통으로 인해 눈물까지 글썽거리며, 불거져 나온 두 눈을 리외에게로 돌렸다. 미셸의 아내가 아무 말 없는 리외를 불안한 시선으로 바라봤다.

"선생님. 대체 무슨 병일까요?" 그녀가 말했다.

"어떤 병이든 가능성이 있어요. 하지만 아직은 아무것도 확신할 수 없지요. 오늘 저녁은 금식하고 정화제를 써야겠어요. 물을 많이 마셔야 하고요."

마침 미셸은 목이 말라서 죽을 지경이었다.

집에 돌아온 리외는 시에서 가장 권위 있는 의사들 가운데 한 사람이자 동료인 리샤르에게 전화를 걸었다.

"아니요." 리샤르가 말했다. "특별한 징후는 전혀 못 봤는데요."

"국부적 염증을 동반한 열 같은 것도 없었나요?"

"아! 그러고 보니, 염증이 아주 심한 멍울이 생긴 환자가 두 명 있었네요."

"비정상적이었나요?"

"음, 아시다시피 정상인지 비정상인지의 문제는……."

리샤르가 말했다.

어쨌든 그날 저녁 수위는 헛소리를 해댔고, 열이 40도까지 올라가는 와중에도 쥐에 대한 불평만 늘어놓고 있었다. 리외는 고정종양(종양이 커지는 것을 막기 위해 테레벤틴 따위를 주입하여 형성하는 것—옮긴이) 치료도 시도해봤다. 테레벤틴이 몸에 주입되자 살이 타는 듯한 통증 때문에 미셸은 소리를 질렀다. "아! 더러운 쥐새끼들!"

멍울은 전보다 더 부었고, 손으로 만져보면 딱딱하고 나무껍질처럼 단단했다. 미셸의 아내는 공포에 사로잡혔다.

"밤새 잘 지켜보세요." 리외가 말했다. "무슨 일이 생기면 저를 부르시고요."

이튿날인 4월 30일에는 습기 머금은 푸른 하늘에서 벌써 포근한 산들바람이 불고 있었다. 가장 멀리 떨어진 교외에서 불어온 꽃향기도 산들바람에 실려왔다. 거리에서 들리는 아침의 소음은 보통 때보다 더 활기차고 더 즐겁게 느껴졌다. 일주일 동안 겪었던 그 무거운 근심에서 벗어나, 이 조그만 도시에서 맞이한 그날은 완전히 새로운 날이었다. 리외 자신도 아내의 편지를 받고 안심이 되어서, 아주 가벼운 마음으로 미셸의 방으로 내려갔다. 아침이 되자 그의 체온은 38도까지 떨어져 있었다. 쇠약해진 환자가 침대 위에서 웃고 있었다.

"좀 괜찮아진 것 같아요. 그렇죠, 선생님?" 미셸의 아내가 말했다.

"조금 더 기다려봅시다."

하지만 정오가 되자 열은 단번에 40도까지 올라갔고, 환자는 계속해서 헛소리를 했으며 구토가 다시 시작되었다. 미셸은 목의 멍울이 닿기만 해도 고통스러운지, 될 수 있는 한 머리를 몸에서 멀리 두고 싶어 하는 듯이 보였다. 그의 아내는 침대의 발치에 앉아서 두 손을 이불 위에 얹고 환자의 두 발을 살며시 누르고 있었다. 그녀는 리외를 쳐다봤다.

"자, 잘 들어보세요." 리외가 말했다. "환자를 격리해서 특수 치료를 진행해야겠어요. 제가 병원에 전화를 걸 테니 함께 구급차로 옮기도록 합시다."

두 시간이 지난 후, 미셸의 아내와 리외는 구급차 속에서 환자 위로 몸을 구부리고 있었다. 종기로 뒤덮인 미셸의 입 속에서 짧은 낱말들이 새어나왔다. 미셸은 "쥐들!" 하고 중얼거렸다. 밀랍처럼 변한 입술은 푸르스름했고 눈꺼풀은 납빛이 되었으며, 숨은 불규칙적이고 짧았다. 멍울의 통증 때문에 온몸이 찢기는 듯 괴로워했고, 마치 이불로 자기 몸을 덮고 싶어 하는 것처럼, 아니면 땅속 깊은 곳에서 무엇인가가 그를 계속 부르는 것처럼, 간이침대 속에 깊이 파묻힌 채 보이지 않는 무게에 짓눌려 숨을 제대로 쉬지 못하고 있었다. 그의 아내는 울고 있었다.

"그럼, 이제 더 이상 희망이 없나요? 선생님."

"죽었습니다." 리외가 말했다.

::

미셸의 죽음은 예기치 않은 징조들로 가득 찬 한 시기에 종지부를 찍었다. 또한 그의 죽음은 초반의 놀라움이 조금씩 공포 상태로 변해가던, 상대적으로 더 힘들었던 다른 한 시기의 시작을 나타내는 사건이었다고 말할 수 있다. 이제부터는 차츰 깨닫겠지만, 지금껏 시민들은 우리의 이 작은 도시가 쥐들이 밖에 나와 죽고 미셸이 기이한 병으로 죽는 도시로 특별히 지정될 수 있으리라고는 단 한 번도 생각해본 적이 없었다. 하지만 결국 시민들은 착오를 일으킨 셈이니 생각을 바꿔야 했다. 모든 일이 거기서만 끝났더라면 아마 사람들의 습관이 그 일에 대한 기억을 지워버렸을지도 모른다. 그렇지만 시민들 중에서 또 다른 사람들이, 그것도 수위나 가난뱅이가 아닌 사람들이, 미셸 이 최초로 지나갔던 길을 따라가야만 했다. 그때부터 공포와 함께 성찰이 시작되었다.

하지만 이 새로운 사건들의 자세한 내막을 이야기하기

전에 서술자는, 지금까지 서술한 시기에 대해 또 다른 증인은 어떻게 생각하는지 그 의견을 소개하는 편이 도움이 되리라고 믿는다. 이 이야기의 초반에 이미 등장한 적이 있는 장 타루는 몇 주 전부터 오랑에 자리를 잡았고, 그때부터 시내 중심가에 있는 큰 호텔에서 지내고 있었다. 겉으로 보기에 그는 자신의 수입으로 충분히 넉넉하게 살고 있는 듯했다. 하지만 그의 얼굴이 오랑에 사는 사람들 사이에서 친숙해지긴 했어도, 그가 어디서 온 사람이며, 왜 그곳에 왔는지를 아는 사람은 아무도 없었다. 그는 모든 공공장소에 모습을 드러냈다. 봄이 되면서부터 사람들은 그를 바닷가에서 더 많이 볼 수 있었다. 그는 자주 게다가 무척 즐겁게 수영을 했다. 늘 웃는 얼굴로 다니는 호인이었던 그는 모든 평범한 오락을 즐기는 듯했지만, 그런 것들의 노예가 되지는 않았다. 사실 사람들이 알고 있는 그의 유일한 습관은 우리 도시에 있는 수많은 스페인 무용가들과 음악가들의 집을 꾸준히 드나들고 있는 것뿐이었다.

어쨌든 그의 수첩에도 그 힘들었던 시기에 대한 일종의 연대기가 기록되어 있었다. 하지만 그 기록은 마치 하찮은 일들만 남기기로 결심한 것 같은 매우 독특한 연대기라고 할 수 있다. 얼핏 보기에는 타루가 사물들이나 사람들을 무관심하게 대하려고 애쓰는 것 같다는 생각을 할 수도 있겠다. 요컨대 그는 전반적인 무질서 속에서 역사로 남지 못하는 것들을 기록하는 역사가가 되는 일에 열중하고 있었다.

아마도 우리는 그의 이런 결심을 유감스럽게 여길 수도 있을 것이고, 그의 마음이 메마른 것은 아닌지 의심할 수도 있으리라. 그래도 역시 그의 수첩들은 그 시기에 대한 연대기를 작성하는 데 제각기 중요성을 지니는 수많은 부차적인 세부 사항들을 제공할 뿐 아니라, 그 세부 사항들의 독특한 측면들 때문에 우리가 이 흥미로운 인물에 대해 성급한 판단을 내리지 못하도록 만들 것이다.

장 타루가 적은 초기의 기록들은 그가 오랑에 도착한 날부터 시작된다. 그 기록들을 보면 처음부터 그가 누추하기만 한 이 도시에 와서 지내게 된 것에 묘한 만족감을 느끼고 있음을 알 수 있다. 거기서 우리는 시청을 장식하고 있는 청동 사자상 두 마리에 대한 자세한 묘사를 읽을 수 있고, 시내에 나무들이 안 보이는 점이나 볼품없는 집들, 그리고 불합리한 도시 설계에 대해 그가 너그러운 마음으로 존중하고 있음을 읽을 수 있다. 또한 타루는 전차나 거리에서 들은 사람들의 대화도 기록했는데, 그것에 대한 자신의 설명은 덧붙이지 않았다. 다만 나중에 캉이라는 사람과 관련 있는 대화 내용에 대해서는 예외적으로 설명을 덧붙였다. 타루는 두 사람의 전차 차장이 서로 주고받는 대화를 듣게 되었다.

"자네도 캉을 잘 알지?" 한 사람이 말했다.

"캉? 키가 크고 검은 콧수염이 난 사람 말인가?"

"맞아. 선로 변경 장치 담당이었지."

"그래, 물론 생각나."

"그런데 그 사람이 죽었어."

"아! 언제 그랬는데?"

"쥐 때문에 난리가 난 다음이지."

"저런, 어쩌다가 죽었대?"

"몰라. 열병을 앓았대. 게다가 그 사람, 평소 몸이 그다지 건강한 편이 아니었어. 겨드랑이 밑에 종기가 났는데, 견디지 못했던 모양이야."

"그래도 보기에는 보통 사람들과 다를 바 없었는데 말이야."

"아니야, 폐가 안 좋았어. 그런데도 관악대에서 악기를 연주했지. 계속 나팔을 불면서 더 쇠약해졌나봐."

"아!" 후자가 대화를 끝맺었다. "아픈데 계속 나팔을 불어서는 안 되지."

타루는 이런 대화 내용을 기록한 다음, 왜 캉이 가장 분명한 자신의 이익에 반하여 관악대에 들어갔으며, 그가 일요일의 시가행진을 위해 자신의 생명을 걸었던 진정한 이유가 무엇인지에 대해 의문을 품고 있었다.

그리고 타루는 자기 집 창문과 마주 보고 있는 발코니에서 가끔 일어나는 한 장면에 대해 좋은 인상을 받은 것 같았다. 사실 그의 방은 어떤 작은 뒷골목을 향하고 있었는데, 거기서는 고양이들이 벽의 그늘 밑에서 잠을 자곤 했다. 그런데 매일 점심 식사가 끝난 후 도시 전체가 더위 속에서 졸고 있는 시간이면, 한 자그마한 노인이 길 건너편 집 발코니에서 나타났다. 공들여 빗질한 흰 머리에, 군복처럼 재단한 옷을 입고, 꼿꼿하고 준엄한 태도를 지닌 그는 차갑고도 부드러운 목소리로 "나비야, 나비야" 하고 고양이들을 불렀다. 그러면 고양이들은 몸을 움직이지도 않은 채, 졸려서 생기를 잃은 눈을 쳐들었다. 노인이 거리에 종이를 잘게 찢어서 뿌리면, 고양이들은 이 흰색 나비들이 펄럭거리며 비처럼 떨어지는 모습에 이끌려 도로까지 걸어와서, 마지막 종잇조각을 향해 망설이듯 한쪽 발을 내밀었다. 그때 노인은 고양이들 위에 힘차고 정확하게 가래침을 탁 뱉었다. 그리고 그 가래침이 목표물에 맞으면 즐거워서 웃어댔다.

결국 타루는 결정적으로, 그 외관과 생동감 그리고 쾌락까지도 업무적인 필요성에 따라 좌우되는 듯한 이 도시의 상업적인 성격에 사로잡힌 것처럼 보였다. 이러한 독특함(이 말은 그의 수첩에서 사용된 용어다)은 타루에게 찬양의 대상이었고, 그의 찬사로 가득한 관찰들 가운데 하나는 심지어 '맙소사'라는 감탄으로 끝나고 있었다. 그것은 당시 그 여행자의 기록이 개인적인 성격을 띠는 것처럼 보이는 유일한 대목이다. 다만 그 말이 무엇을 의미하는지, 또 얼마만큼 진지한 것인지 평가하기는 어렵다. 예를 들면 호텔의 한 회계원이 죽은 쥐를 발견하고는 계산서를 작성하며 실수를 저질렀다는 사실을 기록한 후에, 타루는 평소보다 더 흐릿한 글씨체로 다음과 같이 덧붙였다. '질문: 시간을 낭비하지 않으려면 어떻게 해야 할까? 대답: 지루한 상태로 시간을 체험할 것. 방법: 치과 대기실에서 불편한 의자에 앉아 며칠을 보낼 것. 일요일 오후를 자기 방 앞의 발코니에서 보낼 것. 알아들을 수 없는 외국어 강연에 귀를 기울일 것. 가장 길고 가장 불편한 기차의 코스를 골라 서서 여행할 것. 공연장의 매표소 앞에서 줄을 서서 기다리다가 표는 사지 말 것 등등'. 그러나 언어나 사색에 있어서 이러한 일탈을 보여준 다음에, 곧 수첩은 이 도시의 전차들과 작은 배 같은 것들의 형태라든가 그 미묘한 색깔, 그리고 전차들의 통상적인 불결함에 대한 자세한 묘사들로 시작해서 아무런 설명도 되지 못하는 '그것은 주목할 만하다'라는 문장으로 관찰을 마무리하고 있다.

어쨌든 타루가 쥐 사건에 대해 적어놓은 것은 다음과 같다.

오늘은 맞은편 집에 살고 있는 작은 노인이 당황스러워했다. 고양이가 없어졌기 때문이다. 거리에서 엄청나게 많이 발견되는 죽은 쥐들 때문인지, 고양이들이 정말 사라져버렸다. 내가 보기에는 고양이들이 죽은 쥐를 먹는다는 것은 말도 안 된다. 내가 키웠던 고양이들은 죽은 쥐를 보고 질색했던 기억이 떠오른다. 아무튼 고양이들이 지하실에서 뛰어다니고 있을 테니, 노인은 당황스러울 수밖에 없을 것이다. 노인은 머리에 빗질도 전처럼 잘하지 못한 채 활기를 잃었다. 그에게서 불안이 느껴졌다. 잠시 후에 그는 들어가버렸다. 일단 허공에다 대고 가래침을 뱉고는 들어갔다.

오늘 시내에서 전차 한 대가 멈췄다. 어떻게 거기 들어가게 되었는지도 모르는 죽은 쥐 한 마리를 발견했기 때문이다. 두세 명의 여자들이 전차에서 내렸다. 사람들이 그 쥐를 밖으로 내던졌다. 전차는 다시 출발했다.

호텔의 야근 당직자는 믿을 만한 사람인데, 그는 그 모든 쥐 때문에 재난이 일어날 것 같다고 내게 말했다.

"쥐들이 배를 떠난다면……."

나는 그에게, 배에서 그런 일이 일어난 경우는 실제로 있었지만 도시에서도 그런 일이 일어났다고 증명된 적은 한 번도 없다고 대답했다. 하지만 그는 확신에 차 있었다. 나는 그에게, 당신 생각에 어떤 재난이 닥칠 것 같냐고 물었다. 그는 재난이란 예상할 수 없는 것이므로 모른다고 했다. 그러나 그것이 지진이라 할지라도 자기는 놀라지 않을 것이라고 말했다. 그럴 수도 있을 것 같다고 내가 인정했더니, 그는 그것 때문에 불안하지 않느냐고 물었다.

"내 관심을 끄는 것은 단 한 가지입니다"라고 나는 답했다. "그것은 마음의 평화를 얻는 일이죠."

그는 나를 완전히 이해했다.

호텔 식당에는 아주 재미있는 한 가족이 있다. 아버지는 검은색 양복에 뻣뻣한 칼라를 단 키가 크고 마른 남자다. 그는 대머리로, 머리 한가운데가 벗겨지고 좌우에 흰 머리가 한 뭉치씩 있었다. 작은 눈은 둥글고 엄격해 보였고, 코는 홀쭉했으며, 입은 완전한 수평 상태를 이루고 있어서 마치 잘 자란 올빼미 같은 인상을 줬다. 그는 늘 식당 문 앞까지 앞장서서 나타나서는 옆으로 비켜서면서, 까만 생쥐처럼 작은 자신의 아내를 먼저 들여보내고, 그 다음에는 숙련된 개처럼 옷을 입힌 아들과 딸을 자기 뒤에 끌고 들어온다. 자기 식탁 앞에 가서도 그는, 아내가 먼저 자리를 정하고 앉기를 기다렸다가 아내가 앉은 다음에 앉는다. 그러면 푸들 두 마리도 비로소 각자 자기 의자에 올라가 앉을 수 있다. 그는 아내와 아이들에게도 존댓말을 쓰는데, 아내에게는 짓궂은 말로 정중하게 이야기하고 자식들에게는 직설적인 말로 이야기한다.

"니콜, 당신은 극도로 기분 나쁘게 구는군요!"

그러면 딸아이는 막 울음을 터뜨리려고 한다. 그럴 수밖에 없다.

오늘 아침에는 어린 아들이 쥐 이야기를 듣고 와서 무척 흥분해 있었다. 그래서 아이는 식탁에서 그 이야기를 꺼내고 싶었다.

"식사 중에는 쥐 얘기를 하는 게 아니에요, 필립. 앞으로도 쥐 이야기는 절대 꺼내지 말아요."

"아버지 말씀이 옳단다." 까만 생쥐 부인이 말했다.

두 푸들은 다시 음식 쪽으로 얼굴을 푹 숙이고, 올빼미 아버지는 의미 없는 고갯짓으로 고맙다는 시늉을 했다.

이런 좋은 본보기도 있지만, 시내에서는 쥐에 대해 이야기를 많이 한다. 신문도 거기에 가담했다. 평소에는 매우 다양한 소식으로 구성되던 지역 소식란이 이제는 시 당국에 대한 반대 운동의 기사로 완전히 꽉 찼다.

"우리 시의회 의원들은 쥐 떼의 썩은 사체들이 야기할지도 모를 위험을 알아차리고 있는가?"

이제 호텔의 지배인은 쥐 이야기가 아닌 다른 이야기는 할 수도 없었다. 그러나 그것은 속이 상해서 그러는 것이기도 했다. 그는 번듯한 호텔의 엘리베이터 속에서 쥐가 발견되었다는 사실을 받아들일 수 없었다.

나는 그를 위로하기 위해서 이렇게 말했다. "하지만 모두가 당하고 있는 일인걸요."

그가 대답했다. "바로 그겁니다. 이제 우리는 남들과 똑같이 되었다는 말이에요."

사람들이 걱정하기 시작했던 갑작스러운 열병의 첫 사례들에 대해 내게 말해준 사람이 그 사람이다. 자기네 호텔의 객실 담당 하녀 중 한 사람이 그 열병에 걸렸다는 것이었다.

"하지만 분명히, 전염성은 아닙니다." 그는 이렇게 재빨리 못을 박았다.

나는 그에게 전염성이건 아니건 상관없다고 말했다.

"아! 알겠어요. 선생님도 저처럼 운명론자시군요."

나는 전에 그와 비슷한 말을 꺼낸 적이 전혀 없었다. 게다가 나는 운명론자가 아니다. 나는 그 이야기를 그에게 했다……

바로 그 무렵부터 타루의 수첩에는 사람들 사이에서 이미 불안의 대상이 되어버린 미지의 열병에 대한 이야기들이 자세히 언급되기 시작하고 있다. 쥐들이 사라지면서부터, 그 작은 노인이 마침내 그의 고양이들을 다시 보게 되어 가래침 사격을 꾸준히 계속하고 있다는 기록과 함께, 타루는 열병에 걸린 환자의 수가 이미 십여 명을 넘겼고 그중 대부분은 사망했다는 것을 덧붙였다.

참고 자료로 타루가 묘사한 의사 리외의 모습을 여기에 다시 적어두어도 괜찮을 것 같다. 서술자의 판단으로는 꽤 정확하게 본 모습이다.

서른다섯 살쯤 되어 보인다. 중간 정도의 키. 떡 벌어진 어깨. 직사각형에 가까운 얼굴형. 어둡고 반듯한 눈을 가졌지만, 턱은 앞으로 튀어나와 있다. 커다란 코는 모양이 반듯하다. 매우 짧게 깎은 검은색의 머리. 활처럼 휜 입매의 두툼한 입술이며, 입은 거의 언제나 굳게 다물고 있다. 햇볕에 그을린 피부와 검은 머리털, 그리고 늘 짙은 색이지만 그에게는 잘 어울리는 옷의 색깔 때문인지, 그는 약간 시칠리아의 농부 같은 인상을 준다.

그는 걸음이 빠르다. 그는 같은 속도로 인도를 내려가는데, 세 번 중 두 번은 가볍게 도약을 하면서 반대편 인도로 올라간다. 자동차를 운전할 때는 늘 딴생각을 하고 있어서, 길모퉁이를 돈 후에도 방향 지시등을 그대로 둔다. 늘 모자는 안 쓴다. 모든 일을 꿰뚫어보고 있는 것 같은 표정.

::

타루가 예상한 숫자는 정확했다. 의사인 리외는 그것에 대해 어느 정도 알고 있었다. 리외는 미셸의 시신을 격리하고 나서, 사타구니에 생기는 열병에 대해 물어보기 위해 리샤르에게 전화를 걸었다.

"전혀 모르겠어요." 리샤르가 말했다. "두 사람이 죽었는데, 한 사람은 이틀 만에 죽고 다른 사람은 사흘 만에 죽었어요. 나중 사람은 어느 날 아침에 보니 완전히 회복기에 들어간 것 같아서 가만히 놔뒀죠."

"또 다른 환자가 생기거든 저에게 알려주세요." 리외가 말했다.

그는 다시 몇 명의 의사들에게 전화를 걸었다. 이런 식으로 조사를 해본 후, 그는 며칠 동안에 이와 유사한 사례가 스무 건 정도 있었다는 사실을 알게 되었다. 거의 전부가 치명적인 상태였다. 그래서 그는 오랑시의사협회의 사무관 리샤르에게 새로운 환자를 격리해달라고 요구했다.

"저로서는 아무것도 할 수 없어요." 리샤르가 말했다. "도청에서 조치를 취해야 해요. 그런데 전염될 위험이 있다는 말은 누가 했나요?"

"어떤 증거가 있는 것은 아니지만, 나타나는 증세 때문에 걱정스럽습니다."

그러나 리샤르는 '자기는 그럴 자격이 없다'고 믿고 있었다. 그는 자신이 할 수 있는 일이라고는 도청의 지사에게 환자의 격리에 대해 말해보는 것뿐이라고 했다.

사람들이 이런저런 이야기를 하는 동안 날씨는 나빠졌다. 미셸이 죽은 이튿날에 짙은 안개가 하늘을 뒤덮었다. 대홍수처럼 퍼붓는 많은 양의 비가 도시에 쏟아졌다. 그리고 그 갑작스러운 소나기에 이어서 푹푹 찌는 더위가 시작되었다. 바다까지도 특유의 짙은 푸른빛을 잃은 채, 안개 낀 하늘 아래서 은빛이나 쇳빛의 광채를 띠고 눈이 아플 정도로 반짝이고 있었다. 이런 봄의 축축한 더위보다는 차라리 한여름의 타는 듯한 열기가 더 나을 것 같았다. 평평한 땅

위에 나선형으로 자리 잡고 있어서 바다와는 거의 등지고 있는 이 도시에 침울한 마비 상태가 계속되고 있었다. 사람들은 초벽을 바른 기나긴 벽으로 둘러싸인 가운데, 먼지를 뒤집어쓴 진열장들이 늘어선 거리에서, 더러운 누런색 전차 안에서 하늘 아래 감금당한 죄수가 된 느낌을 받기 시작했다. 오직 리외의 그 늙은 환자만이 천식을 극복하고 그런 날씨를 즐기고 있었다.

"푹푹 찌네." 그는 이런 말을 하곤 했다. "기관지에는 좋은 날씨지."

사실 푹푹 찌는 날씨였지만, 열병보다 더하지도 덜하지도 않은 더위였다. 도시 전체가 열병을 앓고 있었다. 적어도 의사 리외가 코타르의 자살 미수 사건에 대한 조사에 참석하기 위해 페데르브 거리로 가던 날 아침, 그의 머릿속에 계속 떠오르던 인상은 그랬다. 그러나 이런 인상은 그에게 비상식적인 것처럼 보였다. 그는 이것이, 자신을 포위하고 있는 신경쇠약 상태와 근심 때문일 것이라고 생각하고, 자신의 머릿속을 조금 더 정리하는 것이 우선이라고 생각했다.

그가 도착했을 때 경찰은 아직 도착하지 않았다. 그랑은 층계참에서 기다리고 있었다. 그들은 우선 그랑의 집으로 들어가서 문을 열어놓은 상태로 기다리기로 했다. 시청 서기는 방을 두 개 쓰고 있었는데 방에는 가구가 많지 않았다. 단지 사전 두세 권이 꽂혀 있는 흰색 나무 선반과 칠판 하나만 눈에 띄었는데, 그 칠판 위에는 반쯤 지워졌으나 그래도 알아볼 수 있는 글씨로 '꽃이 피어난 오솔길'이라는 글이 쓰여 있었다. 그랑의 말에 따르면 코타르는 지난밤에 잠을 잘 잤다고 한다. 하지만 아침에 깨어나면서부터 두통으로 고생하고 아무런 반응도 느낄 수 없는 상태가 되었다고 한다. 그랑은 피곤하고 신경이 예민해진 것 같았다. 그는 방 안을 이리저리 서성거리며 탁자 위에 놓여 있는, 자필로 쓴 서류들이 가득 찬 두툼한 서류철을 열었다 닫았다 했다.

그러면서 그랑은 리외에게, 자신은 코타르를 잘 모르지만 그에게 재산이 약간 있는 것 같다고 말했다. 코타르는 약간 이상한 사람이어서, 오랫동안 그들의 관계는 계단에서 마주칠 때 인사나 몇 번 나누는 정도에 그쳤다고 했다.

"그 사람하고는 두 번밖에 이야기를 못 나눴어요. 며칠 전, 저는 집으로 가지고 오던 분필통을 층계참 위에서 그만 엎어버렸죠. 거기에는 붉은색과 푸른색 분필이 들어 있었어요. 바로 그때 코타르가 층계참에 나오더니, 그것들을 줍는 일을 도와주더군요. 그는 그 여러 가지 색깔의 분필을 무엇에 쓰냐고 물었어요."

그래서 그랑은 라틴어를 다시 공부해볼까 한다고 그에게 설명해줬다. 고등학교를 졸업한 이후로 라틴어에 대한 지식이 점점 희미해졌기 때문이다.

"그럼요." 그가 리외에게 말했다. "프랑스어 단어의 뜻을 더 잘 알려면 라틴어를 공부하는 게 유익하다는 말도 들었거든요."

그래서 그랑은 코타르 앞에서 칠판에 라틴어 단어들을 적었다. 그는 어미 변화와 동사 변화에 따라, 단어에서 변하는 부분은 푸른색 분필로, 전혀 변화하지 않는 부분은 붉은색 분필로 옮겨 썼다.

"코타르가 제 말을 잘 이해했는지는 모르지만, 흥미를 보이며 저에게 붉은색 분필을 하나 달라고 하더군요. 그 반응에 약간 당혹스러웠지만 어쨌든……. 물론 그것이 그의 계획에 그렇게 사용되리라고는 전혀 예상하지 못했죠."

리외는 그랑에게, 그와 나눈 두 번째 대화의 내용은 어떤 내용이었는지 물었다. 그러나 형사가 그의 조수를 데리고 들어와서, 우선 그랑의 진술을 듣고 싶다고 말했다. 리외는 그랑이 코타르에 대한 이야기를 하면서 계속해서 그를 '자살자'라고 부르는 것에 주목했다. 심지어 한번은 '치명적인 결단'이라는 표현까지 썼다. 그들은 자살의 동기에 대해 토론했는데, 그랑은 어휘를 선택하는 데 과도하게 신경을 썼다. 그러다가 마침내 '심적인 고통'이라는 표현으로 결정했다. 경찰은 혹시 코타르의 태도에서 그랑이 '그의 결정'이라고 이름 붙인 그 일에 대해서 예측할 수 있었던 점이 없었는지 물었다.

"그가 어제 제 방문을 두드리더니 성냥을 빌려달라고 하더군요. 그래서 제 성냥갑을 줬지요. 그는 서로 이웃 사이인데라고 운운하면서 실례한다고 했어요. 그러고는 꼭 그것을 돌려주겠다고 다짐을 하기에, 저는 그냥 가지고 있으라고 말했죠."

경찰은 코타르가 좀 이상해 보이지 않았는지 그에게 물었다.

"이상하게 보였던 점은, 그가 대화를 시작하고 싶어 하는 눈치였다는 거예요. 하지만 저는 일을 하는 중이었죠."

그랑은 리외 쪽으로 고개를 돌리면서 난처한 태도로 말을 덧붙였다.

"개인적인 일이요."

경찰은 어쨌든 환자를 만나보겠다고 했다. 그러나 리외는 그러기 전에 먼저, 이 방문에 대해 코타르로 하여금 마음의 준비를 시켜두는 편이 더 좋겠다고 생각했다. 리외가 방안에 들어갔을 때, 코타르는 플란넬 직물로 된 회색 잠옷만 입은 채 침대에서 일어나 앉더니 불안한 표정으로 문 쪽을 쳐다봤다.

"경찰이군요. 그렇죠?"

"그렇소, 하지만 염려하지 마시오. 두세 가지 형식적인 조사만 끝나면 더 이상 귀찮은 일은 없을 거요."

그러나 코타르는 그런 건 다 소용없는 일이고, 자신은 경찰을 싫어한다고 대답했다. 그러자 리외가 참지 못하고 화를 냈다.

"나 역시 경찰을 좋아하지 않소. 중요한 건 그들의 질문에 빠르고 정확하게 대답하는 것이오. 그래야 이번을 마지막으로 끝낼 수 있으니 말이오."

코타르는 입을 다물었고, 리외는 문 쪽으로 돌아섰다. 그러나 그 작은 남자는 곧 리외를 불렀고, 리외가 침대 곁에 오자 그의 두 손을 잡으며 말했다.

"환자를 건드릴 수는 없겠죠? 그것도 목을 매어 죽으려고 했던 사람을 말이에요. 그렇죠, 선생님?"

리외는 잠시 그를 바라보다가 마침내 그런 종류의 걱정은 전혀 문제되지 않으며 더구나 자신은 환자를 보호하려고 와 있는 것이라며 그를 안심시켰다. 그제야 코타르가 긴장을 푸는 것처럼 보여서, 리외는 경찰을 들어오게 했다.

경찰은 코타르에게 그랑의 증언을 읽어주고 나서, 그가 했던 행동의 동기를 밝힐 수 있는지 물었다. 그는 경찰을 쳐다보지도 않은 채 단지 이렇게 대답했다. "심적인 고통 때문이었어요. 그 말이 꽤 적절하죠." 경찰은 또다시 그런 행동을 하고 싶은지, 하고 싶지 않은지에 대해서 말하라고 다그쳤다. 코타르는 흥분하며 다시는 그런 짓을 하지 않을 것이고, 자신을 그저 가만히 놔뒀으면 좋겠다고 대답했다.

"내가 하나 지적해두겠는데." 경찰이 약간 화난 어조로 말했다. "지금 사람들을 귀찮게 하는 것은 바로 당신이오."

그러나 리외가 눈짓을 보내자 경찰은 그쯤에서 그쳤다.

문 밖으로 나서면서 경찰이 한숨을 내쉬며 말했다. "선생님도 아시다시피, 그 열병이 생긴 이후로 안 그래도 다른 할 일이 많은데……."

그는 리외에게 열병으로 인한 상황이 심각한 것인지 물

었지만, 리외는 전혀 알 수 없다고 말했다.

"날씨 탓이에요. 그뿐이죠." 경찰이 이렇게 결론을 내렸다.

아마 날씨 때문일지도 모를 일이었다. 낮 동안 시간이 흘러감에 따라 모든 것이 손에 끈적끈적하게 달라붙어서, 리외는 한 집 한 집 회진을 돌 때마다 두려움이 더욱 커지는 것을 느꼈다. 바로 그날 저녁, 변두리에 사는 한 늙은 환자의 이웃이 자신의 사타구니를 눌러대고 헛소리를 하면서 토하고 있었다. 멍울들은 미셸의 것보다 더 컸다. 멍울들 중 하나는 곪기 시작하고 있었고, 곧이어 썩은 과일처럼 벌어졌다. 집으로 돌아온 리외는 도청의 약품 보관소에 전화를 걸었다. 그날 그의 임상일지에는 단지 '부정적인 응답'이라는 말만 적혀 있었다. 그런데 이미, 그와 비슷한 증세의 환자들이 그에게 왕진을 요청했다. 곪은 부분을 째야만 했다. 그런 처치는 확실한 것이었다. 수술용 메스를 두 번 움직여 열십자로 그어 쨌더니, 멍울에서 피가 섞인 고름이 흘러나왔다. 환자들은 사지가 찢기는 듯한 고통을 느끼며 피를 흘렸다. 그러나 배와 다리에 반점이 나타나면서 어떤 멍울은 곪지 않게 되었다가 또다시 부어올랐다. 대부분의 경우, 환자는 지독한 악취를 풍기며 죽었다.

쥐 사건에 대해 그렇게 시끄럽게 떠들었던 신문이 이제는 어떤 소리도 내지 못했다. 쥐들은 거리에 나와 죽었지만, 사람들은 그들의 방 안에서 죽어갔기 때문이다. 신문들은 단지 거리에서 일어나는 일에만 관심을 뒀다. 하지만 도청과 시청에서는 의문을 느끼기 시작했다. 의사들 각자가 두세 건의 사례를 알고 있을 때만 해도 아무도 움직이려고 하지 않았다. 하지만 결국 누군가 합계를 내볼 생각을 하기에 이르렀다. 합계는 놀랄 만한 숫자였다. 겨우 며칠 동안에 사망 건수가 몇 배로 늘어났으니, 그 희귀한 병에 대해 걱정하는 사람들은 그것이 분명 전염병과 관계가 있다고 믿기 시작했다. 리외의 동료지만 그보다 훨씬 나이가 많은 카스텔이 리외를 만나러 온 것은 바로 그 무렵이었다.

"물론." 그가 말했다. "당신은 이게 무엇인지 알고 있죠? 리외."

"분석 결과를 기다리고 있습니다."

"나는 결과를 알지. 분석을 해볼 필요도 없소. 나는 중국에서 의사 생활을 한 적이 있고 파리에서도 몇 가지 사례를 보았소. 20여 년 전의 일이오. 다만 그 당시에는 그 병에다가 감히 병명을 붙일 엄두가 나지 않았던 것이오. 여론이란 무서운 거니까 그것을 동요시켜선 안 되겠지. 무엇보다도 동요하면 안 된단 말이오. 게다가 어떤 동료는 '있을 수 없는 일이야. 서양에서는 그 병이 사라졌다는 것을 누구나 알고 있는데'라고 했소. 그렇소, 죽은 사람만 빼고 모두가 그것을 알고 있었소. 자, 리외. 이게 무슨 병인지 당신도 나만큼이나 잘 알고 있을 것이오."

리외는 곰곰이 생각하고 있었다. 그는 자기 사무실 창문 너머 멀리, 만을 가두고 있는 해안 절벽의 바위 등성이를 바라보고 있었다. 하늘은 푸르기는 했지만 흐릿한 광채를 띠고 있었고, 오후의 해가 더 기울면서 그 색이 점점 부드러워지고 있었다.

"그래요, 카스텔." 그가 말했다. "거의 믿을 수 없는 일이죠. 그러나 이건 아무래도 페스트 같습니다."

카스텔은 자리에서 일어나 문 쪽으로 갔다.

"사람들이 우리에게 뭐라고 대답할지 알고 있겠죠." 그 늙은 의사가 말했다. "그 병은 온대지방에서 이미 오래전에 사라졌다고 말할 거요."

"사라지다니, 무슨 뜻인가요?" 리외가 어깨를 으쓱하며 대답했다.

"그래요. 파리에서도 20여 년 전에 그 병이 돌았다는 것을 잊지 마시오."

"좋습니다. 아무튼 지금이 그때보다는 덜 심각하기를 바랍시다. 하지만 정말 믿을 수 없는 일이군요."

::

처음으로 '페스트'라는 말이 사람들의 입 밖으로 나오게 되었다. 베르나르 리외가 그의 사무실 창문 너머에 앉아 있는 이야기의 이 대목에서, 리외가 의심하고 놀라워하는 심정에 그럴 만한 근거가 있다고 서술자가 정당화하는 것을 허락해주기 바란다. 왜냐하면 그 뉘앙스의 차이는 약간 있을지라도, 그가 보이는 반응은 우리 시민들 대부분의 반응과 똑같았기 때문이다. 사실 재앙이란 모든 사람들이 함께 겪는 것이지만, 막상 그것이 우리 머리 위에서 뚝 떨어지면 쉽게 믿기 어려운 것이 된다. 이 세상에는 전쟁만큼이나 많은 페스트가 있었다. 그러나 페스트나 전쟁이 발생했을 때, 사람들은 언제나 속수무책이 된다. 이 도시의 시민이 속수무책인 것처럼 의사 리외도 그런 상태였으므로 그가 보인 망설임도 이해해야 한다. 그러므로 그가 불안감과 확신 사이에서 분열 상태에 빠졌던 것도 이해해야 한다. 전쟁이 일어나면 사람들은 이렇게 말한다. "오래가지는 않겠지. 너무 어리석은 짓이야." 전쟁이 너무 어리석은 짓이라는 말은 맞는 말이겠지만, 그런 생각을 한다고 해서 전쟁이 지속되는 것을 막지는 못한다. 어리석음이란 늘 끈질긴 것이므로, 사람들이 늘 자기 생각만 하지 않는다면 그 사실을 깨달을 수 있을 것이다. 이 점에 있어서 이 도시의 시민들도 다른 모든 사람들처럼 자기들 생각만 하고 있었다. 다시 말해 그들은 휴머니스트들이었다. 그들은 재앙의 존재를 믿지 않았다. 재앙은 인간의 힘으로 해결할 수 있는 것이 아니다. 그래서 사람들은 재앙이란 비현실적인 것이고 곧 지나가 버리게 될 악몽이라고 생각했다. 그러나 재앙이 늘 지나가 버리는 것은 아니다. 악몽에서 악몽으로 계속 진행되며, 사라져버리는 것은 오히려 인간들인 경우도 있다. 특히 휴머니스트들이 가장 먼저 사라져버린다. 왜냐하면 그들은 주의를 기울이지 않기 때문이다. 이 도시의 시민들이 다른 사람들보다 잘못을 더 많이 저지른 것은 아니다. 다만 그들은 겸손하게 살지 못했을 뿐이다. 그들은 아직 모든 것이 가능하다고 믿었으므로, 재앙이란 있을 수 없는 일이라고 예상했다. 그들은 사업을 계속했고, 여행을 떠날 준비를 했으며, 각자가 의견을 가지고 있었다. 앞으로 다가올 미래나 여행, 토론 같은 것들을 박탈해버리는 페스트를 어떻게 생각할 수 있었겠는가? 그들은 자신들이 자유롭다고 믿었지만, 재앙이 존재하는 한 그 누구도 결코 자유로울 수 없다.

의사 리외는 동료 앞에서, 사방에서 발생한 몇몇 환자들이 아무 예고도 없이 방금 전에 페스트로 죽었다는 사실을 알게 된 후에도, 위험이란 것을 여전히 비현실적인 것으로 여겼다. 다만 의사이기 때문에 고통이라는 것에 대해 인식하고 있었고, 다른 사람들보다 약간 더 풍부하게 상상할 수 있었다. 리외는 변한 것이 없는 도시의 풍경을 창밖으로 내다보면서, 이른바 불안이라고 불리는 미래를 앞두고 마음속에 약간의 불쾌감을 느꼈을 뿐이다. 그는 그 병에 대해서 자신이 알고 있는 것을 머릿속에서 종합해보려고 애썼다. 숫자들이 그의 기억 속에서 빙빙 떠다녔다. 그는 곧, 역사상 약 서른 번에 걸친 대규모 페스트가 1억 명에 가까운 인명을 빼앗아갔다는 사실을 생각해냈다. 하지만 1억 명의 사망자란 무엇을 의미하는 것일까? 전쟁 중에는 한 사람의 사망자가 어떤 의미를 갖는지 거의 알 수 없다. 또한 인간의 죽음이란 누군가가 그 사람이 죽는 것을 봤을 때에만 의미를 갖는 것이어서, 오랜 역사 속에서 여기저기에 뿌려진 1억의 시신들은 상상 속의 한 줄기 연기에 불과한 것이다. 리외는 콘스탄티노플에서 발병했던 페스트의 기억을 떠올렸는데, 프로코프 말에 따르면 하루 동안에 1만 명이라는 희생자가 발생했다고 했다. 1만 명의 사망자 수는 대형 영화관을 가득 채운 관객 수의 다섯 배가 된다. 바로 이렇게 상상해야 한다. 조금 더 이해하기 쉽게 말하자면, 다섯 군데의 극장에서 영화를 보고 나오는 사람들을 다 모아서, 그들을 시내의 큰 광장으로 데리고 간 후에 모두 죽여서 쌓아올리는 상황을 떠올려보자. 그러면 적어도, 이름 없는 그 시체 더미 위에 널리 알려진 사람들의 얼굴을 한 명씩 대입해서 올려놓을 수 있을 것이다. 하지만 이것은 물론 실현 불가능한 일이다. 게다가 누가 1만 명이나 되는 사람들의 얼굴을 알 수 있겠는가? 게다가 프로코프 같은 사람들이 수를 잘 헤아릴 줄 모른다는 것은 누구나 알고 있는 사실이다. 70년 전에 중국 광동에서는 그 재앙이 주민들에게 미치기도 전에 약 4만 마리의 쥐가 페스트로 죽었다. 하지만 1871년에는 쥐의 수를 셀 수 있는 방법이 없었다. 그래서 대충대충 어림잡아 계산을 했고, 분명히 오차가 생길 가능성이 많았다. 그래도 쥐 한 마리의 길이를 30센티미터라고 칠 때 4만 마리의 쥐를 일렬로 줄지어 놓는다면…….

하지만 리외는 조바심이 났다. 그는 상황이 진행되는 대로 내버려뒀는데, 그래서는 안 될 일이었다. 몇 가지의 사례만 보고 전염병이라고 단정할 수는 없으니, 우선 주의하는 것만으로도 충분했다. 그는 자신이 알고 있던 것들을 확인하는 정도에만 그쳐야 했다. 마비와 탈진 상태, 눈의 충혈, 입의 오염, 두통, 가래톳, 심한 갈증, 정신 착란, 몸에 생기는 반점들, 몸속에서 일어나는 찢어지는 듯한 통증, 그리고 결국에는…… 결국에는, 한 문장이 리외의 머릿속에 다시 떠올랐다. 그것은 위의 증상들을 열거한 의학 서적에서 맨 마지막에 적혀 있는 문장이었다. '맥박이 굉장히 약해지고, 몸을 약간 꿈틀거리다가 숨이 끊어진다'. 그렇다. 결국에는 한 가닥의 실에 매달린 상태가 되어, 그들 중 4분의 3(이것은 정확한 숫자였다)은 자신들의 죽음을 재촉하는 그 미미한 몸짓을 어서 하고 싶다는 듯 초조해했다.

리외는 여전히 창밖을 내다보고 있었다. 유리창의 저쪽 편에는 싱그러운 봄 하늘이 보였지만, 반대편인 방 안에서는 여전히 '페스트'라는 말이 울리고 있었다. 그 말에는 과학이 그 속에 담으려고 하는 내용뿐만 아니라, 길게 이어지는 일련의 특별한 이미지들까지도 담겨 있었다. 그러나 그 이미지들은 누렇고 뿌연 회색을 띠는 이 도시와는 어울리지 않았는데, 이곳은 하루 중 이 시간이면 적당한 활기가 넘치고, 요란하게 큰 소음을 내기보다는 낮은 소리로 웅성거리는 곳이었을 뿐만 아니라, 만약 인간이 행복하면서 동시에 침울할 수 있다면 결국 행복하다고 볼 수 있는 그런 곳이었기 때문이다. 그토록 평화롭고 그토록 무심한 도시의 고요함은 무시무시한 재앙에서 풍기는 오래된 이미지들을 쉽게 지워버렸다. 페스트에 전염되어 새들도 떠나버린 아테네, 조용히 죽어가는 환자들로 가득한 중국의 도시들, 썩은 물이 뚝뚝 떨어지는 시체들을 구덩이에 밀어 넣고 있는 마르세유의 도형수들, 페스트의 맹렬한 바람을 막기 위해 프로방스에 건설한 거대한 성벽 건축물, 자파와 그 도시의 흉측한 거지들, 콘스탄티노플 병원의 땅에 바짝 붙어서 썩어가는 축축한 침상들, 우울한 페스트가 퍼지는 동안 갈고리에 찍혀서 끌려나가는 환자들, 마스크를 쓴 의사들의 행렬, 밀라노의 공동묘지에서 벌어진 살아 있는 사람들끼리의 성교, 공포에 사로잡힌 런던 시의 시체 운반 수레들, 사방에서 늘 울려 퍼지며 끝이 없는 인간들의 비명으로 넘쳐나는 밤과 낮. 아니다. 이 모든 것도 그 낮 동안의 평화를 없애버리기에는 충분히 강렬하지 못했다. 유리창의 저쪽 편에서 문득, 보이지 않는 전차가 갑자기 덜커덩 소리를 내면서 한순간에 그 잔인함과 고통을 부정해버렸다. 생기 없는 체크무늬처럼 펼쳐진 집들의 저 끝에서 오직 바다만이, 불안하고 결코 쉬지 못하는 그 무엇이 이 세상에 있음을 보여줬다. 그때 리외는 만을 바라보면서 루크레티우스가 말했던, 페스트의 공격을 받은 아테네 사람들이 바다 앞에 드높이 세워놓았다는 화장용 장작더미를 떠올렸다. 사람들은 한밤중에 시신들을 그곳으로 옮겼다. 그러나 장소가 비좁아서 생존자들은 자신들이 아끼는 사람들의 시신을 그곳에 갖다 놓으려고 서로 횃불을 휘두르며 다투었고, 자신들이 가져온 시신을 그냥 두고 가느니 피를 흘리면서 싸우는 쪽을 선택했다. 고요하고 컴컴한 바다 앞에서 타오르는 불그스름한 화장대의 장작더미, 고요하게 내려다보고 있는 하늘을 향해 빽빽하게 솟아오르는 독기에 찬 연기, 불꽃이 탁탁 튀며 번뜩이는 어둠 속 횃불 싸움, 이런 것들을 상상할 수 있었다. 그리고 두려운 것은…….

그러나 이 아찔한 생각도 이성 앞에서는 계속되지 못했다. '페스트'라는 말이 입 밖으로 나온 것도 사실이고, 바로 이 순간에도 재앙이 한두 명의 희생자들을 흔들어서 쓰러뜨리고 있는 것도 사실이었다. 그러나 결국, 이것은 중지될 수도 있는 일이었다. 이제 해야 할 일은 인정해야 할 것이면 분명하게 인정하고, 쓸데없는 불안의 그림자를 쫓아버린 후 그것에 대해 적당한 대책을 세우는 것이다. 그러면 페스트는 결국 멈출 것이다. 왜냐하면 페스트는 상상할 수 없는 것이거나, 사실과 다르게 상상되는 것이기 때문이다. 가장 가능성 있는 일이기도 한데, 만약 페스트가 멎는다면, 모든 일이 다 잘 풀릴 것이다. 그러나 그 반대의 경우라면 사람들은 페스트가 어떤 것인지를 알게 될 것이고, 우선 그에 대비하는 조치를 취하고 다음으로는 페스트와 싸워서 이기는 방법이 있는지 없는지를 알게 될 것이다.

리외는 창문을 열었다. 그러자 시내의 소음이 갑자기 크게 들려왔다. 이웃에 있는 작업장에서 짧게 반복되는 기계톱 소리가 들려왔다. 리외는 기운을 되찾았다. 날마다 반복되는 저 노동, 바로 거기에 확실성이 담겨 있었다. 나머지는 무의미한 동작이나 실 몇 가닥에 얽매여 있을 뿐이므로, 거기서 멈출 수는 없었다. 중요한 것은 저마다 자신이 맡은 역할을 충실히 해나가는 것이다.

::

리외가 그런 깊은 생각에 빠져 있을 무렵, 조제프 그랑이 찾아왔다. 그는 시청의 서기로서 그곳에서 맡고 있는 일거리가 매우 다양하기는 했지만, 정기적으로 통계부나 호적부에도 불려가서 일을 했다. 그래서 그는 사망자 수를 집계하게 되었다. 또 그는 친절한 성격을 타고난 사람이라, 집계 결과의 사본 한 부를 리외에게 갖다 주기로 약속했다.

리외는 그랑이 자기 이웃인 코타르와 함께 들어오는 것을 봤다. 서기 그랑은 종이 한 장을 흔들며 내밀었다.

"숫자가 늘어나고 있어요, 선생님." 그가 보고했다.

"48시간 동안 열한 명꼴로 사망했어요."

리외는 코타르에게 인사를 하고 좀 어떠냐고 물어봤다. 그랑은, 코타르가 의사 선생님께 감사드리고, 자신의 일로 폐를 끼친 것을 꼭 사과드리고 싶어 했다고 설명했다. 그러나 리외는 이미 통계표를 들여다보고 있었다.

"자." 리외가 말했다. "이제는 아마도 이 질병을 제 이름대로 부르기로 결정해야겠어요. 지금까지는 우리가 제자리걸음만 하고 있었어요. 어쨌든 저하고 함께 갑시다. 연구소에 가야 하니까요."

"그래요, 그렇겠지요." 그랑이 리외의 뒤를 따라 계단을 내려가면서 말했다. "무엇이든 제 이름대로 불러야죠. 대체 그 이름이 뭡니까?"

"말씀 드릴 수가 없어요. 또 설사 이름을 안다 하더라도 도움이 안 될 테니까요."

"그것 보세요." 그랑은 미소를 지었다. "그게 그렇게 쉬운 문제는 아니군요."

그들은 아름 광장 쪽으로 향했다. 코타르는 계속 말이 없었다. 거리에는 사람들이 가득 차기 시작했다. 밤을 앞에 두고 이 도시의 순간적인 황혼은 이미 물러나고, 아직 선명한 지평선 위로 첫 저녁 별들이 나타나고 있었다. 잠시 후 거리 위로 가로등이 켜지면서 온 하늘이 어두워졌고, 대화하는 사람들의 목소리 억양은 더 높아졌다.

"죄송합니다." 아름 광장의 한 모퉁이에서 그랑이 말했다. "저는 전차를 타야겠어요. 제 저녁은 아무도 침범할 수 없는 시간이거든요. 저희 고향 사람들이 얘기하듯 '다음 날로 절대 미루지 마라'가 제 신조지요."

리외는 이미 그랑의 그런 강박관념을 알아차리고 있었다. 몽텔리마 출생인 그는 자기 고향의 관용구들을 내세우며, 그에 이어서 '꿈 같은 날씨'라든가 '요정 세계의 빛'과 같이 어디서도 쓰지 않는 진부한 문구들을 덧붙이는 버릇이 있었다.

"아!" 하고 코타르가 말했다. "그렇죠. 저녁 식사 후에는 아무도 이 사람을 집 밖으로 불러낼 수가 없거든요."

리외는 그랑에게 시청에서 하는 일 때문에 그러냐고 물었다. 그랑은 그게 아니라 개인적인 일을 하려고 가는 것이라고 대답했다. 리외는 마지못해서 다음과 같이 말했다.

"아! 그래, 잘되어가나요?"

"일 시작한 지 벌써 여러 해가 지났으니까 당연히 그렇죠. 그렇지만 어떤 의미에서는 많이 진행된 게 아니에요."

"그럼, 요컨대 무슨 일인데요?" 리외가 걸음을 멈추며 말했다.

그랑은 둥근 모자를 자신의 큰 귀가 있는 데까지 깊숙이 눌러쓰면서 불분명한 말투로 중얼거렸다. 그러자 리외는 그것이 인격의 발전에 관한 그 무엇이라는 것을 아주 어렴풋이나마 알아차릴 수 있었다. 벌써 그랑은 이미 그들에게서 멀어져서, 마른 거리의 무화과나무 밑을 총총걸음으로 걸어 올라가고 있었다. 연구소 문턱에 이르자 코타르는 리외에게, 한번 방문해서 그의 조언을 들었으면 한다고 말했다. 주머니 속에 손을 넣고 통계표를 만지작거리던 리외는 그에게 진찰 시간에 찾아오라고 권했다가, 다시 생각을 바꿔서 자신이 이튿날 그 동네에 갈 일이 있으니 오후 늦게 그를 보러 오겠다고 말했다.

코타르와 헤어지면서 리외는 자신이 그랑 생각을 하고 있다는 것을 깨달았다. 그는 페스트가 한창 퍼지고 있을 때의 그랑을 상상하고 있었다. 그다지 심각할 것 같지 않은 현재의 페스트가 아니라 역사적인 대규모 페스트의 한복판에 있는 그랑을 상상해본 것이다. "그는 그런 경우에도 살아남을 유형의 사람이지." 그는 페스트가 체질이 약한 사람은 가만히 놓아두고, 특히 강인한 체질의 사람을 쓰러뜨린다는 것을 어느 책에서 읽었던 기억이 떠올랐다. 그런 생각을 계속하다보니, 리외는 그랑에게서 어떤 신비로운 분위기까지 느껴지는 듯했다.

사실 언뜻 보기에 조제프 그랑은 행동과 태도가 그저 시청의 하급 서기에 지나지 않았다. 키가 크고 마른 몸매를 가진 그는, 옷이 커야 오래 입을 수 있다는 착각에 늘 지나치게 큰 옷만 골라 사서는 몸에 헐렁하게 걸쳐 입고 있었다. 아래 잇몸에는 이의 대부분이 그대로 남아 있었지만, 위턱에는 이가 하나도 없었다. 그가 웃을 때는 윗입술이 유달리 올라가서 마치 유령의 입술 같았다. 이런 모습에다가 신학생 같은 발걸음이며, 벽에 바짝 붙어서 걸어가서는 문 안으로 미끄러지듯 들어가는 기술, 지하실과 연기의 냄새, 의미 없는 온갖 표정 등을 덧붙인다면 우리는 다음과 같은 사실을 인정할 수밖에 없을 것이다. 즉, 시내의 공중목욕탕 요금을 검토하기 위해, 혹은 쓰레기 청소 분야에 적용될 새로운 세법에 관한 보고서 자료들을 수집해서 젊은 문서작성자에게 넘기기 위해 정신을 집중하며 책상 앞에 앉아 있는 모습으로밖에는 그 인물을 상상할 수 없는 것이다. 선입견 없이 보더라도, 그는 일당 62프랑 30상팀을 받는 시청의 임시 직원으로서, 눈에 띄지는 않지만 없어서는 안 될 역할을 수행하기 위해 이 세상에 태어난 사람인 듯 보였다.

사실 그 일당 이야기는 그랑의 말인데, 임명장의 '자격'란 아래에 그것이 기재되어 있다고 했다. 22년 전 대학을 졸업했을 때 그는 돈이 없어서 공부를 더 이상 할 수 없었기 때문에 그 직책을 맡기로 수락했다. 그랑의 말에 따르면, 그때 사람들은 그가 빠른 시일 안에 '정식 임용'을 받게 될 것이라는 이야기로 그에게 희망을 갖도록 만들었다고 했다. 다만 시의 행정상 생기는 까다로운 문제들을 처리하는 데 있어서 그의 능력을 얼마 동안 시험해보자고 했으며, 그런 후에는 넉넉한 생활을 보장해줄 문서계의 직위까지 틀림없이 승진할 수 있을 것이라고 그에게 단언했다고 했다. 그러면서 그는 자신이 야망 때문에 움직이는 사람은 아니라고 음울한 미소를 띠면서 말했다. 하지만 정직한 방법으로 생활의 경제적인 문제를 안정시킬 수 있다는 전망과 그것을 통해 자신이 즐기는 일에 후회 없이 전념할 수 있으리라는 가능성은 그에게 매우 유리하게 보였다. 그가 자신에게 마련된 자리를 받아들였던 것은 바로 그런 명예로운 이유에서였다. 말하자면 어떤 이상에 대한 충실성 때문이었다.

그러한 임시적인 상태가 계속된 지 벌써 여러 해가 지났다. 생활비는 과도하게 올랐는데, 그랑의 임금은 몇 차례에 걸친 전반적인 인상에도 불구하고 여전히 하찮은 수준이었다. 그는 리외에게 그런 사정에 대해 하소연했다. 그러나 아무도 그 문제를 진지하게 생각해주는 것 같지 않았다. 그랑의 특이한 점, 또는 적어도 그의 특징들 가운데 하나는 바로 거기에 있었다. 사실 그는 떳떳하게 자기 권리를 내세우지는 못하더라도, 적어도 처음에 자신이 받았던 약속에 대한 권리를 주장할 수 있었다. 하지만 우선 그를 채용해준 국장이 오래전에 죽은 데다가, 채용된 당사자인 그랑도, 채용되었을 때 받은 약속에서 쓰인 정확한 용어들을 기억하지 못했다. 결국 무엇보다도 큰 문제는 조제프 그랑이 자신이 해야 할 말을 찾아낼 수 없다는 점이었다.

리외도 그것에 주목했듯이, 그러한 특징이야말로 우리의 시민인 그랑의 면모를 가장 잘 나타내주는 점이었다. 사실 바로 그런 특징 때문에, 그는 스스로 숙고하고 있는 것에 대해 청원서를 써보낸다든지, 상황이 허락하는 데 따라 교섭을 진행한다든지 하는 일을 늘 망설였다. 그의 말이 사실이라면, 언제나 그는 당당하게 말할 자신이 없는 '권리'라는 말이라든가, '약속'이라는 말 등을 특히 사용해서는 안 될 것처럼 느낀다고 했다. '약속'이라는 말은 자신이 받아야 할 빚을 요구하는 것이니, 그것 때문에 그 말은 자신이 맡고 있는 보잘것없는 직책과는 어울리지도 않는 뻔뻔스러운 성격을 지니게 될지도 모른다고 했다. 한편 그는 '호의', '간청하다', '감사' 같은 말들은 자신의 인격적인 자존심과 양립할 수 없다는 생각이 들어서 사용하지 않았다. 그렇게 해서 우리의 시민 그랑은 자신의 권리를 주장할 수 있는 적절한 용어를 찾을 수 없다는 이유로, 나이가 지긋해질 때까지 계속해서 하찮은 그 일을 수행해왔던 것이다. 게다가, 이것도 그가 리외에게 한 말이었지만, 결국 생활비를 자신의 재력에 맞춰서 사는 것으로도 충분하니까 어쨌든 자신의 물질적인 생활은 충분히 보장되어 있다는 것이고, 그것을 습관을 통해 알게 되었다는 것이다. 이렇게 해서 그는 이 도시의 시장이 즐겨 쓰는 말들 중 하나가 얼마나 당연한 것인가를 인정하게 되었다. 이 도시의 대 기업가인 시장은 결국(그랑은 자기 이론의 모든 무게가 실려 있는 '결국'이라는 말을 강조했다), 그러니까 지금까지 이 도시에서 배가 고파서 죽는 사람을 한 번도 본 적이 없다고 강력하게 주장했다고 한다. 어쨌든 조제프 그랑이 영위하고 있는, 거의 고행에 가까운 삶은 결국 실제로는 이런 세상의 이치로 인한 모든 근심에서 그를 해방해주었다. 그는 여전히 자신의 용어를 찾고 있었다.

어떤 의미에서 보면, 그의 생활은 모범적이었다고 할 수 있다. 그는 다른 곳과 마찬가지로 이 도시에서도 드문 경우지만, 자신의 선량한 마음에서 우러나오는 용기를 늘 간직하고 있는 사람들 중 한 사람이었다. 그가 자신에 관해서 실토한 사소한 몇 가지 일들은 사실 오늘날 사람들이 감히 고백하지 못하는 친절함과 애정의 증언이었다. 그는 자신에게 남아 있는 유일한 친척이자 2년에 한 번씩 프랑스로 찾아가서 만나고 있는 누이와 조카들을 사랑하고 있다는 것을 고백하면서 조금도 얼굴을 붉히지 않았다. 그리고 그는 자신이 아직 젊었을 때 돌아가신 부모님과의 기억을 생각하면 슬퍼진다는 사실도 인정했다. 또한 그는 오후 5시가 되면 부드럽게 울려 퍼지는 동네의 종소리를 듣는 것을 무엇보다도 좋아한다고 했다. 하지만 그렇게도 단순한 감정을 표현하기 위해 아주 사소한 한마디의 말을 고르는 것도 그에게는 무척 힘이 드는 일이었다. 결국 그런 어려움이 그의 가장 큰 근심거리가 되었다. "아! 선생님" 하고 그가 말했다. "말하고 싶은 것을 잘 표현하는 법을 배우고 싶어요." 그는 리외를 만날 때마다 그런 말을 했다.

그날 저녁 리외는 그랑이 돌아가는 모습을 보며, 문득 그가 하고 싶어 했던 말이 무엇인지를 이해하게 되었다. 아마도 그는 책 한 권을, 아니면 그와 비슷한 무엇인가를 쓰고 있는 것 같았다. 마침내 연구소에 도착해서까지도 그 사실은 리외에게 안도감을 주었다. 그런 느낌이 어리석다는 것은 알았지만, 이처럼 존경할 만한 기이한 습관에 열중하고 있는 겸손한 공무원을 찾아볼 수 있는 도시에 정말로 페스트가 퍼진다는 것을 그는 도저히 믿을 수 없었다. 더 정확하게 말하면, 그는 페스트가 퍼진 한가운데서 이러한 기벽이 자리를 잡는 모습을 상상할 수 없었고, 그래서 사실상 페스트가 우리 시민들 사이에서는 오랜 기간 지속되지 못하리라 판단했다.

::

이튿날, 리외는 부적절하다는 말을 들어가면서도 고집을 세운 덕분에 도청에 보건위원회를 소집할 수 있었다.

"시민들이 불안해하고 있는 건 사실입니다" 하고 리샤르가 시인했다. "게다가 사람들이 떠드는 바람에 모든 게 과장되었어요. 지사가 제게 '웬만하면 빨리 처리합시다. 하지만 말이 안 새어 나가게 해야지요'라고 말하더군요. 더구나 그는 사람들이 허위경보에 법석을 떠는 거라고 믿고 있죠."

베르나르 리외는 도청으로 가려고 카스텔을 자기 차에 태웠다.

"도청 관내에는 혈청이 없다는 것을 알고 있나요?" 하고 그가 리외에게 말했다.

"저도 압니다. 의약품 저장소에 전화를 했어요. 소장이 깜짝 놀라더군요. 파리에서 가져오도록 해야겠어요."

"오래 걸리지 않았으면 좋겠는데."

"이미 전보는 쳤어요." 리외가 대답했다.

지사는 친절했으나 신경질적이었다.

"여러분, 시작해봅시다." 그가 말했다. "사태를 요약해서 말씀드려야 할까요?"

리샤르는 그러는 게 쓸데없는 일이라는 의견을 내놓았다. 의사들은 상황을 잘 알고 있었다. 단지 문제는 어떤 조치를 취하는 것이 적절한지 알아내는 데 있었다.

"문제는" 하고 카스텔 노인이 노골적으로 말했다. "페스트냐 아니냐를 알아내는 데 있지요."

의사 두세 명이 탄식하는 소리를 냈다. 다른 사람들은 망설이는 듯했다. 한편 지사는 펄쩍 뛰더니 무의식적으로 문 쪽을 향해 몸을 돌렸다. 마치 이 엄청난 말이 복도로 새어 나가지 않도록 문은 잘 닫혀 있는지 확인하고 싶은 것 같았다. 리샤르는 우리가 흥분에 빠져서는 안 된다고 강하게 말했다. 문제는 사타구니의 합병증을 동반한 열병으로서 우리가 알 수 있는 것은 이것만이 전부이고, 과학에서나 생활에서나 가정을 하는 것은 늘 위험하다고 설명했다. 조용히 누런 콧수염을 우물우물 씹고 있던 카스텔이 그 맑은 눈을 리외에게로 돌렸다. 그러고는 너그러운 눈길로 참석자들을 한번 둘러보면서, 자신은 그것이 페스트라는 사실을 잘 알지만 물론 그 사실을 공식적으로 인정하고 나면 무자비한 조치들을 취하지 않을 수 없을 것이라고 말했다. 그는 자기 동료들이 뒷걸음치면서 주저하고 있는 것도 사실은 그런 점 때문이란 것을 잘 알고 있었다. 그러므로 그들이 안심할 수 있도록, 그 병은 페스트가 아니라고 말하고 싶다는 것이었다. 지사는 흥분하면서, 어쨌든 그것은 적당한 논증 방식이 아니라고 했다.

"중요한 것은" 하고 카스텔이 말했다. "그 논증 방식이 적당한지 아닌지가 아니라, 그것이 우리로 하여금 곰곰이 생각하게끔 만든다는 데 있어요."

리외가 입을 다물고 있었기 때문에 사람들은 그의 의견을 물었다.

"이 병은 장티푸스 같은 성격의 열병이지만 멍울과 구토증을 동반하고 있습니다. 저는 멍울을 도려내는 수술을 했어요. 그래서 그것으로 분석하도록 요청했는데, 그 결과 연구소에서는 페스트 균 덩어리를 발견했다고 합니다. 더 완전한 결과를 말씀드리면, 그래도 그 균의 어떤 특징적인 변이가 전통적인 페스트와 일치하지는 않습니다."

리샤르는 바로 그런 점 때문에 이 병이 페스트라고 공식적으로 인정하는 것을 주저하게 된다고 강조하고, 적어도 며칠 전부터 시작한 일련의 분석 실험의 통계 결과를 기다려야 한다고 말했다.

잠시 침묵을 지키던 리외가 이렇게 말을 꺼냈다. "어떤 세균이, 사흘 동안에 비장의 용적을 네 배로 불어나게 하고, 장막간의 림프절이 오렌지만큼 커지게 만들고 걸쭉한 액체의 점도로 만들어놓는다면, 바로 이건 더 이상 주저할 수 없는 일입니다. 전염의 중심지는 점점 확장되고 있어요. 병이 퍼지는 속도로 보아, 만약 막지 못한다면 2개월 이내에 시민들의 절반이 생명을 잃게 될 위험이 있습니다. 그러니 여러분이 그것을 페스트라 부르건 희귀한 열병이라 부르건 그건 별로 중요하지 않아요. 중요한 것은 단지 시민들의 반수가 목숨을 잃는 것을 막아야 한다는 점입니다."

리샤르는 무엇이든 어두운 쪽으로만 봐서는 안 되며, 게다가 자기 환자들의 가족이 아직 무사한 것을 보면 사실 전염성도 확실히 입증된 것은 아니라고 말했다.

"그렇지만 다른 사람들은 죽었는걸요" 하고 리외가 지적했다. "음, 물론 전염성이란 결코 절대적인 것은 아니에요. 그렇지 않으면 환자의 무한한 수학적 증가와 급격한 인구 감소가 생겼을 테지요. 비관적으로 생각하자는 게 아닙니다. 예방 조치를 취하자는 것이죠."

그러나 리샤르는 계속해서 사태를 요약하려는 생각을 하고 있었다. 그는 병을 방지하려면 이 병이 저절로 멈추지 않는 한 법률적으로 규정된 엄중한 예방 조치를 취해야 한다고 말했다. 또 그렇게 하려면 그 병이 페스트라는 사실을 공식적으로 인정해야 하는데, 그에 대한 확증이 절대적이지 않은 이상 심사숙고해야 한다는 점을 상기시켰다.

"문제는" 하고 리외가 말했다. "법률적으로 규정된 조치가 중대한지 아닌지가 아니라, 도시 인구의 절반이 목숨을 잃는 것을 막기 위해서 그 조치가 필요한지 불필요한지를 알자는 것입니다. 그 밖의 일은 행정적인 문제입니다. 바로 그런 문제를 해결하라고 우리의 현행 체제는 지사 자리를 마련해둔 것입니다."

"아마 그럴지도 모르겠군요" 하고 지사가 말했다. "하지만 우선 여러분이 그것은 페스트라는 전염병이라고 공식적으로 인정해주실 필요가 있습니다."

"만약 우리가 그것을 인정하지 않는다고 해도." 리외가 말했다. "역시 그 병은 시민의 절반을 죽일 위험성이 있습니다."

그러자 리샤르가 약간 흥분하며 말을 가로막았다.

"사실 이 친구는 그게 페스트라고 믿고 있거든요. 아까 이 친구가 말했던 병발 증상이 그걸 증명하는 거예요."

리외는 자신이 병발 증상을 묘사한 것이 아니라 자기 눈으로 본 것을 묘사했을 뿐이라고 대답했다. 그런데 자신이 본 것들은 멍울과 반점, 정신 착란 상태를 불러올 정도의 고열, 그리고 48시간 이내의 임종이라고 말했다. 그는 리샤르에게 이 전염병이 엄밀한 예방 조치 없이도 중단될 수 있으리라고 주장하는 데에 책임질 수 있느냐고 물었다.

리샤르는 망설이다가 리외를 보고 말했다.

"솔직하게 당신 생각을 말해주시오. 당신은 이것이 페스트라고 확신합니까?"

"문제를 잘못 제기하시는군요. 이건 병명의 문제가 아니고 시간의 문제입니다."

"그러니까 선생의 생각은 결국," 지사가 말했다. "비록 이

병이 페스트가 아니더라도, 페스트가 발생했을 때 취하는 예방 조치가 적용되어야 한다는 말이로군요."

"꼭 어떤 의견을 말하라고 하시면, 사실 제 의견은 그것입니다."

의사들은 서로 상의를 했다. 마침내 리샤르가 이렇게 말했다.

"그러므로 우리는 이 병이 마치 페스트인 것처럼 대응하는 것에 대해 책임을 져야 합니다."

이 문구는 열렬한 반응으로 동의를 얻었다.

"당신도 같은 의견이시죠, 리외 씨?" 하고 리샤르가 물었다.

"문구에는 관심 없습니다" 하고 리외가 말했다. "다만 우리는 앞으로, 시민의 반수가 죽음의 위협을 받고 있지 않다는 듯 행동해서는 안 된다는 것만이 제 요점입니다. 왜냐하면 머지않아 그렇게 될 테니까요."

모두 얼굴을 찌푸린 가운데 리외는 그곳을 떠났다. 잠시 후 튀김 기름 냄새와 오줌 냄새가 나는 변두리 동네에서, 사타구니가 피투성이인 채로 금방이라도 죽을 듯이 울부짖는 한 여인이 그를 쳐다봤다.

::

회의가 열린 이튿날, 열병은 조금 더 확산되었다. 그 소식은 신문에도 실렸지만, 가벼운 논조였다. 열병에 대한 몇 가지 암시를 주는 데에 그쳤으니 말이다. 어쨌든 그 다음다음 날 리외는 도청 측에서 시내의 가장 으슥하고 구석진 모퉁이에 재빨리 갖다 붙인 작고 흰 벽보를 볼 수 있었다. 하지만 그 벽보를 봤을 때, 당국이 사태를 정면에서 직시하고 있다고 판단하기는 힘들었다. 그가 보기에 당국이 취한 조치들은 준엄한 것이 아니었고, 여론을 불안하게 만들지 않으려는 바람으로 오히려 더 많은 것들을 희생시키는 듯했다. 실제로 포고문의 머리말은 다음과 같이 공고하고 있었다. 아직은 전염성이 있다고 말할 수 없는 악성 열병이 오랑 시에 몇 건 발생했다. 그 증상들은 현실적으로 불안을 줄 만큼의 특징이 나타나지는 않고 있으며, 시민들이 침착성을 잃지 않으리라는 점에는 의심의 여지가 없다. 그럼에도 불구하고 신중을 기하기 위해서, 모든 시민들이 이해해주리라 믿으며 지사는 몇 가지 예방적인 조치를 취하기로 했다. 이 조치가 반드시 취해져야 한다는 점을 잘 이해하고 주의를 기울인다면, 그 조치들로 전염병의 모든 위협을 분명히 멈출 수 있을 것이다. 또한 지사는 시민들이 가장 헌신적으로 협조해줄 것을 한순간도 의심치 않는다는 내용이었다.

이어서 벽보에는 전체적인 대책들이 적혀 있었다. 그중에는 하수구에 독가스를 주입하는 방식의 과학적인 쥐 박멸 방법이라든가, 음료수 섭취에 있어서의 엄격한 경계 등의 조항이 있었다. 시민들에게 극도의 청결 상태를 유지하라고 권했고, 몸에 벼룩이 있는 사람들은 시립보건진료소에 출두하라고까지 되어 있었다. 한편 의사의 진단이 내려졌을 경우에 가족들은 의무적으로 신고해야 하며, 그 환자들을 병원의 특별 병실에 격리해서 치료받도록 하는 데 동의해야 한다고 했다. 또한 그 병실들은 가장 짧은 기간 동안에 최대한 환자를 완치할 수 있도록, 진료 시설을 잘 갖추고 있다고 했다. 몇 가지의 부가적인 조항에는 환자의 방과 환자 운반용 차량의 의무적인 소독을 명하고 있었다. 나머지는 환자 주변에 있는 사람들에게 위생상 주의하라고 권고하는 데 그치고 있었다.

의사 리외는 벽보를 보다가 갑작스럽게 몸을 홱 돌리고는, 자기 진료실을 향해 걸어갔다. 진료실에서 그를 기다리고 있던 조제프 그랑이 두 팔을 쳐들었다.

"네." 리외가 말했다. "저도 알아요. 숫자가 계속 증가하고 있죠."

전날 밤에도 시내에서 십여 명의 환자가 쓰러져 죽었다. 리외는 그랑에게, 자신은 곧 코타르를 방문할 계획이니 저녁때나 만나자고 했다.

"선생님 생각이 옳아요" 하고 그랑이 말했다. "그 사람한테 선생님이 큰 도움이 되고 있어요. 사람이 변한 것 같다니까요."

"어떻게 변한 것 같은데요?"

"예의 바른 사람이 되었어요."

"전에는 그렇지 않았나요?"

그랑은 망설였다. 코타르가 딱히 예의 바르지 않았다고 말할 수 없으니, 그런 표현은 적절하지 않았을지도 모른다. 그는 늘 틀어박혀서 지내고 매우 조용했으며, 마치 멧돼지 같은 거동을 보이는 남자였다. 자기 방, 보잘것없는 식당에서의 식사, 아주 비밀스러운 외출, 그것이 코타르의 생활 전부였다. 그는 공식적으로는 포도주와 리큐어의 판매 대리인으로 알려져 있었다. 이따금 그의 고객으로 보이는 사람 두세 명이 찾아오는 일이 있었다. 저녁때는 가끔 자기 집 맞은편에 있는 영화관에 갔다. 그랑은 코타르가 갱 영화를 좋아한다는 것까지 알아차렸다. 언제나 코타르는 혼자 있었고 의심이 많았다.

그랑의 말에 따르면 이 모든 것들이 많이 변했다는 것이다.

"뭐라고 말해야 할지 모르겠지만, 제가 보기에는 말이죠. 이런 인상을 받았어요. 사람들과 타협하려고 애쓰는 것 같아요. 모든 사람을 자기편으로 끌어들이고 싶어 해요. 나한테 말도 자주 걸고 같이 나가자고 부르기도 하죠. 그러니 계속 거절할 수도 없더군요. 게다가 저도 그자에게 흥미가 있거든요. 요컨대 제가 그의 목숨을 구해준 것이니까요."

그때의 자살 미수 사건 이후로는 아무도 코타르를 찾아오는 사람이 없었다. 거리에서나 납품업체에서나 그는 타인의 호감을 얻기 위해 계속 애썼다. 식료품 가게 주인들과 이야기를 할 때 그렇게 상냥한 태도를 보이는 사람이 없을 정도였고, 담배 가게 여주인의 이야기에 그렇게 흥미롭게 귀를 기울여주는 사람도 없을 정도였다.

"그 담배 가게 여자는요." 그랑이 지적했다. "정말 독사 같은 여자예요. 코타르에게도 그런 이야기를 했지만, 그는 제가 오해하는 거라면서 그 여자에게도 알아줘야 할 좋은 면이 있다고 대답하더군요."

또한 코타르는 두세 번에 걸쳐 시내의 호화로운 음식점과 카페에 그랑을 데리고 간 일도 있었다. 사실 그는 그런 곳을 자주 드나들기 시작했다.

"여기 오면 기분이 좋아요" 하고 그는 말했다. "또 손님들도 다 좋은 사람들이고요."

그랑은 그곳에서 코타르가 특별한 대접을 받는 것에 주목했는데, 그가 놓고 가는 엄청난 팁을 보고서야 그 이유를 알았다. 코타르는 직원들이 팁을 받은 대가로 베풀어주는 친절에 매우 민감한 반응을 보이는 것 같았다. 어느 날은 지배인이 코타르를 배웅 나와서 외투 입는 것을 도와주자, 그는 그랑에게 이렇게 말했다.

"참 좋은 친구예요. 그만하면 증인이 되어줄 수 있는데."

"증인이라니, 무엇을 증언한단 말이죠?"

코타르는 말하기를 주저했다.

"아! 그저 제가 나쁜 사람이 아니라는 것을 말입니다."

게다가 그는 기분이 돌변하는 일도 있었다. 어느 날 그는 식료품 가게 주인이 약간 불친절했다며, 지나치게 분노한 상태로 집에 돌아왔다.

"딴 놈들하고는 잘 논단 말이야. 그 못된 자식이" 하고 반복해서 말했다.

"딴 놈들이 누군데요?"

"다른 모든 놈들이요."

그랑은 그 여주인의 담배 가게에서 이상한 장면까지 목격했다. 한참 활기차게 대화를 이어가던 중에, 그 여자가 알제리에서 한창 떠들썩했던 최근의 어떤 체포 사건 이야기를 꺼냈다. 그것은 무역업에 종사하는 어떤 젊은 직원이 바닷가에서 한 아랍인을 죽인 사건이었다.

"그런 건달 놈들을 감옥에 다 집어넣는다면, 정직한 사람들이 한숨 돌리고 살 수 있을 거예요." 여주인이 말했다.

그러다 그 여주인은 돌연 흥분해서 말없이 가게 밖으로 뛰어나가는 코타르를 보고 하던 이야기를 중단해야 했다. 그랑과 여주인은 어안이 벙벙해서 그저 보고만 있었다.

나중에 그랑은 코타르의 또 다른 성격 변화를 리외에게 알려줬다. 코타르는 늘 매우 자유주의적인 의견들을 냈다. 그가 즐겨 쓰는 말인 '약자는 늘 강자에게 잡아먹히게 마련이다'라는 문구가 그것을 잘 입증했다. 하지만 얼마 전부터 그는 오랑의 보수파 신문만 사서 읽었다. 게다가 그는 어떤 허영심으로 인해 공공장소에서 그것을 읽기 시작했다. 또한 병석에서 일어난 지 며칠 후에 그는 막 우체국에 가려던 그랑에게 부탁을 했는데, 멀리 떨어져 사는 자기 누이에게 매달 보내고 있는 100프랑짜리 우편환을 부쳐달라는 것이었다. 그러나 그랑이 떠나려던 순간, "200프랑을 보내주세요" 하고 코타르가 부탁했다. "그러면 그 애가 깜짝 놀라면서 좋아할 거예요. 제가 자기 생각을 전혀 안 한다고 믿고 있거든요. 하지만 사실 저는 그 애를 무척 사랑하고 있죠."

마지막으로 그는 그랑과 기이한 대화를 나눈 적이 있었다. 그랑은 자신이 매일 저녁마다 몰두하고 있는 작은 일이 무엇인지 궁금하게 여기는 코타르의 질문에 대답하지 않을 수 없었다.

"알겠어요. 책을 쓰시는군요." 코타르가 말했다.

"뭐, 그렇게 생각하실 수도 있겠지만 그보다 조금 더 복잡한 일이죠!"

"아!" 하고 코타르가 외쳤다. "저도 당신처럼 그런 일을 해봤으면 좋겠어요."

그랑이 놀란 표정을 짓자, 코타르는 예술가만 되면 많은 것들을 해결할 수 있을 것 같다고 작게 중얼거렸다.

"왜요?" 그랑이 물었다.

"음, 예술가는 다른 사람들보다 더 많은 권한을 갖잖아요. 누구나 다 아는 일이죠. 예술가에게는 여러 가지가 허용되거든요."

"아무래도." 벽보가 붙은 날 아침에 리외가 그랑에게 이렇게 말했다. "쥐 사건 때문에 머리가 어떻게 된 모양이군요. 그런 사람들이 많아요. 그저 그뿐이에요. 아니면 그 사람도 열병에 걸릴까 봐 두려워서 그렇게 됐는지도 모르죠."

그랑이 대답했다.

"저는 그렇게 생각하지 않아요, 선생님. 제 의견을 말씀드리자면……."

그때, 쥐 청소차가 요란한 엔진 소리를 내며 창문 앞을 지나갔다. 리외는 자신의 말소리가 그랑에게 들릴 수 있을 때까지 입을 다물고 있다가, 멍한 상태로 그랑의 의견에 대해 물어봤다. 그는 심각한 표정으로 리외를 바라봤다.

"그는요" 하고 그가 말했다. "마음속에서 뭔가를 후회하고 있는 사람이에요."

리외는 어깨를 으쓱했다. 전에 경찰이 말했던 것처럼, 그것 말고도 더 중요한 일들이 쌓여 있었기 때문이다.

리외는 오후에 카스텔과 의논했다. 혈청이 도착하지 않고 있었다.

"그런데요?" 하고 리외가 물었다. "혈청이 과연 쓸모가 있을까요? 이 세균은 괴상한 것인데요."

"오!" 하고 카스텔이 말했다. "저는 그렇게 생각하지 않아요. 세균이란 놈들은 늘 독특한 면이 발견되기 마련이에요. 그러나 본질은 같죠."

"적어도 그렇게 가정하시는 거겠죠. 하지만 사실 우리는 이 모든 것에 대해서 아무것도 모르고 있어요."

"물론 그건 제 가정에 불과하겠죠. 그러나 모든 사람이 그 정도에서 그치고 있는 형편인걸요."

리외는 온종일 페스트를 생각할 때마다 생겨나는 가벼운 현기증이 더 심해지는 것을 느꼈다. 그는 결국 자신도 두려워하고 있다는 사실을 인정했다. 그는 사람들로 가득 차 있는 카페에 두 번이나 들어갔다. 코타르처럼 그 역시 인간적인 온기가 필요했던 것이다. 리외는 그런 생각이 어리석다고 생각했다. 하지만 그 바람에 자신이 그 판매 대리인을 방문하겠다고 약속했던 일이 떠올랐다.

저녁에 의사가 방문했을 때, 코타르는 그 집 식당의 식탁 앞에 앉아 있었다. 그가 들어섰을 때, 식탁 위에는 탐정 소설 한 권이 펼쳐져 있었다. 그러나 이미 늦은 저녁 시간이라, 점점 짙어지는 어둠 속에서 책을 읽기란 분명 어려운 일이었다. 어쩌면 코타르는 조금 전까지도 희미한 어둠 속에 앉아 생각에 빠져 있었는지도 모른다. 리외는 그에게 몸 상태를 물었다. 코타르는 자리에 앉으면서, 자기 몸이 괜찮고 이제 아무도 자기 일에 관여하지 않는다는 확신만 가질 수 있다면 더 좋아질 것 같다고 투덜댔다. 리외는 사람이란 늘 혼자서만 살 수는 없는 법이라고 충고해줬다.

"오! 그런 말이 아니에요. 제 얘기는, 남이 귀찮게 여길 정도로 참견을 하는 사람들을 말하는 겁니다."

리외는 입을 다문 채 잠자코 있었다.

"분명히 밝혀두겠는데, 이게 제 이야기는 아닙니다만 저는 이 소설을 읽고 있었어요. 어느 불행한 남자가 어느 날 아침 갑자기 체포를 당한 겁니다. 남들이 그의 일에 참견을 했는데 그는 그것에 대해 전혀 모르고 있었죠. 사무실에서도 그에 대한 이야기들이 흘러나왔고, 정보가 들어 있는 장부에 그의 이름이 등록되었어요. 그런 일이 정당하다고 생각하세요? 한 인간에 대해서 그런 짓을 할 권리가 그들에게 있다고 생각하시나요?"

"경우에 따라 다르겠죠. 사실 어떤 의미에서는 그럴 권리가 전혀 없지요. 하지만 그런 것은 모두 부차적인 문제예요. 너무 오랫동안 집안에 틀어박혀서 지내지 말아야 해요. 외출도 좀 해야지요."

이 말에 코타르는 짜증이 난 것 같았다. 자신은 오직 외출만 하고 있을 뿐이며, 만약 필요하다면 그 사실에 대해 온 동네 사람들이 자신의 증인이 되어줄 수도 있다고 말했다. 또 동네 밖에도 자신을 잘 아는 사람들이 있다고 했다.

"건축가인 리고 씨를 아시나요? 그 사람도 제 친구입니다."

방 안이 더 어두워지고 있었다. 변두리의 거리가 활기를 띠고 있었고, 바깥에서는 안도하는 듯한 희미한 외침 소리가 들려왔다. 그 순간 가로등에 불이 켜졌다. 리외가 발코니로 나갔고, 코타르도 그의 뒤를 따라 나갔다. 이 도시에서 매일 저녁마다 느낄 수 있듯이, 그 주변의 모든 동네에서 가벼운 미풍이 불어오고 있었다. 그 바람은 사람들의 웅성거리는 소리와 불고기 냄새, 큰 소리로 떠드는 젊은이들에게 점령당한 거리에서 조금씩 부풀어 오르는 자유의 즐겁고

향기로운 웅성거림을 싣고 있었다. 밤이 되면, 보이지 않을 정도로 멀리 있는 선박들에서 요란한 소리가 흘러나오고, 줄지어 지나가는 사람들과 바다에서도 소음이 들려왔다. 리외가 훤히 알고 있을 뿐 아니라 전에는 무척 좋아했던 이 무렵의 시간이, 오늘은 그가 알고 있는 모든 것 때문에 그의 가슴을 무겁게 누르는 듯했다.

"불을 켤까요?" 코타르가 그에게 말했다.

불이 켜지자 그 작은 남자는 눈을 깜빡거리며 그를 쳐다봤다.

"저기요, 선생님. 만약 제가 병이 들면 선생님 병원에 입원시켜주시겠어요?"

"물론이죠."

그러자 코타르는 진료소나 병원에 입원한 사람을 체포해 간 전례가 있느냐고 물었다. 리외는 그런 일도 있었지만, 그건 전적으로 환자의 상태에 달려 있다고 대답했다.

"저는 말이죠." 코타르가 말했다. "선생님을 믿습니다."

그러고 나서 그는 리외에게 시내까지 차를 태워줄 수 있는지 물었다.

도심 거리에는 이미 행인들의 수가 줄어들었고 불도 많이 꺼져 있었다. 하지만 아이들은 여전히 문 앞에서 놀고 있었다. 코타르가 부탁한 대로 리외는 아이들이 모여 있는 곳 앞에 차를 세웠다. 아이들은 소리를 지르며 돌차기 놀이를 하고 있었다. 그중에서 검은 머리를 이마에 착 붙이고 가르마를 잘 탔으나 얼굴이 더러운 한 아이가, 경계하는 듯한 맑은 눈빛으로 리외를 뚫어지게 쳐다봤다. 리외는 시선을 돌렸다. 코타르는 인도 위에 서서 리외의 손을 잡았다. 코타르는 목이 쉬어 거북한 목소리로 말했다. 그리고 그는 두세 번 뒤를 돌아보았다.

"사람들이 전염병 얘기를 하던데요. 그게 사실인가요, 선생님?"

"사람들은 늘 말을 많이 하죠. 당연한 거예요." 리외가 말했다.

"선생님 말씀이 옳습니다. 열한 명만 죽어도 세상에 곧 종말이 올 것처럼 떠들어대니까요. 우리에게 필요한 건 그런 게 아닌데 말이에요."

벌써 자동차의 엔진 돌아가는 소리가 부르릉거렸다. 리외는 기어의 손잡이를 붙잡고 있었다. 그러나 그는 다시, 진지하면서도 평온한 표정으로 자기에게서 눈을 떼지 못하는 어린아이를 바라봤다. 그런데 갑작스럽게, 그 아이가 자기를 향해 치아를 다 드러내면서 활짝 웃었다.

"그렇다면 우리에게 필요한 것은 무엇일까요?" 리외가 아이에게 미소를 보이며 물었다.

그러자 코타르는 갑자기 자동차 문의 손잡이를 꽉 잡더니, 눈물과 분노로 가득 찬 목소리로 이렇게 외치고는 달아나버렸다.

"지진이요. 진짜 지진."

하지만 지진은 일어나지 않았다. 이튿날, 리외는 단지 시내를 사방으로 쫓아다니면서 환자들의 가족과 상담을 하고, 또 환자 자신들과 옥신각신하면서 하루를 다 보냈다. 리외가 자신의 직업을 이렇게 부담스럽게 느꼈던 적은 결코 없었다. 그전까지는 환자들이 그가 쉽게 일할 수 있도록 도와줬고, 자신들의 몸을 그에게 완전히 맡겼다. 그런데 처음으로, 리외는 환자들이 속마음을 털어놓지 않고 있다는 것을 느꼈다. 그들은 일종의 경계심에서 오는 정신적 동요 때문에, 자신들의 질병 속에 숨은 채 도피하고 있는 것처럼 보였다. 그런 기미는, 그로서는 아직 습관을 들이지 못한 전투였다. 그래서 그날 밤 10시쯤 회진의 마지막 차례로 방문한 그 늙은 천식 환자의 집 앞에 차를 세웠을 때, 리외는 좌석에서 몸을 일으키기조차 힘이 들었다. 그는 어두운 거리를 보면서, 그리고 어두컴컴한 하늘에서 나타났다 사라졌다 하는 별들을 바라보면서 시간을 지체하고 있었다.

그 늙은 천식 환자가 자기 침대 위에 일어나 앉아 있었다. 그는 숨 쉬는 것이 전보다 나아진 것처럼 보였고, 콩을 이 냄비에서 저 냄비로 옮겨 담고 있었다. 그는 유쾌한 얼굴로 리외를 맞이했다.

“그런데, 선생님. 콜레라인가요?”

“어디서 그런 말을 들으셨죠?”

“신문에서도 그러고, 라디오에서도 그러더군요.”

“아니요, 콜레라가 아닙니다.”

"아무튼" 하고 그 노인은 몹시 흥분하며 말했다. "해도 너무해요, 좀 배웠다는 사람들 말이에요!"

"소문에 대해 아무것도 믿지 마세요." 리외가 말했다.

그는 노인의 진찰을 마치고, 이제 그 가난한 집의 부엌 한가운데에 앉아 있었다. 그렇다. 그는 두려웠다. 바로 그 변두리 지역에서조차 이튿날 아침이 되면, 십여 명의 환자들이 몸에 난 멍울 때문에 허리를 구부린 채 자신을 기다릴 것이라는 사실을 알고 있었기 때문이다. 멍울 절개 수술은 단지 두서너 건에서만 상태를 호전시켰을 뿐이다. 그렇지만 대다수의 환자들에게 있어 멍울이 나타난 증상은 입원하는 것을 의미한다. 그리고 그는 가난한 사람들에게 입원이 무엇을 의미하는지 알고 있었다. "의사들의 실험에 이용되기 싫어요"라고 어떤 환자의 아내가 그에게 말한 적이 있었다. 그러나 환자들은 그들의 실험에 이용되는 것이 아니라 죽어가고 있었다. 그뿐이다. 포고문의 대책들이 불충분했다는 점은 아주 분명해졌다. '특수 시설을 갖춘' 병실들이 어떤 곳인지에 대해서도 리외는 잘 알고 있었다. 다른 환자들에게서 격리되어 급하게 옮겨진 후, 창문들을 모두 밀폐하고 그 주위로 위생 차단선을 쳐놓은 두 개의 병동이 전부인 것이다. 이런 상황이니 그 전염병이 저절로 없어지지 않는 한, 당국이 생각해낸 조치로는 그 병을 물리칠 수 없었다.

그런데도 그날 저녁 당국은 여전히 낙관적으로 공식 발표를 했다. 이튿날 랑스독 통신은 도청 당국의 조치들이 차분하게 시달되었으며, 이미 삼십 여 명의 환자들이 발병 신고를 했다고 보도했다. 카스텔이 리외에게 전화를 걸었다.

"병동에 병상이 몇 개 있나요?"

"여든 개입니다."

"시내의 환자 수는 물론 서른 명이 넘겠죠?"

"겁이 나서 신고를 못하는 사람들이 있겠고, 나머지 대부분은 신고할 여유조차 없는 사람들일 거예요."

"사망자 매장 문제는 조심해서 처리하고 있나요?"

"아니오. 제가 리샤르에게 전화를 걸어서 전했죠. 말뿐이 아닌 완벽한 조치가 필요하며, 전염병을 막을 수 있는 진짜 방벽을 쳐야지 그렇지 않으면 아무것도 아니라고요."

"그랬더니 뭐라고 대답하던가요?"

"자신은 권한이 없다고 하더군요. 제 생각에는 상황이 점점 심각해질 것 같군요."

과연 사흘 만에 두 개의 병동이 다 차버렸다. 리샤르는 당국이 어느 학교 건물을 용도 변경해서 보조 병원으로 개조할 것 같다고 생각했다. 리외는 백신이 도착하기를 기다리며 멍울 절개 수술을 계속하고 있었다. 카스텔은 옛날에 봤던 책들을 다시 펼쳐서 읽어보기도 했고, 도서관에서 오랜 시간을 보내기도 했다.

"쥐들은 페스트나 그것과 매우 유사한 병으로 죽었습니다." 그는 이렇게 결론을 내렸다. "그 쥐들은 이미 수만 마리의 벼룩을 퍼뜨려 놓아서, 만약 제때에 그걸 막지 못하면 그

벼룩들이 기하급수적인 규모로 병을 전염시킬 겁니다."

리외는 아무 말도 하지 않고 있었다.

그 무렵, 날씨는 이제 봄으로 완전히 자리를 잡은 듯 맑았다. 태양은 지난번에 내린 소나기로 생긴 웅덩이의 물을 흡수하고 있었다. 금빛 광선으로 가득한 아름다운 푸른 하늘, 이제 막 시작되는 더위 속에서 부르릉거리며 날아가는 비행기들, 계절의 온갖 풍경이 평온한 분위기를 만들어내고 있었다. 하지만 불과 나흘 동안에, 열병은 네 단계 위로 치솟는 놀라운 급등 상태를 보였다. 사망자가 16명에서 24명으로, 다시 28명, 32명으로 불어났다. 나흘째 되는 날에는, 한 유치원에 보조 병원을 열기로 했다는 사실이 알려졌다. 그때까지 농담을 하며 자신들의 불안감을 계속 숨겨왔던 시민들은 거리에서 예전보다 더 낙심한 모습을 보였고 더 말수가 줄었다.

리외는 지사에게 전화를 걸기로 결심했다.

"이런 조치로는 불충분합니다."

"숫자를 보고받았어요. 과연 걱정스러운 상황이더군요" 하고 지사가 말했다.

"걱정스러운 정도가 아니라 명백하게 위험한 상황입니다."

"총독부에 보고해서 명령을 요청하겠습니다."

리외는 카스텔이 보는 앞에서 전화를 끊었다.

"명령을 기다리겠다니! 직접 머리를 써야지."

"그런데 혈청은 어떻게 되었나요?"

"이번 주 안으로 도착할 겁니다."

도청은 리샤르를 통해, 명령을 내려주도록 식민지의 수도로 보낼 보고서를 작성해달라고 리외에게 의뢰했다. 리외는 그 보고서에 임상적인 설명과 숫자들을 기재했다. 같은 날 약 40명의 사망자가 생겼다. 지사는 스스로 말했던 것처럼, 자신의 책임 아래 이미 공표했던 조치들을 이튿날부터는 한층 더 강화하기로 결정했다. 의무적인 신고와 환자의 격리는 여전히 유지되었다. 환자가 생긴 집들은 폐쇄되어 소독되었고, 가족은 40일가량의 안전 격리 조치에 따라야 했으며, 매장 문제는 장차 결정될 조건에 따라 시 당국에서 시행하기로 했다. 하루가 지나자 혈청이 항공편으로 도착했다. 혈청은 현재 치료 중인 환자들에게는 충분했지만, 만약 전염병이 더 퍼진다면 부족한 양이었다. 리외가 친 전보에 대한 답이 왔는데, 혈청의 구급용 재고는 바닥이 났고 새로운 것들을 제조하기 시작했다는 내용이었다.

이와 같은 상황에서도, 봄은 도심 주변의 모든 변두리에서부터 여러 시장에까지 찾아들고 있었다. 인도를 따라 늘어선, 꽃 파는 상인들의 바구니 속에서 장미꽃 수천 송이가 시들어가면서, 그 달콤한 향기가 도시 전체에 떠다니고 있었다. 겉으로 보기에는 아무것도 변한 것이 없었다. 전차는 출퇴근 시간에 여전히 만원이었다가, 낮이 되면 텅 비고 더러웠다. 타루는 그 작은 노인을 관찰하고 있었고, 여전히 그 노인은 고양이들에게 가래침을 뱉고 있었다. 그랑은 그의 비밀스러운 일을 하기 위해서 저녁마다 집에 돌아가곤 했다. 코타르는 자기 주변을 배회했고, 예심 판사 오통은 여전히 동물을 끌고 다녔다. 그 늙은 천식 환자는 콩을 옮겨 담고 있었으며, 조용하고 호기심 많은 신문 기자 랑베르도 가끔 눈에 띄었다. 저녁이 되면 늘 똑같은 군중이 거리를 가득 메우고 있었고, 영화관 앞에는 사람들의 줄이 길게 이어져 있었다. 게다가 전염병의 기세도 꺾인 것 같았다. 며칠 동안 사망자 수는 불과 십여 명밖에 되지 않았다. 그러더니 갑자기 사망자 수가 급상승하기 시작했다. 사망자 수가 다시 30명으로 늘어난 날, 베르나르 리외는 도지사가 "그들이 겁을 먹었소"라고 말하며 내미는 공문 전보를 받아서 읽었다. 전보에는 '페스트 사태를 선포하고, 도시를 폐쇄하라'고 적혀 있었다.

La Peste

2부

그때부터 페스트는 우리들 모두의 문제가 되었다고 말할 수 있다. 그때까지는 그 기이한 사건들이 야기했던 놀라움과 불안에도 불구하고, 시민들 각자는 자신들이 있던 평소 자리에서 맡은 일들을 계속해나가고 있었다. 그것은 그렇게 할 수 있었기 때문에 가능한 일이었다. 그리고 아마도 그 상태는 그대로 계속될 것이었다. 하지만 일단 도시의 문들이 폐쇄되자, 서술자 자신을 포함해서 그들은 모두 같은 독 안에 든 쥐 신세가 되었으며, 그런 처지에 적응해야만 했다. 이렇게 해서, 가령 사랑하는 사람과의 이별 같은 개인적인 감정은 처음 몇 주일부터 갑자기 모든 사람들의 감정이 되어버렸다. 또 그 감정은 두려움과 더불어, 이 오랜 기간의 유배 상태에서 주된 고통거리가 되었다.

사실 도시의 문들을 폐쇄함으로써 생긴 가장 놀라운 결과들 중 하나는, 아무런 준비도 못하고 있던 사람들에게 닥친 갑작스러운 이별이었다. 어머니들과 자식들, 부부들, 애인들은 며칠 전만 하더라도 단지 일시적으로 이별하는 것뿐이라고 믿었기 때문에 플랫폼에서 두세 마디 당부의 말을 하며 서로 키스를 주고받았다. 그들은 며칠 혹은 몇 주일 후에는 서로를 다시 보게 되리라 확신한 채, 그런 인간의 고유한 어리석은 믿음에 빠져서, 그 작별을 통해 일상적인 관심사로부터 벗어나 기분 전환까지 했다. 그러나 그들은 아무런 방책도 없이 단번에 멀리 떨어진 채, 만나거나 소식을 주고받을 수 없게 되었다. 왜냐하면 도시의 폐쇄는 지사의 포고령이 발표되기 몇 시간 전에 시행되었고, 당연한 일이지만 특수한 예외의 경우를 참작해주지도 않았기 때문이다. 말하자면 이 질병의 갑작스러운 침입이 야기한 첫 번째 결과는, 시민들을 마치 개인적인 감정이 없는 사람처럼 행동하도록 만들어놓은 것이다. 명령이 시행된 날 처음 몇 시간 동안, 도청은 넘쳐나는 청원자들로 골치를 앓았다. 그들은 전화로, 혹은 공무원들 곁에 매달려서 모두가 하나같이 타당성이 있고 또 동시에 모두가 하나같이 참작해줄 수 없는 사정들을 늘어놓았다. 모두들 타협의 여지가 없는 상황에 놓여 있으며, '타협'이나 '특혜' 또는 '예외'라는 말들이 더 이상 의미를 지니지 못하게 되었다는 사실을 이해하기까지는 여러 날이 걸렸다.

우리에게는 편지를 쓰는 가벼운 기쁨마저 주어지지 않았다. 실제로 이 도시는 보통의 통신 방법으로는 다른 지역과 더 이상 연락을 할 수 없게 되었다. 또한 편지가 전염의 매개물이 되는 것을 피하기 위해 모든 통신 교환을 금지하는 새로운 포고령이 내려졌다. 초기에 몇몇의 특권층들은 다른 도시로 통하는 문에서 초소의 보초병들과 교섭함으로써, 그들이 외부로 나가는 편지들을 통과시켜주기도 했다. 아직은 전염병의 초기였고, 보초병들이 연민으로 인한 심적 동요 때문에 그런 부탁을 들어주는 것도 당연하다고 생각될 때이기도 했다. 그러나 얼마 후에 그 보초병들까지 상황의 심각성을 깨닫게 되자, 그들은 책임의 여파가 어디까지 미치게 될지 예상할 수도 없는 그런 일에 대해 책임지기를 거부했다. 초기에는 시외전화를 통한 연락도 허가되었으나, 그로 인해 공중전화 박스나 회선이 너무나 혼잡해져서 며칠 동안 시외전화 연락이 전면 중지되었다가, 나중에는 사망이나 출산 또는 결혼 같은 긴급한 내용을 전하는 일만 허용하는 쪽으로 엄격하게 제한되었다. 그렇게 해서 전보만이 유일한 통신 수단으로 남게 되었다. 지성과 감정과 육신으로 연결되어 있던 사람들은 이제, 겨우 열 마디 정도 되는 전보의 대문자들을 통해서 옛 교감의 자취를 찾아보는 처지에 놓이게 되었다. 그리고 사실 전보에서 쓸 수 있는 표현들은 빨리 바닥을 드러내기 때문에, 오랜 기간의 공동생활이나 괴로운 정열 같은 것들은 '잘 지내시오, 당신을 생각하며, 사랑하오'와 같이 판에 박힌 상투적인 표현을 정기적으로 주고받는 식으로 빠르게 축소되었다.

그러나 시민들 중 몇몇은 편지를 써서 외부와 연락하려는 고집을 굽히지 않고 계속 여러 가지 계획들을 궁리했다.

하지만 결국 그들은 그것이 헛된 짓이었음을 깨닫게 되었다. 비록 그들이 생각해낸 방법들 중 몇 가지가 성공했다고 하더라도 답장을 받을 길이 없었기 때문에 그 방법이 성공했는지 실패했는지 전혀 알 수 없었다. 몇 주일 동안 시민들은 똑같은 편지를 끊임없이 다시 쓰고, 똑같은 정보와 똑같은 호소의 말을 베껴 썼다. 그 결과 한때 심장에서 솟아나와 마치 피가 흐르듯 생생했던 말들이 그 의미를 잃어버린 채 텅 비어버렸다. 그러자 시민들은 기계적으로 그 말들을 베꼈고, 뜻이 죽어버린 말들을 통해서 고단한 삶의 징조를 나타내보려고 애쓰게 되었다. 그래서 결국에는 아무 대답 없는 이 독백이나, 벽에다 대고 하는 무미건조한 대화보다는, 전보로 전하는 상투적인 호소가 차라리 더 낫다고 여기기에 이르렀다.

그런데 며칠 후 아무도 이 도시에서 벗어날 수 없다는 것이 확실해지자, 사람들은 전염병이 발생하기 전에 시외로 나갔던 사람들의 귀가는 허락되는지를 알아봐야겠고 생각했다. 며칠 동안 숙고한 후에 도청은 그럴 수 있다는 답변을 내놓았다. 하지만 일단 귀환한 자는 어떤 경우에도 다시 시에서 나갈 수 없다며, 들어오는 것은 자유지만 되돌아가지는 못한다는 점을 명확하게 밝혔다. 그런데도 여전히, 소수이긴 하지만 몇몇 가정에서는 그런 상황을 가볍게 여겼다. 그래서 완전히 신중을 기하기보다 가족을 만나고 싶다는 욕망을 우선시해서, 나간 가족들에게 이 기회를 이용하라고 권했다. 그러나 이미 페스트의 포로가 되어버린 사람들은, 그렇게 하는 게 가족을 위험에 노출시킨다는 사실을 매우 빨리 깨닫고는, 이런 이별을 겪는 것을 체념한 채 받아들였다. 병이 가장 심각한 상태에 도달했던 시기에, 고문하듯 고통을 주는 죽음에 대한 두려움보다 인간적인 감정이 더 강했던 경우가 단 한 건 발생했다. 그것은 우리가 기대하듯, 고통을 넘어서서 서로를 향해 사랑을 쏟아 붓는 연인들의 경우가 아니었다. 그것은 단지, 아주 오랜 세월 동안 결혼 생활을 해온 늙은 의사 카스텔과 그 부인의 경우였다. 카스텔 부인은 전염병이 돌기 며칠 전에 이웃 도시에 갔다. 그 가정은 세상 사람들에게 모범적인 행복의 본보기가 되는 집들 중 한 곳조차도 아니었다. 그러니 모든 가능성으로 미루어 볼 때, 서술자는 그 부부가 지금까지 자신들의 결혼이 만족스럽다는 확신조차 없이 살아왔을 것이라고 말할 수 있다. 하지만 갑작스러운 이 별거 생활이 연장되자 그들은 서로 떨어져서는 살 수 없다고 생각했고, 돌연 환하게 밝혀진 이런 진실에 비하면 페스트는 하찮은 일일 뿐이라고 여기게 되었다.

그것은 하나의 예외적인 경우였다. 대부분의 경우에서, 사람들의 별거 상태는 분명히 전염병이 사라져야만 끝날 일이었다. 그래서 우리의 삶을 이루고 있던 감정, 더구나 우리가 잘 안다고 믿었던 그 감정(이미 말했던 것처럼 오랑 시민들은 단순한 정열을 갖고 있는 사람들이다)이 새로운 면모를 드러냈다.

자신의 애인이나 아내에 대해 큰 신뢰감을 갖고 있던 남자들이 질투심에 사로잡힌 것이었다. 사랑을 가볍게 여기던 남자들이 성실함을 되찾았다. 어머니와 같이 살면서도 거의 어머니를 쳐다보지 않은 채 무심하게 살았던 아들들이, 그들의 기억 속을 떠나지 않는 어머니 얼굴의 주름살 하나에도 그들의 모든 불안감과 후회를 떠올렸다. 예상되는 미래도 없이, 너무나 또렷하고 갑작스러웠던 그 이별은 시민들을 당황스럽게 만들었다. 그뿐 아니라 아직 그토록 가까우면서도 어느새 그토록 멀어져버린, 또 지금 시민들 일상의 삶을 차지하고 있는 그 존재에 대한 추억에 저항할 수도 없게 만들어버렸다. 사실 시민들은 이중으로 고통을 겪고 있었다. 우선 자신의 고통과 그다음으로는 집에 없는 사람들, 즉 자식과 아내와 애인이 겪고 있으리라고 상상되는 고통이었다.

하기야 다른 상황이었다면, 시민들은 조금 더 외부적이고 조금 더 활동적인 생활 속에서 탈출구를 발견할 수 있었을지도 모른다. 그러나 페스트는 그 발생과 동시에 시민들을 한가하게 만들어서, 그 활기 없는 도시 안을 빙빙 도는 처지에 놓이도록 했으며, 하루하루 부질없는 추억을 되새기도록 만들었다. 왜냐하면 목적도 없는 산책에서 그들은 늘 같은 길을 지나가기 마련이었고, 또 그렇게도 작은 도시였으니 대개 그 길은 예전에, 지금은 곁에 없는 사람과 같이 돌아다녔던 바로 그 길이었기 때문이다.

이와 같이, 페스트가 시민들에게 가장 먼저 가져다준 것은 유배 상태였다. 서술자가 느꼈던 것은 동시에 이 도시의 수많은 시민들이 느꼈던 것이므로, 서술자는 자신이 그 당시에 느꼈던 것들을 모든 사람의 이름으로 여기에 쓸 수 있으리라고 믿는다. 왜냐하면 그것이야말로 유배당한 자의 감정이었고, 우리가 지속적으로 마음속에 지니고 있던 공허함이었으며, 이 뚜렷한 감정은 과거로 되돌아가려고 하거나 혹은 그와 반대로 시간의 흐름을 재촉하려는 부조리한 욕망이기도 했고, 기억에 대한 불타는 화살이기도 했기 때문이다. 예를 들어 우리는 때때로 상상력이 작동하는 대로 마음을 맡긴 채, 귀가하는 사람의 초인종 소리나 계단을 올라오는 친숙한 발걸음 소리를 기다리며, 그러는 동안에는 도시의 폐쇄로 기차 운행이 정지되었다는 사실을 어떻게든 잊어버리려고 노력한다. 그렇게 해서 평상시에는 저녁 급행 기차로 왔었던 여행자가 우리 동네에 도착할 만한 바로 그 시간에 맞춰, 일부러 밖에 나가지 않고 집에 머문다. 물론 그런 시도가 오래갈 수는 없을 것이다. 기차가 오지 않는다는 사실을 분명하게 깨닫는 순간이 결국 찾아오기 때문이다. 그래서 시민들은 이별이 앞으로도 지속될 운명에 놓여 있으며, 시간의 흐름에 따라 새로운 상황에 맞춰 나가도록 노력해야 한다는 점을 깨달았다. 그때부터 시민들은 결국 감금된 상태로 되돌아가서 단지 과거만 바라보며 살게 되었다. 그리고 만약 시민들 중 몇몇이 미래를 바라보며 살고자 하는 유혹을 느끼는 일이 있더라도, 미래를 믿는 사람들은 자신들의 상상력으로 인해 결국 얻게 될 마음의 상처를 느끼며, 되도록 빨리 그런 유혹을 떨쳐냈다.

특히 모든 시민들은 이별의 기간이 얼마나 될지 따져보던 습관을 아주 빨리, 공공연하게 떨쳐버렸다. 왜 그랬을까? 그 이유는 다음과 같다. 예를 들어, 가장 비관적인 사람들이 그 기간을 6개월로 정하고 그 6개월 동안에 닥쳐올 모든 고통을 미리 다 겪은 후, 그런 고난의 경지에 걸맞게 간신히 용기를 키우고, 아주 오랜 세월에 걸쳐 이어진 괴로움 속에서도 약해지지 않고 버티기 위해 마지막 남은 힘을 쏟고 있다고 가정해보자. 그러나 때때로, 우연히 만난 친구나 신문에 실린 의견, 일시적인 의혹, 또는 돌연한 통찰력 같은 것들 때문에, 결국 그 질병이 6개월 이상 가지 말라는 법도 없으며 아마 1년, 아니면 그 이상 지속될지도 모른다는 생각이 떠오를 것이다.

그런 순간에는 그들의 용기와 의지, 그리고 인내가 너무나 갑작스럽게 붕괴해서 그들은 그 구덩이에서 영원히 다시 올라올 수 없을 것처럼 보였다. 결과적으로 그들은 해방될 날까지의 기한을 결코 생각하지 않으려 했고, 더 이상 미래를 바라보지 않으려 했으며, 말하자면 늘 두 눈을 내리깔고 지내려고 노력했다. 그렇지만 자연스럽게도, 고통을 숨기려 하고 투쟁을 거부하기 위해 경계를 포기하는 이 방식과 조심성은 보람이 없었다. 그들은 어떤 대가를 치르더라도 피하고자 했던 그런 붕괴를 피할 수는 있었지만, 그와 동시에 앞으로 있을 재회의 순간을 상상함으로써 페스트를 잊을 수 있는, 요컨대 흔히 맞을 수 있는 그 순간들까지 갖지 못하게 되고 말았다. 그렇게 해서 그들은 그 깊은 구렁과 꼭대기의 중간 지점에 좌초하여, 산다기보다 둥둥 떠다니고 있었다. 방향도 없이 흘러가는 하루하루와 헛된 추억 속에 몸을 맡긴 채, 고통의 대지에 정착하는 것을 받아들이지 않고서는 힘을 얻을 수 없는 방황하는 망령이 되어버린 것이다.

이렇게 그들은 아무 소용도 없는 기억을 간직한 채 살아가는 모든 죄수들과 모든 유형수들의 깊은 고통을 느끼며 살아가고 있었다. 그들이 끊임없이 되새기는 그 과거조차도 후회의 쓴맛밖에는 가지고 있지 않았다. 사실 그들은 지금 자신들이 기다리고 있는 그 남자, 또는 그 여자와 예전에 함께할 수 있었을 때 하지 못했던 것들에 대해 슬퍼하며, 그 모든 것들을 과거의 시간에 덧붙여보려고 했던 것이다. 이와 마찬가지로 그들은, 죄수의 생활이나 다름없지만 그보다는 상대적으로 행복하기까지 한 모든 환경에서 지금 자기 곁에 없는 사람들을 섞어서 생각하고 있었다. 그들은 자신들이 처한 환경에 만족할 수 없었다. 자신들의 현재 모습 때문에 초조해지고, 과거의 기억들과 적이 되고, 미래까지 빼앗긴 그들은 마치 인간적인 정의나 증오 때문에 감옥에 갇힌 사람들과 매우 흡사했다. 결국 그 참을 수 없는 휴가에서 벗어나는 유일한 방법은 상상력을 발휘해서 다시 기차를 달리게 하고, 끈질기게 침묵만 지키고 있는 초인종의 벨을 반복적으로 울리게 함으로써 그 시간들을 가득 메우는 일밖에 없었다.

비록 그것이 유배 상태이긴 했지만, 대개의 경우 그것은 바로 자기 집에서의 유배였다. 서술자는 모든 사람들에게 공통적이었던 유배밖에 알지 못하지만, 신문 기자 랑베르나 다른 많은 사람들의 경우를 잊어서는 안 된다. 보통 사람들의 유배 상태와는 반대로, 이들은 갑작스러운 페스트의 발생으로 인해 이 도시에 억류된 여행자로서, 만날 수 없게 된 사람뿐 아니라 자신들의 고장과도 동시에 멀리 떨어지게 됨으로써, 이별의 고통이 더욱 커졌다. 일반적인 유배 상태에 놓인 사람들 중에서, 그들은 특히 가장 고립된 유형수들이었다. 왜냐하면 그들은 모든 사람들과 마찬가지로 시간이 불러일으키는 특유의 고통을 겪고 있으면서, 또한 공간에도 묶여 있었고, 페스트에 감염된 피난처와 잃어버린 그들의 고향 땅을 갈라놓는 그 벽에 끊임없이 부딪치고 있었다. 먼지투성이 시내를 온종일 떠돌아다니면서, 자신들만 아는 저녁 시간과 자기 고장의 아침 시간 모습을 조용히 환기시키는 사람들은 아마도 그들일 것이다. 제비들이 나는 모습이며, 저녁 무렵의 이슬방울, 또는 태양이 텅 빈 거리에 가끔 뿌려놓는 야릇한 광선처럼 의미를 알 수 없는 징조들과 예기치 않은 신호들로 인해 그들의 고뇌는 날이 갈

수록 더 커졌다. 늘 모든 것으로부터 구원해줄 수 있는 것이 외부 세계인데, 그들은 그 외부 세계에 대해 눈을 감아버렸고 너무나 생생한 공상을 품는 일만 고집했다. 그리고 그들은 자신들에게 그 무엇으로도 대치될 수 없는 분위기를 이루고 있는, 어떤 특정한 광선과 두세 개의 언덕, 좋아하는 나무, 그리고 여자들의 얼굴이 있는 고향 땅의 심상을 좇는 일에 온 힘을 다해 매달리고 있었다.

끝으로 가장 흥미로운 이야기인, 애인들에 대해 좀 더 특별히 이야기하고자 한다. 아마 이것을 이야기하기에 서술자가 가장 적절한 위치에 있다고 생각된다. 그들은 여러 가지 고민으로 괴로워하고 있었는데, 그 고민 중 하나가 후회였다. 사실 그때의 상황은, 그들이 일종의 열광적인 객관성을 갖고 자신들의 감정에 대해 관찰할 수 있도록 만들었다. 그래서 그런 경우에 있어서, 자신들의 무능함이 그들의 눈앞에 분명히 나타나지 않는 일은 드물었다. 그들은 무엇보다도 지금 자기 곁에 없는 사람의 행적을 정확하게 상상하기가 어렵다는 점을 통해, 자신의 무능함을 깨닫는 첫 기회를 맞을 수 있었다. 그들은 사랑하는 사람이 시간을 어떻게 보내는지 알 수 없어 슬퍼했다. 전에 자신들이 연인에게 그런 것을 물어보는 것을 소홀히 했었다는 점과 사랑하는 사람으로서 애인의 일과가 자신의 모든 기쁨의 원천은 아닌 것처럼 가장했던 경솔함에 대해 스스로를 자책했다. 그 순간부터, 그들 사랑의 역사를 거슬러 올라가서 사랑의 불완전했던 점을 검토하는 일은 그들에게 쉬운 일이 되었다. 평소에 우리는 의식적이든 무의식적이든, 사랑이란 감정이 갑자기 위력을 발휘할 수 있다는 것을 알고 있으면서 동시에 사랑이 하찮은 상태로 지속된다는 점에 대해서도 다소 담담하게 인정하고 있었다. 그러나 추억이란 더 까다로운 법이다. 그리고 매우 논리적인 결과겠지만, 외부로부터 다가와 도시 전체를 강타했던 그 불행은, 시민들을 분노하게 했던 그 부당한 고통을 단지 안겨주는 데만 그치지 않았다. 그것은 또한 시민들을 스스로 괴로워하도록 부추겼고, 그래서 시민들 스스로 그 고통에 동의하도록 만들어버렸다. 그것이 바로 시민들의 관심을 딴 곳으로 돌리면서 혼란을 야기하는 이 질병의 상투적인 수단들 중 하나였다.

이처럼 시민들 각자는 그날그날 하늘만 마주 보며, 홀로 살아가는 일을 받아들여야만 했다. 그 전반적인 단념의 상태는 결국 사람들의 성격을 강하게도 만들었지만, 오히려 사람들을 경박하게 만들어놓기 시작했다. 예를 들어 시민들 중 몇몇은 해가 나거나 비가 오는 것에 따라 마음이 변하는 또 다른 노예 상태에 빠져버렸다. 그들을 보고 있으면 생전 처음으로, 그리고 직접적으로 날씨에 반응을 보이는 것 같았다. 그들은 단순히 황금빛의 햇빛이 비치기만 해도 유쾌한 표정을 지었다. 반대로 비 오는 날이면 그들의 표정과 생각 위에도 두꺼운 장막이 드리워졌다. 몇 주 전만 해도 그들은 그러한 나약함이나 부조리한 복종 상태에 빠지는 것을 모면할 수 있었는데, 그 이유는 그들이 홀로 고독하게 세상과 대면하고 있는 것이 아니라 어느 정도까지는 다른 사람들과 함께 그들의 우주 앞에 자리 잡고 있었기 때문이다. 아마도 이 시기부터, 예전과는 달리 그들은 하늘의 변덕에 좌우되었다고 할 수 있으리라. 즉 그들은 이유도 없이 괴로워하거나 이유도 없이 희망을 갖기 시작했다.

결국 이러한 극한의 고독 속에서 아무도 이웃의 도움을 바랄 수 없었고, 각자가 혼자서 자신의 관심사에만 빠져들었다. 만약 시민들 중 누가 우연히 비밀을 털어놓거나 감정을 드러낸다 해도, 그 사람이 들을 수 있는 대답은 그것이 어떤 종류든 대개는 기분을 상하게 하는 말이었다. 그리고 대개 그 사람은 자기와 상대방이 서로 다른 이야기를 하고 있었다는 것을 알아차리게 되었다. 사실 그는 오랜 나날 동안 마음속 깊은 곳에서 숙고하고 번민하던 것을 표현한 것이었으며, 그가 상대에게 전달하고자 했던 이미지는 기다림과 정열의 불 속에서 오래 간직해온 것이었다. 그런데 이와 반대로 상대방은 그것에 대해 상투적인 감동이나, 시장에서도 살 수 있는 흔한 고뇌, 혹은 대량 생산되는 상품처럼 평범한 우울증이라고 상상했다. 호의에서든 악의에서든 그 대답은 늘 잘못짚은 것이었기 때문에, 타인으로부터 공감 얻기를 포기해야만 했다. 그렇지 않으면 적어도 침묵을 견딜 수 없는 사람들의 경우에는 남들이 마음에서 우러나오는 진실한 말을 쓸 수 없게 되었으니, 그들도 이제 시장에서 쓰이는 흔한 말을 쓰게 되었다. 또 그들 역시 상투적인 방식으로, 어떤 면에서 보면 일상적인 신문 기사에서 쓰는 말이나 단순한 사실 관계와 다양한 사건을 기술하는 말투로 이야기하는 데 그쳤다. 그런 경우에는 여전히, 가장 진실한 고뇌조차도 진부한 형식의 대화로 변해버리곤 했다. 페스트의 포로가 된 사람들은 오직 이런 대가를 치르고서야 겨우, 수위에 대한 동정심이라든가 자기 말을 들어주는 사람의 관심을 끌 수 있었다.

그러나 이것이야말로 가장 중요한 일인데, 그 고뇌가 아무리 괴로운 것이었다 할지라도, 또 텅 비어 있긴 하지만 무거운 그 마음이 아무리 고통스러운 것이었다 할지라도, 유형수들은 페스트의 제1기에서 특권을 누리고 있는 사람들이었다고 할 수 있다. 사실 사람들이 불안감에 사로잡힌 바로 그 순간에, 그들의 생각은 자신들이 기다리는 사람에게로만 완전히 향해 있었다. 전반적인 비참함 속에서 사랑의 이기주의가 그들을 보호해주었고, 페스트 생각을 하기는 했지만 그것은 단지 페스트로 인해 자신들의 이별이 끝없이 계속될까봐 걱정될 때에 한해서였다. 이렇게 그들은 전염병이 한창일 때조차 정신 건강에 좋은 여유를 누리고 있었는데, 그런 것이 냉정함이라고 간주하고 싶은 마음까지 그들에게 생길 정도였다. 그들의 절망감은 그들을 공포로부터 구해주었고, 그들의 불행에는 좋은 점도 있었다. 예를 들어 그들 중 한 사람이 병으로 목숨을 잃는다고 해도, 대개의 경우 그런 일은 본인이 그것에 주의할 시간적 여유도 없이 일어났다. 유령 같은 존재와 함께 계속 이어온 이 오래된 마음속 대화로부터 끌려나오는 순간, 그는 느닷없이 가장 무거운 침묵만이 가득한 흙 속으로 내던져지는 것이었다. 그에게는 무엇인가를 할 만한 시간적 여유도 전혀 없었다.

::

오랑 시민들이 이 갑작스러운 유배 상태와 타협해보려고 애쓰는 동안에, 페스트는 문에 보초병들을 세우게 했고 오랑을 향해 항해 중이던 선박들이 방향을 돌리게 만들었다. 도시가 폐쇄된 이후로 단 한 대의 차량도 도시로 들어오지 않았다. 그날부터 자동차들은 같은 자리에서 뱅뱅 돌고 있는 듯한 인상을 줬다. 큰길의 높은 지대에서 내려다보는 사람들의 눈에는 항구도 기이한 모습으로 보였다. 그곳을 연안에서 가장 중요한 항구들 중 하나로 만들어줬던 예전의 일상적인 활기는 돌연 사라져버렸다. 검역 중인 몇몇 선박들이 아직도 거기에 있었다. 하지만 부두에는 가동하지 않는 커다란 기중기들과 측면으로 뒤집어놓은 화물차, 버려진 술통 더미와 부대 자루 같은 것들이 페스트로 인해 무역도 역시 죽어버렸다는 사실을 보여주고 있었다.

그렇게 익숙하지 않은 광경에도 불구하고 시민들은 자신

들에게 무슨 일이 일어났는지 잘 이해하지 못하고 있는 것처럼 보였다. 이별이나 공포와 같은 공통적인 감정은 있었지만, 사람들은 여전히 개인적인 관심사들을 가장 중요하게 여겼다. 아직 아무도 그 병을 현실적으로 받아들이지는 않았던 것이다. 대부분의 사람들은 자신들의 습관을 방해한다거나, 자신들의 이해관계에 영향을 미치는 것에 특별히 민감했다. 그래서 그들은 짜증을 내고 화도 냈지만, 이런 반응들이 그 상황에서 페스트에 대항할 수 있는 감정은 되지 못했다. 예를 들어 그들의 최초의 반응은 행정 당국을 비난하는 것이었다. 신문이 여론을 반영해서 '계획한 조치들의 완화를 검토할 수는 없을까?'라는 비판을 제기하자, 지사가 답변을 내놓았는데 그 내용이 매우 뜻밖이었다. 지금까지 신문들이나 랑스독 통신은 질병에 대한 통계를 공식적으로 보고받지도 못했다. 지사는 통계를 날마다 통신사에 전달하면서, 매주 한 번씩 그것을 보도해달고 부탁했다.

그러나 그 부분에 있어서도, 일반인들의 반응은 즉시 나타나지 않았다. 실제로 페스트가 발생한 지 3주 만에 302명의 사망자가 생겼다는 보도조차 사람들의 상상력을 움직이게 하지 못했다. 어찌 보면 그 모든 사람이 페스트로 죽지는 않았을 것이다. 게다가 평상시 그 도시에서 일주일에 몇 명이 사망하는지를 아는 사람은 아무도 없었다. 그 도시에는 20만 명이나 되는 시민들이 살고 있었으니 말이다. 사람들은 그 정도의 사망률이 정상적인 것인지 아닌지도 몰랐다.

그것은 분명한 이해관계가 드러나 있는데도 사람들이 결코 관심을 갖지 않는, 바로 그런 종류의 자료였던 것이다. 말하자면 대중에게는 비교의 기준점이 없었다. 그러나 오랜 시간이 지난 뒤, 사망자 수가 증가한 것을 분명히 확인했을 때에는 비로소 여론도 진실을 자각하게 되었다. 실제로 5주째 되던 날에는 321명, 6주째는 345명의 사망자가 나왔다. 적어도 그 증가율은 설득력을 지녔다. 하지만 사망자의 증가 추세도 충분하지 못했는지, 시민들은 불안에 떨면서도, 그것은 분명 애석한 사건이지만 그래도 결국 일시적인 것이라고 생각하는 데 그쳤다.

그렇게 해서 그들은 여전히 거리를 돌아다녔고, 카페의 테라스에 나와 앉아 있었다. 전체적으로 말해서 그들은 겁쟁이가 되고 싶지는 않았고, 상황에 대해 한탄하기보다는 농담을 더 많이 주고받았으며, 틀림없이 일시적인 그 불편함을 기분 좋게 받아들이자는 표정들을 짓고 있었다. 체면만은 차리고 있었던 셈이다. 그렇지만 월말이 다가오자, 그리고 조금 더 뒤에 이야기하게 될 기도 주간 동안에, 더 심각한 변화들이 이 도시의 모습을 변화시켰다. 무엇보다도 먼저 지사는 차량 운행과 식량 보급에 관한 조치들을 취했다. 식량 보급은 제한되었고, 휘발유는 배급되었다. 심지어 전기를 절약하라는 규정도 생겼다. 유일하게 생활필수품만은 육로나 항공로를 통해 오랑으로 들어올 수 있었다. 이렇게 해서 교통의 통행량은 점차적으로 줄어들다가 나중에는 거의 없어져버렸고, 사치품을 파는 가게들은 순식간에 문을 닫았다. 다른 가게들은 진열창에 물건이 떨어졌다는 게시물을 붙여놓았지만, 그러는 동안 가게의 문 앞에는 물건을 사려는 손님들이 줄을 지었다.

이렇게 오랑 시는 기이한 모습으로 변했다. 보행자들의 수가 상당히 많이 늘었으며, 심지어 예전에는 하루 중 한산했던 시간에도, 가게들과 몇몇 사무실이 문을 닫아서 할 일이 없어진 많은 사람들이 거리와 카페를 가득 메우고 있었다. 현재로서 그들은 아직 실업자가 아니라 휴가 중이었다. 이런 상황이 되자, 예를 들어 오후 3시경이 되면 오랑 시는 맑은 하늘 아래서 공식적인 행사를 진행할 수 있도록 교통을 차단하고 가게 문을 닫은 채, 시민들이 축제에 참가하기 위해 거리로 나와 길을 가득 메우고 있는 축제의 도시가 된 듯한 착각을 불러일으켰다.

자연스럽게 영화관들은 시민들 대다수의 휴가 상황을 이용해서 많은 돈을 벌었다. 그러나 도시로 들어오던 필름의 배급이 중단되었다. 2주일 후에는 영화관들이 상영할 프로그램을 서로 교환해야만 했고, 또 얼마 후에는 마침내 영화관들이 늘 같은 영화를 상영하기에 이르렀다. 그러나 영화관의 수입은 줄어들지 않았다.

마지막으로 오랑 시는 포도주와 알코올 음료의 거래가 무역에서 가장 중요한 자리를 차지하는 도시였기 때문에, 지금까지 축적해온 상당수의 재고품 덕분에 카페들은 손님들에게 마실 것들을 계속 공급할 수 있었다. 사실 사람들이 많이 마시기도 했다. 어느 카페에서 '좋은 술은 세균을 죽인다'라는 광고지를 써 붙이면서 알코올이 전염병을 예방해준다는 것이 이미 일반인들에게 당연한 사실로 여겨지던 때라서 그렇기도 했다. 그런 생각은 사람들 머릿속에 확고하게 자리 잡았다. 매일 밤 2시쯤이 되면 카페에서 쏟아져 나오는 상당수의 술꾼들이 거리마다 가득 차게 되었고, 그들은 서로 낙관적인 이야기들을 주고받으며 헤어졌다.

하지만 이 모든 변화는 어떤 의미에서는 너무 특별했고 또 너무 빨리 진행되었기 때문에, 그것들이 정상적이고 지속성 있다고 생각하기는 쉽지 않았다. 그 결과 시민들은 여전히 개인적인 감정을 가장 중요한 관심사로 여겼다.

도시의 문들이 폐쇄된 지 이틀 후, 의사 리외는 병원에서 나오는 길에 코타르와 마주쳤는데, 그는 매우 만족스러운 표정을 짓고 있었다. 리외는 그에게 안색이 좋다고 칭찬해줬다.

"그래요, 요즘은 아주 잘 지내고 있지요." 그 작은 남자는 말했다. "그런데 선생님. 그 고약한 페스트 말입니다. 어휴! 점점 심각해지기 시작하네요."

리외도 그 사실을 인정했다. 그랬더니 코타르는 명랑한 어조로 단호하게 말했다.

"이제 가라앉을 리가 없어요. 모든 게 뒤죽박죽이 될 겁니다."

그들은 잠시 함께 걸어갔다. 코타르는 자기 동네에 사는 어느 덩치 큰 식료품상에 대해 이야기했다. 그 상인은 비싼 값에 팔 생각으로 식료품을 저장해두고 있었는데, 사람들이 병이 난 그를 병원에 데려가려고 찾으러 왔다가 침대 밑에 쌓여 있는 통조림 깡통들을 발견했다는 것이다. "그 사람은 병원에서 죽었어요. 페스트에 걸리면 본전도 못 찾죠." 이처럼 코타르는 사실인지 거짓인지도 모르는 말들로 전염병에 관한 이야기들을 많이 했다. 또 예를 들면, 어느 날 아침에 시내 중심가에서 페스트 증세를 보이는 한 남자가 병 때문에 머리가 이상해졌는지 밖으로 뛰어나가 처음 마주친 여자에게 달려들어 그 여자를 껴안으며, 자기가 페스트에 걸렸다고 외쳤다는 이야기도 했다.

"그래요!" 코타르는 자신의 그런 확신과 어울리지 않는 다정한 말투로 지적했다. "우리는 모두 미치고 말 거예요. 분명해요."

그리고 바로 그날 오후에, 조제프 그랑은 자신의 개인적인 속내를 리외에게 털어놓았다. 그는 리외의 책상 위에 있는 리외 부인의 사진을 보고 나서 리외를 쳐다봤다. 리외는 자기 아내가 시외에서 요양을 하고 있다고 말해줬다. "어떤 의미에서는 다행이군요." 하고 그랑이 말했다.

리외는 그게 아마도 다행일지도 모르며, 다만 아내가 치유되기를 바랄 뿐이라고 대답했다.

"아!" 그랑이 말했다. "잘 알겠습니다."

그러고는 리외가 그를 알게 된 이후 처음으로, 그는 여유 있게 심정을 토로하기 시작했다. 여전히 그는 알맞은 낱말을 찾느라 애썼지만, 자신이 하고 있는 말을 마치 오래전부터 생각해왔던 것처럼 적절한 말들을 계속 잘 찾아서 이야기를 이어갔다.

그는 아주 젊었을 때, 이웃에 사는 가난한 처녀 잔과 결혼했다. 학업을 중단하고 취직을 하게 된 것도 바로, 결혼을 하기 위해서였다. 잔도 그도 그들의 동네 밖으로 나가본 일이 전혀 없었다. 그는 잔을 보러 그녀의 집으로 찾아가곤 했는데, 잔의 부모는 조용하고 미숙한 이 구혼자를 약간 비웃었다. 그녀의 아버지는 역무원이었다. 그는 일이 없을 때면 창가 한구석에 앉아서, 커다란 두 손을 넓적다리에 편하게 얹고 생각에 잠긴 채 거리의 움직임을 바라보곤 했다. 어머니는 늘 집안일에 매달려 있었고, 잔이 어머니를 도왔다. 잔은 몸이 너무 가냘팠기 때문에, 그랑은 그녀가 길을 건널 때마다 걱정스러웠다. 그럴 때면 차량들이 엄청나게 커 보였다. 어느 날, 크리스마스 선물을 파는 가게 앞에서 진열창을 바라보던 잔은 감탄한 나머지 "정말 아름다워!" 하면서 그랑에게 몸을 기댔다. 그는 그녀의 손목을 꼭 쥐었다. 이렇게 해서 그들의 결혼이 결정되었다.

그랑의 말에 따르면, 나머지 이야기들은 매우 단순했다. 모든 사람들의 경우가 다 그렇듯이 말이다. 즉 결혼을 하고, 여전히 사랑을 하고, 일을 했다. 사랑한다는 사실을 잊을 만큼 일을 했다. 잔 역시 일을 했다. 국장이 그랑에게 한 약속이 지켜지지 않았기 때문이다. 그 부분에서 그랑이 말하고자 하는 것을 이해하려면 어느 정도 상상력이 필요했다. 삶의 고단함 때문에 그는 되는 대로 살아갔고, 점점 더 말수가 줄었다. 그래서 젊은 아내가 자신이 남편에게서 여전히 사랑받고 있다고 생각하도록 만들지 못했다. 일하는 남자, 가난, 느릿느릿 닫혀가는 미래, 함께 저녁 식사를 하는 식탁에서의 침묵, 그런 세계에 정열이 솟아날 자리가 없었다. 아마도 잔은 힘들었을 것이다. 그래도 그녀는 떠나지 않고 머물러 있었다. 고통이 고통인 줄도 모른 채 오랫동안 괴로워하는 일은 흔히 일어나는 법이다. 몇 년이 지났다. 그 후에 그녀는 떠나고 말았다. 물론 그녀 혼자서 떠난 것은 아니었다. '나는 당신을 정말 사랑했어요. 그러나 이제 나도 지쳤어요……. 떠나는 것이 즐겁지는 않아요. 하지만 꼭 즐거워야만 새 출발을 할 수 있는 것은 아니에요'. 이것이 대략, 그 여자가 그랑에게 써 보낸 편지의 내용이었다.

이번에는 조제프 그랑이 괴로워했다. 리외가 그에게 지적해줬듯이, 그도 역시 새 출발을 할 수도 있었다. 하지만 문제는 그에게 자신감이 없다는 점이었다.

그는 오직 아내에 대한 생각만 하고 있었다. 그는 오직 편지를 써서 자기에 대해 변명하고픈 생각뿐이었다. "하지만 그게 어렵더군요" 하고 그가 말했다. "그런 생각을 한 지는 오래되었죠. 서로 사랑하고 있을 때는 말을 안 해도 서로를 이해할 수 있었죠. 그렇지만 사람이 늘 사랑할 수는 없는 노릇이죠. 적당한 시기에 아내를 붙들 수 있는 적당한 말들을 생각해내야 했지만 그럴 수 없었어요." 그랑은 체크무늬가 있는 수건 비슷한 천 조각으로 코를 풀었다. 그러고는 콧수염을 닦았다. 리외는 그를 쳐다보고 있었다.

"실례했습니다, 선생님." 그 늙은이가 말했다. "하지만 뭐라고 해야 할까요? …… 저는 선생님을 믿습니다. 선생님한테는 이야기할 수 있어요. 그래서 흥분되는군요."

분명히 그랑은 페스트로부터 수천 킬로미터나 떨어져 있는 사람 같았다.

그날 저녁 리외는 아내에게 전보를 쳤다. 시가 폐쇄되었으며 자신은 잘 지내고 있으니 계속 몸조리를 잘하라고 당부했고, 그녀를 생각하고 있다는 말도 넣었다.

도시의 문들이 폐쇄된 지 3주 후에, 리외는 병원에서 나오는 길에 자신을 기다리고 있던 한 젊은 남자를 만났다.

"아마 저를 알아보실 것 같은데요" 하고 그 젊은 남자가 말했다.

리외는 그를 알 듯했지만, 약간 머뭇거렸다.

"이 사건이 벌어지기 전에 찾아왔었죠." 그가 말했다. "아랍인들의 생활 상태에 대한 말씀을 들어보려고 했었지요. 제 이름은 레몽 랑베르입니다."

"아! 그렇군요." 리외가 말했다. "그럼 이제 대단한 기삿거리를 얻었겠네요."

그 남자는 약간 불편한 표정을 지었다. 그러면서 사실은 기삿거리 때문이 아니라 의사 리외에게 한 가지 부탁을 하러 왔다고 했다.

"죄송합니다" 하고 그는 말을 덧붙였다. "하지만 저는 이 도시에 아는 사람이 전혀 없고, 불행하게도 우리 신문사의 통신원은 아주 멍청하거든요."

리외는 그에게 시내 중심가에 있는 어떤 진료소까지 같이 걸어가자고 제안했다. 몇 가지의 지시 사항을 진료소에 전달할 일이 있었기 때문이다. 그들은 흑인들이 사는 동네의 골목길을 걸어 내려갔다. 저녁 시간이 다가오고 있었지만, 예전에는 이맘때 그렇게도 시끄럽던 시내가 이상하게도 조용해 보였다. 아직도 황금빛인 하늘에 울려 퍼지는 나팔 소리만이, 군인들이 직무를 수행하고 있다는 것을 알려주었다. 그러는 동안 가파른 길을 따라, 무어 양식으로 지은 가옥들의 푸른 벽, 황토색 벽, 보라색 벽들 사이를 걸어가면서 랑베르는 몹시 흥분하며 말했다. 그는 파리에 아내를 두고 왔다. 제대로 말하면 정식 아내는 아니었지만 아내나 마찬가지라고 했다. 도시가 폐쇄되자 그는 곧 아내에게 전보를 쳤다. 처음에는 그저 일시적인 사태일 것이라고 생각했기 때문에, 단지 아내와 편지를 주고받을 방법을 찾고 있었다. 오랑의 동료 기자들은 아무것도 할 수 없다고 말했고, 우체국에서는 그를 돌려보냈으며, 도청의 한 여자 비서는 노골적으로 비웃었다. 마침내 그는 두 시간이나 줄을 서서 기다린 후에 '모든 일이 잘 되고 있음. 곧 봅시다'라고 쓴 전보 한 장을 접수할 수 있었다.

그러나 아침에 잠자리에서 일어났을 때, 이 사태가 얼마나 오래 지속될 지 알 수 없다는 생각이 불현듯 그의 머릿속에 떠올랐다. 그는 떠나기로 결심했다. 그는 소개를 받은 적이 있었으므로(직업으로 인해 여러 가지 편의가 있었다) 도청의 비서실장과 접촉할 수 있었다. 그에게 자신은 오랑과는 아무런 관계도 없고 여기에 머물러 있을 일도 없으며, 우연히 여기에 있게 되었으니 일단 나가서 격리 수용 지시를 따라야 할지라도 아무튼 오랑을 떠날 수 있도록 허가해주는 일이 정당하다고 말했다. 그러나 비서실장은 그에게 이렇게 말했다. 그가 하는 말을 잘 알아들었지만 예외를 만들 수는 없으며, 조금 더 두고 보겠지만 요컨대 상황이 무척 심각한 만큼 어떤 결정도 내릴 수 없다는 내용이었다.

"하지만 어쨌든." 랑베르가 말했다. "저는 이 도시와 아무 상관이 없는 외부인입니다."

"아마 그렇겠죠. 아무튼 이 전염병이 오래 계속되지 않기를 바랄 뿐입니다."

결론적으로 그는 랑베르를 위로하려고 애쓰면서, 오랑에서 흥미로운 기삿거리를 발견하게 될 수도 있다는 점을 강조해주고, 무슨 일이든지 잘 살펴보면 좋은 면이 있는 법이라고 말해 줬다. 랑베르는 어깨를 으쓱해 보였다. 그들은 도시의 중심지에 도착했다.

"어리석은 일이에요, 선생님. 저는 기사를 쓰려고 세상에 태어난 게 아니니까요. 오히려 한 여자와 살기 위해서 세상에 태어난 것 같습니다. 그쪽이 더 이치에 맞는 게 아닐까요?"

리외는 어쨌든 일리가 있는 이야기 같다고 대답해줬다.

중심지의 큰길에도 평소처럼 많은 군중은 없었다. 몇몇의 통행인들이 멀리 있는 집을 향해서 걸음을 서두르고 있었다. 웃는 사람은 아무도 없었다. 리외는 그것이 바로 그날 발표된 랑스독 통신의 보도가 가져온 결과라고 생각했다. 24시간이 지나면 시민들은 다시 희망을 갖기 시작할 것이다. 그러나 당일에는 환자들의 숫자가 그들의 머릿속에 아직 너무나 냉정하게 남아 있었다.

"저와 그녀는," 느닷없이 랑베르가 이렇게 말했다. "만난 지는 얼마 안 되었지만 서로 마음이 잘 통하죠."

리외는 아무 말도 하지 않았다.

"제 이야기에 별로 관심이 없으실 테지만요." 랑베르가 말을 이어갔다. "저는 다만 선생님께, 제가 그 고약한 병에 걸리지 않았다는 것을 확인하는 증명서를 한 장 써주실 수 없는지 여쭤보고 싶을 뿐입니다. 그렇게 해주신다면 제게 도움이 될 거라고 확신합니다."

리외는 고개를 끄덕였다. 그는 자기 다리 사이로 뛰어든 어느 작은 남자아이를 붙잡아서 부드럽게 일으켜 세워줬다. 두 사람은 다시 발걸음을 옮겨서 아름 광장까지 왔다.

먼지가 쌓여 더러워진 공화국 여신상 주변에서, 무화과나무와 종려나무 가지들이 하얗게 먼지를 뒤집어쓴 채 마치 굳어버린 것처럼 늘어져 있었다. 그들은 그 기념상 아래에 멈춰 섰다. 리외는 희끄무레한 먼지로 덮인 신발을 한 짝씩 차례로 땅에 탁탁 치며 털었다. 그는 랑베르를 쳐다봤다. 펠트 모자를 약간 뒤로 젖혀 쓰고, 넥타이 아래 셔츠 칼라의 단추를 풀어놓은 채 수염도 잘 깎지 않은 그 신문 기자의 모습은 완고하고 시무룩해 보였다.

"당신의 심정은 잘 이해하고 있습니다." 마침내 리외가 말했다. "그러나 당신의 논리는 옳지 않아요. 그러니 저는 그 증명서를 만들어드릴 수 없습니다. 왜냐하면 사실 저는 당신이 병에 걸려 있는지 아닌지도 모를 뿐만 아니라, 비록 안다고 해도 당신이 제 진찰실을 나서는 순간부터 도청에 들어가는 순간까지 전염이 안 될 것이라고 장담할 수 없으니까요. 게다가……."

"게다가 무엇이요?" 랑베르가 말했다.

"게다가 제가 그 증명서를 써드린다 해도 아무 소용이 없을 겁니다."

"왜죠?"

"왜냐하면 이 도시에는 당신과 사정이 비슷한 사람들이 수천 명이나 있고, 그런데도 당국은 그들을 내보내주지 않으니까요."

"페스트에 안 걸린 사람들도요?"

"그건 충분한 이유가 못 되거든요. 어처구니없는 이야기죠. 저도 잘 압니다만, 그것은 우리 모두와 관계있는 문제입니다. 상황을 있는 그대로 받아들여야 합니다."

"하지만 저는 이곳 사람이 아닙니다!"

"지금부터는, 유감스럽지만 당신은 이곳 사람입니다. 다른 모든 사람들처럼."

그 사람은 흥분했다.

"단언하건대 이것은 인정에 관한 문제입니다. 서로 마음이 잘 통하는 두 사람에게 이런 이별이 무엇을 의미하는지를, 아마 선생님께서는 이해하지 못하실 겁니다."

리외는 곧바로 대답하지는 않았다. 조금 후에 그는 자신도 그것을 잘 이해한다고 말했다. 그는 랑베르가 아내와 다시 만나고, 서로 사랑하는 사람들 모두가 다시 모이기를 간절히 바라지만, 포고령과 법이 있고 페스트가 있으니, 그의 역할은 그가 마땅히 해야 할 일을 하는 것이라고 말했다.

"아니죠." 랑베르가 신랄한 어조로 말했다. "선생님은 이해하지 못하고 계세요. 선생님은 감정이 아닌 이성의 말을 쓰고 계시니까요. 선생님은 추상적으로 생각하시는 거예요."

리외는 공화국 여신상 위쪽을 올려다봤다. 그러고는 자신이 이성의 말을 쓰고 있는지 아닌지는 모르겠지만, 어쨌든 자신은 모든 사람이 알 수 있는 명백한 것들을 말하고 있으며, 이 두 가지가 반드시 같은 것은 아니라고 말했다. 그 신문 기자는 넥타이를 고쳐 맸다.

"그러면 제가, 달리 어떻게 해결하라는 말씀인가요? 그렇지만," 그는 약간 도발적인 태도로 말을 이었다. "저는 이 도시에서 나가고 말 겁니다."

리외는 여전히 그의 마음을 이해할 수 있지만, 그런 일은 자신이 상관할 바가 아니라고 말했다.

"아니에요, 관계가 있죠." 갑자기 큰 소리로 랑베르가 외쳤다. "제가 선생님을 찾아온 것도, 이번에 취해진 결정에 선생님의 역할이 컸다는 말을 들었기 때문입니다. 그래서 저는 이 일이 선생님이 기여했던 일인 만큼 적어도 한 건 정도는 철회시켜주실 수 있으리라고 생각했어요. 하지만 선생님은 무심하시네요. 남의 일은 생각해본 적도 없으시군요. 이별을 겪은 사람들에 대해서는 생각해보지도 않으셨겠죠."

리외는 어떤 의미에서는 그 말이 사실이고, 그런 것들을 고려하지 않았다는 것을 인정했다.

"아! 알겠어요." 랑베르가 말했다. "공적인 업무를 위해서라고 말씀하시려는 거죠. 하지만 공공복지도 한 사람 한 사람의 행복으로 만들어지는 겁니다."

"자," 방심하고 있다가 정신을 차린 듯 리외가 말했다. "그럴 수도 있고 저럴 수도 있지요. 속단해서는 안 됩니다. 어쨌든 그렇게 화를 내는 것은 잘못된 행동이에요. 만약 당신이 이 문제에서 벗어나실 수 있다면 저는 정말 기쁠 것 같습니다. 단지 저로서는 직무상 해서는 안 될 일들이 있어요."

랑베르는 조바심이 나는지 머리를 흔들었다.

"그래요. 화를 낸 것은 잘못입니다. 이렇게 선생님의 시간을 많이 뺏은 것도 죄송합니다."

리외는 그의 일이 앞으로 어떻게 진행되어 가는지 알려달라고 했고, 자신을 원망하지 말아달라고 부탁했다. 그리고 서로 생각이 일치하는 면이 분명히 있다고 했다. 랑베르는 돌연 당황한 것 같았다.

"저도 그렇게 생각합니다." 잠시 침묵이 흐른 후에 그는 이렇게 말했다. "제 자신의 생각에도 불구하고, 그리고 선생님이 제게 말씀하신 모든 것에도 불구하고 저도 그렇게 생각합니다."

그는 망설였다.

"하지만 선생님 생각에 동의할 수는 없군요."

그는 펠트 모자를 이마까지 푹 눌러쓰고 빠른 걸음으로 자리를 떠났다. 리외는 그가 호텔에 들어가는 것을 봤는데, 그곳은 장 타루가 묵고 있는 호텔이었다.

잠시 후 리외는 머리를 흔들었다. 행복에 대해 그가 초조한 태도를 보이는 데에도 그럴 만한 근거가 있었다. 하지만 그가 의사를 비난한 것은 옳은 일인가? '선생님은 추상적으로 생각하시는 거예요.' 페스트가 더욱 활개를 치고 있어서, 사망한 환자 수가 일주일에 평균 500명에 달하고 있는 병원에서 보냈던 나날들이 정말로 추상적이었을까? 그렇다. 불행 속에는 추상적이고 비현실적인 면이 존재한다. 그렇지만 추상적인 관념이 우리를 약화시키기 시작할 때는 그 관념과 잘 맞서야 한다. 리외는 다만, 그것이 가장 쉬운 일이 아님을 알고 있을 뿐이었다. 예를 들어, 그가 책임을 맡고 있는 그 임시 병원(이제는 세 곳이 됐다)을 운영하는 일은 쉽지 않았다. 그는 진찰실이 마주 보이는 방에다 접수처를 만들어놓았다. 움푹 파인 땅에 크레졸 용액을 탄 물을 채워서 호수처럼 물이 괴도록 하고, 그 가운데에는 벽돌로 작은 섬을 만들어놓았다. 환자가 그 섬으로 운반되면 재빨리 옷이 벗겨지고, 그 옷은 물속에 떨어졌다. 몸을 씻고 물기를 말린 후 꺼칠꺼칠한 질감의 환자복으로 갈아입은 환자는, 리외의 손으로 넘어왔다가 그다음에는 병실로 운반되었다. 이제 어쩔 수 없이 어느 학교의 실내 체육관까지 이용하게 되었는데, 모두 합쳐서 500개나 되는 그곳의 침대는 거의 전부가 환자로 차 있었다. 리외 자신이 직접 통솔하면서 진행되는 오전의 환자 접수를 마친 다음에는, 환자들에게 백신을 놓거나 종기 절개수술을 하고, 다시 통계를 확인한 후에 오후의 진찰을 위해서 자기 병원으로 돌아왔다. 마지막으로 저녁에는 왕진을 갔다가 밤늦게 집에 돌아왔다. 그 전날 밤에 리외의 어머니는 며느리에게서 온 전보를 그에게 건네주다가 아들의 손이 떨리는 것을 보았다.

"네, 떨리는군요. 하지만 건강에 더 신경 쓴다면 진정이 좀 되겠죠."

그는 원기왕성하고 강건한 사람이었다. 그리고 실제로 아직 피곤함을 느끼지는 않았다. 그렇지만 왕진을 가는 일은 그에게 지긋지긋한 일이었다. 유행성 열병이라는 진단을 내리면 그 환자는 즉시 끌려갔기 때문이다. 그럴 때면 사실 추상적 관념과 불편함이 시작되었다. 왜냐하면 환자의 가족들은 환자가 완치되거나 죽기 전에는 서로 다시 만날 수 없다는 것을 알고 있었기 때문이다. "자비를 베풀어주세요, 선생님!" 타루가 묵고 있는 호텔에서 일하는 청소부의 어머니인 로레 부인이 말했다. 그 말은 무엇을 의미하는 것일까? 물론 그는 자비심을 갖고 있었다. 그러나 자비심을 갖는 것은 누구에게도 도움이 되지 않았다. 전화를 걸어야만 했다. 곧 구급차의 사이렌이 울렸다. 처음에는 이웃 사람들이 창문을 열고 밖을 내다봤다. 그러나 시간이 조금 지나자, 그들은 서둘러서 창문을 닫아버렸다. 그러면 싸움과 눈물과 설득, 요컨대 추상적 관념의 문제가 벌어진다. 고열과 불안으로 과열된 그 아파트 속에서, 광적으로 흥분한 사람들의 소란스런 광경이 펼쳐진다. 그러나 환자는 끌려간다. 그제야 리외는 그 자리를 뜰 수 있었다.

처음에는 전화를 거는 데만 그치고 구급차가 오기를 기다리지 않은 채, 다른 환자들에게로 달려가곤 했다. 하지만 사람들은 이제, 그 결말을 잘 알고 있는 이별을 하느니보다는 차라리 페스트와 마주 앉아 있는 편이 낫다고 생각하는지 문을 열어주지 않았다. 고함 소리가 들리고 명령이 내려지고 경찰이 개입하고, 그런 후에는 무력으로 환자가 끌려 갔다. 처음 몇 주일 동안 리외는 구급차가 올 때까지 기다리는 수밖에 없었다. 그다음부터는 왕진하는 의사 한 명당 자원봉사 감독관이 한 명씩 따르기로 해서, 리외는 한 환자에게서 다른 환자에게로 바로 달려갈 수 있었다. 그러나 초기에는 매일 저녁의 상황이, 그가 로레 부인 집에 들어갔던 날 저녁의 상황과 비슷했다. 부채와 조화로 꾸며놓은 그 작은 아파트 방에 들어갔을 때, 환자의 어머니가 어색한 웃음을 지으면서 그를 마중 나와서 이렇게 말했다.

"설마 요즘 떠들썩한 그 열병은 아니었으면 좋겠네요."

그러고 나서 그는 홑이불과 속옷을 들추고, 환자의 배와 넓적다리에 있는 붉은 반점과 부어오른 멍울을 조용히 살펴봤다. 그 어머니는 자기 딸의 넓적다리를 들여다보다가 참지 못하고 울부짖었다. 매일 저녁 어머니들은 모든 치명적인 징후를 띤 채 드러나 있는 배를 앞에 두고 모호한 표정으로 그렇게 울부짖었다. 그리고 매일 저녁 사람들의 팔이 리외의 팔을 붙잡고 매달렸으며, 헛된 말들, 약속들, 그리고 눈물이 쏟아져나왔다. 또 매일 저녁 구급차의 사이렌은 모든 고통과 마찬가지로 무의미한 큰 소리의 경보를 울려댔다. 언제나 비슷한 모습의 저녁이 이렇게 오랫동안 반복되었다. 리외는 끝없이 되풀이되는 비슷한 광경의 연속 이외에는 아무것도 기대할 수 없었다. 그렇다. 페스트는 마치 추상적인 관념처럼 단조로운 것이었다. 아마도 단 한 가지는 달라졌을지도 모르는데, 그것은 바로 리외 자신이었다. 그는 그날 저녁 공화국 여신상 밑에서 랑베르가 들어간 호텔의 문을 바라보면서 그것을 느꼈고, 마음속에 채워지기 시작한 묘한 무심함만을 의식하고 있었다.

석양이 질 무렵이면 매일같이, 모든 시민들이 거리로 쏟아져나와 같은 자리를 맴돌며 방황하는 그 기진맥진한 몇 주일이 지나간 후, 리외는 더 이상 동정심과 싸울 필요가 없다는 것을 깨달았다. 동정심이 아무 소용이 없다면, 동정하는 것도 피곤해지는 법이다. 또한 리외는 스스로 점점 느리게 닫혀가는 그 마음의 감각 속에서, 짓누르듯 무거운 나날들의 유일한 위안을 찾았다. 그는 서서히 닫히는 그 마음으로 인해, 자신의 임무를 수행하기가 쉬워질 것이라는 사실을 알았다. 그래서 그는 그렇게 된 것에 대해 기뻐했다. 그의 어머니는 새벽 2시에 귀가하는 아들을 집에서 맞이하며, 자신을 쳐다보는 아들의 공허한 눈빛을 보며 슬퍼했다. 그러나 그때 그녀는, 리외가 얻을 수 있었던 바로 그 유일한 마음의 위안을 한탄했다. 추상 작용과 싸우기 위해서는 그 추상 작용과 약간 비슷해져야 한다. 하지만 랑베르가 어떻게 그것을 느낄 수 있겠는가? 랑베르에게 추상이란 자신의 행복과 대립되는 모든 것이었으니 말이다. 그리고 사실, 리외는 그 신문 기자가 어떤 의미에서는 옳다는 것도 알고 있었다. 그러나 그는 또한 추상이라는 것이 행복보다 더 강하게 나타날 때가 있다는 사실을 알고 있었고, 그런 경우, 단지 그런 경우에만 추상을 고려해야 한다는 점도 잘 알고 있었다. 그런 경우는 랑베르에게 장차 일어나게 될 일이었고, 리외는 나중에 랑베르가 들려준 내밀한 이야기를 통해 그 사실을 자세히 알게 되었다. 이렇게 리외는 지속적으로, 그리고 새로운 면에서, 개인의 행복과 페스트라는 추상 사이에서 벌어진 그런 종류의 우울한 투쟁을, 그 기나긴 기간 동안에 우리 도시의 삶 전체를 구성했던 그 투쟁을 계속 추적할 수 있었다.

::

그러나 그때는, 누군가의 눈에 추상으로 보이는 것이 다른 사람들의 눈에는 진실로 보였다. 페스트가 발생한 첫 달이 끝나갈 무렵에는, 사실 전염병의 현저한 재발과 더불어 파늘루 신부의 열렬한 설교로 인해 분위기가 침울해졌다. 이 신부는 미셸 영감이 처음 그 병에 걸렸을 때 그를 도와주었던 예수회 수도사였다. 파늘루 신부는 오랑 지리학회의 학회지에 자주 기고해 이미 두각을 나타내고 있었는데, 그 학회에서 그가 연구했던 금석학 분야의 복원 작업은 권위가 있었다. 또한 그는 근대 개인주의에 관한 일련의 강연회를 통해서, 어떤 전문가보다도 더 많은 청중을 모았다. 그는 강연을 통해서 근대의 방종이나 지난 세기의 반(反)계몽주의와는 거리가 먼 엄격한 기독교의 열렬한 옹호자가 되었다. 그때 그는 청중들에게 냉혹한 진실들을 아낌없이 털어놓았다. 그래서 그는 명성을 떨칠 수 있었다.

그런데 그달 말경에 이 도시의 교회 지도층들은 집단 기도 주간을 설정함으로써 그들 고유의 방식으로 페스트와 싸우기로 결정했다. 대중의 신앙심을 표명하는 이 행사는 페스트에 걸린 성자인 성(聖) 로크에게 드리는 장엄미사를 통해 일요일에 끝마치기로 되어 있었다. 그 기회에 파늘루 신부는 설교를 부탁받았다. 파늘루 신부는 성 아우구스티누스와 아프리카 교회에 대한 연구를 통해 교단의 서열상 독자적인 위치를 획득하고 있었는데, 약 2주일 전부터 그 연구에서도 간신히 손을 뗄 수 있었다. 혈기왕성하고 정열적인 천성을 가진 그는 자신이 맡은 그 임무를 결단성 있게 받아들였다. 그의 설교 이야기는 예정된 날의 훨씬 전부터 이미 시내에 있는 사람들 사이에서 화젯거리가 되었고, 그 나름으로 이 시기의 역사 속에 중요한 날짜를 표시하게 되었다.

기도 주간에는 수많은 군중들이 모여들었다. 그렇다고 평소 오랑 시민들이 특별히 두터운 신앙심을 갖고 있었기 때문은 아니었다. 대개 일요일 아침, 오랑 시민들은 해수욕을 하러 갈 것인지, 미사에 갈 것인지를 두고 골머리를 앓았다. 게다가 많은 시민들이 갑작스레 개종했기 때문도 아니었다. 그것은 한편으로 도시가 폐쇄되고 항구가 차단되어 해수욕을 할 수 없게 되었기 때문이고, 다른 한편으로는 그들이 아주 특이한 정신 상태를 갖고 있었기 때문이다. 즉 시민들은 갑자기 그들에게 엄습한 놀라운 사건들을 마음속 깊이 인정하지는 않으면서도, 어떤 변화가 생겼다는 것만은 분명하게 느끼고 있었던 것이다. 그러나 많은 사람들은 전염병이 곧 멈출 것이고, 가족들과 함께 살아남을 수 있으리라는 희망을 계속해서 갖고 있었다. 그러므로 그들은 여전히, 무엇인가를 해야 한다는 의무감은 느끼고 있지 않았다. 그들에게 페스트란, 어느 날 갑자기 찾아왔듯이 어느 날엔가는 사라져버릴 불쾌한 방문자일 뿐이었다. 두렵기는 해도 절망하지 않았던 그들에게, 페스트가 그들의 생활 모습 그 자체인 것처럼 보이게 되거나, 또 그때까지 그들에게 주어진 삶을 잊어버리게까지 되는 시기는 아직 오지 않았다. 결국 그들은 기대감을 갖고 있었던 셈이다. 수많은 다른 문제들과 마찬가지로 종교적인 문제에서도, 페스트는 사람들에게 독특한 사고방식을 부여해줬다. 그것은 열중과도 거리가 멀고, 무관심과도 거리가 먼 '객관성'이라는 말로 충분히 적절하게 정의할 수 있는 그런 사고방식이었다. 예를 들어 기도 주간에 참가한 사람들 대부분은 어떤 신자 한 명이 의사인 리외 앞에서 "아무튼 해가 되지는 않을 테니까요"라고 한 말을 자신이 한 말로 생각할 수도 있었다. 타루도 자신의 수첩에, 이런 경우 중국인들은 페스트의 정령 앞에서 북을 두드릴 것이라고 적은 다음, 실제로 북이 의학적 예방 조치들보다 더 효과가 있는지는 결코 알 수 없는 일이라고 지적했다. 그는 단지 그 문제를 해결하려면 우선 페스트의 정령이라는 존재에 대해 알고 있어야 하는데, 그 점에 관한 우리의 무지함은 우리가 생각할 수 있는 모든 의견들을 고갈시켜버린다고만 덧붙였다.

어쨌든 이 도시의 대성당은 기도 주간 동안 신자들로 거의 가득 찼다. 처음 며칠 동안은 많은 시민들이 성당 입구에 늘어서 있는 종려나무와 석류나무 숲에 머물며, 거리에까지 흘러넘치는 봉헌 기도와 온갖 기도 소리의 파도에 귀를 기울이고 있었다. 차츰차츰 그 청중들은 먼저 들어간 사람들을 따라 성당에 들어가서, 참석자들의 응창(應唱)에 끼어들며 머뭇거리는 목소리로 같이 노래를 불렀다. 그래서 일요일에는 상당수의 군중이 성당의 중앙 홀을 가득 메우고, 앞뜰과 마지막 계단에까지 사람들이 넘쳐났다. 그런데 그 전날부터 하늘이 컴컴해졌고, 비가 억수로 쏟아졌다. 밖에서 있는 사람들은 우산을 펼쳐 들었다. 향을 피운 냄새와 젖은 옷 냄새가 성당 안에 감도는 가운데, 파늘루 신부가 설교단에 올라갔다.

그는 중간 정도의 키였지만, 몸이 다부졌다. 그가 커다란 두 손으로 나무틀을 붙잡고 설교단의 가장자리에 기대어 섰을 때 사람들의 눈에 비친 그의 모습은, 강철 테 안경 밑의 불그레한 양쪽 볼이 두 개의 붉은 얼룩처럼 튀어나온 두툼하고 까만 하나의 형체로만 보였다. 그의 목소리는 멀리에서도 들릴 만큼 힘차고 정열적이었다. 그래서 그가 "나의 형제들이여, 그대들은 불행을 겪고 있습니다. 나의 형제들이여, 그대들은 불행을 겪어 마땅합니다"라고 맹렬하고 단호한 목소리로 청중에게 말했을 때, 일종의 소용돌이가 청중을 뚫고 지나가서 성당의 현관까지 도달했다.

논리적으로 말해서, 그다음에 이어진 말은 그토록 비장했던 설교의 첫머리와 잘 연결되는 것 같지는 않았다. 시민들은 곧 신부가 능숙한 웅변술을 통해 그 설교 전체의 주제를, 마치 한 대 후려치듯이 단 한 번에 제시하는 데 그쳤음을 알아차렸다. 사실 파늘루 신부는 그 말 바로 다음에, 애굽에서 발생했던 페스트와 관련하여《출애굽기》의 한 구절을 인용해서 이렇게 말했다. "이 재앙이 역사상 처음으로 나타났을 때, 그것은 신에게 대항한 자들을 쳐부수기 위해서였습니다. 애굽 왕 파라오는 하느님의 영원한 뜻을 거역했기 때문에 페스트가 일어 그를 굴복시켰습니다. 태초부터 신의 재앙은 오만한 자들과 눈먼 자들을 그 발아래 꿇어앉혔던 것입니다. 이것에 대해 잘 생각하시고 무릎을 꿇으십시오."

밖에서는 비가 더 심하게 퍼붓고 있었다. 그리고 완전한 침묵 가운데에 던져진 그 마지막 한마디는 유리창에 부딪쳐 따닥따닥 소리를 내는 빗소리 때문에 더 강하게 울려 퍼졌다. 그래서 몇몇 청중들은 잠깐 동안 망설이다가 의자에서 미끄러져 내려와 기도대 위에 무릎을 꿇었다. 다른 사람들도 그 사람을 따라야만 한다고 굳게 믿은 나머지 차례차례로, 간혹 몇몇 의자가 삐걱거리는 소리가 날 뿐 다른 소리는 내지 않고, 급기야 모든 청중이 무릎을 꿇었다. 그때 파늘루 신부가 다시 몸을 일으켜서 깊이 숨을 들이쉬고는 점점 더 강한 어조로 말을 이었다. "오늘날 페스트가 여러분의 삶에 관여하게 된 것은 깊이 반성해야 할 시간이 왔기 때문입니다. 올바른 사람들은 그것을 조금도 두려워할 필요가 없습니다. 그러나 악독한 사람들이 공포에 떠는 것은 당연한 일입니다. 우주라는 거대한 곡물창고 속에서 무자비한 재앙은 짚과 낟알을 가려내기 위해서 인류라는 밀을 타작할 것입니다. 낟알보다는 짚이 더 많을 것이며, 선택된 자보다는 부름을 받은 자가 더 많을 것입니다. 하지만 이 불행은 신이 원하신 것이 아닙니다. 너무나 오랫동안 이 세상은 악과 타협해왔습니다. 너무나 오랫동안 이 세상은 성스러운 자비 위에서 쉬고 있었습니다. 회개하는 것으로 충분했으며, 모든 것이 허용되었습니다. 그리고 사람들 각자는 회개하는 행위로 힘을 얻고 있었습니다. 때가 되면 사람들은 틀림없이 회개를 해야겠다고 느낄 것이기 때문입니다. 그때가 오기 전에 가장 쉬운 일은 그냥 되는 대로 처신하는 것이고, 그 밖의 나머지는 신의 자비로 해결될 것이었습니다. 그렇지만 그것이 오래 지속될 수는 없었습니다. 무척 오랫동안 이 도시의 사람들에게 그 연민의 얼굴을 보여주시던 신께서도, 기다림에 지치시고 영원한 희망에 대해 실망하셔서 마침내 시선을 돌려 외면하신 것입니다. 신의 광명을 잃은 우리는 이제 오랫동안 페스트의 암흑 속에 빠지게 되었습니다!"

신자들 중 한 사람이 마치 안절부절못하는 한 마리 말처럼 거친 숨을 내쉬었다. 잠깐 동안 말을 멈췄던 신부는 더 낮은 목소리로 계속 말을 이었다. "《황금전설》에 이런 이야기가 있습니다. 롬바르디아의 훔베르트 왕 시대에 이탈리아가 페스트로 막대한 피해를 입었는데, 얼마나 지독했던지 살아 있는 사람들의 숫자가 죽은 사람들을 매장하기에 충분하지 않을 정도였습니다. 그 페스트는 특히 로마와 파비아에서 맹위를 떨쳤습니다. 그런데 어떤 선한 천사가 뚜렷한 모습으로 나타나서, 사냥용 창을 들고 있는 악한 천사에게 명령을 내렸습니다. 집집마다 문을 두드리라는 명령을 내렸더니, 문을 두드린 수만큼 그 집에 사망자가 생겼다고 합니다."

파늘루는 여기서 자신의 짧은 두 팔을 교회 현관 쪽으로 뻗었는데, 마치 비를 맞아 펄럭이는 휘장 뒤의 무엇인가를 가리키는 듯한 동작이었다. "나의 형제들이여" 하고 그는 힘차게 말했다. "바로 그와 똑같은 죽음의 사냥이 오늘날 우리 도시의 거리 곳곳에서 벌어지고 있습니다. 그를 보세요. 루시퍼처럼 아름답고, 악의 화신처럼 찬란한 저 페스트의 천사를 보세요. 여러분의 집 지붕 위에 서서, 오른손에는 붉은 창을 머리 높이까지 쳐들고 왼손으로는 여러분의 집들 중 하나를 가리키고 있습니다. 지금 이 순간에도 그의 손가락이 당신의 문을 향해 다가가고 있고, 창은 나무 대문을 두드리고 있을지도 모릅니다. 또 이 순간에도, 여러분의 집에 들어간 페스트가 당신들 방에 앉아서 당신들이 돌아오기를 기다리고 있을지도 모릅니다. 페스트는 끈기 있고 조심스럽게, 마치 이 세상의 질서 그 자체인 양 자신만만하게 거기에 존재합니다. 어떤 지상의 힘도, 저 공허한 인간의 지식조차도 여러분에게 뻗칠 그 손을 피하게 할 수는 없으니, 이 점을 잘 알아두십시오. 그리고 피로 물든 참혹한 탈곡장에서 두들겨 맞아, 여러분은 짚과 함께 버림받게 될 것입니다."

여기서 신부는 재앙의 비장한 이미지에 대해서 한층 더 풍부한 표현을 써서 묘사를 계속했다. 그는 거대한 나무토막이 이 도시의 하늘에서 빙빙 돌다가 닥치는 대로 후려치고, 피투성이가 되어 다시 올라가서, '진리의 수확을 준비하는 씨 뿌리기를 위하여' 마침내 인간의 피와 고통을 흩뿌리는 광경을 상기시켰다.

파늘루 신부는 그 긴 이야기를 끝마치자 머리카락을 이마 위에 내려뜨리고, 그의 양손의 진동으로 설교대 위까지 흔들릴 정도로 몸을 부르르 떨면서 말을 멈췄다가, 더 조용한 음성으로 그러나 비난하는 어조로 다시 말을 이었다. "그렇습니다. 반성할 때가 온 것입니다. 여러분은 그동안 주일에 하느님을 찾아뵙는 것으로 충분하며, 그렇게 함으로

써 나머지 나날들은 자유롭게 보내도 된다고 믿었습니다. 몇 번 무릎을 꿇으면 여러분의 그 죄스러운 무관심에 대한 대가를 충분히 갚았다고 생각한 것입니다. 그렇지만 하느님은 미온적이지 않으십니다. 그렇게 뜸하게 찾아뵙는 관계 정도로는 하느님의 열렬한 애정을 만족시킬 수가 없었던 것입니다. 하느님은 여러분을 더 오래 보고 싶으셨던 것이고, 그것이 여러분을 사랑하시는 하느님의 방식입니다. 또 사실대로 말하면, 그것만이 하느님이 사랑하는 유일한 방식입니다. 이렇게 해서 여러분이 찾아오기를 기다리다가 지치신 하느님은 인류의 역사가 시작된 이후로 재앙이 죄 많은 모든 도시를 찾아들었듯이, 여러분에게도 찾아들게 하신 것입니다. 카인과 그의 자손들이, 노아의 홍수 이전의 사람들이, 소돔과 고모라의 사람들이, 애굽의 왕과 욥, 그리고 또한 저주받은 모든 사람들이 그것을 알았듯이, 이제 여러분은 죄가 무엇인지를 알고 있습니다. 그리고 이 도시가 여러분과 재앙을 벽으로 둘러싸서 가둬버린 그날부터, 앞서 말한 그들이 모두 그렇게 했듯이, 여러분은 새로운 시선으로 모든 존재와 사물을 바라보고 있습니다. 여러분은 이제 마침내, 본질적인 것으로 돌아와야 한다는 것을 알게 된 것입니다."

이제는 축축한 바람이 성당의 중앙 홀까지 불어 들어오고 있어서, 촛대들의 불꽃이 오그라지면서 한쪽으로 쏠리고 있었다. 촛농의 짙은 냄새와 기침 소리, 어떤 사람의 재채기 소리가 파늘루 신부에게까지 들려왔다. 신부는 사람들로부터 높이 평가받은 그 능란한 말솜씨를 발휘하며 다시 자신의 설명으로 돌아와서 차분한 목소리로 말을 이었다. "여러분 중 대다수는, 제가 대체 어떤 결론에 도달할 것인지 궁금해하시리라는 것을 잘 알고 있습니다. 저는 여러분을 진리로 이끌고자 하며, 지금까지 말했던 그 모든 어두운 것들에도 불구하고 여러분에게 기쁨을 누릴 수 있는 방법을 알려드리고 싶은 것입니다. 충고나 친절한 손길이 여러분을 '선함' 쪽으로 밀어주는 방법이었던 시대는 이미 지나갔습니다. 오늘날 진리란 하나의 명령입니다. 그리고 구원으로 가는 길은, 그 길을 여러분에게 제시하고 그 길 쪽으로 밀어주는 붉은 창입니다. 나의 형제들이여. 바로 여기서 세상의 만물 안에 선과 악, 분노와 연민, 페스트와 구원을 마련하신 신의 자비가 마침내 드러나고 있습니다. 여러분에게 상처를 입히는 그 재앙이 도리어 여러분을 향상하고, 여러분에게 길을 제시하고 있습니다.

아주 오래전에 아비시니아의 기독교도들은 페스트 속에서, 영원한 생명을 얻을 수 있도록 신이 내려주신 효과적인 방법을 알아보았습니다. 병에 걸리지 않은 사람들은 확실한 죽음을 얻기 위해서, 일부러 페스트 환자들의 홑이불을 몸에 감곤 했습니다. 아마도 구원에 대한 그런 광적인 열망은 권장할 만한 것은 아닐지도 모릅니다. 거기에는 정말로 오만에 가까운, 유감스러운 성급함이 드러나 보입니다.

하느님보다도 더 성급해서는 안 되며, 하느님이 이룩해놓으신 불변의 질서를 더 빠르게 앞당기려고 하는 것은 이단으로 가는 것입니다. 그렇지만 적어도 이 본보기는 나름대로 교훈을 지니고 있습니다. 우리가 더 나은 통찰력을 갖고 본다면, 그것은 오직 모든 괴로움 속에 놓여 있는, 저 영원한 삶의 귀중한 빛을 보여주고 있다는 것을 알 수 있습니다. 그 빛은 또한 해방으로 가는 황혼의 길을 비춰주고 있습니다. 그 빛은 완벽하게 악을 선으로 변화시키는 신의 뜻을 드러내는 것입니다. 오늘날에도 역시 그 빛은 죽음과 번민과 아우성이라는 흐름을 통해서, 우리들을 본질적인 침묵으로 이끌며, 모든 생명의 근원으로 이끌고 있습니다. 나의 형제들이여, 이것이야말로 제가 여러분에게 가져다주고자 했던 무한한 위안입니다. 부디 여러분은 이 자리에서 징벌의 언사를 듣고 가시는 데 그치지 않고, 여러분의 감정을 가라앉혀주는 '말씀'도 잘 듣고 가주시기 바랍니다."

파늘루 신부가 설교를 마쳤다. 밖에는 비가 그쳐 있었다. 물과 햇빛이 뒤섞인 하늘은 한층 더 싱싱해진 빛을 광장에 쏟고 있었다. 거리에서 사람들의 말소리와 차 지나가는 소리, 깨어나는 도시의 온갖 소음이 들려오고 있었다. 청중들은 소리를 죽이고 자리에서 이동하면서, 조심스럽게 자신의 소지품을 챙기고 있었다. 그러나 신부는 말을 다시 이었다. 그는 페스트가 본래 신이 내리신 것이라는 점과 그 재앙의 징벌적인 성격을 밝힌 이상 자신이 할 말은 끝났으며,

그렇게 비극적인 주제를 다루면서 장소에 어울리지도 않는 웅변으로 결론을 내리고 싶지는 않다고 말했다. 그가 보기에는 모든 일이 모든 사람에게 확실해진 것 같았다. 단지 그는 마르세유에 대규모로 페스트가 유행했을 때, 기록자인 마티외 마레가 구원도 희망도 없이 그렇게 사는 것은 지옥에 빠진 것이나 마찬가지라고 한탄했던 사실만을 언급했다. 글쎄! 마티외 마레도 눈이 멀었던 것이다! 그와는 반대로 파늘루 신부는 모두에게 베풀어진 신의 구원과 기독교적인 희망을 오늘만큼 절실하게 느껴본 적이 한 번도 없었다. 그는 이 도시의 시민들이 매일같이 느끼는 공포와 죽어가는 사람들의 절규 속에서도, 그리스도의 말이자 사랑의 말인 그 유일한 말을 하늘을 향해 외치기를, 그 어떤 다른 희망보다도 더 간절히 원하고 있었다. 그 나머지 일은 하느님이 하시리라는 것이었다.

::

그 설교가 이 도시의 시민들에게 과연 영향을 끼쳤는지는 말하기 어렵다. 예심 판사인 오통은 의사 리외에게 자신은 파늘루 신부의 설교 내용을 '절대로 반박할 수 없는' 것으로 생각한다고 단언했다. 그러나 모든 사람들이 그렇게 명확한 의견을 갖고 있지는 않았다. 단순히 그 설교는 그때까지 모호했던 어떤 생각, 즉 자신들은 미지의 어떤 죄 때문에 상상할 수도 없는 징역형을 선고받았다는 생각을 더 분명히 느끼도록 만들었다. 그렇게 되자 어떤 사람들은 보잘것없는 자신의 생활을 계속해가면서 그 감금 상태에 적응해 나갔고, 이와 반대로 다른 사람들은 그때부터 오로지 그 감옥에서 탈출하겠다는 생각만 했다.

사람들은 처음에는 외부와 차단당하는 것을, 그저 자신들의 몇 가지 습관을 흐트러뜨릴 임시적인 불편함을 받아들이는 정도로 알고 감수했다. 하지만 지글거리는 소리를 내며 달아오르기 시작하는 여름 하늘 밑에서, 자신들이 감금된 것이나 다름없다는 것을 돌연 의식하게 되자, 그들은 그런 징역살이가 자신들의 삶 전체를 위협하고 있다는 것을 희미하게나마 느끼게 되었다. 그리고 저녁때가 되어 서늘한 공기를 쐬며 되살아난 그들의 기력은 때때로 그들로 하여금 절망적인 행동을 하게끔 내몰았다.

무엇보다도, 그것이 우연히 일어난 것이었든 아니었든 간에, 바로 그 일요일부터 이 도시에 상당히 보편적이고 상당히 심각한 일종의 공포가 생겨났는데, 시민들이 진심으로 자신들의 상황을 의식하기 시작한 것이 아닌가 하는 생각이 들 정도였다. 그런 관점에서 보면, 이 도시의 분위기가 약간 달라지기는 했다. 그러나 사실 분위기가 변한 것인지, 아니면 사람들의 마음속에서 어떤 변화가 생긴 것인지, 그것을 아는 게 바로 문제였다.

설교가 있고 난 후 불과 며칠 뒤에, 리외는 그랑과 함께 변두리 쪽을 향해 걸어가면서 그 설교에 대해 언급했다. 그러다 어둠 속에서, 그들 앞에 선 채 제자리걸음만 하며 몸을 좌우로 흔들고 있는 어떤 남자와 부딪치게 되었다. 바로 그 순간에, 날이 갈수록 점점 늦게 켜지는 도시의 가로등들이 갑자기 켜지며 환하게 빛났다. 거리를 산책하는 사람들 등 뒤에 높이 달려 있는 전등이 눈을 감은 채 소리 없이 웃고 있는 그 남자를 돌연 비추었다. 자기만의 조용한 만족감으로 인해 경련이 일어난 그 희끄무레한 얼굴에는 굵은 땀방울이 흐르고 있었다. 그들은 그 남자를 지나쳤다.

"미친 사람이군요." 그랑이 말했다.

그랑을 끌고 가려고 그의 팔을 잡았던 리외는 그가 흥분해서 떨고 있음을 느꼈다.

"이제 머지않아 우리 도시에서는 미친 사람밖에 안 보일 거예요." 리외가 말했다.

피로가 몰려와서 그는 더 목이 말랐다.

"뭘 좀 마십시다."

그들이 들어간 작은 카페에는 계산대 위에 켜놓은 전등 하나만이 유일하게 실내를 밝히고 있었는데, 사람들은 불그스름한 빛과 답답한 공기로 둘러싸인 분위기 속에서 뚜렷한 이유도 없이 낮은 목소리로 이야기를 하고 있었다. 계산대 쪽에 자리를 잡자, 그랑은 놀랍게도 술을 한 잔 시켜서 단숨에 마시고 난 후, 자신이 술이 세다고 말했다. 그러고는 밖으로 나가고 싶다고 했다. 밖에 나오자, 리외는 밤이 탄식의 소리로 가득 차 있다는 느낌을 받았다. 가로등 위로, 어두운 하늘 어딘가에서 들리는 희미한 휘파람 소리는 보이지 않는 재앙이 지칠 줄 모르고 더운 공기를 휘젓고 있음을 상기시켰다.

"다행이지, 다행이야." 그랑이 말했다.

리외는 그 말이 무슨 뜻인지 생각하고 있었다.

"다행히도 저는 할 일이 있거든요." 그랑이 말했다.

"그래요. 그건 장점이죠." 리외가 말했다.

그러고는 휘파람 소리를 듣지 않기로 결심하고, 그는 그랑에게 그 일에 만족을 느끼냐고 물어봤다.

"글쎄요. 잘 되고 있는 것 같습니다."

"앞으로도 오랫동안 그 일을 해야 하나요?"

그랑은 활기를 띠고 말했다. 알코올의 뜨거운 열기가 목소리에도 섞여 나왔다.

"모르겠어요. 하지만 문제는 그게 아니죠. 선생님, 분명 그것이 문제는 아니란 말입니다."

어둠 속에서 리외는 그가 두 팔을 휘두르고 있다는 것을 알아차렸다. 그랑은 무슨 할 말을 준비하고 있는 듯하더니, 별안간 쉴 새 없이 말을 하기 시작했다.

"제가 원하는 것은 말이죠, 선생님. 원고가 출판사로 넘어가는 날, 출판업자가 그것을 읽고 난 후 일어나서 사원들에게 '여러분, 모자를 벗으시오!'라고 말하는 겁니다."

그 갑작스러운 고백에 리외는 깜짝 놀랐다. 그가 보기에는 그랑이 모자를 벗는 몸짓을 하는 듯했는데, 한 손을 머리로 가져갔다가 팔을 수평으로 내밀었다. 저 높은 곳에서 그 묘한 휘파람 소리가 더 크게 들리는 듯했다.

"그럼요, 이 작품은 완벽해야만 합니다."

비록 문학계의 관례에 대해서는 아는 것이 거의 없었지만, 리외가 갖고 있는 느낌으로는 일이 그렇게 간단하게 진행될 것 같지 않았다. 또 예를 든다면 출판업자들도 사무실 안에서는 모자를 안 쓰고 있을 것 같았다. 그러나 실제로는 어떤지 모를 일이었다. 그래서 리외는 입을 다물기로 했다. 그는 자신도 모르게 페스트에 관한 괴기한 소문에 귀를 기울이고 있었다. 그랑이 사는 동네가 가까워지고 있었다. 그곳은 지대가 약간 높았기 때문에 가벼운 미풍이 그들을 시원하게 해줬을 뿐 아니라, 동시에 시내의 온갖 소음도 날려 버리고 있었다. 그랑은 여전히 말을 계속했지만, 리외는 그 호인이 말하는 모든 것을 알아들을 수는 없었다. 그는 단지, 문제의 그 작품은 이미 많은 분량이 완성되었으며, 그것을 완벽하게 만들기 위해서 저자가 기울인 노력은 무척 괴로운 것이었다는 내용만을 알아들었다. "며칠 저녁, 몇 주일 내내 낱말 하나를 붙잡고……, 또 때로는 간단한 접속사 하나 때문에." 그랑은 거기서 말을 멈추고 리외의 외투 단추 한 개를 잡았다. 고르지 못한 그의 치아 사이로 말이 더듬더듬 새어나왔다.

"생각 좀 해보세요, 선생님. 엄밀하게 말하면 '그러나'와 '그리고' 중에서 어느 것을 택하느냐는 무척 쉬운 일이죠. 그런데 '그리고'와 '그 후에' 중에서 어느 것을 고르느냐에 이르면 문제는 더 어려워지죠. '그 후에'와 '이어서'가 되면 어려움은 더 커집니다. 그렇지만 틀림없이 가장 어려운 것은 '그리고'를 쓸 필요가 있느냐 없느냐를 결정하는 일이에요."

"그렇군요. 무슨 말인지 알겠어요." 리외가 말했다.

그리고 그는 다시 길을 걷기 시작했다. 그랑은 당황한 것 같았지만, 다시 자기 자리로 돌아갔다.

"용서하십시오." 그랑이 빠른 어조로 중얼거렸다. "오늘 저녁에 제가 왜 이러는지 저도 모르겠군요!"

리외는 그의 어깨를 부드럽게 두드리면서, 자신은 그를 도와주고 싶으며 그의 이야기가 매우 흥미롭다고 말했다. 그랑은 기분이 좀 편안해졌는지, 집 앞에 왔을 때는 약간 망설이다가, 올라가서 집에 좀 들렀다 가면 어떻겠느냐고 리외에게 제안했다. 리외는 그러기로 했다.

식당에 들어간 후 그랑은 리외에게 알아볼 수도 없을 만큼 아주 작은 글씨 위로 온통 삭제를 위한 줄이 그어진 종이가 잔뜩 놓인 탁자에 앉으라고 했다.

"그래요, 바로 이것이죠." 그랑은 의아한 듯이 자신을 쳐다보는 리외에게 이렇게 말했다.

"그런데 뭘 좀 마실까요? 포도주가 좀 있는데요."

리외는 거절했다. 그는 종잇장들을 바라보고 있었다.

"보지 마세요." 그랑이 말했다. "이건 제가 쓴 첫 구절이에요. 쓰느라 힘들었죠. 아주 힘들었어요."

그랑도 역시 그 모든 종잇장들을 바라보고 있었는데, 그의 손은 저항할 수 없는 힘에 이끌리듯, 그중에서 한 장을 집어 들고는 갓도 안 씌운 전등 앞에 대고 비춰봤다. 종이가 그의 손에서 떨리고 있었다. 리외는 그랑의 이마가 땀에 젖은 것을 봤다.

"앉아요. 그걸 좀 읽어줘봐요."

그랑은 리외를 쳐다보았고, 감사하다는 듯 미소를 지었다.

"네, 저도 그러고 싶군요." 그가 말했다.

그는 계속해서 그 종잇장을 바라보면서 잠시 기다리다가 앉았다. 그와 동시에 리외는 어렴풋이 웡웡거리는 소리를 들었다. 그 소리는 이 도시가 재앙의 휘파람 소리에 답하는 소리 같았다. 그는 바로 그 순간, 발밑에 펼쳐져 있는 이 도시와 이 도시가 만들고 있는 폐쇄된 세계와 또 이 도시가 어둠 속에서 억누르고 있는 끔찍한 아우성을 이상할 정도로 뚜렷하게 자각할 수 있었다. 그랑의 목소리가 은밀하게 높아졌다. "5월의 어느 화창한 날에, 승마복을 입은 한 우아한 여인이 멋진 밤색 암말을 타고, 불로뉴 숲 속의 꽃 핀 오솔길을 누비고 있었다."

다시 조용해졌다. 그러자 고통에 잠긴 도시의 어렴풋한 웅성거림이 또 들려왔다. 그랑은 종잇장을 내려놓고도 그것을 여전히 들여다보고 있었다. 잠시 후에 그는 눈을 들었다.

"어떻게 생각하시나요?"

리외는 처음 부분을 듣고 나니 그다음에 어떻게 진행될지 궁금하다고 대답했다. 그러나 그랑은 그런 식으로 보는 것은 좋지 않다고 활기차게 말했다. 그는 손바닥으로 그의 종잇장들을 철썩 쳤다.

"이것은 대강 써놓은 것입니다. 제가 상상하는 장면을 완전하게 만들었을 때, 그리고 저의 문장이 하나 둘 셋, 하나 둘 셋 하는 말의 발걸음 그 자체와 똑같은 보조를 갖추게 될 때 비로소 나머지가 더 쉬워질 것입니다. 특히 처음부터 너무나 환상적이기 때문에 아마도 '모자를 벗으시오!' 하는 소리가 나올 수 있을 것입니다."

하지만 그렇게 되려면 아직도 해야 할 일이 많다고 했다. 그는 그 문장들을 그대로 인쇄업자에게 넘길 생각은 전혀 없다고 했다. 그는 가끔 문장들이 만족스럽게 느껴지는데, 어떤 때에는 그것들이 여전히 현실과 완전히 꼭 들어맞지 않는다고 생각했다. 또한 문장들이 어느 정도, 쉽게 읽히는 깊이 없는 문체를 지니고 있어서, 크게 눈에 띄지는 않지만 그래도 역시 상투적으로 보인다는 점도 알고 있었다. 적어도 그것이 그랑의 관점이었는데, 그때 창문 밑에서 사람들이 뛰어가는 소리가 들려왔다. 리외가 일어섰다.

"제가 이걸로 무엇을 만들게 될지 두고 보세요" 하고 그랑이 말했다. 그리고 창문 쪽으로 몸을 돌리고는 덧붙였다.

"이 모든 일이 다 끝나고 난 뒤에 말이에요."

하지만 급하게 뛰어가는 발소리가 다시 들려왔다. 리외는 이미 계단을 내려오고 있었는데, 그가 거리에 나왔을 때 두 남자가 그의 앞을 지나갔다. 언뜻 보아 그들은 시의 출입문을 향해 가고 있었다. 사실 시민들 중 어떤 사람은 더위와 페스트 사이에서 정신을 잃은 채 이미 폭력에 몸을 맡기고, 통행을 막는 방책에서의 감시를 따돌리고 시외로 도망쳐보려고 애썼다.

::

랑베르와 마찬가지로 다른 사람들도 역시, 막 싹트기 시작한 공포의 분위기에서 벗어나고자 더 끈질기고 교묘하게 노력하고 있었다. 하지만 그것이 꼭 더 좋은 성과를 거둔 것은 아니었다. 랑베르는 우선 공적인 절차를 계속 밟아갔다. 그의 말에 따르면, 끈기가 결국 모든 것을 이겨낸다고 늘 생각해왔다는 것이다. 또 어떤 관점에서 보면 곤경을 잘 벗어나는 것이 그의 직업이기도 했다. 그래서 그는 굉장히 많은 공무원들과 인사들을 방문했는데, 그들은 모두 보통 때는 두말할 나위도 없이 능력이 출중한 사람들이었다. 그러나 그 문제에 관한 한 그런 능력도 그들에게는 아무 소용이 없었다. 그들은 대개 은행이나 수출, 감귤류, 또는 포도주의 거래와 관계된 모든 것에 있어서는 정확하고도 잘 정리된 생각을 갖고 있었다. 그리고 소송이나 보험에 관한 문제에서는 확실한 자격증이나 분명한 열성을 갖고 있음은 물론이고, 명백한 지식까지 갖춘 사람들이었다. 게다가 그들이 모든 사람들에게 가장 강한 인상을 보여주는 면은 바로 열성적인 모습이었다. 그러나 페스트에 관해서 그들이 가진 지식의 점수는 거의 영 점에 가까웠다.

그렇지만 랑베르는 기회가 생길 때마다 그들 한 사람 한 사람 앞에서 자신의 입장을 호소했다. 그의 핵심 주장은 여전히 자신은 우리 도시와 관계가 없는 사람이며, 따라서 자신의 경우는 특별히 검토되어야 한다는 것이었다. 대체적으로 그 신문 기자를 만난 사람들은 그 점을 기꺼이 인정해주었다. 그러나 그들은 보통 그에게, 그의 문제 역시 그가 상상하는 것처럼 특별하지 않다는 의견을 제시해주었다. 실제로 그의 경우는 몇몇 다른 사람들의 처지와 같았기 때문이다. 거기에 대해서 랑베르는 그렇다고 해도 자신이 제기하는 핵심 주장은 조금도 바뀌지 않는다고 대답했다. 그러면 사람들은 그렇게 되면 모든 특별 배려를 거부하면서, 사람들이 큰 반감을 갖는 표현인 소위 전례라는 것을 만들 위험성을 피하고 있는 행정상의 어려움에 어떤 변화를 줄 수 있다고 우려했다. 랑베르가 의사 리외에게 제시한 분류에 따르면, 그렇게 이론을 따지기 좋아하는 사람들의 유형은 형식주의자의 범주에 들어간다고 했다. 그런 사람들도 있었지만 한편에는 달변가들이 있어서, 청원자인 랑베르에게 이 모든 사태에서 어떤 것도 오래 지속될 수 없으리라고 단언했다. 그리고 그들에게 어서 결정을 내려달라고 요구하면 자상한 충고를 아끼지 않으면서, 그 문제가 단지 일시적인 걱정에 불과하다는 결론을 내리며 랑베르를 위로했다. 또한 그들 중에는 거드름을 피우는 사람도 있었는데, 이들은 방문객들에게 자신의 상황에 대해 요약한 글을 적어놓고 가라고 말하면서, 그런 사정에 대해 차후에 결정을 내릴 것이라고 통지했다. 경박한 사람들은 숙박권을 주겠다거나 값이 싼 하숙집 주소를 알려주겠다고 제안하기도 했다. 체계적인 성격의 사람들은 서식 카드에 필요한 사항을 기입하도록 한 후에 그 카드를 잘 분류해뒀고, 일이 쌓여 있어서 바쁜 사람들은 두 손을 들었으며, 귀찮아하는 사람들은 눈을 돌리며 외면했다. 끝으로 가장 수가 많은 보수주의자들은 랑베르에게 또 다른 부서를 추천해주기도 하고, 새로운 다른 방법을 모색해보라고 알려주기도 했다.

신문 기자 랑베르는 이처럼 사람들을 찾아다니느라 완전히 지쳐버렸다. 그는 시청이나 도청이 어떤 곳인지 정확히 알게 되었다. 그렇게 된 것은 모두, 세금이 면제되니 국고채권을 신청하라고 하거나 식민지 군대에 지원하라고 권하는 커다란 광고 포스터 앞의 모조 가죽 의자에 앉아서 하염없이 기다렸던 덕분이었다. 또한 단지 끈 달린 파일이나 서류 넣는 선반을 보듯 방문객들의 얼굴을 건성으로 보는 직원들이 있는 사무실을 드나들었던 덕분이기도 했다. 그 경험에도 이점이 있었다면, 그것은 랑베르가 쓰라린 감정이 실린 어조로 리외에게 말했듯이, 그러고 다니느라 실제 상황이 어떻게 돌아가는지 모르고 지낼 수 있다는 점이었다. 페스트의 진전 따위는 사실상 그의 생각 밖으로 빠져나갔다. 이처럼 세월이 더 빨리 흘러가는 문제는 내버려두더라도, 도시 전체가 처한 그 상황에서는 하루하루 날이 지나갈 때마다, 만약 우리가 죽지만 않는다면 우리들 각자는 시련의 종말에 그만큼 가까워지는 것이라고 할 수 있었다. 리외는 그 점이 사실이라는 것을 인정해야 했지만, 그것은 좀 지나칠 정도의 일반론적인 사실이라고 생각했다.

어느 한순간 랑베르는 희망을 품기도 했다. 그는 도청으로부터 기입되지 않은 신원 조회 서류를 받았는데 그것의 빈 칸들을 정확하게 기입해달라는 내용이 들어 있었다. 서류는 신분과 가족 상황, 과거와 현재의 수입, 그리고 소위 이력이라고 불리는 항목들로 채워져 있었다. 그는 그 서류가 원래의 주거지로 송환될 가능성이 있는 사람들의 상황을 집계하기 위해 마련된 조사와 관련이 있다는 인상을 받았다. 어떤 사무실에서 흘러나왔던 불명료한 몇 가지 정보에 의해 그 느낌이 더 확실해졌다. 하지만 몇 가지 구체적인 교섭을 시도한 끝에 그 서류를 보내온 기관을 찾아내는 데는 성공했으나, 거기서는 '만일의 경우'를 위해서 그 정보들을 수집한 것이었다는 말을 그에게 전했다.

"어떤 만일의 경우를 말하는 겁니까?" 랑베르가 물었다.

그러자 그가 페스트에 걸려서 병이 들고 사망할 경우 한편으로는 가족에게 알리기 위해서이고, 또 한편으로는 병원비를 시의 예산에서 충당해야 할지 아니면 그의 친척들의 상환을 기대할 수 있는지를 알아보기 위해서라고 했다. 분명 그것은 그를 기다리고 있는 여인과 자신이 완전히 헤어진 상태가 아님을 증명하는 것이었다. 사회가 그들을 돌봐주고 있는 것이었다. 그러나 그런 것이 위안이 되지는 못했다. 이것보다 더 주목할 만한 것은, 그리고 결국 랑베르도 주목하게 된 것은, 대재앙이 절정에 도달한 상황에서도 어떤 기관이 계속해서 사무를 보도록 하고, 또 그곳이 그 사무를 위해 설치된 기관이라는 이유만으로 종종 최고 당국에도 알리지 않고 과거의 주도권을 여전히 잡고 있도록 만든 바로 그 방식이었다.

그 이후의 시기는 랑베르에게 가장 평온하기도 하고 가장 힘들기도 한 기간이었다. 그것은 무감각해진 기간이었다. 그는 모든 기관을 다 방문해봤고 모든 교섭을 다 해봤으므로 그 방면의 해결책은 당분간 가로막힌 상태였다. 그러자 그는 이 카페에서 저 카페로 헤매고 다녔다. 아침이 되면 그는 테라스 앞에 앉아서 식은 맥주 한 잔을 앞에 놓고, 전염병이 가까운 시일 내에 끝날지도 모른다는 어떤 징조라도 찾을 수 있을까 하는 희망을 품은 채 신문을 읽었다. 그리고 길에 지나다니는 사람들의 얼굴을 멍하니 쳐다보고 있다가, 그들의 그 슬픈 표정에 싫증이 나서 눈을 돌려버리기도 했다. 이미 백 번도 더 봤던 맞은편 가게들의 간판이나, 이제 어디에서도 더 이상 마실 수 없게 된 유명한 아페리티프 광고문을 읽은 후에, 그는 자리에서 일어나 시내의 누런 거리 곳곳을 발길 닿는 대로 걸어 다녔다. 고독한 산책을 하며 카페로, 거기에서 다시 식당으로 옮겨 다니다보면 저녁때가 되었다. 바로 그런 어느 저녁에, 리외는 어느 카페의 문 앞에서 신문 기자 랑베르가 거기 들어갈까 말까 망설이고 있는 모습을 봤다. 그는 결정을 내린 것 같더니, 홀의 가장 안쪽에 들어가서 앉았다. 그때는 상부의 명령으로 인해 카페들이 전등을 가능한 한 늦게까지 켜지 않고 버티고 있는 시간이었다. 황혼은 마치 회색 물결처럼 홀 안을 가득 채웠고, 저물어가는 하늘의 장밋빛이 유리창에 비치고 있었으며, 식탁의 대리석은 점점 스며드는 어둠 속에서 희미하게 빛나고 있었다. 텅 빈 홀의 한가운데서 랑베르는 마치 길을 잃은 유령처럼 보였다. 리외는 지금이 바로 그가 포기하고 있는 시간이라고 생각했다. 그러나 그 시간은 또한 이 도시에 갇힌 모든 포로들이 저마다의 포기를 경험하는 순간이기도 했으니, 그들의 해방을 서두르기 위해서 무엇인가를 해야만 했다. 리외는 돌아섰다.

랑베르는 또한 정거장에서 오랫동안 시간을 보내기도 했다. 플랫폼으로의 접근은 금지되어 있었다. 하지만 밖으로 나 있는 대합실 문은 늘 열려 있었기 때문에, 몹시 더운 날이면 가끔 거지들이 들어와 자리를 잡았다. 그곳은 그늘지고 선선한 곳이었기 때문이다. 랑베르는 거기에서 옛날 열차 시간표나 침을 뱉지 말라는 벽보, 열차 내의 질서유지 규칙 등을 읽어보곤 했다. 그런 후에 그는 한 모퉁이에 자리를 잡고 앉았다. 실내는 어두웠다. 오래된 주철 난로 하나가 구식 살수기 모양의 울타리 안에, 벌써 몇 달째 싸늘하게 놓여 있었다. 벽에는 광고 몇 장이 방돌이나 칸에서의 즐겁고 자유로운 생활을 선전하고 있었다. 이곳에서 랑베르는 초라함의 밑바닥에서나 발견할 수 있는 그런 종류의 끔찍한 자유를 느꼈다. 적어도 그가 리외에게 말한 것에 따르면, 당시 그에게 가장 견디기 힘들었던 이미지는 파리의 이미지였다. 오래된 돌들과 물의 풍경, 팔레 루아얄에서 날아다니던 비둘기들, 북쪽 역, 팡테옹 근처의 텅 빈 구역, 그리고 자신이 그렇게까지 사랑하고 있는 줄 몰랐던 그 도시의 다른 몇몇 장소들이 랑베르의 머릿속에서 떠나지 않았다. 그는 아무 일도 할 수 없었다. 리외가 보기에 그는 그런 이미지들을 그의 사랑의 이미지와 동일시하고 있는 것 같았다. 그리고 랑베르가 그에게 자신은 새벽 4시에 잠에서 깨어나 도시를 떠올리기를 좋아한다고 말했던 날, 리외는 그가 그 도시에 두고 온 여자를 상상하기를 좋아한다는 것을, 자신의 경험에 비춰 어렵지 않게 해석할 수 있었다. 그 시간은 사실 그가 그 여자를 자신의 것으로 만드는 시간이었다. 사람들은 보통 새벽 4시까지 아무 일도 하지 않으며, 그 밤이 배신의 밤이라 할지라도 그 시간에는 모두들 잠을 잔다. 그렇다. 그 시간에는 잠을 자는 것이다. 그리고 그 사실은 안도감을 준다. 왜냐하면 불안한 마음의 거대한 욕망은 자신이 사랑하는 사람을 끝없이 소유하려 하거나, 헤어져 있어야만 될 경우 다시 만나는 날까지 그 사람을 꿈도 없고 결코 깨어나지 못할 잠 속에 빠뜨려놓으려 하기 때문이다.

::

신부의 설교가 있었던 날 이후 얼마 안 되어 더위가 시작되었다. 어느새 6월 말이 된 것이다. 그 설교가 있던 날을 인상 깊게 만들어준 철 늦은 비가 내린 이튿날, 하늘과 집들 위에서 여름이 단번에 그 모습을 드러냈다. 먼저 뜨거운 강풍이 일더니 온종일 불어대며 벽들을 모두 말려놓았다. 해가 제자리에서 움직이지 않는 듯했다. 더위와 햇빛의 끊임없는 물결이 시내를 가득 채우고 있었다. 아케이드로 된 거리와 아파트를 빼고, 이 도시 안에서 가장 눈부신 햇빛이 비치지 않는 곳은 한 군데도 없는 듯했다. 태양은 시민들을 거리의 구석구석까지 뒤쫓아가서, 어디든 멈춰 서기만 하면 그 뜨거움으로 그들을 덮쳤다. 그 첫 더위가, 매주 700명에 가깝게 급상승하는 희생자 수와 동시에 나타났기 때문에, 도시는 의기소침한 상태에 사로잡혀버렸다. 변두리 지역의 평평한 거리와 테라스가 있는 집들 사이에서도 활기가 사라지기 시작했다. 사람들이 늘 문 앞에 나와서 살던 동네에서도 모든 문들이 닫히고 덧창들까지 닫혀 있었다. 그들이 그런 식으로 햇빛을 막으려고 하는 것인지 아니면 페스트를 막으려고 하는 것인지는 알 수 없었다. 그렇지만 몇몇 집에서는 신음 소리가 흘러나왔다. 그 전에는 그런 일이 생기면 호기심 많은 사람들이 거리에 나와서 귀를 기울이는 모습이 자주 보였다. 하지만 오랫동안 불안감에 시달리다보니 사람들 마음도 단련이 되어서, 마치 그것이 인간의 타고난 언어인 것처럼 모든 사람들이 그 신음 소리를 그저 스쳐 지나가거나 그 곁에서 살아가고 있었다.

시의 출입문에서 소동이 벌어지면 헌병들은 무기들을 사용할 수밖에 없었고, 그 때문에 은밀하게 동요가 생겨나곤 했다. 확실히 부상자들도 있었다. 그러나 더위와 공포로 모든 것이 과장되어 소문이 퍼지곤 하는 시내에서는, 그로 인해 사망자가 발생했다는 이야기도 들렸다. 아무튼 시민들의 불만이 점점 커지고 있었기 때문에 당국에서도 최악의 경우를 걱정했다. 또 그 재앙에 꼼짝없이 붙잡혀 있던 시민들이 반항으로 치닫게 될 경우에 취할 조치를 신중하게 고려하기도 했다. 신문에는 외출을 금지한다는 포고문이 계속해서 발표되었고, 포고문은 규칙을 위반한 자들을 징역형에 처한다고 위협했다. 순찰대가 시내를 두루 돌아다니고 있었다. 사람도 거의 없고 더위로 뜨겁게 달아오른 거리에서, 기마 순찰대가 도로 위에 울리는 말발굽 소리를 앞세우며, 닫힌 창문들이 늘어선 곳 사이로 지나가는 광경을 자주 볼 수 있었다. 순찰대가 지나가고 나면, 무엇인가를 경계하는 듯 무거운 침묵이 그 위태로운 도시 위에 다시 내려앉았다. 이따금 최근에 내려진 명령으로 벼룩을 퍼뜨릴 위험이 있는 개와 고양이들을 쏘아 죽이는 특별한 임무를 맡은 부대의 발포 소리가 들려왔다. 그 메마른 폭발음은 시내의 긴장된 분위기를 조성하는 데 기여했다.

더구나 더위와 침묵 속에서 공포에 사로잡힌 시민들의 마음에는 모든 것이 더 심각한 중대성을 띠고 있는 것처럼 보였다. 처음으로 시민들은 계절의 변화를 알리는 하늘의 빛깔이나 흙의 냄새를 민감하게 느꼈다. 그와 동시에 사람들은 여름이 본격적으로 자리 잡기 시작한 것을 알아챘다. 사람들은 더워질수록 전염병이 더 기승을 부린다는 것을 알고 있기에 두려워했다. 저녁 하늘을 나는 명매기의 울음소리도 이 도시의 하늘 위에서는 더 가냘프게 들렸다. 그것은 이 도시의 지평선이 멀어지는 6월의 황혼과는 이미 어울리지 않는 울음소리였다. 시장에서 파는 꽃들도 봉오리가 보이는 상태로는 나타나지 않았다. 그것들은 이미 활짝 다 피어서, 아침에 다 팔리고 나면 먼지가 수북하게 앉은 보도 위에 꽃잎들이 잔뜩 흩뿌려져 있었다. 봄이라는 계절이 기진맥진하고 있음을 분명히 알 수 있었다. 그리고 봄은 사방에 차례차례 피어난 수천 가지 꽃들 속에서 무르익었다가, 이제 페스트와 더위라는 힘에 이중으로 짓눌려서 잠이 들었으며, 서서히 으스러지고 있었다. 모든 시민들에게 그 여름 하늘은, 그리고 먼지와 권태의 기미로 빛이 바랜 그 거리들은, 날마다 도시의 분위기를 무겁게 만드는 100여 구의 시체들과 똑같이 불길한 의미를 지니고 있었다. 끊임없는 햇빛, 졸음과 휴가에 대한 의욕이 생기는 그 시간도, 이제 더 이상 전처럼 물과 육체의 축제를 즐기도록 이끌지 않았다. 반대로 그것들은 조용하고 밀폐된 도시에서 공허하게 울리고 있었다. 행복한 계절들의 구릿빛 광채를 잃어버린 셈이다. 페스트가 스며든 태양이 모든 색깔들을 바래게 했으며 모든 기쁨을 쫓아버리고 말았다.

바로 그것이 그 병이 가져온 엄청난 변혁 중 하나였다. 모든 시민들은 보통 환희에 찬 기분으로 여름을 맞이했다. 여름이 되면 도시가 바다를 향해 활짝 열리면서 젊은이들을 해변에 쏟아놓았다. 하지만 이번 여름에는 가까운 바다로의 접근이 금지되고, 육체는 더 이상 기쁨을 누릴 권리가 없었다. 그런 상황에서 무엇을 할 수 있단 말인가? 그 당시 시민들의 생활에 대한 이미지는 역시 타루가 가장 충실하게 전달해주고 있다. 그는 물론 페스트의 전반적인 진행 과정을 추적하면서 그 전염병의 전환점은 라디오에서 사망자 수가 매주 몇백 명이라는 식으로 더 이상 보고하지 않고 하루에 92명, 107명, 120명이라는 식으로 발표하기 시작했던 때에 만들어졌음을 정확히 기록했다. '각 신문사들과 당국은 페스트에 관해서 가장 교묘한 꾀를 부리고 있다. 그들은 130이란 숫자가 910이란 숫자에 비해서 훨씬 적은 수라는 점에서, 페스트보다 몇 점 더 앞섰다고 상상하나보다'. 그는 또한 그 전염병이 보여주는 비장한 면이나 연극적인 면들도 거론했다. 이를테면 덧창들까지 모두 닫힌 채 사람이 거의 안 보이는 동네에서, 갑자기 자기 머리 위의 창문을 열고 큰 소리로 두 번 소리를 지르고는, 짙은 그늘에 잠긴 방의 덧문을 다시 닫아버렸다는 한 여자의 이야기 같은 것이다. 그런가 하면 그는 다른 곳에서 벌어진 다음과 같은 일에도 주목했다. 박하 알약이 약국에서 사라져버렸는데, 그것은 많은 사람들이 자신들에게 일어날 수 있는 전염병에 대비하려고 그것을 사서 빨아먹었기 때문이라는 것이다.

그는 또한 자신이 즐겨 관찰하는 인물들도 계속 묘사했다. 그것을 통해 우리는 고양이와 장난을 하는 그 작은 노인도 역시 비극 속에서 살아간다는 사실을 알게 되었다. 실제로 타루가 묘사했듯이, 어느 날 아침에 총소리가 몇 번 울리더니 납덩어리 총알들이 가래침처럼 날아가서 고양이들 대부분을 죽였고, 살아남은 고양이들도 잔뜩 겁을 먹어서 그 거리를 떠나버렸다. 바로 그날, 그 작은 노인은 습관대로 평소와 같은 시간이 되자 발코니에 나타났는데, 약간 놀라워하는 표정을 짓더니 몸을 숙이고는 길의 저 끝까지 유심히 살펴보고 나서 체념한 듯 기다렸다. 그는 손으로 발코니의 철책을 툭툭 두드려봤다. 그는 다시 조금 기다리고는 종잇조각을 잘게 찢어서 뿌린 후, 방으로 들어갔다가 다시 나왔으며, 조금 시간이 흐른 뒤에는 화가 난 듯 갑자기 창문을 쾅 닫으면서 집 안으로 사라져버렸다. 그 후 며칠 동안 똑같은 장면이 되풀이되었다. 그 작은 노인의 얼굴에는 슬픔과 혼란의 표정이 점점 더 뚜렷하게 보였다. 일주일 후, 타루는 날마다 나타났던 그 노인을 기다렸지만 허사였다. 창문은 충분히 이해할 수 있는 슬픔으로 굳게 닫혀 있었다. '페스트 기간 중에는 고양이에게 침을 뱉지 말 것'. 이것이 타루의 수첩에 적힌 기록의 결론이었다.

한편 타루는 저녁마다 호텔에 돌아올 때, 늘 홀에서 이리저리 거닐고 있는 야간 경비원의 어두운 얼굴과 꼭 마주쳤다. 그런데 그는 누구든 만나기만 하면, 자신은 이번 일을 미리 알고 있었다고 계속해서 떠들어댔다. 타루는 그가 어떤 불행한 일이 일어날 것이라고 예측한 적이 있음을 인정했지만, 그때 그는 지진에 대해서 말했다는 사실을 그에게 상기시켰다. 그러자 그 늙은 경비원은 이렇게 대답했다. "아! 차라리 지진이었다면! 한 번 와르르 흔들리고 나면 더 이상 아무 말도 없을 텐데……. 죽은 사람 수와 살아 있는 사람 수를 세고 나면 그걸로 끝나는 건데요. 그런데 이 지긋지긋한 병은 말이죠, 병에 걸리지 않은 사람들도 마음속에 병을 갖게 한다니까요!"

호텔 지배인의 불평도 그보다 덜하지는 않았다. 처음에 이 도시를 떠나지 못한 여행객들은 도시가 폐쇄되자 호텔에 발이 묶이게 되었다. 그러나 차츰차츰 전염병이 지속되면서 많은 사람들이 친구 집에서 머무는 것을 더 선호하게 되었다. 결국 호텔의 모든 방을 투숙객으로 차게 했던 바로 그 이유가 그때부터 호텔 방을 텅텅 비게 만들었다. 왜냐하면 이 도시에는 이제 더 이상 새로운 여행자가 없었기 때문이다. 타루는 호텔에 남아 있는 몇 안 되는 투숙객 중 한 명이었기 때문에 지배인은 기회만 있으면 그에게, 최후의 손님에게까지도 기분 좋은 대접을 하려는 자신의 욕구가 없었다면 벌써 오래전에 호텔 문을 닫아버렸을 것이라는 점을 강조했다. 그는 자주 타루에게 그 전염병이 얼마나 계속될지 추측해보라고 했다. "사람들이 그러는데, 이런 종류의 병은 추위와는 상극이라고 합니다." 타루가 지적했다. 그러자 지배인이 당황하며 말했다. "하지만 이곳에는 사실 추위라는 것이 없는데요, 선생님. 아무튼 아직 몇 달 더 기다려야겠군요." 더구나 그는 여행객들이 이 도시에 발을 들여놓지 않으리라는 것을 확신하고 있었다. 그놈의 페스트가 관광 사업을 다 망쳐놓은 것이다.

잠시 동안 보이지 않던 올빼미 신사 오통이 식당에 다시 나타났다. 그러나 이번에는 유식한 강아지 같은 두 아이들만 데리고 왔다. 정보에 의하면, 그의 부인은 친정어머니를 간호하다가 결국 장례를 치렀고, 지금은 그녀 자신이 격리되어 있었다.

"마음에 들지 않아요" 하고 지배인이 타루에게 말했다.

"격리 중이든 아니든 그 여자는 의심스럽거든요. 따라서 저 사람들 모두 믿을 수가 없어요."

타루는 그런 관점에서 본다면 모든 사람들이 다 의심스럽다고 지적했다. 그러나 지배인은 아주 단호했고, 그 문제에 있어서는 매우 뚜렷한 의견을 갖고 있었다.

"아닙니다, 선생님. 선생님이나 저는 수상쩍은 면이 없지만, 그들은 있거든요."

그러나 오통은 조금도 변한 것이 없었다. 이번 페스트도 그에게는 아무런 영향을 주지 못했다. 그는 같은 방식으로 식당에 들어와서, 자신이 먼저 앉은 후 아이들을 앞에 앉히고는 여전히 고상하고 엄격한 말로 아이들을 다스렸다. 다만 어린 아들만은 달라진 면이 있었다. 누나처럼 검은 옷을 입고, 허리를 약간 구부린 모습이 마치 아버지의 작은 그림자처럼 보였다. 오통을 좋아하지 않는 경비원이 타루에게 이렇게 말한 일이 있었다.

"아! 저 사람은 옷을 차려입은 채 죽을 거예요. 그러면 옷을 갈아입힐 필요도 없죠. 곧장 저 세상으로 가면 되니까요."

파늘루 신부의 설교에 관한 이야기도 적혀 있었는데, 다음과 같은 설명이 덧붙여져 있었다. '나는 그 동정적인 열정을 이해한다. 재앙이 시작될 때와 끝날 때, 사람들은 늘 약간의 미사여구를 만들어내는 법이다. 재앙이 시작될 때에는 아직 습관을 잃어버리지 못해서 그런 것이고, 재앙이 끝날 때에는 이미 습관을 다시 찾아서 그런 것이다. 사람들은 불행한 순간에 이르러서야 비로소 진실에, 즉 침묵에 익숙해진다. 좀 기다려보자'.

끝으로 타루는 의사 리외와 긴 대화를 나눴다고 적어놓았는데, 거기에 대해 단지 그 대화가 좋은 결과를 가져왔다고만 썼을 뿐이다. 이 부분에서 타루는 리외 어머니의 맑은 밤색 눈을 언급하면서, 그처럼 착한 마음이 드러나는 눈이라면 언제나 페스트를 물리칠 수 있을 것이라는 짧고 묘한 말을 남겼으며, 끝으로 리외가 돌보고 있는 천식 환자 노인에 대해서 상당히 긴 분량을 할애했다.

그는 리외와 면담을 마친 후에, 함께 그 노인을 보러 갔다. 노인은 비웃는 태도로 두 손을 비비면서 타루를 맞이했다. 그는 완두콩을 담은 냄비 두 개를 밑에 놓고, 베개에 기댄 채 침대 위에 앉아 있었다. "아! 또 한 분이 오셨군요." 노인이 타루를 보더니 이렇게 말했다. "세상이 거꾸로 됐소. 환자보다 의사가 더 많으니까요. 환자들이 빨리 죽어서 그런 거예요, 맞죠? 신부님 말씀이 옳아요. 자업자득인 거죠." 이튿날 타루는 미리 알리지도 않고 그를 다시 찾아갔다.

그의 수첩에 적힌 기록에 따르면, 천식 환자인 그 노인은 원래 잡화상이었는데, 쉰 살이 되자 장사를 할 만큼 했다고 생각하고 그만뒀다. 그리고 그때 자리에 눕게 된 후로 다시는 일어나지 못했다. 그가 앓고 있는 천식은 그래도 서서 활동할 수 있는 병이었다. 그는 소액의 연금 덕분에, 일흔다섯 살이 되는 오늘날까지 태평스럽게 살아올 수 있었다. 그는 시계만 보면 참지 못하는 성격이었다. 그래서 실제로 그의 집 안 전체에는 단 한 개의 시계도 없었다. "시계는 비싸지만 어리석은 물건이오." 그는 이렇게 말했다. 그는 시간을, 특히 그가 유일하게 중요시하는 식사 시간을, 잠에서 깨어났을 때 하나는 비어 있고 다른 하나는 완두콩이 가득 차 있는 두 개의 냄비를 통해 짐작했다. 그는 늘 열중해서 규칙적인 동작으로, 콩을 하나씩 하나씩 다른 냄비에 옮겨 담았다. 그는 이런 식으로 냄비로 측정되는 하루 속에서 자신의 기준을 찾아냈다. "냄비를 열다섯 번 채울 때마다 한 끼를 먹죠. 아주 간단합니다" 하고 그는 말했다.

그의 아내의 말에 따르면, 그는 젊어서부터 그런 성향의 기미를 보였다고 했다. 그는 주변의 무엇에도 흥미를 느끼지 못했다. 일도, 친구도, 카페도, 음악도, 여자도, 산책도 모두 그랬다. 또 자신이 사는 도시 밖으로 나가본 일도, 단 하루를 제외하고는 한 번도 없었다. 어느 날 집안일 때문에 알제에 가야 했는데, 오랑과 가장 가까운 정거장까지 가서는 여행을 중단해버렸다. 그는 더 멀리까지 가는 모험을 추진할 수 없었다. 그래서 첫차를 타고 집으로 돌아오고 말았다.

그는 세속을 떠난 것처럼 외부와 담을 쌓고 살았는데, 그런 칩거 생활에 대해 놀라는 표정을 짓는 타루에게 그는 이렇게 대강 설명했다. 종교적으로 보면 한 인간의 인생에서 앞의 절반은 상승이고 뒤의 절반은 하강인데, 인간이 하강기에 있을 때 그 사람의 하루하루는 이미 그의 것이 아니므로 언제 빼앗길지 모르는 일이고, 따라서 그 자신은 아무것도 할 수 없으므로, 어떤 행동도 취하지 않는 것이 바로 최선의 길이다. 게다가 그는 자가당착에 빠지는 것도 두려워하지 않았다. 잠시 후, 그는 타루에게 신은 존재하지 않는 것이 확실하다고 했다. 그 이유는 신이 존재할 경우 신부가 필요 없기 때문이라고 했다. 그런데 그 후에 듣게 된 그의 견해를 통해 타루는 그의 철학이, 그가 속해 있는 교구에서 자주 헌금을 모금하는 것에 대한 그의 감정과 밀접하게 관련이 있음을 알게 되었다. 하지만 그 노인이 어떤 사람인지에 대해 결론을 내릴 수 있게 해준 것은 그가 자신의 대화상대 앞에서 여러 번 되풀이했던 진지한 소원이었는데, 그 소원이란 아주 오래 살다가 죽는 것이었다.

'그는 성자일까?' 타루는 자문했다. 그리고 이렇게 대답했다. '그렇다. 만약 성스러움이라는 것이 습관들의 총체를 의미하는 것이라면 말이다.'

그러나 그와 동시에 타루는, 페스트가 덮친 이 도시의 하루에 대해서 아주 상세하게 묘사하는 일에 착수했고, 그래서 이번 여름 동안 시민들의 관심사와 생활에 대한 하나의 정확한 생각을 전달하고자 했다. '술주정뱅이들 이외에는 아무도 웃는 사람이 없다'라고 타루는 말하고 있었다. '그런데 그들은 또, 너무 많이 웃는다' 그러고 나서 그는 자신의 묘사를 본격적으로 시작했다.

새벽이면 가벼운 미풍이 아직 사람이 없는 거리를 스쳐 지나간다. 밤의 죽음과 낮의 고통의 중간에 있는 그 시간에는, 페스트도 잠시 일을 멈추고 숨을 돌리는 것 같았다. 모든 가게들은 문이 닫혀 있다. 하지만 그중 몇몇 가게에는 "페스트로 문 닫음"이라는 알림판이 붙어 있어서, 그곳이 다른 가게들처럼 잠시 후에 문을 열지는 않을 것이라는 사실을 증명하고 있었다. 여전히 졸고 있는 신문팔이들은 아직 뉴스를 외쳐대지는 않지만, 길모퉁이에 등을 기대고 몽유병자 같은 몸짓으로 자기네 신문들을 가로등 앞에 내놓고 있었다. 그들은 이제 조금 있으면 첫 전차 소리에 잠이 깨어, 도시의 여기저기로 흩어진 후 "페스트"라는 큰 글자가 명백히 드러난 신문들을, 팔을 쭉 펴며 내밀고 다닐 것이다. "페스트가 가을까지 갈 것인가? B교수는…… 부정.", "사망자 124명, 페스트 발생 94일째 날의 결산."

점점 심각해지는 용지난으로 어떤 정기 간행물들은 지면의 수를 줄여야 했는데도 불구하고, 또 하나의 신문 〈전염병 통신〉이 창간되었다. 그 신문은 다음과 같은 것들을 자신들의 사명으로 내세웠다. "병세의 진행이나 후퇴에 관해 정확한 객관성을 유지하면서 우리 시민들에게 알려주고, 병의 전망에 대한 가장 권위 있는 판단들을 제공하고, 유명인인지 무명인인지에 상관없이 재앙과 투쟁할 준비가 되어 있는 모든 사람들을 기사를 통해서 격려해주고, 주민들의 사기를 북돋아주고, 당국의 지시를 전달해주는, 즉 한마디로 말해서 우리를 덮치는 불행과 효과적으로 싸우기 위해서 모든 사람의 열의를 집결시키는 것." 그러나 실제로 이 신문은 창간된 지 얼마 되지도 않아서, 페스트 예방에 확실한 효과를 보여준다는 새로운 약품들을 광고하는 데에 그치고 말았다.

아침 6시경이 되면 그 모든 신문들은, 개점하기 한 시간 전부터 가게 문 앞에 늘어서 있는 사람들의 행렬 속에서 팔리기 시작해, 교외 방면으로부터 만원이 되어 들어오는 전차들 안에서도 팔린다. 유일한 교통수단이 된 전차는 계단과 난간에까지 터질 정도로 사람들을 싣고 가까스로 달린다. 신기한 점은 그런 중에도 모든 승객들이 가능한 한 상호 간의 전염을 피하려고 서로 등을 돌리고 있다는 것이다. 정류장에 멈출 때마다 전차가 남녀 승객을 무더기로 쏟아놓으면, 그들은 서둘러 서로 멀어지고 혼자가 된다. 오로지 기분이 좀 나쁘다는 이유로 언쟁이 빈번하게 벌어지곤 하는데, 그런 일도 만성이 되었다.

첫 전차가 지나간 후 도시는 차차 잠에서 깨어나고, 첫 맥주홀들이 문을 여는데, 카운터에는 "커피 매진"이나 "설탕을 지참하시오" 등의 게시물이 붙어 있다. 그 이후에 상점들이 열리면 거리는 활기를 띤다. 그와 동시에 태양이 높이 솟아오르고, 여름의 열기가 7월의 하늘을 차츰 차츰 납빛처럼 창백하게 만든다. 이때가 바로, 아무 할 일 없는 사람들이 과감하게 대로에 나가보는 시간이다. 사람들은 대부분 그들의 사치스러움을 자랑함으로써 페스트를 쫓아버리려고 애썼다. 매일 11시경이 되면 도시의 중심가에 젊은 남녀들의 행렬이 이어지는데, 이 모습에서 사람들은 엄청난 불행의 한복판에서도 자라나는 삶의 정열을 느낄 수 있었다. 전염병이 확대되면 도덕성도 역시 느슨해질 것이다. 그러면 우리는 무덤 근처에서 벌어졌던 그 밀라노의 사투르누스 축제를 여기서도 다시 보게 되리라.

정오가 되면 식당들은 눈 깜짝할 사이에 만원이 된다. 자리를 못 잡은 사람들은 떼를 지어서 문 앞에 매우 빨리 모인다. 극도의 열기 때문에 하늘은 그 빛을 잃기 시작한다. 식사를 하려는 사람들은 햇볕으로 바짝바짝 타는 길가에 있는 커다란 차양의 그늘 속에서 차례를 기다리고 있다. 식당이 이렇게 붐비는 것은 많은 사람들이 식당에서 식량 문제를 해결하기 때문이다. 그러나 식당에도 전염에 대한 불안감은 여전히 남아 있다. 함께 식사하는 사람들은 각자의 식기를 끈기 있게 계속 닦는 데 많은 시간을 소비한다. 불과 얼마 전, 어떤 식당들은 “우리 식당에서는 식기를 끓는 물에 소독합니다”라는 광고를 내걸었다. 하지만 차츰 그들은 모든 광고를 중지했다. 왜냐하면 어떻게 하든 손님들은 몰려왔기 때문이다. 게다가 손님들은 돈을 기꺼이 썼다. 고급술이나 고급이라고 추정되는 술, 가장 비싼 별도 계산 요금 등에 상관없이 광적인 질주가 시작됐다. 또한 어떤 식당에서는, 한 손님이 속이 거북했는지 얼굴이 창백해진 상태로 일어나서 비틀거리며 쏜살같이 문 쪽으로 나간 탓에, 큰 소란이 일어났다.

도시는 2시경이 되면 조금씩 한산해졌다. 그 시간은 침묵과 먼지와 햇볕, 그리고 페스트가 거리에서 마주치는 시간이었다. 열기는 회색의 커다란 집들을 따라 끊임없이 흘렀다. 오랜 감금의 시간은, 인구가 많아 시끄러운 이 도시 위를 석양빛이 붉게 물들이고 분위기가 가라앉는 저녁때가 되어서야 끝났다. 더위가 시작된 처음 며칠 동안은 때때로, 그 이유는 알 수 없지만 저녁때 인기척이 드물었다. 그러나 이제는 저녁 무렵에 처음 느껴지는 그 선선함이, 희망을 주지는 못하더라도 긴장을 풀어주었다. 그러면 모든 사람이 거리로 나와서 정신없이 수다 떨기에 열중하거나 싸우거나 갈망하는 눈으로 서로를 쳐다봤다. 그리고 7월의 붉은 하늘 아래, 쌍쌍의 남녀들과 아우성을 가득 실은 도시는 숨 가쁜 밤을 향해 표류했다. 날마다 저녁이 되면, 계시를 받았다는 한 노인이 펠트 모자에 큰 나비넥타이를 매고 큰 거리에 나와서 군중 사이를 헤치고 다니면서 "하느님은 위대하시다. 하느님에게로 오라"라고 끊임없이 되풀이해 외쳤지만 헛수고일 뿐이었다. 그 외침과 반대로 모든 사람들은 그들이 잘 알지 못하는 무엇, 혹은 그들이 보기에 아마도 신보다 더 긴급하게 여겨지는 그 무엇을 향해 돌진하고 있었기 때문이다. 초기에 그들이 이번 질병도 다른 질병과 같은 것이라고 믿었을 때는 종교도 제자리를 차지하고 있었다. 그러나 그것이 심각한 병이라는 것을 알았을 때, 그들은 쾌락을 떠올리게 되었다. 낮 동안 사람들 얼굴에 그려져 있던 모든 고뇌는, 먼지가 폴폴 날리고 뜨거운 석양이 질 무렵이 되면 일종의 격렬한 흥분 상태로 변했다. 모든 시민을 흥분시키는 무분별한 자유가 생겨나는 것이다.

그리고 나 역시 그들과 마찬가지다. 그런데 어쨌단 말이냐! 나 같은 사람에게 죽음은 아무것도 아니다. 죽음은 그들이 옳다는 것을 말해주는 하나의 사건일 뿐이다.

::

타루가 자신의 수첩에서 말하고 있는 면담은, 타루 자신이 리외에게 요청했던 것이다. 타루를 기다리던 날 저녁, 의사 리외는 마침 식당 한구석의 의자에 정숙하게 앉아 있는 자기 어머니를 쳐다보고 있었다. 어머니는 집안일을 다 마치면 바로 거기서 나머지 하루를 보냈다. 그녀는 두 손을 모아서 무릎에 얹은 채 기다리고 있었다. 리외는 어머니가 기다리는 것이 자신인지 확신할 수 없었다. 그러나 어쨌든 자신이 나타나면 어머니의 얼굴에 어떤 변화가 생겼다. 힘들었던 인생이 그녀의 얼굴에 침묵으로 새겨놓은 그 모든 것이, 그때가 되면 생기를 찾는 듯했다. 하지만 곧 다시 침묵에 잠겼다. 그날 저녁, 그녀는 창문 너머로 이제 행인들이 없어진 거리를 내다보고 있었다. 밤의 조명은 3분의 2가량 줄어들었다. 때때로, 매우 희미한 전등의 불빛이 도시의 어둠 속에서 약간의 반사광을 만들어내고 있었다.

"페스트가 발병하는 동안에 전기를 계속 제한할 모양이지?" 리외의 어머니가 말했다.

"아마 그럴 거예요."

"겨울까지 계속 그러지 않았으면 좋겠는데. 그렇게 되면 너무 음산할 거야."

"그럼요." 리외가 말했다.

그는 어머니의 시선이 자신의 이마에 머무는 것을 봤다. 그는 지난 며칠 동안의 불안감과 과로 때문에 자기 얼굴이 수척해진 것을 알고 있었다.

"오늘은 일이 잘 안 됐니?" 리외의 어머니가 물었다.

"오! 늘 그런걸요."

늘 그렇다! 즉 파리에서 보내온 새로운 혈청이 처음 것보다 효력이 덜한 듯싶었고, 통계 수치는 계속 상승하고 있었다. 예방 혈청을 감염자 가족들 이외의 사람들에게 접종할 가능성은 여전히 없었다. 예방 혈청을 일반적으로 사용하려면 대량으로 생산되어야 했다. 환자들에게 생긴 멍울의 대부분은 마치 딱딱하게 굳어지는 계절이라도 맞은 듯 절개하기가 힘들어졌고, 그 때문에 환자들은 더 극심한 고통을 겪었다. 그 전날 밤부터는 도시 안에서, 전염병의 새로운 유형을 보여주는 사례가 두 가지나 생겼다. 이제 페스트는 폐장성(肺臟性)으로까지 확대되었다. 바로 그날 회의 도중에, 기진맥진한 의사들은 곤혹스러워하는 지사를 앞에 두고, 입에서 입으로 옮겨지는 폐장성 페스트의 전염을 막기 위해서 새로운 조치를 요구하고 승낙을 받아냈다. 늘 그렇듯이, 사람들은 여전히 아무것도 알 수 없었다.

그는 어머니를 봤다. 그는 어머니의 아름다운 밤색 눈동자를 보자 애정이 넘쳤던 옛 시절의 기억이 떠올랐다.

"두려우세요, 어머니?"

"내 나이가 되면 별로 두려울 게 없단다."

"해는 몹시 길고, 저는 여기 붙어 있을 틈이 없으니 말예요."

"네가 꼭 돌아오리라는 걸 알고 있으니, 기다리는 것쯤은 상관없다. 또 네가 집에 없을 때면, 난 네가 무엇을 하고 있는지 생각해본단다. 네 처한테서 무슨 소식이라도 있었니?"

"네, 모든 게 다 잘 진행되고 있대요. 지난번 전보에 따르면요. 하지만 저를 안심시키려고 하는 말일 거예요."

그때 초인종이 울렸다. 리외는 어머니에게 미소를 짓고 문을 열러 갔다. 어슴푸레한 층계참에 서 있는 타루는 회색 옷차림 때문에 커다란 곰처럼 보였다. 리외는 방문객을 그의 책상 앞에 앉혔다. 그 자신은 안락의자 뒤에 섰다. 그들은 방 안에 유일하게 켜진, 책상 위의 전등을 사이에 두고 마주 보고 있었다.

"저는 선생님과 솔직하게 얘기할 수 있을 것 같습니다." 타루가 단도직입적으로 말했다.

리외는 조용히 고개를 끄덕였다.

"보름 후나 한 달 후에 선생님은 이곳에서 아무 쓸모가 없어지실 겁니다. 선생님은 사태에 뒤처져서 끌려다니고 계십니다."

"사실 그렇죠." 리외가 말했다.

"보건위생과 조직이 형편없어요. 선생님에게는 인력과 시간이 부족해요."

리외는 그 말 역시 사실임을 인정했다.

"저는 도청 측에서, 건장한 남자들을 일반 구조 작업에 의무적으로 참여시키기 위해 일종의 시민봉사대를 조직할 계획이라는 소식을 들었습니다."

"잘 알고 계시군요. 하지만 이미 불만이 커서 지사가 망설이고 있습니다."

"왜 자원봉사자들을 모집하지 않나요?"

"이미 해봤죠. 그렇지만 결과가 안 좋았어요."

"확신도 없이 그저 관료적인 방식으로 진행했겠죠. 그들에게 부족한 것은 바로 상상력입니다. 그들에게는 재앙의 규모에 대응할 만한 능력이 전혀 없어요. 그래서 그들이 상상해낸 대책이란 것이 겨우 코감기 약 수준인 거예요. 그들이 하는 대로 계속 내버려둔다면 그들은 무너져버릴 것이고, 우리도 그들과 함께 그렇게 되겠죠."

"그럴 수도 있겠죠. 하지만 말씀드리고 싶은 것은, 그들이 또한 죄수들을 쓰려는 생각까지 했다는 것입니다. 험한 일이라고 할 수 있는 것들에 대해서 말입니다." 리외가 말했다.

"그런 일은 일반인들이 하면 더 좋을 것 같은데요."

"저 역시 같은 생각입니다. 그런데 결국 무슨 이유로 이러시나요?"

"저는 사형 선고를 받는 게 두렵거든요."

리외가 타루를 쳐다봤다.

"그래서요?" 그가 말했다.

"그래서 저는 자원 보건 조직을 만들려고 구상하고 있어요. 제게 그 일을 맡겨주시고, 당국은 이제 제쳐두기로 합시다. 게다가 당국은 안 그래도 할 일이 넘쳐나잖아요. 사방에 제 친구들이 좀 있으니, 그들이 중심이 되어줄 거예요. 물론 저도 거기에 가담할 겁니다."

"잘 알겠습니다. 제가 기꺼이 받아들일 것이라 짐작하시겠죠. 특히 이런 일에는 다른 사람의 협조가 필요합니다.

아까 들은 구상을 도청에서 승인하도록 만드는 것은 제가 책임지겠습니다. 게다가 도청으로서는 선택의 여지도 없지요. 그렇지만……."

리외는 생각에 잠겼다.

"그렇지만 이 일로 생명을 잃을 수도 있습니다. 잘 아시겠지요. 모든 경우에 대비해서, 제가 미리 주의를 줘야 할 것 같군요. 잘 숙고해보셨나요?"

타루는 회색빛의 평온한 눈으로 그를 보고 있었다.

"파늘루 신부의 설교에 대해 어떻게 생각하시나요, 선생님?"

그 질문이 자연스럽게 흘러나왔고, 리외도 자연스럽게 대답했다.

"저는 병원 안에서만 너무 오래 지내왔기 때문에, 집단적 처벌에 대한 생각은 좋아하지 않아요. 하지만 당신도 알다시피, 기독교 신자들은 가끔 그런 식으로 말하더군요. 실제로는 절대 그렇게 생각하지 않으면서도 말이에요. 보기보다는 좋은 사람들이니까요."

"하지만 선생님도 파늘루 신부처럼, 페스트에도 선량함이 있어서 사람들이 스스로 눈을 뜨게 하고 생각할 수 있게 만든다고 보시겠죠!"

리외는 답답하다는 듯 머리를 흔들었다.

"이 세상의 모든 병이 다 그렇죠. 하지만 이 세상의 모든 고통에 대해서 진실인 것은 페스트의 경우에도 역시 진실입니다. 이 병이 몇몇 사람들을 강하게 만드는 구실을 할 수 도 있겠죠. 그러나 페스트가 가져오는 비참함과 고통을 보고도 페스트에 대해 체념한다는 것은, 제정신이 아니거나 눈이 멀거나 비겁한 사람의 행동일 수밖에 없지요."

리외는 어조를 높이지도 않았다. 그러나 타루는 그를 진정시키려는 듯 손짓을 했다. 그는 웃고 있었다.

"그래요." 리외가 어깨를 으쓱하면서 말했다. "그런데 제 질문에 아직 대답을 안 하셨잖아요. 충분히 생각해보신 건가요?"

타루는 안락의자에서 약간 더 편안하게 고쳐 앉으면서, 머리를 불빛 속에서 앞으로 내밀었다.

"신을 믿으시나요, 선생님?"

그 질문 역시 자연스럽게 나왔다. 그러나 이번에는 리외가 망설였다.

"아니오, 하지만 그게 무슨 의미가 있죠? 저는 어둠 속에 있고, 거기에서 분명히 보려고 애쓰고 있을 뿐인데요. 그러는 것이 특별하다고 생각하지 않은 지 이미 오랜 시간이 지났습니다."

"그 점이 파늘루 신부와 다른 점이 아닐까요?"

"그렇게 생각하지 않아요. 파늘루 신부는 학자입니다. 그는 사람이 죽는 것을 많이 보지 못했어요. 그래서 진리에 대해 말하고 있죠. 하지만 아무리 지위가 낮은 시골 신부라 해도, 자기 교구의 신자들에게 종부 성사를 행해주고 임종하는 사람의 숨소리를 들어본 사람이면 저처럼 생각합니다. 그는 그 불행의 특별함을 증명하고 싶어 하기 전에, 우선 그것을 보살피려고 할 겁니다."

리외는 일어났다. 그의 얼굴은 이제 어둠 속에 들어갔다.

"그 얘기는 그만둡시다." 그가 말했다. "대답하고 싶지 않으신 것 같으니."

타루는 의자에서 움직이지도 않은 채 웃고 있었다.

"대답을 대신해서 질문을 하나 할 수 있을까요?"

이번에는 리외가 웃었다.

"수수께끼를 좋아하시는군요." 그가 말했다. "자, 해봅시다."

"좋아요." 타루가 말했다. "선생님 자신은 신도 믿지 않으시면서 왜 그렇게까지 헌신적인 모습을 보이시는 건가요? 선생님의 답변이 제가 대답하는 데 도움이 될 겁니다."

어둠 속에서 몸을 내밀지도 않은 채 리외가 말했다. 그는 그에 대한 대답은 이미 했으며, 만약 자신이 어떤 전능한 신을 믿는다면 사람들의 병을 치료하는 일을 그만두고 그런 수고를 신에게 맡기겠다고 했다. 그러면서 세상의 어느 누구도, 심지어는 신을 믿는다고 생각하고 있는 파늘루 신부조차 그런 식으로 신을 믿지는 않는다고 덧붙였다. 그 이유에 대해서는 완전히 자신을 포기하는 사람은 아무도 없기 때문이라고 설명했다. 그리고 적어도 그 점에서는 리외 자신도, 존재하고 있는 그대로의 세상과 투쟁하며 진리의 길을 가고 있다고 생각한다고 말했다.

"아! 그러면 선생님의 직업에 대해 그렇게 생각하시는군요?" 타루가 말했다.

"대략 비슷합니다." 리외는 밝은 쪽으로 다시 몸을 내밀면서 대답했다.

타루가 슬그머니 휘파람을 불었고 리외는 그를 쳐다봤다.

"그래요." 그가 말했다. "제가 이렇게 느끼는 데는 자존심도 영향을 줬을 것이라고 생각하고 있겠죠? 하지만 저는 필요한 만큼의 자존심 밖에는 없어요. 정말입니다. 앞으로 무엇이 저를 기다리고 있으며, 이 모든 일이 끝난 후에 어떤 일이 생길지 저는 모릅니다. 지금으로서는 환자들이 있기 때문에 그들을 치료해줘야 하죠. 그런 후에야 그들은 깊이 생각하게 될 것이고, 저 역시 그럴 겁니다. 그러나 가장 급한 일은 그들을 고쳐주는 일이죠. 제가 할 수 있는 만큼 최선을 다해서 그들을 보호해줄 겁니다. 그뿐이죠."

"무엇에 대항해서 보호한다는 말씀이죠?"

리외는 창문 쪽으로 돌아섰다. 그는 저 멀리, 지평선보다 더 어둠이 짙은 부분 어딘가에 바다가 있으리라 짐작하고 있었다. 그는 단지 피곤함을 느낄 뿐이었지만, 그와 동시에 형제처럼 느껴지는 이 특이한 남자에게 조금 더 마음을 털어놓고 싶다는 갑작스럽고도 당치 않은 욕망을 억누르느라 애를 썼다.

"그 점에 대해서는 아는 것이 없어요, 타루 씨. 정말 아는 것이 없다고 장담합니다. 제가 이 직업에 처음 발을 들여놓았을 때, 말하자면 저는 그저 추상적으로 선택한 겁니다. 왜냐하면 전 직업이 필요했고, 이것도 다른 직업들처럼 하나의 괜찮은 일자리였으며, 젊은이들이 한번 해보려고 도전하는 직업들 중 하나였기 때문이죠. 또 어쩌면, 저 같은 노동자의 자식으로서는 특히 이루기 어려운 일이었기 때문일지도 모릅니다. 그렇게 직업을 택하고 나니 사람이 죽는 것을 봐야만 했죠. 죽기를 거부하는 사람이 있다는 것을 아시나요? 어떤 여자가 죽는 순간에 '안 돼!' 하고 외치는 것을 들어봤나요? 저는 들어봤습니다. 그때 저는 결코 제 자신이 그런 것에 익숙해질 수 없다는 걸 깨달았지요. 그때는 젊었기 때문에, 제 거부감이 세계의 질서 그 자체와 관계가 있다고 믿었어요. 그 후에 저는 더 겸손해졌지요. 단지 죽는 모습을 보는 일에는 여전히 익숙하지 못해요. 그 이상은 아무것도 모릅니다. 그러나 결국에는……."

리외는 말을 멈추고 다시 자리에 앉았다. 입안이 마른 듯했다.

"결국은요?" 타루가 조용히 물었다.

"결국……." 리외는 말을 이으려다가 타루를 주의 깊게 바라보면서 또 망설였다. "이것은 당신 같은 사람이라면 이해할 수 있는 일이라고 생각하는데, 그렇지 않을까요? 하지만 세상의 질서는 죽음에 의해 지배되고 있으니, 아마도 신의 입장에서는 사람들이 신의 존재를 믿지 않는 편이 더 나을지도 모릅니다. 그리고 신이 침묵하고 있는 그곳 하늘을 향해 우러러보기만 할 것이 아니라, 있는 힘을 다해 죽음과 싸우는 편이 더 나을지도 모릅니다."

"그래요." 타루가 동의했다. "이해할 수 있습니다. 하지만 선생님의 승리는 항상 일시적인 것이 될 겁니다. 그게 전부죠."

리외의 표정이 어두워졌다.

"늘 그렇다는 것을 저도 알고 있어요. 그러나 그것이 싸움을 멈춰야 할 이유는 못 됩니다."

"그래요, 그게 이유가 되지 못하죠. 하지만 이제야, 이 페스트가 선생님에게는 어떤 의미인지 상상할 수 있게 되었네요."

"알고 있어요." 리외가 말했다. "끝없는 패배지요."

타루는 잠시 리외를 바라보다가 일어나서 문 앞까지 힘껏 걸어갔다. 리외도 그의 뒤를 따랐다. 리외가 곧 그의 곁에 갔는데, 그때 자기 발을 보고 있는 듯 보이던 타루가 리외에게 말했다.

"무엇이 그 모든 것을 알려줬나요, 선생님?"

대답이 즉시 나왔다.

"비참함이죠."

리외는 사무실 문을 열고 복도로 나와서, 타루에게 자신도 변두리에 사는 환자 한 명을 보러 가려고 내려가는 길이라고 말했다. 타루가 같이 가자고 청했고, 리외도 수락했다. 복도 끝에서 그들은 리외의 어머니와 마주쳤다. 리외는 타루를 소개했다.

"친구입니다." 그가 말했다.

"오!" 리외의 어머니가 말했다. "만나서 참 반갑네요."

리외의 어머니와 헤어지고 나서, 타루는 다시 돌아서서 그녀를 쳐다봤다. 리외는 층계참에서 자동 스위치를 켜려고 애썼지만 작동되지 않았다. 계단은 어둠 속에 잠겨 있었다. 리외는 그것이 혹시 새로운 절전 정책을 실행하고 있기 때문이 아닐까 생각했다. 하지만 알 수 없었다. 이미 얼마 전부터 집에서나 거리에서나 모든 것들이 고장 나고 있었다. 그런 상황은 단순히 수위들이, 그리고 일반적으로는 시민들 모두가 이제 더 이상 어떤 것에도 주의를 기울이지 않기 때문인지도 모른다. 그렇지만 리외는 그 이상, 더 자문할 시간도 없었다. 뒤에서 타루의 목소리가 울렸기 때문이다.

"한마디만 더 할게요, 선생님. 우스꽝스럽다고 생각하실지도 모르지만, 선생님의 말씀은 전적으로 옳습니다."

리외는 어둠 속에서 어깨를 으쓱했다.

"저는 아무것도 모릅니다, 정말요. 그런데 당신은 무엇을 알고 있나요?"

"오!" 타루는 동요하지 않고 말했다. "이제는 더 알아야 할 것이 별로 없습니다."

리외는 발걸음을 멈췄고, 그의 뒤로 타루의 발이 계단 위에서 미끄러졌다. 타루는 리외의 어깨를 붙들면서 자신의 몸을 바로잡았다.

"인생에 대해 모든 것을 안다고 생각하나요?" 리외가 물었다.

여전히 확고한 목소리로 어둠 속에서 대답이 들려왔다.

"네."

길에 나섰을 때, 그들은 꽤 늦은 시간이 되었음을 알아챘다. 아마 11시쯤인 듯했다. 시내는 적막했고, 단지 가볍게 바람이 스치는 소리만이 가득 차 있었다. 아주 먼 곳에서 구급차의 경적 소리가 들려왔다. 그들은 차에 올라탔고, 리외는 시동을 걸었다.

"내일 병원에 와서 예방 주사를 맞으셔야 합니다. 하지만 끝으로, 또 이 역사 속에서 페스트의 희생자로 기록되기 전에, 거기서 빠져나올 수 있는 가능성이 3분의 1밖에는 안 된다는 점을 생각해보십시오." 그가 말했다.

"그런 계산은 무의미합니다, 선생님. 저처럼 선생님도 잘 알고 계실 텐데요. 100년 전에 페르시아의 어느 도시에 페스트가 퍼져서 모든 시민들의 생명을 앗아갔지만, 시체를 씻는 사람만은 살아남았답니다. 전혀 쉬지 않고 일을 했는데도 말이에요."

"그는 3분의 1의 기회를 잡았던 것이죠, 그뿐입니다." 리외가 돌연 더 희미해진 목소리로 말했다. "하지만 사실 그 문제에 관해서는 알아야 할 것들이 아직도 많습니다."

이제 그들은 변두리 지역으로 들어섰다. 사람이 없는 거리에서 차량의 전조등이 환하게 빛났다. 자동차가 멈췄다. 리외는 자동차 앞에서, 타루에게 집으로 들어가겠느냐고 물었고 타루는 그러겠다고 대답했다. 하늘에서 쏟아지는 희미한 빛이 그들의 얼굴을 비추고 있었다. 리외가 갑자기 친근한 웃음을 터뜨렸다.

"그런데, 타루 씨." 그가 말했다. "이런 일에 큰 관심을 갖게 된 이유가 뭐죠?"

"저도 모르겠어요. 아마도 제 윤리관 때문인가봐요."

"어떤 윤리관인데요?"

"이해심이요."

타루는 집 쪽으로 몸을 돌렸다. 그래서 그들이 그 천식 환자 노인의 집에 들어설 때까지, 리외는 그의 얼굴을 볼 수 없었다.

::

이튿날부터 타루는 자신이 계획한 일에 착수했다. 우선 보건 조직의 제1조를 모았는데, 계속해서 다른 보건 단체가 편성될 예정이었다.

서술자는 이 보건 조직을 실제 이상으로 중요시할 의도는 없다. 하지만 시민들 대부분이 서술자의 입장이 된다면, 오늘날 그들의 역할을 과장하고 싶은 유혹에 넘어가기 쉬울 듯하다. 그러나 서술자는 훌륭한 행동에 지나친 중요성을 부여하다보면, 결국에는 인간의 악한 면에 대해 간접적이며 열렬한 찬사를 바치게 된다고 믿는 편이다. 왜냐하면 그런 훌륭한 행동이 그토록 귀중한 가치를 지니는 것은 그 행동들이 아주 드물기 때문이고, 인간의 행동에서 악의와 무관심이 가장 흔한 동력이 된다는 점을 가정하게 만들기 때문이다. 이는 서술자가 공감하지 못하는 생각이다. 세상에 존재하는 악은 거의 언제나 무지함에서 비롯되며, 또 선의도 교양을 갖추지 못했다면 악의와 마찬가지로 많은 피해를 줄 수 있다. 인간은 악하다기보다는 오히려 선한 존재지만, 사실 그것은 중요한 문제가 아니다. 하지만 인간들은 다소 무지한 법이다. 그것은 우리가 미덕이나 악덕이라고 부르는 것으로서, 가장 절망적인 악덕은 자신이 모든 것을 알고 있다고 믿는 무지다. 무엇보다 자신은 사람을 죽일 권한이 있다고 생각하는 것이야말로 무지의 악덕이다. 살인자의 영혼은 이성이 마비된 상태이며, 최대한의 통찰력을 발휘하지 않는다면 참된 선도 참된 사랑도 없다.

바로 그런 이유 때문에, 타루 덕분에 만들어지게 된 보건조직에 대해서는 객관적인 만족감을 느끼며 판단할 필요가 있다. 또 그런 이유로 서술자는 그 의지와 영웅적인 행위에 대해 너무나 웅변적인 예찬자가 될 생각은 없으며, 그저 분별 있는 중요성만을 부여할 뿐이다. 그렇지만 서술자는 페스트가 그 당시에 우리 시민들 모두를 고통스럽고 까다로운 마음을 갖도록 만들었던 점에 대해서는 역사가의 역할을 계속하려 한다.

사실 보건 조직에 헌신했던 사람들이 그렇게까지 대단한 칭찬 받을 일은 아니었다. 왜냐하면 그들은 자신들이 해야 할 일이 그것뿐이라고 생각하고 있었기 때문이다. 게다가 그런 결심을 하지 않는 것이 그 당시로서는 오히려 있을 수 없는 일이었다. 그 보건 조직은 시민들이 페스트의 실체 속으로 더 깊이 파고들 수 있도록 도와줬고, 질병이 바로 곁에 와 있으니 그것과 싸우기 위해 필요한 일을 해야 한다는 사실을 시민들이 부분적이나마 납득할 수 있도록 했다. 이와 같이 페스트는 몇몇 사람들에게 의무가 되면서, 이제는 정말 본래의 모습으로, 즉 모든 사람의 문제로 나타나게 되었다.

그것은 좋은 일이다. 하지만 사람들은 한 교사가 둘에 둘을 더하면 넷이 되는 것과 같이 명백한 것을 가르친다고 해서 그를 칭찬하지는 않는다. 사람들은 아마도 그가 훌륭한 직업을 선택했다는 점에서 그를 칭찬할 것이다. 하지만 여기서는 타루와 그의 일행들이 그 반대의 길을 택하지 않고, 둘에 둘을 더하면 넷이 된다는 것을 증명하는 길을 선택한 것이 칭찬받을 만한 일이었다고 말해두자. 또한 그들에게 그런 선의는 그 교사나 그 교사와 같은 마음을 지닌 모든 사람들의 선의와 같다는 사실 역시 말해두자. 그런데 인간으로서 명예스럽게도 세상에는 그런 사람들이 생각보다 훨씬 많으며, 적어도 그것이 서술자의 신념이다. 물론 서술자는 그 사람들이 그것에 대해 목숨을 걸고 있다는 점을 통해 서술자에게 반박하는 사람이 있을 수도 있다는 것을 잘 알고 있다. 그러나 역사상, 둘에 둘을 더하면 넷이 된다고 감히 말할 수 있는 사람에게도 죽음의 벌을 받는 시간이 늘 찾아오는 법이다. 교사는 그 사실을 잘 알고 있다. 그런데 문제는 그런 논리의 끝에 어떤 보상 또는 어떤 벌이 기다리고 있는지를 아는 것이 아니다. 문제는 둘에 둘을 더하면 과연 넷이 되는지 안 되는지를 아는 것이다. 그 당시 자신의 목숨을 걸고 있었던 시민들은, 그들이 페스트 속에 있는지 어떤지, 페스트와 싸워야 하는지의 여부가 문제였으며 그것을 결정해야만 했다.

상황이 이렇게 되자 이 도시의 수많은 새 도덕가들은 아무것도 소용이 없고 무릎을 꿇는 수밖에 없다고 말하면서 돌아다녔다. 타루와 리외, 그리고 그들의 친구들도 이런저런 대답을 할 수는 있었지만, 결론은 늘 그들이 잘 아는 것이었다. 즉 이런 방법으로든 저런 방법으로든 싸워야 한다는 것이지 무릎을 꿇어서는 안 된다는 결론이었다. 문제는 오직, 더 많은 죽음을 되도록 막아주고, 사람들이 최종적인 이별을 경험하게 되는 것을 막아주자는 데 있었다. 그렇게 하기 위한 유일한 방법은 페스트와 싸우는 것뿐이었다. 그 진리는 놀랄 만한 것이 아니었고, 단지 논리적인 결과였을 뿐이다.

바로 그런 이유 때문에, 카스텔 노인이 임시변통으로 구한 재료를 이용해 현장에서 혈청을 제조하는 데 자신의 온 신념과 힘을 쏟은 것은 당연한 일이었다. 리외와 그는 도시를 휩쓸고 있는 바로 그 세균을 배양해서 제조한 혈청이 외부에서 가져온 혈청보다 더 직접적인 효과를 낼 수 있기를 바랐다. 왜냐하면 그 세균은 오래전부터 규정되어 있던 전형적인 페스트균과는 약간 달랐기 때문이다. 카스텔은 자기가 만든 첫 혈청이 빨리 완성되기를 기대하고 있었다.

또한 바로 그런 이유 때문에, 영웅적인 면이 전혀 없는 그랑이 보건 조직의 비서 비슷한 역할을 확보하게 된 것도 당연한 일이었다. 타루가 조직한 보건 조직의 일부는 사실 인구 밀집 지역에서의 페스트 예방 보조 작업에 몰두하고 있었다. 그들은 그 지역에 필요한 위생 관리를 도입하려고 애썼으며, 소독반이 다녀가지 못했던 창고와 지하실의 수를 조사했다. 보건 조직의 또 다른 조는 주소지별로 의사의 왕진을 도왔고, 페스트 환자의 운반을 책임졌으며, 나중에는 전문 인력이 없는 경우 환자와 사망자를 실어나르는 차를 운전하기까지 했다. 이 모든 일에는 기록과 통계 작업이 필요했는데, 그랑이 그 일을 맡기로 했다.

그런 점에서 서술자는 리외나 타루 이상으로 그랑이 보건 조직에 활기를 주는 조용한 미덕을 지닌 실질적인 대표자였다고 평가한다. 그는 자신이 품고 있는 선의를 통해, 망설이지 않고 그 일을 맡겠다고 자처했다. 그는 단지 자질구레한 일들을 하는 데 도움이 되고 싶다고 했다. 그 밖의 일을 하기에는 나이가 너무 많다고 했다. 오후 6시부터 8시까지 그는 자기 시간을 바칠 수 있었다. 리외가 그에게 감사의 뜻을 열렬하게 표시했더니, 그는 놀라면서 이렇게 말했다. "어려운 일도 아닌데요. 페스트가 퍼졌으니 막아야죠. 그게 분명한 점이에요. 아, 만사가 이렇게 단순하면 좋으련만!" 그러고는 자신의 문장 이야기를 다시 꺼냈다. 때때로 저녁 때 통계 카드를 기록하는 일이 끝나면, 리외는 그랑과 이야기를 나눴다. 결국 타루도 그들의 대화에 끼었는데, 그랑은 점점 더 눈에 띄게 즐거운 모습으로 그의 동지들에게 속마음을 털어놓았다. 리외와 타루는 페스트가 퍼져가는 와중에서도 그랑이 끈기 있게 계속하는 그 작업에 대해 흥미롭게 관심을 두고 있었다. 결국 그들 역시, 거기에서 일종의 휴식의 여지를 찾을 수 있었던 셈이다.

"그 말 탄 여인은 어떻게 되었나요?" 하고 타루가 종종 물어보면, 그랑은 어색한 미소를 지으며 변함없이 이렇게 대답했다. "달리고 있죠. 달려요." 어느 날 저녁, 그랑은 자신의 그 말 탄 여인에 대한 묘사에서 '우아한'이라는 형용사를 결국 포기하고 앞으로는 '날씬한'이라는 말로 쓰기로 했다고 말했다. "그게 더 구체적이거든요." 그가 이렇게 덧붙였다. 언젠가는 그의 두 청중에게 다음과 같이 수정한 첫 구절을 읽어줬다. "5월의 어느 화창한 날 아침나절에, 승마복을 입은 한 날씬한 여인이 멋진 밤색 암말을 타고, 불로뉴 숲 속의 꽃 핀 오솔길을 누비고 있었다."

"그렇죠?" 그랑이 말했다. "그 여인이 더 잘 보이는 듯하죠. 그리고 '5월의 어느 화창한 아침나절에'가 더 나은 것 같아요. 왜냐면 그냥 '5월의'라고 하면 말의 속도가 약간 더 늘어지는 느낌이 들거든요."

그런가 하면 그는 '멋진'이라는 형용사에 대해서도 무척 고민하는 듯했다. 그는 그 말이 의미를 충분히 전달해주지 못하므로, 자신이 상상하는 화려한 암말을 단번에 사진으로 찍은 것처럼 느껴지게 만들 정도의 용어를 찾고 있다고 했다. '미끈한'도 어울리지 않았다. 구체적이기는 하지만 약간 경멸의 뜻이 담겨 있다고 했다. 한때는 '윤기가 도는'에 마음이 끌렸지만 리듬이 적당하지 않다고 했다. 어느 날 저녁, 그는 의기양양하게 '검은 밤색 털의 암말'이라는 표현을 발견했다고 말했다. 그는 검은 빛깔이 은근히 우아함을 나타낸다고 생각했다.

"그건 안 돼요"라고 리외가 말했다.

"아니, 왜요?"

"'밤색 털'이라는 표현은 말의 품종을 의미하는 게 아니라 빛깔을 의미하는 것이니까요."

"어떤 빛깔이요?"

"음, 아무튼 검은색이 아닌 어떤 빛깔이죠!"

그랑은 타격을 받은 듯 침울해 보였다.

"고맙습니다." 그가 말했다. "선생님이 계셔서 다행이네요. 하지만 이런 게 얼마나 어려운지 아시겠죠."

"'호화로운'이라고 하면 어떨까요?" 타루가 말했다.

그랑이 그를 쳐다봤다. 그리고 곰곰이 생각에 잠겼다.

"그렇군요." 그가 말했다. "바로 그거예요!"

그의 얼굴에 조금씩 웃음이 되살아났다.

그로부터 얼마 후, 그는 '꽃 핀'이라는 말 때문에 고민이라고 고백했다. 그는 오랑과 몽텔리마르밖에는 아는 고장이 없었기 때문에, 가끔 그 두 친구에게 불로뉴 숲 속의 오솔길에 꽃이 어떤 모양으로 피어 있는지 자세히 알려달라고 했다. 엄밀하게 말하자면, 리외와 타루는 불로뉴 숲의 오솔길들에 꽃들이 그처럼 피어 있다는 인상을 받아본 적이 없었지만 그랑의 확신이 그들의 마음을 흔들어놓았다. 한편 그랑은 자신의 친구들이 그것에 대해 확실히 알지 못한다는 사실에 놀랐다. "사물을 어떻게 관찰해야 하는지 알고 있는 사람은 예술가들뿐이죠." 언젠가 리외는 그가 몹시 흥분해 있는 모습을 봤다. 그는 '꽃 핀'이라는 표현을 '꽃으로 가득 찬'으로 바꿔놓았다고 했다. 그는 두 손을 마주 비비고 있었다. "마침내 훤히 보이네요. 느낄 수 있어요. 모자를 벗으십시오, 여러분!" 그는 의기양양하게 자신이 쓴 글을 읽었다. "5월의 어느 아름다운 아침나절, 한 날씬한 여인이 호화로운 밤색 털의 암말을 타고 꽃으로 가득 찬 불로뉴 숲의 오솔길을 누비고 있었다." 그렇지만 큰 소리로 읽다보니, 문장의 마지막 세 단어인 '꽃, 불로뉴, 숲'이 가지는 속격(격변화하는 언어의 제2격—옮긴이)이 귀에 거슬리게 들려서 그랑은 말을 약간 더듬거렸다. 그는 낙심한 듯 주저앉았다. 그러다가 그는 리외에게 그만 가보겠다고 양해를 구했다. 생각할 시간이 약간 필요했기 때문이다.

나중에 알게 된 사실이지만, 바로 그 무렵에 그는 직장의 사무실에서 딴 데 정신이 팔려 있는 사람 같은 징후를 보였다고 한다. 당시는 시청 측이 감소된 직원으로 인해 엄청나게 많은 일들을 처리해야 했던 때라서, 모두가 그의 그런 모습을 유감스럽게 여겼다. 특히 그가 속해 있던 부서에서는 그것 때문에 지장이 생길 정도였다. 그래서 국장은 일을 하라고 월급을 주는 것인데도 일을 못하고 있다며 그를 심하게 야단쳤다. 국장은 이렇게 말했다. "들은 바로는, 당신이 이곳의 사무 이외에 보건 조직에서 봉사 활동을 하고 있다던데. 물론 그것은 나와 상관없는 일이오. 나와 상관있는 것은 당신이 여기서 맡고 있는 일이오. 이 곤란한 상황에서 당신이 쓸모 있는 사람이 되는 첫 번째 방법은 당신이 맡은 일을 잘 해내는 것이오. 그렇게 하지 않으면, 나머지는 다 소용없는 일이오."

"그의 말이 맞아요." 그랑이 리외에게 말했다.

"그래요, 그의 말이 옳죠." 리외도 동의했다.

"하지만 저는 요즘 정신이 딴 데 가 있어요. 내 문장의 끝을 어떻게 마무리할지 모르겠거든요."

그는 '불로뉴의'라는 말을 없애버릴 생각을 했다. 누구나 그런 말을 알아들을 수 있으리라는 추측 때문이었다. 그러나 그렇게 하면 '숲의'라는 구절이 '꽃'에 연결되는 것처럼 보이게 되는데, 그것은 실제로는 '오솔길'과 연결되었다. 그는 또한 '꽃으로 가득 찬 숲 속의 오솔길'이란 문장을 써볼까도 고민해봤다. 하지만 '숲'의 위치가 수식어와 명사 사이를 임의로 분리시킨다는 점이, 마치 살 속에 가시가 박힌 것처럼 마음에 걸렸다. 그래서 어떤 날 저녁에는 실제로 그가 리외보다 더 피곤해 보일 정도였다.

그렇다. 그는 그 연구에 마음을 완전히 빼앗겨서 피곤했다. 하지만 그는 보건 조직이 필요로 하는 합계와 통계 일을 지속적으로 해냈다. 매일 저녁 그는 참을성 있게 카드를 정리하고, 거기에 곡선 그래프를 첨부해서, 가능한 한 정확한 상황 보고서를 제시하기 위해 천천히 움직이고 있었다. 그는 리외가 일하고 있는 병원들 중 한 곳에 꽤 자주 찾아가서 리외를 만났다. 그러고는 몇몇의 사무실이나 양호실 안에 있는 탁자를 한 개 내달라고 리외에게 부탁했다. 그는 시청의 자기 책상에 앉는 모습과 바로 똑같은 모습으로 자신의 종이를 쥐고 거기에 자리를 잡았고, 소독약과 병에서 풍겨오는 냄새로 텁텁해진 공기 속에서, 잉크를 말리려고 서류의 종잇장들을 흔들었다. 그럴 때면 그는 청렴한 태도로 더 이상 말을 탄 여인에 대한 생각을 하지 않고, 오직 필요한 일만 해내려고 애썼다.

그렇다. 사람들이 소위 영웅이라는 것의 모범과 본보기를 정하고 싶어 하는 것이 사실이라면, 그리고 이 이야기 속에 반드시 한 사람의 영웅이 있어야 한다면, 서술자는 바로 이 평범하고 존재감 없는 영웅, 약간의 선한 마음과 언뜻 보기에 우스꽝스러운 이상밖에 갖고 있지 않은 이 영웅을 내세우고자 한다. 이것으로 진리는 그 본래의 자리를, 즉 둘에 둘을 더하면 합이 넷이 되는 위치를 찾게 될 것이다. 그리고 영웅주의에는, 이것이 원래 놓여 있던 부차적인 자리를, 즉 행복에 대한 인간적인 욕망의 바로 다음에 놓이되 결코 그 앞에 놓일 수 없는 위치를 부여할 수 있을 것이다. 그렇게 되면 이 연대기에도 그 나름의 성격을 부여할 수 있으리라. 즉 이 연대기가 좋은 감정으로 이루어진 진술이라는 점, 다시 말해서 노골적으로 악하지도 않고 흥행물처럼 추잡한 방식으로 자극적이지도 않은 그런 감정으로 이루어진 진술이라는 점이 그것이다.

그리고 이것은 적어도, 페스트에 감염된 이 도시로 외부 세계가 보내오는 후원과 격려를 신문에서 읽거나 라디오로 들은 의사 리외의 의견이었다. 항공이나 육로로 보내오는 구호물자와 함께 매일 저녁 전파를 타거나 신문에 실려서 연민이나 경탄으로 가득 찬 논평들이 이제 고립된 이 도시에 쏟아져 들어오고 있었다. 그런데 리외는 그것들의 서사시적인 말투나 시상식 연설 같은 말투를 매번 참을 수 없었다. 물론 그 역시 그런 염려의 표현이 꾸며낸 것이 아님을 알고 있었다. 그러나 그 표현은 사람들이 자신들을 인류 전체와 연결해주는 그 무엇을 표현하려고 할 때에 쓰는 상투적인 언어로 표현될 수밖에 없었다. 하지만 그런 언어는, 페스트의 한가운데에서 그랑 같은 사람이 무엇을 의미하는지 설명해줄 수 없으므로, 그랑이 날마다 기울였던 사소한 노력을 표현하는 데는 적합하지 않았다.

때때로 인적이 끊어져 텅 빈 도시가 깊은 침묵에 빠지는 자정 무렵에, 리외는 잠시 잠을 자려고 잠자리에 들면서 라디오의 스위치를 돌려보곤 했다. 그러면 수천 킬로미터 너머, 세계의 저 머나먼 끝에서, 얼굴은 알 수 없지만 우애 깊은 목소리들이 자신들에게도 연대 책임이 있다는 말을 어설프게나마 전하려고 애쓰는 사람들을 만날 수 있었다. 그리고 실제로 그들은 그 말을 했다. 그러나 그와 동시에 그 목소리들은, 사람은 자기 눈으로 직접 볼 수 없는 고통을 진정으로 나눌 수는 없다는 저 끔찍한 무력감을 증명해 보였다. '오랑! 오랑!' 하고 바다를 건너오는 호소도 헛되었다. 리외가 정신을 차리고 귀를 기울여봐도 소용이 없었다. 곧바로 그 웅변조의 목소리가 높아지면서, 그랑과 연설가를 서로 이방인으로 만들어놓는 그 본질적인 경계만을 한층 더 뚜렷하게 보여줄 뿐이었다. '오랑! 그래, 오랑!' 리외는 생각했다. '천만에, 함께 사랑하든가 함께 죽든가 해야지. 그 외의 다른 방법은 없어. 그들은 너무 멀리 떨어져 있으니까.'

::

페스트가 절정에 이르고, 그 재앙이 이 도시에 덤벼들어서 그곳을 완전히 점령해버리려고 온 힘을 모으고 있는 동안의 이야기로 들어가기 전에 꼭 이야기해야 할 것이 있다. 그것은 예를 들어 랑베르처럼 마지막으로 남은 개인들이 자신의 행복을 되찾기 위해서, 또 그들이 모든 침해와 맞서서 지키고 있는 그들 자신의 몫을 페스트로부터 떼어내기 위해서 기울인 필사적이고도 단조로우며 꾸준한 노력들이다. 그것은 바로, 그들을 위협하는 굴복을 거부하려는 그들 나름의 방식이었다. 그리고 겉으로 보기에는 그런 거부가 또 다른 거부만큼 효과적이었던 것은 아니었지만, 서술자가 보기에 그것도 분명 나름의 큰 의미가 있다. 또한 서술자는 그런 거부가 허영심과 심지어는 모순까지 지니고 있다 하더라도, 그 당시 우리들 각자의 마음속에 자랑스럽게 남아 있던 그 무엇을 증명해준다고 믿는다.

랑베르는 페스트에 사로잡히지 않기 위해 저항하고 있었다. 그는 리외에게 합법적인 방법으로는 그 도시를 빠져나갈 수 없다는 확증을 얻었기 때문에 다른 방법들을 써보기로 결심했다고 말했다. 그 신문 기자는 우선 카페의 종업원이 되었다. 카페의 종업원은 항상 모든 일에 환한 법이다. 그가 처음으로 질문을 던진 몇몇 종업원들은 그런 종류의 일을 기도했을 때 가해지는 매우 엄중한 처벌에 대해서도 특히 잘 알고 있었다. 한번은 그가 선동자로 오해받은 일까지 있었다. 그래서 그는 일을 조금 더 진전시키기 위해 리외의 집에서 코타르를 만나기로 했다. 그날 리외와 코타르는 그 신문 기자가 온갖 관공서들을 찾아다니며 시도했던 교섭이 모두 수포로 돌아갔다는 이야기를 또 나눴다. 며칠이 지난 후에 코타르는 거리에서 우연히 랑베르를 만났는데, 그 당시에는 누구하고 만나든 늘 그랬듯이 솔직한 태도로 랑베르를 대했다.

"여전히 아무 진전이 없나요?" 하고 코타르가 물었다.

"네, 없어요."

"관청을 믿고 있을 수는 없죠. 그들은 이해해주려고 하지 않으니까요."

"맞아요. 그래서 다른 방법을 찾고 있어요. 힘든 일이네요."

"아! 알겠어요." 코타르가 말했다.

그는 어떤 조직을 알고 있었다. 그래서 그런 사실에 놀라는 랑베르에게 이런 설명을 했다. 그는 오래전부터 오랑의 모든 카페에 자주 드나들고 있으며 거기에는 친구들이 꽤 있어서, 그런 종류의 일을 하고 있는 어떤 조직체가 있다는 것을 들었다고 했다. 사실 코타르는 그때부터 지출이 수입보다 많아져서, 배급 물자의 밀수에 가담하고 있었다. 그는 또한 끊임없이 가격이 치솟는 담배와 값싼 술을 다시 팔기도 했는데, 그것이 그에게 약간의 수익을 가져다주고 있었다.

"확실한가요?" 랑베르가 물었다.

"그럼요, 저에게 권하는 사람이 있었는데요."

"그런데도 당신은 그 경로를 이용하지 않으셨단 말이죠?"

"의심하지 마세요." 코타르는 호인 같은 태도로 말했다. "저는 떠나고 싶지 않았기 때문에 이용하지 않았던 거예요. 제게는 그럴 만한 이유가 있거든요."

그는 잠시 조용히 있다가 이렇게 덧붙였다.

"제가 말하는 이유가 뭔지 물어보고 싶지 않으세요?"

"저와 상관없는 일일 것 같은데요."

"어떤 의미에서 보면, 사실 당신과 상관없지요. 하지만 또 어떤 의미에서는……. 아무튼 한 가지 분명한 것은, 우리들이 페스트를 옆에 두고 살게 된 날부터 저는 여기 있는 게 훨씬 더 좋아졌어요."

랑베르가 그의 말을 잠자코 듣고 있다가 물었다.

"그 조직과는 어떻게 접촉할 수 있을까요?"

"아! 쉬운 일은 아니에요. 저만 따라오세요." 코타르가 말했다.

오후 4시였다. 짓누르는 듯 무거운 하늘 아래서, 도시는 서서히 열기로 익어가고 있었다. 모든 가게들이 차양을 내리고 있었다. 도로는 한적했다. 코타르와 랑베르는 아치형 통로가 이어진 길에 들어서서 오랫동안 말없이 걸어갔다. 그때는 페스트가 보이지 않게 되는 그런 시간들 중 하나였다. 이 침묵, 색깔과 움직임의 이 죽음은, 재앙의 침묵과 죽음인 동시에 여름의 침묵과 죽음일 수도 있었다. 주위의 공기가 갑갑한 것이 위협 때문인지 아니면 먼지와 열기 때문인지 알 수 없었다. 페스트를 찾아내려면 관찰하고 깊이 생각해야 했다. 왜냐하면 페스트는 음성적인 징후들을 통해서만 비로소 모습을 드러냈기 때문이다. 페스트에 대해 친근감을 갖고 있는 코타르는 랑베르에게 이를테면 개들이 안 보인다는 사실에 주목하라고 했다. 보통 때 같으면 개들이 복도의 입구에서 배를 땅에 대고 엎드린 채, 있지도 않은 서늘한 기운을 찾으며 헐떡거리고 있었을 것이라고 했다.

그들은 팔미에 대로에 들어서서 아름 광장을 가로지른 후, 마린 구역을 향해서 내려갔다. 왼쪽에는 초록색 칠을 한 카페가 하나 있는데, 노란색의 두꺼운 천으로 된 차양을 비스듬하게 쳐놓고 있었다. 이곳에 들어가면서 코타르와 랑베르는 이마의 땀을 닦았다. 그들은 초록색 철판으로 만든 탁자 앞에 놓인, 정원용 접이식 의자에 자리를 잡았다. 홀은 완전히 텅 비어 있었다. 파리들이 공중에서 윙윙거리고 있었다. 덜거덕거리는 계산대 위에 놓은 노란색 새장 안에는, 깃털이 몽땅 축 늘어진 앵무새 한 마리가 횃대 위에 힘없이 앉아 있었다. 전투 장면을 그린 오래된 그림들이 벽에 걸려 있었는데, 그 위로 묵은 때와 빽빽하게 얽혀 있는 거미줄이 덮여 있었다. 모든 철판 탁자 위에, 그리고 랑베르 앞에 놓인 탁자 위에도 닭똥이 말라붙어 있었다. 그 자국이 어떻게 생기게 되었는지 의아해했는데, 캄캄한 구석에서 부스럭거리는 소리가 약간 들리더니 아주 커다란 수탉 한 마리가 깡충깡충 뛰어 나왔다.

바로 그때 더위가 한층 더 심해진 것 같았다. 코타르는 웃옷을 벗고, 철판 탁자를 두드렸다. 그러자 어떤 키 작은 남자가 거의 목까지 올라온 기다란 푸른색 앞치마를 두른 채 안에서 나왔다. 그는 멀리서 코타르를 보자 인사를 하고는, 한 번의 힘찬 발길질로 수탉을 걷어차서 쫓아버리고 가까이 다가왔다. 수탉이 시끄럽게 꼬꼬댁거리는 소리가 들리는 가운데, 그는 그 두 신사에게 무엇을 주문하겠느냐고 물어봤다. 코타르는 백포도주를 주문하고 나서 가르시아라는 사람에 대해서 물어봤다. 그 땅딸보 사내는, 그 사람이 카페에 오지 않은 지 이미 며칠 지났다고 대답했다.

"오늘 저녁에는 그가 올 것 같소?"

"글쎄요!" 하고 사내가 말했다. "그 사람 속마음까지는 모르겠는데요. 오히려 선생님께서 그분이 오는 시간을 알고 계시지 않나요?"

"그렇지. 하지만 그다지 중요한 일은 아니야. 단지 소개해 줄 분이 한 분 있어서 그러는데."

종업원은 축축한 손을 앞치마 자락에 문질렀다.

"아! 선생님께서도 그 일을 하시는군요?"

"그럼" 하고 코타르가 말했다.

그 땅딸보 사내는 코를 킁킁거렸다.

"그럼, 오늘 저녁에 다시 오세요. 제가 그 사람에게 아이 하나를 보낼게요."

밖으로 나오면서 랑베르는 코타르에게 그 일이라는 게 무엇인지 물었다.

"물론 밀수죠. 그들이 물건을 시의 문으로 통과시킵니다. 그리고 아주 비싼 값에 팔죠."

"알겠어요. 서로 짜고 하는군요?"

"바로 그겁니다."

저녁때가 되자 차양은 올라갔고, 앵무새는 새장 속에서 재잘거리고, 셔츠만 입은 남자들이 철판 탁자마다 둘러앉아 있었다. 그들 중 밀짚모자를 뒤로 젖혀 쓰고 있던 한 사람은 까맣게 그을린 가슴팍이 드러날 정도로 흰 셔츠를 활짝 풀어헤치고 있었는데, 코타르가 들어오자 벌떡 일어났다. 반듯하고 햇볕에 그을린 얼굴, 검고 작은 눈, 흰 치아에, 손가락에 반지 두세 개를 끼고 있었으며 나이는 한 서른 살쯤 되어 보였다.

"안녕하신가?" 하고 그가 말했다. "계산대에서 한잔하죠."

그들은 말없이 각각 한 잔씩, 세 잔의 술을 마셨다.

"나갈까?" 가르시아가 말했다.

그들은 항구를 향해서 내려갔다. 가르시아는 자기에게 무슨 볼일이 있냐고 물었다. 코타르는 자신이 그에게 랑베르를 소개하려는 것은 엄밀히 말해서 사업 때문이 아니라 단지 '외출'을 위해서라고 말했다. 가르시아는 담배를 피우면서, 코타르보다 앞서서 꼿꼿하게 걷고 있었다. 그는 마치 랑베르가 옆에 있다는 것을 모르는 것처럼, 랑베르를 '그'라고 부르면서 질문들을 던졌다.

"뭐 때문에 그러는데?" 그가 말했다.

"프랑스에 아내가 있어."

"아하!"

그러고는 잠시 후에 물었다.

"그 사람 직업이 뭔데?"

"신문 기자."

"말이 많은 직업이네."

랑베르는 입을 다물고 있었다.

"내 친구야." 코타르가 말했다.

그들은 아무 말 없이 걸어가고 있었다. 그들이 부둣가까지 왔을 때, 그 길에는 거대한 철조망을 쳐놓은 상태로 통행이 금지되어 있었다. 그래서 그들은 정어리 튀김을 팔고 있는 간이식당 쪽으로 향했다. 그곳에서 나는 음식 냄새가 그들이 있는 곳까지 풍겨오고 있었다.

"아무튼" 하고 가르시아가 결론을 내렸다. "이런 문제를 다루는 사람은 내가 아니라 라울이야. 내가 그를 찾아봐야겠군. 쉽지는 않겠지."

"아!" 코타르가 활기를 띠며 물었다. "그럼 그는 숨어 있나?"

가르시아는 대답하지 않았다. 그는 간이식당 근처에서

발걸음을 멈추고, 처음으로 랑베르 쪽으로 돌아섰다.

"모레 11시에, 시내 꼭대기에 있는 세관 건물 모퉁이에서 만나기로 하죠."

그는 곧 자리를 뜨려고 하더니, 두 사람에게로 다시 돌아섰다.

"비용이 들 겁니다" 하고 그가 말했다.

그 말은 확인을 위해서였다.

"물론이죠." 랑베르가 동의했다.

잠시 후에 랑베르는 코타르에게 감사하다는 말을 했다.

"오! 천만에요." 그는 쾌활하게 대답했다. "도와드리는 게 즐거운걸요. 게다가 당신은 신문 기자니까, 언젠가는 저에게 갚을 날이 오겠죠."

이틀 후, 랑베르와 코타르는 도시의 꼭대기로 뻗은 그늘도 없는 큰길을 힘들여서 올라가고 있었다. 세관 건물의 일부분은 양호실로 변해 있었는데 그 커다란 문 앞에서 사람들이 서성거리고 있었다. 그들은 허락되지 않는 면회를 기대하는 마음에서, 또는 한두 시간 후에는 무효가 될 정보라도 얻고 싶은 마음에 모인 사람들이었다. 아무튼 이렇게 사람들이 모여드는 곳이다 보니, 왕래하는 사람들도 많았다. 이런 점에 대한 고려가 가르시아와 랑베르의 약속이 정해진 방식과 무관하지 않다고 추측할 수 있었다.

"이상하네요" 하고 코타르가 말했다. "떠나려고 그렇게 고집하시다니. 어쨌든 진행되는 상황이 참 재밌어요."

"저는 안 그런데요."

랑베르가 대답했다.

"오! 물론 위험한 면도 있죠. 하지만 결국 페스트 이전에도, 교통량이 많은 교차로를 건널 때 그만큼의 위험 부담은 있었죠."

바로 그때, 리외의 자동차가 그들이 서 있는 곳 부근에 와서 멈췄다. 타루가 운전을 하고 있었고, 리외는 반쯤 졸고 있는 듯했다. 그는 깨어나서 사람들에게 인사를 시켰다.

"우리는 서로 알고 있죠." 타루가 말했다. "같은 호텔에 묵고 있거든요."

그는 랑베르에게 시내까지 태워다주겠다고 제의했다.

"아닙니다. 우리는 여기서 사람을 만나기로 했어요."

리외가 랑베르를 쳐다봤다.

"그래요" 하고 랑베르가 말했다.

"아!" 하고 코타르가 놀라며 말했다. "의사 선생님도 알고 계셨나요?"

"저기 예심 판사가 오는군요." 타루는 코타르를 보면서 알려줬다.

그러자 코타르의 안색이 변했다. 정말 오통이 길을 걸어 내려오면서, 힘차면서도 절도 있는 걸음걸이로 그들을 향해 다가오고 있었다. 그는 그 몇 사람 앞을 지나가면서 모자를 벗었다.

"안녕하십니까, 판사님!" 타루가 말했다.

판사는 차 안의 사람들에게 인사를 했다. 그리고 뒤에 물러나 있는 코타르와 랑베르를 보면서 근엄하게 고개를 숙였다. 타루는 그 연금 생활자와 신문 기자를 소개했다. 판사는 잠시 하늘을 바라보고는 한숨을 쉬면서, 참 우울한 시기라고 말했다.

"전해 듣기로는, 타루 씨께서 예방 조치 실시에 전념하고 있다던데요. 저로서는 뭐라고 칭찬해드려야 할지 모르겠군요. 의사 선생님께서는 병이 더 퍼질 것이라고 생각하십니까?"

리외는 그러지 않기를 바란다고 말했다. 그랬더니 오통은 하느님의 뜻은 헤아릴 수 없는 것이니만큼 항상 희망을 가져야 한다는 말을 되풀이했다. 타루는 그에게 이번 사건 때문에 일이 많아졌냐고 물었다.

"그 반대입니다. 우리가 일반법이라고 부르는 사건들이 줄었으니까요. 저는 이제 이번의 새로운 규정에 대한 심각한 위반 사건들만 심리하면 됩니다. 기존의 법이 이렇게 잘 지켜진 경우는 없었죠."

"기존의 법과 비교했을 때, 현재의 법이 분명 더 훌륭하기 때문에 그렇겠죠." 타루가 말했다.

그러자 꿈꾸는 사람 같은 모습을 보였던 오통이 갑자기 태도를 바꾸며, 허공을 바라보던 시선을 떨어뜨렸다. 그러고는 차가운 표정으로 타루를 살펴봤다.

"새 규정이 무슨 일을 하고 있죠? 중요한 것은 법이 아니라 처벌이라고요. 우리로서는 어쩔 수가 없어요."

"저 자가 우리의 적 1호야." 오통이 떠나자 코타르가 말했다.

차가 움직이기 시작했다.

잠시 후에 랑베르와 코타르는 가르시아가 오고 있는 모습을 봤다. 그는 아무 신호도 보내지 않고 그들에게로 다가오더니, 인사말 대신에 이렇게 말했다. "기다려야겠어."

그들 주변에서는, 여자가 대부분인 군중이 침묵을 지키며 기다리고 있었다. 여자들은 거의 전부가 바구니를 들고 있었다. 그녀들은 병을 앓고 있는 친척에게 바구니 속의 식량을 혹시라도 전할 수 있지 않을까 하는 헛된 희망을 품고 있었으며, 앓는 사람들에게 그 식량이 도움이 될지도 모른다는 한층 더 어처구니없는 생각까지 하고 있었다. 정문 앞은 무장한 보초병들이 지키고 있었고, 정문과 건물 사이에 있는 마당에서 이상한 비명이 때때로 흘러나왔다. 그러면 기다리는 사람들 중에서 몇몇이 불안해하는 얼굴로 양호실 쪽을 돌아봤다.

세 남자도 그 광경을 지켜보고 있었는데, 그때 그들의 등 뒤에서 선명하고 근엄한 목소리로 "안녕하세요?"가 들려왔다. 그들은 고개를 돌렸다. 더운 날씨에도 불구하고, 라울은 매우 단정하게 옷을 차려입고 있었다. 키가 크고 건장해 보이는 그는, 앞자락이 겹쳐지는 어두운 색의 정장을 입고 있었으며 챙이 위로 말려 올라간 펠트 모자를 쓰고 있었다.

얼굴은 매우 창백했다. 밤색 눈과 꽉 다문 입술을 가진 라울은 빠르고 정확하게 말을 했다.

"시내 쪽으로 내려갑시다" 하고 그가 말했다. "가르시아, 자네는 이제 가보게나."

가르시아는 담배를 한 대 피우고는 자리를 떠났다. 남은 일행은 그들의 중간에서 걸어가는 라울의 걸음걸이에 맞춰서 빠른 속도로 걸었다.

"가르시아한테서 얘기는 들었어요." 라울이 말했다. "잘될 수도 있는 일입니다. 어쨌든 만 프랑은 들어야 할 겁니다."

랑베르는 좋다고 대답했다.

"내일 저하고 점심 식사를 하시죠. 마른 거리의 스페인 식당에서요."

랑베르가 알았다고 대답하자, 라울은 처음으로 미소를 지으며 랑베르의 손을 잡았다. 라울이 떠나자 코타르가 자기는 못 간다며 양해를 구했다. 이튿날 시간이 나지 않는 데다가, 이제는 자기 없이 랑베르 혼자만으로도 충분하다는 이유 때문이었다.

이튿날 랑베르가 스페인 식당에 들어갔을 때, 모든 사람들의 시선이 그의 모습에 집중되었다. 햇빛 때문에 바싹 마르고 누레진 좁은 골목의 아래쪽에 위치한 그 어두운 지하 식당은 남자 손님들만 드나들었으며, 그것도 대부분은 스페인계 손님들이었다. 그러나 식당 안쪽의 식탁에 자리 잡고 앉은 라울이 랑베르에게 손짓을 하고 그가 그쪽으로 방향을 돌리자, 사람들은 호기심을 잃고 자신이 먹고 있던 접시로 얼굴을 돌렸다. 라울 옆에는 키가 크고 몸이 마른 한 남자가 앉아 있었는데, 그는 수염이 덥수룩하고 어깨가 굉장히 넓었으며 말상인 얼굴에 머리숱이 적었다. 시커먼 털로 덮인 길고 가느다란 그의 두 팔이 걷어 올린 셔츠의 소매 밑으로 나와 있었다. 랑베르를 소개받았을 때, 그는 고개를 세 번 끄덕거렸다. 그의 이름은 한번도 입에 오르지 않았고, 라울은 그에 대해서 말할 때 단지 '우리 친구'라고만 했다.

"우리 친구가 당신을 도울 수 있을 것 같다고 하는군요. 그는 당신에게……."

라울이 이야기를 중단했다. 종업원이 랑베르의 주문을 받으러 왔기 때문이었다.

"이 친구가 선생을 우리 동료들 중 두 사람과 연결시켜줄 것이고요. 또 그 친구들은 우리가 매수해놓은 보초병들에게 선생을 소개해줄 것입니다. 하지만 그것으로 다 끝나는 게 아니에요. 보초병들이 스스로 절호의 시기를 잘 판단해야 하죠. 가장 간단한 방법은 선생이 보초병들 가운데 문 가까이에 사는 사람 집에 가서 며칠 밤을 묵는 겁니다. 하지만 그전에 우리 친구가 선생에게 필요한 접촉을 시켜드릴 거예요. 모든 일이 잘 풀리면 이 친구에게 비용을 지불해주시면 됩니다."

그의 친구는 또다시 그 말상인 머리를 끄덕였다. 그러면서도 손으로는 토마토와 피망 샐러드를 계속 섞어가며 게

걸스럽게 먹고 있었다. 그런 다음 스페인 억양을 약간 섞어서 말했다. 그는 랑베르에게 이틀 후 아침 8시에 대성당 정문 앞에서 만나자고 제안했다.

"또 이틀 후군요" 하고 랑베르가 말했다.

"쉬운 일은 아니니까요. 그 친구들을 찾아야 해요."

그 말상의 남자가 또다시 머리를 흔들었다. 랑베르는 힘없는 모습으로 알겠다고 했다. 나머지 식사 시간 동안 그들은 대화의 주제를 찾으려고 애쓰다가 다 보내버렸다. 그러나 그 말상의 남자가 축구 선수라는 것을 랑베르가 알고 난 다음부터는 대화가 술술 풀렸다. 그 역시 축구를 많이 해왔기 때문이었다. 그래서 프랑스 선수권 대회, 영국 프로 선수단의 실력, W형 작전에 대한 이야기가 흘러나왔다. 식사가 끝날 무렵, 그 말상의 남자는 완전히 신이 나서 랑베르에게 말까지 놓으며, 팀에서 센터하프만큼 멋진 위치는 없음을 납득시키려고 했다. "알다시피 센터하프는 선수들에게 게임 역할을 배당하는 사람인 거야. 역할을 배당하는 것, 그게 바로 축구라는 거지." 랑베르는 항상 센터포워드에서 뛰었지만 그의 의견에 동조해줬다. 그 토론은 라디오 소리 때문에 비로소 중단되었다. 라디오에서는 감상적인 멜로디를 아주 조용히 되풀이해서 틀어주더니, 그 전날의 페스트 희생자는 137명이라고 보도했다. 라디오를 듣고 있던 사람들 중에 반응을 나타내는 사람은 한 사람도 없었다. 말상의 남자는 어깨를 으쓱하면서 자리에서 일어났다. 라울과 랑베르도 그를 따랐다.

헤어지면서 그 센터하프는 랑베르의 손을 힘차게 쥐었다.

"내 이름은 곤잘레스야." 그가 말했다.

그 후 이틀 동안이 랑베르에게는 한없이 길게 느껴졌다. 그는 리외의 집을 찾아가서 자기 일의 진행 상황을 자세히 이야기했다. 그런 다음 어떤 집으로 왕진을 가는 리외를 따라나섰다. 페스트의 징후를 보이는 환자가 기다리는 집의 문 앞에서, 랑베르는 리외에게 작별 인사를 했다. 복도에서는 사람들이 뛰어다니는 소리와 목소리가 들려왔다. 의사가 도착했다고 가족에게 알리는 소리였다.

"타루 씨가 늦지 않으면 좋겠는데." 리외가 중얼거렸다.

그는 피곤해 보였다.

"전염병이 너무 빨리 퍼지고 있죠?" 랑베르가 물었다.

리외는 그렇지 않으며 통계 곡선의 상승도가 오히려 조금 덜 급격해졌다고 말했다. 단지 페스트에 대항해 싸우기 위한 방법들이 충분히 많지 않아서 문제라고 했다.

"물자가 모자랍니다." 그가 말했다. "세계의 모든 군대에서는 일반적으로 물자 부족을 인력으로 보충하고 있죠. 하지만 우리는 그 인력마저도 부족한 형편입니다."

"외부에서 온 의사들과 보건대원들이 있지 않습니까?"

"그래요." 리외가 말했다. "의사 열 명과 의원 백여 명이 왔어요. 보기에는 많지요. 그런데 현재의 병세를 감당하기에는 그 인원으로도 빠듯한 상황입니다. 병이 더 퍼지면 그 인원으로는 불충분할 겁니다."

리외는 집 안에서 나는 소리에 귀를 기울였다. 그러고는 랑베르에게 미소를 지었다.

"그래요. 랑베르 씨도 서둘러서 좋은 결과를 얻어야지요." 그가 말했다.

랑베르의 얼굴에 어둠이 스쳐갔다.

"아시다시피," 그가 무거운 목소리로 말했다. "그것 때문에 떠나려는 것은 아닙니다."

리외는 알고 있다고 대답했다. 그러나 랑베르는 계속해서 말을 이었다.

"저는 제 자신이 비겁하지 않다고 생각합니다. 적어도 대부분의 경우에 말입니다. 그것을 확인할 기회도 있었어요. 단지 도저히 참을 수 없는 생각이 몇 가지 있어요."

리외는 그를 정면으로 쳐다봤다.

"아내를 다시 만날 수 있을 겁니다." 리외가 말했다.

"그럴지도 모르죠. 하지만 저는 이런 상태가 계속되고, 그러는 동안에 그녀가 늙을 거라는 생각을 하면 참을 수가 없어요. 나이가 서른이면 사람은 늙기 시작하는 것이니, 무슨 방법이든 시도해야죠. 제 말을 이해하실지 모르겠군요."

리외가 자신도 이해할 수 있다고 중얼거릴 때, 타루가 매우 활기찬 모습으로 도착했다.

"조금 전 파늘루 신부님께 우리와 같이 일하자고 부탁드리고 왔어요."

"그래서요?" 리외가 물었다.

"잠시 생각하시더니, 그렇게 하겠다고 하셨어요."

"잘됐군요." 리외가 말했다. "그가 자신의 설교보다 더 나은 사람이라는 것을 알게 되니 기쁘네요."

"모든 사람들이 다 그렇죠." 타루가 말했다. "다만 그들에게 기회를 줘야 합니다."

그는 미소를 짓고 리외를 보면서 눈을 깜빡거렸다.

"그것이 인생에서 제가 해야 할 일입니다. 기회를 제공하는 것 말입니다."

"실례하겠습니다. 저는 이만 가봐야겠네요." 랑베르가 말했다.

약속한 목요일, 랑베르는 대성당의 정문 앞으로 갔다. 8시 5분 전이었다. 공기는 아직 충분히 서늘했다. 하늘에는 희고 둥근 조각구름이 떠다니고 있었는데, 이제 곧 더위가 솟아오르면 그것들은 단번에 삼켜질 것이었다. 잔디밭에서는 어렴풋한 습기 냄새가 아직도 올라오고 있었지만, 그래도 잔디밭은 바싹 마른 상태였다. 동쪽에 있는 집들 뒤에서 태양은 광장을 장식하고 있는, 온통 금으로 도금한 잔 다르크 상(像)의 투구만을 비추고 있었다. 어디선가 큰 시계의 종소리가 8시를 알렸다. 랑베르는 인적이 드문 정문 아래에서 몇 걸음 왔다 갔다 하고 있었다. 성가대의 희미한 멜로디가 지하실의 눅눅한 냄새와 향 피우는 냄새를 싣고, 성당 안에서부터 그가 있는 곳까지 찾아들고 있었다. 갑자기 노랫

소리가 그쳤다. 그 후 십여 명의 작고 검은 형체들이 성당에서 나오더니, 시내 쪽을 향해 종종걸음으로 걷기 시작했다. 랑베르는 초조해지기 시작했다. 또 다른 검은 형체들이 큰 계단으로 올라온 후에, 정문 쪽으로 다가오고 있었다. 그는 담배에 불을 붙였는데, 그 장소에서 담배를 피워서는 안 될 것 같다는 생각이 들었기 때문이다.

8시 15분이 되자, 대성당의 오르간들이 은은한 소리로 연주를 시작했다. 랑베르는 어두운 궁륭 밑으로 들어섰다. 잠시 후, 그는 자기보다 먼저 중앙 홀에 들어 있는 검은색의 작은 형체들을 알아볼 수 있었다. 그 형체들은 구석에 모여 있었다. 그곳은 시내의 어느 작업실에서 급하게 제작한 성 로크 상을 놓아둔 일종의 임시 제단 앞이었다. 무릎을 꿇고 있어선지 그들은 한층 더 몸을 쭈그린 것처럼 보였다. 그들의 형체는 마치 응고된 그림자의 덩어리처럼 회색 배경 속에 녹아들어서, 주변의 안개보다 아주 약간 더 짙을 정도로 여기저기 떠 있는 듯 보였다. 그 모습들 위로 오르간이 끝없이 변주곡을 연주하고 있었다.

랑베르가 밖으로 나왔을 때, 곤잘레스는 이미 계단을 내려가서 시내 쪽으로 향하고 있었다.

"나는 자네가 가버린 줄 알았지." 그는 랑베르에게 말했다. "흔한 일이니까."

그는 거기서 멀지 않은 곳에서 8시 10분 전에 그의 친구들과 만나기로 약속되어 있었는데, 20분을 기다려도 그들이 나타나지 않더라고 설명했다.

"뭔가 장애물이 생긴 게 분명해. 우리가 하는 일이 항상 간단하게 되는 건 아니거든."

그는 이튿날 같은 시간에 전몰용사 기념비 앞에서 만나자고 다시 약속을 제안했다. 랑베르는 한숨을 내쉬며 펠트 모자를 뒤로 젖혀 넘겼다.

"이건 아무것도 아니지." 곤잘레스가 웃으면서 결론을 내리듯 말했다. "생각 좀 해보게. 한 골을 넣으려면 그 전에 기습 공격도 하고 패스도 하면서 온갖 협동 작전을 짜잖아."

"그야 물론이지." 랑베르가 말했다. "하지만 축구 시합은 한 시간 반밖에는 안 걸리지."

오랑의 전몰용사 기념비는 바다를 내려다볼 수 있는 유일한 장소에 있었는데, 그곳은 항구를 내려다보는 절벽을 아주 짧은 거리에 걸쳐서 끼고 도는 일종의 산책로였다. 이튿날 랑베르는 약속한 시간보다 일찍 와서, 명예의 전사자 명단을 주의 깊게 읽고 있었다. 몇 분 후에 두 사나이가 다가와서 그를 무심하게 바라보더니, 산책로의 난간에 가서 팔꿈치를 괴고는 황량하고 텅 비어 있는 항구를 바라보는 일에 완전히 열중하는 듯했다. 그들은 둘 다 키가 비슷했고, 둘 다 푸른 바지에다 소매가 짧은 선원용 윗도리를 입고 있었다. 신문 기자 랑베르는 그들과 약간 멀어진 다음, 벤치에 앉아서 한가하게 그들을 바라볼 수 있었다. 그래서 그는, 그들 나이가 아마 스무 살 이상은 넘어 보이지 않는다는 것을 알아차렸다. 바로 그때, 곤잘레스가 변명을 하면서 자신에게로 걸어오는 모습이 보였다.

"저기, 우리 친구들이 와 있군" 하고 그가 말했다. 그리고 그 두 젊은이들이 있는 쪽으로 랑베르를 데려간 후에, 마르셀과 루이라는 이름으로 소개했다. 정면에서 보니, 그들은 닮은 구석이 매우 많았다. 그래서 랑베르는 아마도 형제인 듯하다는 추측을 했다.

"자" 하고 곤잘레스가 말했다. "이제 인사도 끝났으니 일을 처리해야지."

그러자 마르셀인지 루이인지가 그들의 경비 차례가 이틀 후에 시작돼서 일주일 동안 계속되니, 가장 편리한 날을 택해야 한다고 말했다. 그들은 네 명이서 서쪽 문을 지키는데, 다른 두 명은 직업 군인이라고 했다. 그 군인들을 이 일에 끌어들이는 것은 말도 안 된다고 했다. 왜냐하면 그들은 믿을 수도 없을뿐더러 그렇게 하면 비용이 더 들기 때문이었다. 하지만 특정한 어떤 날 저녁이면 그 두 명의 동료들이, 그들이 잘 아는 술집의 뒷방에서 밤을 새우러 가는 일도 있다고 했다. 마르셀인가 루이인가는 이런 이야기를 하면서, 랑베르에게 시의 문 근처에 있는 자기네들 집에 와서 묵고 있다가, 자신들이 그를 부를 때까지 기다리라는 제안을 했다. 그렇게 되면 그 문을 통과하는 일은 아주 쉬울 것이라고 했다. 그러나 일을 빨리 서둘러야만 하는데, 왜냐하면 며칠 전부터 도시의 외부에 이중 초소를 설치한다는 소문이 나

돌기 시작했기 때문이다.

랑베르는 동의했고, 마지막으로 남은 담배 몇 대를 꺼내서 그들에게 권했다. 둘 중에서 아직 입을 열지 않았던 청년이 이제 비용 문제는 해결된 것인지, 선금을 받을 수 있는지를 물어봤다.

"아니야, 그럴 필요 없어. 이 사람은 친구니까. 비용은 출발할 때 다 치르기로 하세." 곤잘레스가 말했다.

그들은 다시 약속을 잡았다. 곤잘레스는 이틀 후에 스페인 식당에서 저녁을 먹자고 제안했다. 그러면서 거기서 곧바로 보초병들의 집으로 갈 수 있다고 했다.

"첫날밤에는," 그가 랑베르에게 말했다. "내가 옆에 있어주지."

이튿날 랑베르는 자기 방으로 올라가다가 호텔 계단에서 타루와 마주쳤다.

"리외 선생님을 만나러 가는 중이죠." 타루가 말했다. "함께 가시겠어요?"

"그에게 방해가 되지 않을지 모르겠군요." 랑베르가 약간 망설이다가 말했다.

"그렇지 않을 거예요. 제게 당신에 대한 이야기를 여러 번 하던데요."

랑베르는 잠시 생각했다.

"그럼 이렇게 하죠." 그가 말했다. "저녁 식사 후에 시간이 있으시다면, 좀 늦더라도 호텔 스탠드바에 두 분이 함께 오십시오."

"그것은 그분의 상황과 페스트의 상황에 달려 있죠." 타루가 말했다.

그날 밤 11시쯤 되었을 때, 리외와 타루가 작고 좁은 스탠드바로 들어왔다. 서른 명 쯤 되는 손님들이 팔꿈치를 스치며 큰 소리로 이야기하고 있었다. 페스트가 퍼진 도시의 침묵 속에서 방금 빠져나온 두 사람은 바의 시끄러운 분위기에 약간 얼떨떨해져서 멈춰 섰다. 그들은 바에서 아직 알코올 음료를 파는 것을 보고는, 그 혼잡스런 분위기를 이해할 수 있었다. 랑베르는 계산대 끝 쪽의 등받이 없는 의자에 올라앉은 채 그들에게 손짓을 했다. 두 사람은 그의 양쪽에 섰다. 타루는 떠들썩한 옆자리 사람을 다른 자리로 조용히 밀어냈다.

"술을 싫어하는 건 아니죠?"

"천만에요" 하고 타루가 말했다. "오히려 그 반대인걸요."

리외는 자기 잔에서 풍기는 쌉쌀한 풀 냄새를 맡았다. 그렇게 소란스러운 분위기에서는 이야기를 나누기가 어려웠다. 그러나 랑베르는 오히려 술을 마시는 데 정신이 팔린 듯했다. 리외는 그가 취했는지를 아직 판단할 수 없었다. 그들이 앉아 있던 좁은 한쪽 구석에 있는 두 탁자 앞에도 손님들이 있었다. 그중 한 탁자에는 어떤 해군 장교가 양쪽 팔에 여자를 한 명씩 끼고는, 얼굴이 새빨개진 뚱뚱한 남자를 상대로 카이로에서 티푸스가 유행했을 때의 이야기를 하고 있었다. "수용소가 있었어" 하고 그가 말했다. "원주민들을 위해서 수용소를 만들었던 거야. 환자들을 수용하려고 천막을 치고, 그 주변에는 온통 보초선들을 쳐놓았지. 가족들이 몰래 민간요법의 약을 가져오려고 하면 그들에게 총을 쏘았어. 냉혹한 일이었지만 그래도 그게 옳았지." 또 다른 탁자 앞에는 품위 있는 모습의 젊은이들이 앉아 있었는데, 그들의 대화는 파악할 수 없었다. 그들의 이야기는 높은 곳에 올려놓은 전축에서 흘러나오는 노래 〈세인트 제임스 인퍼머리*Saint James Infirmary*〉의 한 소절 속으로 흘러들어가 잘 들리지 않았다.

"잘 진행되고 있나요?" 리외가 목소리를 높여서 물어봤다.

"아직 진행 중인데요." 랑베르가 말했다. "아마 일주일 안으로 해결될 겁니다."

"유감스럽군요." 타루가 외쳤다.

"왜요?"

타루는 리외를 바라봤다.

"오!" 하고 리외가 말했다. "타루의 말은, 여기 계시면 우리에게 도움이 될 텐데 아쉽다는 의미입니다. 하지만 저는 떠나고 싶어 하는 당신의 욕망을 너무나 잘 이해하고 있어요."

타루는 한 잔씩 더 마시자고 제안했다. 랑베르는 의자에서 내려온 후, 처음으로 타루를 정면으로 바라봤다.

"제가 어떻게 도움이 될까요?"

“글쎄요.” 타루는 자기 술잔으로 손을 천천히 내밀면서 말했다. “우리 보건 조직 일에 말입니다.”

랑베르는 보통 때처럼 완고하게 생각하는 듯한 모습으로 돌아가서, 다시 의자 위에 앉았다.

“그 조직이 유익한 단체로 보이지 않으시나요?” 잔을 방금 비운 타루가 이렇게 말하고는 랑베르를 주의 깊게 쳐다봤다.

“아주 유익하지요.” 이렇게 말한 후 랑베르도 술을 마셨다.

리외는 그의 손이 떨리는 것에 주목했다. 리외는 마침내 그가 완전히 취했다고 느꼈다.

이튿날 랑베르는 두 번째로 그 스페인 식당에 들어섰다. 그때 그는 작은 무리의 사람들 한가운데를 지나쳐서 갔는데, 그들은 입구 문 앞에 의자들을 내놓고 앉아서, 더위가 겨우 수그러들기 시작하는 초록빛과 황금빛의 저녁 시간을 즐기고 있었다. 그들은 매운 연기가 피어오르는 담배를 피웠다. 식당 내부는 거의 비어 있었다. 랑베르는 안쪽에 있는 식탁에 가서 앉았는데, 그 식탁은 그가 곤잘레스를 처음으로 만났던 날 앉았던 식탁이었다. 그는 종업원에게 사람을 기다리고 있다고 말했다. 7시 30분이었다. 차츰차츰 남자들이 식당 안으로 들어와서 자리를 잡고 앉았다. 음식들이 나오기 시작하면서, 높이가 짧은 둥근 천장 아래는 식기 부딪치는 소리와 소곤거리는 이야기 소리로 가득 찼다. 8시가 되었을 때도 랑베르는 여전히 기다리고 있었다. 식당 안에 불이 켜졌다. 새로 들어온 손님들이 그의 식탁에 와서 앉았다. 그는 식사를 주문했다. 8시 30분에 그는 곤잘레스와 그 두 청년도 만나지 못한 채 식사를 마쳤다. 그는 담배를 여러 대 피웠다. 식당의 홀은 천천히 비기 시작했다. 밖은 매우 빠르게 어두워지고 있었다. 미지근한 바람이 바다 쪽에서 불어와서 창문의 커튼을 살짝살짝 쳐들었다. 9시가 되었을 때, 랑베르는 홀이 텅 비었고 종업원이 의아해하는 눈으로 자신을 쳐다보고 있음을 알아차렸다. 그는 계산을 하고 밖으로 나왔다. 식당 맞은편에 있는 카페의 문이 열려 있었다. 랑베르는 카페에 들어가서 계산대 쪽에 자리를 잡고, 식당의 입구를 지켜봤다. 그러다 9시 30분이 되자, 그는 주소도 모르는 곤잘레스를 어떻게 하면 다시 만날까 하는 헛된 궁리를 하면서 호텔로 향했다. 지금까지 진행해온 모든 과정을 다시 반복해야 한다고 생각하니 너무나 허탈한 마음이 들었다.

그가 나중에 리외에게 말했던 것처럼, 바로 그때 구급차가 질주하는 어둠 속에서, 그는 그동안 줄곧 아내를 잊고 있었다는 사실을 깨달았다. 자기와 아내를 갈라놓은 장벽 안에서 탈출구를 찾는 일에만 전적으로 열중하고 있었기 때문이다. 그러나 또한 바로 그때, 모든 통로가 또 한 번 가로막히자, 그는 욕망의 한가운데서 아내의 모습을 새롭게 다시 생각해냈다. 그것은 너무나 갑작스러운 고통의 폭발이었기 때문에, 그는 호텔 쪽으로 달려가기 시작했다. 불에 데는 듯 견딜 수 없는 그 아픔에서 벗어나려는 행동이었지만, 그래도 그 뜨거운 아픔은 여전히 그의 마음속에 남은 채 관자놀이를 파먹듯이 쑤셔댔다.

이튿날 그는 아주 일찍부터 리외를 찾아가서, 코타르를 어떻게 만날 수 있는지 물었다.

"제게 남은 일이라고는," 그가 말했다. "다시 새롭게 절차를 밟는 것뿐이군요."

"내일 저녁때 오세요." 리외가 말했다. "타루 씨가 코타르 씨를 불러달라더군요. 이유는 저도 모르겠어요. 그는 10시에 오기로 되어 있죠. 그러니 10시 30분쯤에 오세요."

그 이튿날 코타르가 리외의 집에 왔을 때, 타루와 리외는 어느 환자의 뜻밖의 회복 상태에 대해 이야기하고 있었는데, 그 환자는 리외의 담당 구역에 있는 사람이었다.

"열 명 중 한 명의 확률이에요. 운이 좋았던 거죠."

타루가 말했다.

"아, 그래요." 코타르가 말했다. "하지만 그것은 페스트가 아니었어요."

그러나 두 사람은 확실히 그 병이 페스트와 관련이 있었다고 확신했다.

"환자가 나은 것을 보면 페스트일 리가 없어요. 저만큼이나 잘 아시잖아요. 페스트라면 용서가 없다는 것을요."

"보통은 그렇죠." 리외가 말했다. "하지만 좀 더 치료에 열중하다보면 놀라운 일도 생기는 법입니다."

코타르는 이제 웃고 있었다.

"그럴 것 같지 않은데요. 오늘 저녁에 발표된 그 숫자를 들으셨나요?"

호의에 찬 시선으로 그 연금 생활자를 바라보던 타루가 이렇게 말했다. 그는 그 숫자를 알고 있고 상황이 심각하다는 것도 알고 있지만, 그것이 증명하는 것은 무엇일지 생각해보자고 했다. 그것은 바로 한층 더 특별한 대책이 필요하다는 사실을 증명하는 것이라고 말했다.

"아니! 이미 그런 대책을 세우고 계시잖아요."

"그래요. 하지만 각자가 자기 나름대로 대책을 세워야 해요."

코타르는 여전히 이해하지 못한 채로 타루를 쳐다봤다. 타루는 다시 말을 이었다. 그는 너무나 많은 사람들이 아무 일도 안 하고 있지만, 페스트는 각자의 문제이니 각자가 자신의 책임을 이행해야 한다고 했다. 자원봉사 조직은 모든 사람에게 열려 있다고 했다.

"그것도 좋은 생각입니다." 코타르가 말했다. "하지만 아무 소용도 없을 거예요. 페스트는 너무나 강하니까요."

"앞으로 두고 봐야 알겠죠." 타루가 참을성 있는 어조로 말했다. "우리가 모든 노력을 다 기울여본 후에 말이에요."

그 대화가 이어지는 동안 리외는 자기 책상에서 진료 카드를 다시 베끼고 있었다. 타루는 의자에 앉은 채 여전히 흥분하고 있는 코타르를 여전히 쳐다보고 있었다.

"왜 우리한테 와서 함께 일하지 않으시죠, 코타르 씨?"

코타르는 모욕이라도 당한 듯한 태도로 의자에서 일어나더니, 자신의 둥근 모자를 집어 들었다.

"그건 제 직업이 아닙니다."

그러고는 도전적인 어조로 말했다.

"게다가 저는 말이죠. 이렇게 페스트 안에 사로잡혀 있는 게 좋아요. 그런데 왜 제가 그것을 멈추는 데 끼어들어야 하는지 모르겠군요."

타루는 갑자기 진실을 알아챘다는 듯이 이마를 탁 치면서 말했다.

"아! 맞아요. 제가 잊고 있었네요. 그게 아니었더라면 당신은 체포되었을 테니까요."

그러자 코타르는 몸을 움찔하면서, 마치 곧 넘어질 것처럼 의자를 꽉 잡았다. 리외도 글씨 쓰는 일을 멈추고, 진지하고도 흥미 있는 태도로 그를 바라봤다.

"누가 그런 말을 했죠?" 코타르가 외쳤다.

타루는 놀란 듯 말했다.

"아니, 당신이 그랬잖아요. 아니 적어도 리외 선생님과 저는 그렇게 이해했는데요."

그러자 코타르는 갑자기 엄청나게 강렬한 분노에 사로잡혀서 알아들을 수 없는 말들을 중얼거렸다.

"흥분하지 마세요." 타루가 덧붙였다. "리외 선생님도 저도 당신을 고발하지 않아요. 당신의 사건은 우리와 관계가 없다고요. 게다가 우리는 경찰을 그렇게 좋아해본 적이 전혀 없어요. 자, 좀 앉으시죠."

코타르는 잠시 망설이다가, 의자를 내려다보고는 자리에 앉았다. 조금 후에 그는 한숨을 내쉬었다.

"그건 옛날이야기죠" 하고 그는 인정했다. "그걸 다시 끄집어낸 거예요. 다 잊었을 거라고 믿었죠. 그런데 한 놈이 그것을 찔렀어요. 경찰이 절 부르더니, 조사가 끝날 때까지 계속 대기하고 있으라더군요. 그래서 결국 체포될 것을 알았죠."

"중죄인가요?" 타루가 물었다.

"그건 말하기에 달려 있어요. 아무튼 살인은 아닙니다."

"금고형 정도인가요, 아니면 징역형 정도인가요?"

코타르는 기가 무척 꺾인 듯 보였다.

"금고형이겠죠. 운이 좋다면……."

그러나 잠시 후에 그는 격렬한 감정에 사로잡혀 다시 말했다.

"실수였어요. 누구나 실수를 저지르는 법이잖아요. 그것 때문에 잡혀가는 생각만 해도 견딜 수가 없어요. 제가 사는 집, 익숙한 제 습관, 제가 아는 모든 사람들과 떨어져야 할 것을 생각하면 말이에요."

"아!" 타루가 물었다. "목을 맬 생각을 한 것도 바로 그것 때문이었군요?"

"네, 바보 같은 짓이었죠. 분명."

리외가 처음으로 입을 열었다. 그는 코타르에게 자신은 그의 불안감을 이해하고 있으며 아마 모든 게 잘 해결될 것이라고 말했다.

"오! 현재로서는 두려울 게 전혀 없다는 것을 알아요."

"제가 보기에는," 타루가 말했다. "우리 조직에는 안 들어오시겠네요."

두 손으로 모자를 돌리고 있던 코타르는 애매한 시선을 타루에게 돌렸다.

"저를 원망하진 마세요."

"물론 안 하죠. 하지만 적어도," 타루는 미소를 지으면서 말했다. "일부러 병균을 퍼뜨리려고 애쓰지는 말아주세요."

코타르는 자신이 페스트를 원한 것이 아니었고 어쩌다보니 그렇게 생겨난 것이라고 했다. 그리고 당장에는 그 덕분에 자기 일이 잘되고 있지만 그게 자기 잘못은 아니라고 항의했다. 랑베르가 문 앞까지 왔을 때, 코타르는 목소리에 엄청난 힘을 주면서 이렇게 덧붙였다.

"적어도 제 생각에는 당신들은 아무 성과도 얻지 못할 것이란 말입니다."

랑베르는 코타르가 곤잘레스의 주소를 모른다는 것을 알게 되었다. 하지만 그렇더라도 다시 그 작은 카페에 가볼 수는 있다고 했다. 그래서 이튿날 거기서 만나기로 약속을 했다. 그리고 리외가 소식을 알고 싶다는 의향을 표시하자, 랑베르는 주말 밤에 타루와 함께 아무 때나 자기 방으로 와달라고 초대했다.

아침이 되자 코타르와 랑베르는 그 작은 카페에 가서, 가르시아에게 전하는 메시지를 남겨두었다. 그날 저녁때 만나거나, 혹시 그때가 곤란하다면 그 이튿날 만나자는 내용이었다. 그날 저녁 그들은 가르시아를 기다렸지만 결국 만나지 못했다. 그 이튿날은 가르시아가 와 있었다. 그는 말없이 랑베르의 이야기를 들었다. 가르시아는 그들의 사정을 잘 모르겠지만 그래도 자신이 알고 있는 바로는, 주거 점검을 실시하기 위해서 모든 구역에서 24시간 동안 통행이 금지되고 있었다고 했다. 곤잘레스와 두 청년이 통행금지선을 넘지 못했을 가능성도 있다는 것이었다. 그러나 그가 할 수 있는 일이라고는 그들을 또 다시 라울과 연결해주는 것뿐이었다. 물론 이번에도 그 만남은 이틀이 지나야 성사될 수 있었다.

"보아하니" 하고 랑베르가 말했다. "모든 것을 다시 시작해야겠군요."

그다음다음 날, 어느 길모퉁이에서 라울은 가르시아의 추측을 확인시켜주었다. 아랫동네로의 통행이 차단되었다는 것이다. 곤잘레스와 다시 접선해야만 했다. 그리고 이틀이 지난 후 랑베르는 그 축구 선수와 점심을 먹고 있었다.

"참 어리석었어" 하고 곤잘레스는 말했다. "서로 다시 만날 방법을 약속해놓았어야 하는 건데."

랑베르도 그 말에 동의했다.

"내일 아침에 우리 애들한테 가보세. 모든 일을 준비해보자고."

이튿날 그 젊은이들은 집에 없었다. 그래서 그들에게, 그 이튿날 정오에 리세 광장에서 만나자는 메시지를 남겨놓고 왔다. 그런 다음에 랑베르는 집에 돌아왔는데, 그의 표정이 너무 어두워서 그날 오후에 그를 마주친 타루가 아연실색할 정도였다.

"잘 안 되어가나요?" 타루가 그에게 물었다.

"다시 시작해야 하는 것 때문에요." 랑베르가 말했다.

그리고 그는 타루와 리외를 초대했던 약속을 변경했다.

"오늘 저녁에 와주세요."

그날 저녁 두 남자가 랑베르의 방에 슬며시 들어갔을 때, 그는 누워 있었다. 그는 일어나서, 준비해둔 술잔들에 술을 따랐다. 리외는 잔을 받으면서, 일이 순조롭게 잘 되어가는지 물었다. 랑베르는 새롭게 한 바퀴를 돌아서 같은 자리로 돌아왔는데, 이제 곧 마지막 단계의 약속을 할 것이라고 말했다. 그는 술을 마시고 이렇게 덧붙였다.

"물론 그들은 오지 않을 거예요."

"그렇게 단정할 필요는 없죠." 타루가 말했다.

"아직 이해를 못하셨군요." 랑베르는 어깨를 으쓱 올리며 대답했다.

"무엇을요?"

"페스트 말입니다."

"아!" 하고 리외가 말했다.

"그래요. 아직 이해하지 못하고 계신 거예요. 페스트의 특징은 처음부터 다시 시작하는 것이라는 사실을요."

랑베르는 방 한구석으로 가서는 작은 축음기를 작동시켜서 음악을 틀었다.

"그게 무슨 곡이죠?" 타루가 물었다. "저도 아는 곡인데요."

랑베르는 〈세인트 제임스 인퍼머리〉라고 대답했다.

음반이 반쯤 돌아갔을 때, 멀리서 두 발의 총소리가 들려왔다.

"개 아니면 탈주자겠죠." 타루가 말했다.

잠시 후 음반이 다 돌아가자, 구급차 소리가 뚜렷하게 들리며 점점 커지다가 호텔방 창문 밑을 지나면서 점점 작아지더니, 결국 아예 그쳤다.

"이 음반은 이제 지루해요." 랑베르가 말했다. "게다가 오늘은 벌써 열 번이나 들었으니 말이에요."

"그렇게 그 음반이 좋으세요?"

"아니요, 이 음반밖에 없어서요."

그리고 잠시 후 이렇게 말했다.

"처음부터 다시 시작하는 게 특징이라고 말씀드렸잖아요."

그는 리외에게 보건 조직의 일은 어떻게 진행하고 있는지 물었다. 그는 현재 5개 조가 활동하고 있는데, 몇 개 조가 더 생기기를 바라는 실정이라고 대답했다. 랑베르는 자기 침대 위에 앉아서, 손톱 손질에 열중하고 있는 듯이 보였다. 리외는 자그마하고 탄탄해 보이는 그의 실루엣이 침대 한구석에서 웅크리고 있는 모습을 살펴보고 있었다. 문득 그는 랑베르가 자신을 쳐다보는 것을 알아차렸다.

"선생님도 아시다시피" 하고 그가 말했다. "저는 선생님이 일하고 계신 그 조직에 대해 많이 생각해봤습니다. 제가 그 일에 동참하지 않는 것은 저에게도 그만한 이유가 있기 때문이에요. 다른 일이라면 적극적으로 헌신할 수 있겠다는 생각을 아직도 갖고 있죠. 저는 스페인 전쟁에 참전한 경험도 있어요."

"어느 편이었죠?" 타루가 물었다.

"패배한 사람들 쪽이요. 하지만 그 후, 저는 깊이 생각할 시간을 좀 가질 수 있었죠."

"무슨 생각이었는데요?" 타루가 물었다.

"용기라는 것에 대해서 말입니다. 이제 저는 인간이 위대한 행동을 할 수 있다는 것을 알아요. 그러나 만약 인간이 위대한 감정을 가질 수 없다면, 저는 그런 인간에 대해서는 흥미가 없어요."

"인간이 모든 능력을 다 갖춘 것처럼 말씀하시는군요." 타루가 말했다.

"천만에요. 인간은 오랫동안 고통을 참거나 오랫동안 행복해질 수 없는 존재예요. 그러므로 인간이란 가치 있는 일은 아무것도 할 수 없죠."

그는 두 사람을 쳐다보다가 말을 이었다.

"제 이야기를 들어보세요, 타루 씨. 당신은 사랑을 위해서 죽을 수 있나요?"

"모르겠어요. 하지만 그럴 수 없을 것 같군요. 지금으로서는."

"바로 그거예요. 하지만 당신은 하나의 관념을 위해서는 죽을 수도 있죠. 눈에 빤히 보입니다. 그런데 저는 하나의 관념 때문에 죽는 사람들에게 아주 질려버렸어요. 영웅주의를 믿지 않는다고요. 저는 그것이 쉬운 일이라는 것도 알고, 또한 그것이 살인적이라는 것도 배웠습니다. 제가 흥미를 느끼는 것은 사랑하는 것을 위해서 살고, 사랑하는 것을 위해서 죽는 일이죠."

리외는 랑베르의 말을 주의 깊게 듣고 있었다. 리외는 그를 계속 바라보면서 부드럽게 말했다.

"인간은 하나의 관념이 아닙니다, 랑베르 씨."

랑베르는 침대에서 펄쩍 뛰며 일어났는데, 그의 얼굴은 흥분으로 상기되어 있었다.

"관념이죠. 대수롭지 않은 하나의 관념이요. 인간이 사랑에게서 등을 돌리는 그 순간부터요. 바로 우리들은 더 이상 사랑할 줄 모르게 된 겁니다. 체념하고 받아들입시다, 선생님. 사랑할 수 있기를 기다리자고요. 그리고 그것이 정말 불가능하다면, 영웅 놀이는 그만두고 총체적인 해방을 기다려봅시다. 저는 그 이상은 더 나가지 않겠어요."

리외가 갑자기 피로를 느낀 듯이 일어났다.

"옳은 말씀입니다, 랑베르 씨. 완전히 옳아요. 그러니 무슨 일이 있어도, 당신이 하시려는 일에서 마음을 돌려놓고 싶지는 않습니다. 제 생각에도 그 일이 정당하고 좋은 일이라 여겨지니까요. 하지만 그럼에도 불구하고 이것만은 말해둬야겠군요. 다시 말해, 이 모든 일은 영웅주의와 관계가 없습니다. 그것은 단지 성실성의 문제입니다. 비록 비웃음을 자아낼 만한 생각일지는 모르지만, 페스트와 싸우는 유일한 방법은 바로 성실성인 것입니다."

"성실성이란 게 대체 뭐죠?" 랑베르가 돌연 심각한 표정을 짓고 물었다.

"일반적인 면에서는 모르겠지만, 제 입장에서 보자면 자신이 맡은 직무를 하는 것이라고 생각합니다."

"아!" 하고 랑베르는 화를 내며 말했다. "저는 어떤 것이 제 직무인지 모르겠는데요. 어쩌면 제가 사랑을 택한 것은 정말 잘못일지도 모르겠군요."

리외는 그를 마주 봤다.

"아닙니다." 그가 강한 어조로 말했다. "잘못한 것은 없어요."

랑베르는 생각에 잠긴 듯이 그들을 쳐다봤다.

"제 생각에, 두 분께서는 그런 모든 일에서 조금도 잃을 것이 없을 겁니다. 바람직한 편에 서는 게 더 쉬운 법이니 말입니다."

리외가 술잔을 비웠다.

"자," 하고 그가 말했다. "우리에게는 할 일이 있어요."

그가 나갔다.

타루도 그의 뒤를 따랐다. 그러나 나가려는 순간에, 어떤 생각이 스친 듯이 랑베르에게로 몸을 돌리며 말했다.

"리외의 부인이 여기서 수백 킬로미터나 떨어진 요양소에 있다는 사실을 아시나요?"

랑베르는 놀랐다. 하지만 타루는 이미 방에서 나가버렸다.

이튿날 새벽에, 랑베르는 리외에게 전화를 걸었다.

"제가 이 도시를 떠날 방법을 찾을 때까지, 선생님과 일할 수 있도록 허락해주시겠어요?"

수화기의 저편에서 잠시 침묵이 흘렀다. 그리고 "좋아요, 랑베르 씨. 감사합니다"라는 말이 들려왔다.

La Peste

3부

이렇게 해서 주마다 페스트의 포로들은 각자 자신이 할 수 있는 만큼 발버둥을 쳤다. 그리고 보다시피 그들 중 몇몇은 랑베르처럼 여전히 자유민으로서 행동했으며, 여전히 선택의 자유가 있다고 상상하기까지 했다. 그러나 사실 8월 중순경에는 페스트가 모든 것을 뒤덮어버렸다고 말할 수 있었다. 그때는 이미 개인적인 운명 같은 것은 존재하지 않았고, 다만 페스트라는 집단적인 역사와 더불어 모든 사람이 공통적으로 느끼는 감정만 존재했다. 가장 두드러졌던 것은 이별과 유배 상태의 감정이었다. 거기에는 공포심과 반항심이 포함되어 있었다. 그러므로 서술자는 더위와 질병이 절정에 도달한 이 시기에 대해, 일반적인 방식으로 그리고 예를 들어가면서 다음의 사실들을 묘사하는 것이 적절하다고 생각한다. 생존해 있는 시민들의 폭력성, 사망자들의 매장 문제, 헤어져 지내는 연인들의 고통이 바로 그것이다.

그해가 반 정도 지나갔을 때, 페스트가 퍼진 이 도시에 여러 날 동안 바람이 불었다. 오랑 시민들은 특히 바람을 두려워했다. 왜냐하면 이 도시는 고원 위에 세워져 있어서, 자연에 관한 한 어떤 방해도 마주치지 않아 아주 맹렬하게 거리거리마다 바람이 불어닥치기 때문이다. 도시를 시원하게 적셔줄 비 한 방울 내리지 않았던 몇 개월이 지나자 도시는 뿌연 먼지를 뒤집어쓰고 있었는데, 바람이 불 때면 그것이 비늘처럼 벗겨졌다. 또 바람은 먼지와 종잇조각들의 물결을 일으켜서, 전보다 더 드물어진 산책자들의 다리를 두들겨댔다. 산책자들은 몸을 앞으로 숙이고 손수건이나 손으로 입을 가린 채, 급하게 길을 지나가야 했다. 예전에는 거리에 저녁 시간이 되면 날마다, 어쩌면 마지막이 될지도 모르는 그날 하루를 가능한 길게 끌어보려고 사람들이 많이 모여 있었는데, 이제는 그 대신 자신들의 집이나 카페로 급히 돌아가는 몇몇 작은 무리만 있을 뿐이었다. 심지어 며칠 동안은, 이 시기에 훨씬 더 일찍 찾아드는 황혼 무렵이 되면 거리에 인적이 끊어지고, 바람만이 지속적으로 탄식의 소리를 내며 불어댔다. 여전히 눈에는 보이지 않은 채, 물결이 높아진 바다로부터 해초와 소금 냄새가 올라왔다. 먼지로 뒤덮여 뿌옇게 되고 바다 냄새로 가득 찬 그 황량한 도시는 계속해서 윙윙거리는 바람만 부는 가운데 가련한 섬처럼 신음하고 있었다.

지금까지 페스트는 도심지보다는 인구 밀도가 높고 살기가 불편한 외곽 지역에서 훨씬 더 많은 희생자를 내왔다. 하지만 페스트는 갑자기 도시의 중심가에도 다가와서 자리를 잡는 듯했다. 주민들은 바람이 전염병의 싹을 옮겨왔다면서 원망하고 있었다. 호텔 지배인은 '바람이 불행의 씨를 뿌렸다'고 말했다. 그러나 원인이 무엇이든 간에, 중심가에 사는 사람들은 이제 그들의 차례가 왔음을 알게 되었다. 왜냐하면 그들은 한밤중에, 그것도 점점 더 자주, 페스트에 대한 침울하고도 생기 없는 경보음을 울리며 창문 밑을 지나가는 구급차의 사이렌 소리를 아주 가까이에서 들었기 때문이다.

같은 시내에서도 특히 피해가 심한 구역을 격리하고, 외부에서 필수적인 직무를 맡고 있는 사람 이외에는 그 구역 밖으로 나가는 것을 금지하는 조치가 내려졌다. 그때까지 그 지역에 살고 있던 사람들로서는 그런 조치가 특히 자신들에게만 불리하게 취해진 가혹한 처사라고 생각하지 않을 수 없었다. 그래서 그들은 모든 경우에 있어서 자신들과 대조적인 다른 지역의 주민들을 마치 자유민처럼 생각했다. 한편 다른 지역의 주민들은 그와 반대로, 힘든 순간이 찾아와도 다른 사람들은 자신들보다 덜 자유롭다고 상상하며 위안을 얻었다. '언제나 나보다 더 부자유스러운 사람이 있다'는 생각은 그 시기에 품을 수 있는 유일한 희망을 요약하는 표현이었다.

거의 같은 시기에, 특히 도시의 서쪽 문 근처에 있는 별장 지역에서 다시 화재가 자주 발생하기 시작했다. 밝혀진 정보에 따르면, 그 화재들은 예방 격리에서 돌아온 사람들이 초상으로 인한 슬픔과 불행 때문에 광란의 상태가 되어서, 페스트를 태워 죽이겠다는 환상에 사로잡혀 자신들의 집에다 불을 질러 발생했다. 그런 방화 기도는 맹렬한 바람으로 인해 지역 전체를 끝없는 위험으로 몰아넣었다. 하지만 그런 짓을 막기가 보통 힘든 게 아니었다. 당국에서 실시하는 가옥 살균만으로도 모든 전염의 위험성을 없애기에 충분하다는 점을 아무리 설명해줘도 허사였기 때문에, 마침내 그런 순진한 방화자들에게 매우 엄한 형벌을 내리겠다는 법령을 공포해야만 했다. 그러나 그 불행한 사람들을 뒷걸음치게 만드는 것은 감옥에 가게 된다는 두려움이 아니었다. 그것은 모든 시민들에게 공통적이었던 확신, 즉 시의 감옥에서 발생한 엄청난 사망률로 볼 때, 금고형은 결국 사형이나 마찬가지라는 확신 때문이었다. 물론 그런 믿음이 전혀 근거가 없는 것은 아니었다. 명백한 이유 때문이긴 하지만, 페스트는 특히 군인들이나 종교인들, 죄수들처럼 단체생활을 하는 습성을 가진 사람들을 악착스럽게 따라다니는 듯했다. 왜냐하면 특정한 수감자들이 격리 상태에 있을지라도, 감옥이란 하나의 공동체이기 때문이다. 또 그 사실을 잘 증명해주듯이, 이 도시의 감옥에서는 죄수 못지않게 많은 간수들이 그 병으로 희생당했다. 페스트라는 가장 높은 위치에서 아래를 내려다보면, 형무소장부터 말단 죄수에 이르기까지 모든 사람들이 유죄 선고를 받은 처지였다. 그래서 아마도 처음으로, 절대적인 정의가 감옥을 지배하기에 이르렀다.

당국은 직무 수행 중에 사망한 간수들에게 훈장을 수여하려는 계획을 구상하면서, 그런 평등한 세계 속에 위계질서를 도입하려고 애써봤으나 헛수고였다. 계엄령이 선포되어 있는 상태였고, 또 어떤 각도에서 보면 그 간수들은 동원된 사람들이라고 볼 수 있기 때문에 정부는 그들에게 시호(諡號)로 군인 훈장을 주었다. 그러나 수감자들이야 아무런 항의도 하지 않았지만, 군 조직에서는 그 일을 좋게 받아들이지 않았다. 군은 그런 것이 대중의 머릿속에 유감스러운 혼동을 일으킬 수 있다는 우려를 표시하며, 정당한 지적을 했다. 당국은 그들의 요구를 정당하다고 봤고, 가장 간단한 방법은 사망한 간수들에게 방역 공로상을 내려주는 것이라고 생각했다. 그러나 먼저 군인 훈장을 받았던 사람들의 경우에는 이미 엎질러진 물이었으므로, 그들에게서 훈장을 회수한다는 것은 생각할 수도 없는 일이었다. 하지만 군 관계자들은 여전히 자신들의 관점을 고집했다. 한편 방역 공로상에 관해 말하자면, 군인 훈장의 수여로 얻을 수 있었던 사기 충전의 효과를 만들어낼 수 없다는 점이 부정적인 측면이었다. 왜냐하면 전염병이 창궐하고 있는 시기에, 그런 공로상 하나를 받는 것은 그리 대단한 일이 아니었기 때문이다. 이렇게 해서 모든 사람들이 다 불만을 품게 되었다.

게다가 형무소 당국은 교회 측에서 취한 대책을 따를 수 없었고, 교회와의 차이보다는 훨씬 덜 나지만 군 당국에서 내놓은 대책도 취할 수 없었다. 실제로 시내에 단 2개 있는 수도원의 수도승들은 분산되어서, 신앙심이 두터운 가정에서 임시 숙박을 하도록 대책을 세웠다. 이와 마찬가지로, 사정이 허락할 때마다 소규모의 부대들이 병영에서 분리되어 학교나 공공건물에 주둔하도록 만들었다. 이렇게 해서 언뜻 봐서는 포위된 상태 속에서의 연대감을 시민들에게 강요하는 듯했던 그 질병은 사실 그와 동시에, 전통적인 협력 체계를 파괴하고, 개개인들을 자신만의 고독 속으로 돌려보내고 있었다. 물론 그것은 혼란을 초래했다.

더욱이 바람까지 가세를 하는 바람에, 이런 모든 상황은 특정한 사람들의 정신에도 큰불을 붙여놓았다고 생각할 수 있다. 시의 문들은 밤중에 여러 번에 걸쳐서 습격을 받았다. 게다가 이번에 습격한 무리들은 무장한 소규모 집단이었다. 총격전이 벌어졌고 부상자들이 생겼으며 도망자들도 몇몇 있었다. 감시 초소가 더 강화되자 그러한 시도들은 매우 빠르게 중지되었다. 하지만 그런 시도는 도시 내에 일종의 혁명의 바람이 불도록 만들어서, 몇 건의 폭력 사건을 야기하기에 충분했다. 보건상의 이유 때문에 화재가 났거나 폐쇄되었던 집들이 약탈당했다. 사실 그런 행위들이 미리 계획된 것이었다고 보기는 어려웠다. 대부분의 경우 원래 점잖았던 사람들이 급작스런 기회에 비난받을 만한 일을 저질렀으며, 바로 이어서 다른 사람들이 그것을 흉내 냈던 것이다. 그렇게 해서 고통으로 망연자실한 집주인이 보고 있는 앞에서, 아직도 불타고 있는 집 안으로 달려드는 미치광이들도 있었다. 그런데 집주인이 무심하게 가만히 있는 것을 본 구경꾼들도 그들의 짓을 따라 했다. 그래서 그 어두운 거리에서는 꺼져가는 불길과 더불어, 어깨 위에 짊어진 물건이나 가구들 때문에 일그러진 형태의 그림자들이 화재의 불빛을 받으며 사방으로 도망치는 모습을 볼 수 있었다. 이런 사건들 때문에 당국은 페스트 사태를 계엄령과 동등하게 간주해서, 그것에 입각한 법률을 적용했다. 그 후에 절도범 두 명이 총살형을 당했다. 하지만 그것이 다른 사람들에게 강한 인상을 주었는지는 확실하지 않다. 왜냐하면 그렇게 사망자가 많은 가운데, 고작 두 명의 사형 집행쯤은 거의 눈에 띄지도 않고 지나가버렸기 때문이다. 그것은 마치 바다에 떨어뜨린 물 한 방울과 같았다. 그리고 사실대로 말하자면 당국이 개입하는 것처럼 보이지도 않을 정도로, 그와 비슷한 광경은 너무나 자주 되풀이되었던 것이다. 모든 사람들에게 강한 인상을 준 것처럼 보이는 유일한 조치는 야간 통행금지령이었다. 밤 11시부터 완전한 암흑 속에 잠겨버린 도시는 마치 돌덩어리로 이뤄진 도시 같았다.

달이 떠 있는 하늘 아래, 도시에는 건물들의 희끄무레한 벽과 일직선으로 뻗어 있는 거리들만이 늘어서 있었다. 나무 한 그루의 검은 형체가 반점을 찍지도 않았고, 산책하는 사람의 발걸음 소리나 개 짖는 소리로 동요되지도 않았다.

이제 그 고요한 대도시는, 움직임도 없고 묵직한 입방체 물건들을 모아놓은 결합체일 뿐이었다. 다만 그 광경의 가운데에, 사람들에게서 잊힌 자선가들이나 영원히 청동 속에 갇혀 질식한 옛 위인들의 말없는 초상만이 돌이나 쇠로 만든 인공의 얼굴을 통해, 과거에는 인간이었던 존재들의 강등된 형상을 상기시키려 애쓰고 있었다. 그 보잘것없는 우상들은 답답한 하늘 아래, 생명이 없는 네거리에서 군림하고 있었다. 그 냉담한 모습들은 우리가 발을 들여놓은 이 움직이지 않는 세계, 혹은 적어도 이 세계의 궁극적인 질서를 매우 잘 나타내고 있었다. 즉 페스트와 돌과 어둠에 압도되어, 결국 모든 소리가 침묵으로 돌아간 어느 지하 공동묘지의 질서를 잘 드러내고 있었던 것이다.

그러나 밤은 모든 사람들의 마음속에도 있었으며, 매장 문제에 대해 떠도는 전설 같은 진실도 시민들을 안심시킬 수 없었다. 이제 매장에 대한 이야기를 자세히 해야 하는데, 서술자는 이 부분에 대해 양해를 구하고 싶다. 이 점을 두고 서술자를 나무랄 수 있다는 것도 잘 알고 있다. 하지만 서술자의 유일한 변명은, 그 기간 동안 계속해서 매장이 이뤄졌다는 점과 또 모든 시민들이 불가피하게 매장에 대해 근심했던 것과 마찬가지로 어떤 의미에서는 서술자에게도 역시 불가피했다는 점이다. 아무튼 이것은, 서술자가 그런 종류의 의식에 관심이 있기 때문이 아니다. 오히려 그와 반대로 서술자는 살아 있는 사람들의 사회, 즉 한 가지 예를 들면 해수욕 같은 것을 더 좋아한다. 그러나 결국 해수욕은 금지되었고, 살아 있는 사람들의 사회는 죽은 사람들의 사회에 우위를 빼앗길까봐 날마다 걱정했다. 그것은 명백한 이치였다. 물론 그 죽음의 사회를 보지 않기 위해 애써 눈을 가리고 그것을 거부할 수도 있지만, 명백한 이치란 무시무시한 힘이 있어서 언제나 모든 것을 빼앗아간다. 예를 들어 여러분이 사랑하는 사람들을 매장해야만 하는 날, 여러분은 어떻게 그 매장을 거부할 수 있겠는가?

초기에 이 도시에서 장례식은 신속하게 치러졌다. 모든 형식들은 간소화되었고, 대체로 장례식은 폐지되었다. 환자들은 가족과 멀리 떨어진 곳에서 죽었고 밤을 새우는 의식은 금지되었기 때문에, 결국 저녁 시간에 죽은 사람은 완전히 홀로 밤을 넘겼고, 낮 시간에 죽은 사람은 지체 없이 매장되었다. 물론 가족에게 알리기는 하지만, 통보한다고 해도 대부분의 경우 그 가족도 환자 곁에 살았던 사람이라면 예방 격리를 당하고 있는 처지라서 이동할 수도 없었다. 또 가족이 그 고인과 함께 살고 있지 않는 경우에는 지정된 시간, 즉 시신의 염이 끝나고 입관되어 묘지로 떠나게 되는 시간에나 참석할 수 있었다.

그러한 절차가 리외가 일하는 임시 병원에서 진행되었다고 가정해보자. 그 건물에는 본관 뒤에 출구가 하나 있었다. 복도 쪽으로 나 있는 거대한 창고에는 관들이 들어 있었다. 가족들은 바로 그 복도에서, 이미 뚜껑이 닫힌 관 하나를 보게 된다. 곧 이어서 사람들은 가장 중요한 절차를 거치는데, 그것은 여러 가지 서류에 가장의 서명을 받는 것이다. 그 일이 끝나면 시신을 자동차에 싣게 되는데, 보통의 화물 운송차량에 실을 때도 있고 개조한 대형 구급차에 실을 때도 있었다. 가족들이 운행 허가를 받은 택시 한 대에 타고 나면, 차들은 전속력으로 외곽 지대의 도로를 달려서 묘지에 도착한다. 묘지 문 앞에서 헌병이 차를 세우고 나서, 공식 통행증에 스탬프를 한 번 찍어주고 비켜선다. 그 통행증이 없으면 시민들은 '마지막 거처'라고 부르는 곳도 얻을 수 없다. 그러면 차들은 수많은 구덩이가 메워지기를 기다리고 있는 듯 보이는 어떤 네모난 공터 앞에 도착한다. 그리고 신부 한 사람이 나와서 시신을 맞이한다. 성당 안에서 장례식을 치르는 것이 금지되었기 때문이다. 기도를 올리는 동안 차에서 내려온 관이 밧줄에 묶인 채 끌려 내려가 구덩이 밑바닥까지 닿으면, 신부는 성수채를 흔든다. 그러면 벌써 첫 번째 흙더미가 관 뚜껑 위로 쏟아져서 튀어 오른다. 구급차는 명령대로 소독약을 살포받기 위해서 조금 먼저 떠나고, 삽으로 흙을 퍼서 던지는 소리가 점점 더 둔탁하게 울리는 동안, 가족들은 택시 안으로 휩쓸리듯 들어가버린다. 15분 후면 가족들은 벌써 자기 집에 돌아와 있다.

이런 식으로 모든 일은 정말 최대한의 신속함과 최소한의 위험성을 바탕으로 진행되었다. 그런데 적어도 초기에는 그런 식의 매장이 가족들의 자연스러운 감정을 상하게 했음이 분명하다. 그렇지만 페스트가 유행하는 동안에는, 그런 감정에 대한 배려를 염두에 둘 수 없었다. 다시 말해, 사람들은 효율성을 위해서 모든 것을 희생했다. 적어도 초기에는, 예의를 갖춰서 땅에 묻히고 싶다는 욕망이 생각보다 더 널리 퍼져 있었기 때문에, 사람들은 그런 매장 방식에 대해 괴로워하기도 했다. 그러나 다행스럽게도, 어느 정도 시간이 흐른 후에는 식량 보급이 민감한 문제로 떠오르게 되어서 주민들의 관심은 더 직접적인 걱정거리 쪽으로 쏠리게 되었다. 음식을 먹기 원한다면, 줄을 서고 절차를 밟고 형식을 따라야 하는 일 등에 집중해야 했으므로, 시민들은 자기 주변에서 사람들이 어떻게 죽어가는지, 또 앞으로 자신들이 어떻게 죽게 될지를 생각할 여유가 없었다. 이렇게 해서 고통스럽게 느껴져야 마땅할 물질적인 어려움이 나중에는 오히려 그들에게 이익이 되는 일로 여겨지게 되었다. 그러므로 만약 전염병이 이미 우리가 본 것처럼 그렇게 널리 퍼지지만 않았더라면 그럭저럭 모든 것이 잘되었을 것이다.

왜냐하면 그 후로 관이 더욱 귀해지고, 수의를 만들 옷감과 묘지의 자리도 모자라게 되었기 때문이다. 새로운 대책을 찾아야만 했다. 가장 간단한 것은, 물론 이것도 효율성 때문이었지만, 장례식을 합동으로 치르고 혹시 필요하다면 병원과 묘지 사이의 왕래를 여러 번으로 늘리는 방법이었다. 리외가 담당하고 있는 부서에 대해 말하자면, 그 병원에는 당시에 관이 다섯 개 있었다. 그것들이 다 차게 되면 구급차가 싣고 간다. 묘지에 도착하면 관들이 비워지고, 쇳빛의 시신들은 들것에 실려서, 실제로 이런 용도에 쓰려고 개조한 헛간 속에서 차례를 기다린다. 그런 후에 관들은 소독용 용액이 뿌려져서 다시 병원으로 운반된다. 그리고 그런 작업은 필요한 횟수만큼 되풀이되었다. 또한 그 조직은 매우 잘 운영되고 있는 편이어서, 지사는 만족스러워하는 태도를 보였다. 심지어 그는 리외에게 어쨌든 옛날 페스트에 대한 기록에 등장하는 검둥이들이 끌고 가는 시체 운반용 수레보다 그것이 더 낫다고까지 말했다.

"네, 그래요" 하고 리외가 말했다. "전과 똑같은 매장 방식이죠. 단지 우리는 카드를 작성하고 있죠. 전보다 발전했다는 점은 명백한 사실입니다."

행정면에서의 그러한 성공에도 불구하고, 현재의 절차가 띠고 있는 그 불쾌한 특징 때문에 도청은 친척들을 장례식에서 멀리 떨어뜨려야만 했다. 단지 묘지의 정문 앞에까지 오는 것은 허용했지만, 그것도 공식적인 것은 아니었다. 왜냐하면 마지막 단계의 의식에서 사정이 약간 달라졌기 때문이다. 당국은 묘지 끝에 있는, 유향나무들로 뒤덮인 공간에다가 엄청나게 큰 구덩이 두 개를 파도록 지시했다. 남자용 구덩이와 여자용 구덩이였다. 이런 점에서 보면 행정 당국은 그래도 예법을 존중한 셈이었다. 여러 가지 압력으로 인해, 그 마지막 수치심도 사라지고 품위에 대한 배려심도 버린 채, 남자 여자를 가리지 않고 엉망진창으로 포개어 묻기 시작한 것은 훨씬 뒤의 일이었다. 다행스럽게도 그런 극도의 혼란은 단지 재앙의 마지막 단계에 이르렀을 때만 나타났다. 지금 우리가 돌아보고 있는 그 시기에는 구덩이가 구별되어 있었고, 도청에서도 그 규칙을 매우 중요시하고 있었다. 그 구덩이 각각의 밑바닥에는 아주 두껍게 입혀놓은 생석회(生石灰)가 김을 발산하며 부글부글 끓고 있었다. 또 구덩이의 가장자리에는 똑같은 석회가 무더기로 쌓인 채, 공기 중에 거품을 터뜨리고 있었다. 구급차의 왕복이 끝나면, 들것들의 행렬이 이어지고, 들것에 담긴 벌거벗겨지고 약간 뒤틀린 시신들은 거의 나란히 붙어서 구덩이 밑바닥으로 쏟아진다. 그 위에 생석회를, 또 그 위에는 흙을 덮는 것인데, 그것도 다음에 들어올 손님의 자리를 마련하기 위해서 일정한 높이까지만 덮는다. 그 이튿날 가족들은 기록부에 서명을 하도록 호출되는데, 이 점은 가령 사람과 개 사이에 있을 수 있는 차이를 보여주는 것이었다. 즉 인간의 죽음은 늘 확인되고 기입되었다.

그런 모든 작업을 하려면 사람이 필요했는데 일손이 항상 모자라기 일보 직전에 있었다. 처음에는 정식으로 채용되었고 나중에는 임시로 채용되었던 수많은 간호사들과 무덤 파는 인부들이 페스트로 많이 죽었다. 아무리 주의를 기울여도, 어느 날엔가는 전염되고 마는 것이었다. 그러나 곰곰이 생각해보면 가장 놀라운 사실은 전염병의 전체 기간 동안 그런 일을 하는 데 필요한 인력이 결코 모자라지 않았다는 점이다. 위태로운 시기는 페스트가 절정에 도달하기 바로 직전이었다. 그때 의사 리외가 느낀 불안감은 그럴 만한 근거가 있었다. 간부들이든, 또 그가 말하는 막노동꾼이든 노동력이 충분하지는 못했다. 그러나 페스트가 실제로 도시 전체를 장악해버린 순간부터 시작해서 그 이후, 페스트의 그 과도함 자체는 매우 편리한 결과를 가져왔다. 왜냐하면 페스트는 모든 경제생활에 혼란을 야기했고, 그 결과 엄청난 숫자의 실업자들을 만들어냈기 때문이다. 대부분 그 실업자들은 간부 채용을 위한 충원 대상이 못 되었지만 막일에서는 그들의 노동이 큰 도움이 되었다. 사실 그 시기부터는 빈곤함이 공포심보다 더 강렬하다는 것을 항상 눈으로 확인할 수 있었고, 위험성의 정도에 따라서 임금을 지불하는 상황이라서 그 점은 더욱 분명했다. 보건 부서에서는 취업을 원하는 사람들의 목록을 마련해놓을 수 있었기 때문에, 어디서 공석이 생기자마자 그 목록의 첫 부분에 올라 있는 사람에게 통지했다. 그러면 통지를 받은 그 사람들은 그 사이에 그들 자신이 다른 공석에 들어간 경우를 제외하고는 항상 출두했다. 이렇게 해서, 그런 종류의 막일에 유기형이나 종신형을 선고받은 죄수들을 활용하는 것을 오랫동안 망설여왔던 지사도, 그렇게 극단적인 조치를 취하는 것은 피할 수 있었다. 실업자들이 존재하는 한, 버틸 수 있다는 생각이었던 것이다.

그럭저럭 8월 말까지, 시민들은 점잖게는 아니더라도, 적어도 행정 당국이 자신들의 의무를 수행하고 있다고 의식하기에 충분할 만큼 질서 있게 그들의 마지막 거처로 갈 수 있었다. 그러나 마침내 최후의 수단에 도움을 청하게 된 이야기를 하기 위해서는, 그 후에 일어난 사건들을 조금 앞질러서 말하지 않을 수 없다.

8월에 접어들면서 사실상 페스트가 통계 그래프의 꼭대기에서 전혀 움직이지 않으며 기승을 부리자, 누적된 희생자들의 수는 시의 조그만 묘지가 제공할 수 있는 공간의 범위를 훨씬 넘어서기 시작했다. 담벼락의 벽면들을 허물고 시신들을 위해 그 주변의 터까지 잠식했는데도 불구하고 소용이 없어서 또 다른 방법을 빨리 찾아야만 했다. 그래서 우선 밤에 매장하기로 결정했는데, 그것은 확실히 여러 가지 고려해야 할 것들을 생략할 수 있도록 해줬다. 구급차에는 점점 더 많은 시체들을 쌓을 수 있게 되었다. 그래서 변두리 지역에서, 야간 통행금지 시간 이후에도 여전히 보이는, 규칙을 어기고 밤늦게 다니는 산책자들(또는 직업상 돌아다니는 사람들)은 하얗고 기다란 구급차들을 자주 발견했다. 그 구급차들은 광채도 없는 사이렌 소리를 울리며, 밤의 한산한 거리를 전속력으로 질주했다. 시체들은 서둘러서 구덩이 속에 던져졌다. 시신이 완전히 구덩이 속에 자리를 잡기도 전에 이미 삽에 담긴 석회가 시신의 얼굴을 덮었다. 그러고 나면 전보다 더 깊게 파놓은 그 구덩이 속에, 역시 익명의 방식으로 흙더미가 그 위를 덮어버리는 것이었다.

하지만 시간이 조금 더 지난 후에는, 또 다른 장소를 찾아서 공간을 더욱 넓게 잡아야만 했다. 지사의 명령으로 영구 임대 묘지의 소유권을 수용하고, 거기서 발굴된 모든 유골은 전부 화장터 쪽으로 보냈다. 조만간 페스트 사망자들까지도 화장터로 옮겨야만 했다. 그래서 이제 시의 문 밖, 동쪽 지역에 있는 옛 화장터까지 이용해야만 했다. 경비 초소도 멀리 이동시켰다. 어느 시청 직원이 시신을 운반하는 일에 전동차를 이용하자고 건의함으로써 당국의 일은 훨씬 더 편리해졌다. 그 전차는 한때, 바닷가 절벽의 좁은 길을 따라 운행되었지만 그 후로 쓸모가 없어져 버린 교통수단이었다. 그렇게 해서 전차의 트레일러와 기관차의 좌석을 뜯어내 내부를 개조하고, 선로를 화장터 있는 곳까지 우회하도록 만들어서 그곳이 또한 시발점이 되었다.

그래서 늦여름 내내, 그리고 가을비가 내리는 가운데, 날마다 한밤중에 승객 없는 전차의 기이한 행렬이 절벽 위 좁은 길을 따라 바다 위로 덜컹거리면서 이어지는 광경이 펼쳐졌다. 시민들도 마침내 그 전차가 어떤 차인지를 알게 되었다. 순찰대가 그 절벽 길에 사람들이 접근하는 것을 막고 있었는데도 불구하고, 무리를 지은 사람들이 매우 빈번하게 파도 너머 불쑥 솟아오른 바위 뒤에 교묘하게 숨어 있다가, 전차가 지나갈 때면 트레일러 안으로 꽃을 던지곤 했다.

그럴 때면 여름밤이 깊어가는 가운데, 전차가 꽃과 시체들을 싣고 한층 더 심하게 요동치며 달리는 소리가 들렸다.

아무튼 처음 며칠 동안에는 아침이 되면, 도시의 동쪽 구역 위로 악취가 나는 짙은 연기가 떠돌았다. 모든 의사들은 그 연기에서 나오는 냄새가 불쾌하기는 하지만 인체에는 조금도 해롭지 않으리라는 공통적인 의견을 냈다. 그러나 그 구역에 사는 주민들은 그런 식으로 페스트가 하늘로부터 자신들한테 달려든다고 생각한 나머지, 그곳을 당장 떠나겠다고 위협했다. 그들은 복잡한 도관 수송 장치를 설치해, 그 연기의 방향을 다른 곳으로 돌리고 나서야 평정을 되찾았다. 다만 바람이 굉장히 많이 부는 날이면 동쪽 지역에서 어렴풋한 냄새가 풍겨왔다. 그들은 그 냄새를 맡으며 자신들이 새로운 질서 속에 자리 잡고 있으며, 매일 저녁 자신들이 바치는 공물을 페스트의 불길이 삼키고 있다는 점을 떠올리게 되었다.

그 전염병이 가져온 극단적인 결과가 바로 그런 것들이었다. 그러나 병이 그 후로 더 많이 퍼지지 않은 것은 다행스러운 일이었다. 왜냐하면 각 기관들의 능란한 대처와 도청의 대책들, 그리고 화장터의 수용 용적 자체도 이제 한계를 넘어선 듯했기 때문이다. 리외는 당국이 그런 한계 상황이 되면 시신을 바다로 던져버리는 것과 같은 절망적인 해결책까지도 미리 마련해두고 있다는 점을 알고 있었다. 그래서 그는 푸른 바닷물 위로 올라오는 끔찍한 거품을 쉽게 상상할 수 있었다. 그리고 그는 통계 숫자가 계속해서 올라간다면 어떤 조직도, 심지어 아무리 훌륭한 조직이라 해도 버틸 수 없으리라는 점도 알고 있었다. 또한 도청이 있는데도 불구하고, 사람들은 엄청나게 많이 죽어서 시체들이 쌓이게 될 것이고, 거리에서 썩어갈 것이며, 시내의 공공장소에서는 죽어가는 자들이 자연스런 증오심과 어리석은 희망이 뒤섞인 마음으로, 살아남은 자들을 붙잡고 매달리는 모습을 보게 되리라는 점도 알고 있었다.

아무튼 그런 종류의 명백한 예감이나 두려움 때문에, 시민들은 마음속으로 유배당한 상태의 감정과 이별의 감정을 계속해서 품고 있을 수밖에 없었다. 그런 점에서 볼 때, 서술자는 여기에는 전해줄 만한, 눈길을 끄는 굉장한 구경거리가 없다는 사실이 실로 유감스럽다. 예를 들면 옛날이야기에 등장하는 믿음직스러운 영웅이나 여러 가지 눈부신 인간의 행동 같은 것들이 없다는 이야기다. 재앙만큼 보잘것없는 구경거리는 없으며, 엄청난 불행은 그 불행의 시간 자체만으로도 단조로운 법이다. 그런 시간을 보낸 사람들의 기억 속에서는, 페스트가 퍼진 그 끔찍한 나날들이 끝없이 잔인하게 이어지는 거대한 불길처럼 보이는 것이 아니라, 오히려 그들이 지나가는 길 밑에 있는 모든 것들을 짓눌러버리는 끝없는 제자리걸음처럼 보였던 것이다.

아니다. 페스트는 그 병이 유행하던 초기에 의사 리외

를 쫓아다녔던 이미지, 즉 그처럼 사람을 흥분시키는 굉장한 이미지와 전혀 관계가 없었다. 페스트는 무엇보다도 용의주도하고 완전무결하며 잘 작동되고 있는 하나의 기관이었다. 그렇기 때문에 여담을 한마디 하자면, 아무것도 배신하지 않기 위해서 특히 자신을 배신하지 않기 위해서 서술자는 객관성을 고집해왔던 것이다. 서술자는 이야기가 대략 일관성을 갖춰야 한다는 기본적인 필요성에 관한 것들을 제외하고는, 예술적인 효과를 내기 위해 무엇인가를 수정한다는 생각은 거의 하지 않았다. 그리고 이제 그 객관성 자체가, 서술자로 하여금 다음과 같이 말하도록 요구하고 있다. 그 시기의 커다란 고통, 즉 가장 보편적이면서도 가장 강렬한 고통이 이별의 감정이었다고 할지라도, 그리고 페스트의 그 단계에서 나타난 이별의 감정에 대해 새로운 기록을 남겨놓는 것이 신념을 위해 필수적이라 할지라도, 그때 당시 그 고통 자체는 비장함을 상실하고 있었다는 점 역시 사실이다.

이 도시의 시민들, 적어도 이별로 인해 가장 심한 고통을 받았던 사람들은 그런 상황에 익숙해진 것일까? 그렇다고 단언하는 것은 완전히 공평한 판단은 아니리라. 육체적인 면에서나 정신적인 면에서 그들은 헐벗고 황량한 상태에 놓여 있었으므로 괴로웠다고 말하는 편이 더 정확할 것이다. 페스트의 초기에 그들은 자신이 잃어버리게 된 사람을 뚜렷이 기억할 수 있어서, 자신들 곁에 그들이 없다는 사실을 애석해했다. 그러나 사랑하는 그 얼굴, 그 웃음, 나중에 시간이 지나서야 그때 행복했다는 것을 알아차리게 되는 그런 어떤 하루 등에 대해서는 선명하게 기억할 수 있었지만, 그런 것들을 그려보는 바로 그 시간에, 또한 그 후로 그렇게 먼 곳이 된 그 장소에서 상대방은 무엇을 하고 있을지를 상상하기란 무척 힘들었다. 요컨대 그 당시에, 그들에게 기억력은 있었지만 상상력은 부족했던 셈이다. 그러나 페스트가 2단계에 접어들자 그들은 기억력조차 잃어버리게 되었다. 그 얼굴을 잊게 된 것이 아니라, 이것도 결국 같은 이야기지만, 이제 그 얼굴에서 살이 없어져서 자신들의 마음속에서 그 얼굴을 더 이상 알아볼 수 없게 된 것이다. 그래서 페스트가 발생한 처음 몇 주 동안 그들은 자신들의 사랑의 대상이, 이제 어렴풋한 형체로밖에 상대할 대상이 없다는 것에 괴로워하는 경향이 있었지만, 그 후에는 추억 속에 간직해왔던 얼굴의 미세한 빛깔마저 잊어버림으로써, 그 형체는 전보다 더 살이 빠진 모습이 될 수도 있음을 깨닫게 되었다. 그토록 길었던 이별의 시간을 겪고 나자, 그들은 자신이 사랑하는 사람과 나누었던 그 친밀함도 더 이상 상상할 수 없었고, 또 언제든지 손을 얹을 수 있었던 상대가 어떻게 자기 곁에 살고 있었는지도 더 이상 상상할 수 없게 되었다.

이런 점에서 볼 때 그들은, 보잘것없기 때문에 더 큰 효과를 발휘하는 페스트의 질서 그 자체 속으로 들어갔다고 볼 수 있다. 이 도시에서는 이제 아무도 거창한 감정을 품지 않았다. 모든 사람들은 단조로운 감정만 느끼고 있었다. 시민들은 "이제 끝날 때도 되었는데" 하고 습관처럼 말했다. 왜냐하면 재앙이 계속되는 기간 중에 집단적인 고통이 끝나기를 바라는 것은 당연한 일이었고, 또 실제로 그들은 재앙이 끝나기를 바랐기 때문이다. 그러나 그 모든 말들 속에는 사람들이 페스트 초기에 보여줬던 열정이나 날카로운 감정이 담겨 있지 않았다. 단지 아직도 뚜렷이 남아 있고 초라하기만 한 약간의 이성이 담긴 말이었다. 처음 몇 주 동안의 엄청나게 사나운 격정의 뒤를 이어서 낙담의 감정이 찾아왔다. 그 낙담을 체념이라고 보는 것은 잘못일지도 모르지만, 그래도 그것은 일종의 잠정적인 동의로 볼 수 있었다.

우리 시민들은 보조를 맞췄고, 이른바 적응해나가고 있었다. 그들이 할 수 있는 게 그것밖에 없었기 때문이다. 물론 그들에게는 여전히 불행과 고통에 대한 태도가 남아 있었지만, 더 이상 그것을 예리하게 느끼지 않게 되었다. 게다가 이를테면 리외는 불행이란 바로 그 점에 있는 것이며, 절망에 익숙해진다는 것은 절망 그 자체보다 더 나쁘다고 간주했다. 그 전에는 서로 떨어져 있는 사람들이 실제로 불행하지 않았다. 그들의 괴로움 속에는 이제 방금 꺼져버린 빛의 자취가 남아 있었다. 그런데 이제는 길모퉁이에서, 카페나 친구네 집에서, 평온하고도 멍한 표정으로 다니는 사람들을 볼 수 있었다. 게다가 얼마나 지루해하는 눈빛인지, 그들로 인해 도시 전체가 마치 하나의 대합실 같았다. 직업을 갖고 있는 사람들은 그들의 일을 페스트와 똑같은 진행 상태로, 즉 꼼꼼하고 눈에 띄지 않게 했다. 모든 사람들이 겸손해졌다. 소중한 사람과 이별한 사람들은 처음으로 헤어져 있는 사람에 대해 자유롭게 이야기했고, 자신이 제삼자가 된 듯한 말투를 쓰기도 했으며, 전염병의 통계 숫자와 똑같은 관점에서 자신들의 이별에 대해 생각해보기도 했다. 이렇게 해서 그 전까지는 집단적인 불행으로부터 자신들의 고통을 완강하게 분리시켜 생각했던 사람들이, 이제는 그 두 가지의 혼동을 받아들이게 되었다. 기억도 희망도 없이, 그들은 현재 속에 자리를 잡고 있었다. 사실 그들에게는 모든 것이 현재로 변해버렸다. 꼭 말해둬야 할 것은, 페스트가 모든 사람들로부터 사랑의 힘뿐 아니라 우정의 힘까지 빼앗았다는 사실이다. 왜냐하면 사랑이란 미래라는 것이 어느 정도 필요한데, 이제는 현재의 순간들밖에 남은 것이 없었기 때문이다.

물론 이 모든 것들 중에서 어떤 것도 절대적이지 않다. 이별을 겪은 모든 사람들이 그런 상태에 이르렀던 것이 사실이라 할지라도 모두가 동시에 그렇게 된 것은 아니었다는 점을 덧붙이는 편이 좋을 듯하다. 또한 환자들은 그 새로운 심리 상태 속에 빠져 있다가도 순간의 번득임이나, 회상, 갑작스런 통찰력 등으로 인해, 더 새롭고 더 고통스러운 감수성을 되찾기도 했다. 거기에는 페스트가 물러갔다는 것을 전제로 몇 가지 미래의 계획을 세우는 기분 전환의 시간도 필요했다. 또 그들은 갑작스럽게 약간의 은총을 받기라도 했는지, 대상도 없는 질투심으로 가슴을 쥐어뜯는 듯한 고통을 느닷없이 느껴야만 했다. 그리고 또 다른 사람들은 주중의 어떤 날, 물론 일요일과 토요일 오후 같은 때면 무감각 상태에서 빠져나와서 갑작스럽게 생생한 감정이 되살아남을 느꼈다. 왜냐하면 그런 요일들은, 지금은 곁에 없는 사람과 어떤 의례를 위해 함께 보낸 날이었기 때문이다. 또는 하루해가 저물어갈 무렵 어떤 우울함이 찾아와 그들의 마음을 사로잡으면, 기억이 다시 살아날 것 같다는 예감을 품기도 했지만 그 예감이 항상 충족되지는 않았다. 저녁 무렵의 그 시간은 신자들에게는 자기 성찰의 시간이었지만, 성찰할 것이라고는 공허밖에 없이 감금 생활이나 유배 생활을 하는 사람들에게는 견디기 힘든 시간이었다. 그 시간이 오면 그들은 잠시 아무것도 하지 않는 채 버티다가, 결국은 무기력해져서 다시 페스트 속에 틀어박히게 되었다.

이미 이해했으리라 생각하지만, 그것은 결국 그들이 지닌 가장 개인적인 것을 포기했다는 뜻이다. 페스트 초기에 그들은 남들에게는 존재 가치가 전혀 없지만 자신들에게 무척 중요한 자질구레한 일들이 너무나 많다는 것에 놀랐다. 그것으로 개인적인 생활이라는 것을 체험한 셈이다. 그런데 이제는 반대로 남들이 흥미를 보이는 것에만 흥미를 느끼고 일반적인 관념만을 떠올렸다. 또 그들에게는 사랑조차도 가장 추상적인 모습을 띠게 되었다. 그 당시 그들은 잠잘 때 꿈속에서만 희망을 품게 되었고, 자신도 모르게 '그 놈의 멍울, 이젠 좀 끝장이 났으면!' 하고 생각할 정도로 페스트에 자신을 맡겨버린 상태가 되었다. 그러나 사실 그들은 이미 잠들어 있었고, 그 기간 전체가 오랜 시간의 잠이었다.

도시는 눈을 뜬 채 잠자고 있는 사람들로 가득 차 있었다. 그들이 실제로 자신의 운명에서 벗어날 수 있는 때는, 겉보기에는 아문 것처럼 보이던 상처가 한밤중에 갑자기 다시 벌어지면서 아픔이 느껴지는 그 예외적인 순간들뿐이었다. 그럴 때면 그들은 소스라쳐 깨어나서 약간 멍한 정신 상태로, 염증을 일으킨 상처 주변을 어루만지면서, 다시 생생해진 그들의 고통을, 또 그 고통과 더불어 그들의 뒤엎어진 사랑의 모습을 한 줄기 광채 속에서 다시 찾아보는 것이었다. 그러다가 아침이 되면 그들은 다시 재앙 속으로, 즉 판에 박힌 일상 속으로 다시 돌아갔다.

그런데 그렇게 이별을 겪은 사람들이 어떤 모습을 하고 있었냐고 묻는 사람도 있으리라. 사실 그 답은 간단하다. 그들은 아무런 기미도 나타내지 않았다. 다르게 표현하자면, 그들은 모든 사람들과 같은 모습, 즉 완전히 평범한 모습을 하고 있었다. 그들은 그 도시의 평온함과 미숙한 소란스러움을 공유하고 있었다. 냉정한 겉모습은 계속 유지하면서도, 비판적인 감각을 지닌 풍채는 상실하고 있었다. 예를 들면, 그들 중에서 가장 현명한 사람들까지도 모든 사람들과 마찬가지로, 신문이나 라디오방송에서 혹시 페스트의 빠른 종말을 믿게 해줄 만한 근거가 나오지 않을까 찾기도 하고, 언뜻 보아 비현실적인 희망을 생각해내기도 하고, 또 어떤 신문 기자가 따분해져서 하품을 하며 무턱대고 써놓은 사설을 읽고는 근거 없는 공포를 느끼는 모습을 볼 수 있었다. 그런 것들 이외에, 그들은 맥주를 마시거나 환자를 돌보고 게으름을 피우거나 완전히 지치도록 일을 했으며, 전표를 정리하거나 음반을 틀어 음악을 듣기도 했다. 그러나 다른 사람들과 구별되는 어떤 차이도 드러내지 않았다. 다르게 말하면, 그들은 더 이상 아무것도 선택하지 않았다. 페스트가 가치의 판단을 없애버린 것이다. 그런 점은 자신이 구입하는 옷이나 식품의 품질에 더 이상 관심을 두지 않는 태도에서도 드러났다. 사람들은 모든 것을 한데 묶어서 통째로 받아들였다.

결국 이별을 겪은 그 사람들은 페스트 초기에 그들을 지켜줬던 그 야릇한 특권을 더 이상 갖지 못하게 되었다고 말할 수 있다. 그들은 사랑의 이기주의와 그것으로 얻을 수 있는 이득을 상실해버렸다. 적어도 이제는 상황이 분명해졌다. 그 재앙은 모든 사람들과 관계가 있었다. 시민들 모두는 시의 문에서 울리는 총소리와 삶 또는 죽음에 박자를 맞추는 스탬프 소리의 한가운데에 있으며, 화재 사건과 통계 카드, 공포와 수속 절차의 한가운데에 있다. 그리고 수치스럽지만 이미 기록되어 어쩔 수 없는 죽음과의 약속을 앞에 두고, 끔직한 화장터의 연기와 구급차의 조용한 사이렌 소리 속에서, 스스로 의식하지도 못한 채 그 기막힌 재회와 평화의 시간을 마냥 기다리며 똑같은 유배의 빵을 먹고 있는 것이다. 물론 사랑도 여전히 거기에 있었지만, 단지 그것은 갖고 다니기에 무거운 쓸모없는 것이었다. 또 그것은 시민들의 마음속에서 무기력한 채로 머물러 있어서, 마치 범죄나 유죄 판결과 같은 무익한 존재였다. 그 사랑은 이제 미래가 없는 인내심에 불과했고, 반대에 부딪힌 기대감에 불과했다. 그래서 이런 점에서 볼 때, 시민들 중 어떤 사람들의 태도는 시내 곳곳의 식료품 가게 앞에서 줄을 선 그 긴 행렬을 생각하게 만들었다. 그것은 무한하기도 하고 동시에 환상도 없는 똑같은 체념이었고 똑같은 참을성이었다. 단지 이별의 경험에 관해서는 그런 감정을 천 배 이상의 단계로 확대해서 봐야 할 것이다. 왜냐하면 그 경험은 모든 것을 삼켜버릴 수 있는 또 다른 형태의 굶주림이었기 때문이다.

어쨌든 이 도시에서 이별을 겪은 사람들의 정신 상태를 올바르게 파악하려는 사람이 혹시 있다면, 끝없이 되풀이되는 금빛의 먼지 자욱한 저녁이 나무 한 그루 없는 도시 위로 내려앉고, 그동안 다른 곳에서는 남자들과 여자들이 모든 거리마다 쏟아져 나오는 석양 무렵의 풍경을 새롭게 그려볼 필요가 있을 것이다. 실제로 참 이상하게도 그때까지 아직 햇빛을 받고 있던 테라스 쪽으로 올라오는 것은, 모든 도시에서 보통 유일하게 자기 목소리를 내는 차량과 기계 소리들이 아니었다. 그 대신 둔탁한 발걸음 소리와 목소리가 만들어내는 거대한 소음만이 들려왔는데, 그것은 무더운 공기로 가득한 하늘에서 흘러나와 윙윙거리는 재앙의 휘파람 소리에 리듬을 맞춰서, 수천 개의 신발이 고통스럽게 미끄러지듯 움직이는 소리였다. 마침내 도시 전체를 차츰차츰 채워가는 숨 막히고 끝없는 제자리걸음 소리, 또한 그 당시 시민들의 마음속에서 사랑의 자리를 대신 차지하고 있었던 맹목적인 완고함에게, 저녁마다 가장 충실하고도 가장 침울한 자신의 목소리를 냈던 그 발걸음 소리였다.

La Peste

4부

9월과 10월 2개월 동안, 페스트는 도시 전체를 자기 발밑에 꿇어앉혔다. 할 수 있는 일이 제자리걸음밖에 없었기 때문에, 끝없이 이어지던 그 몇 주 동안 수십만 명의 사람들이 여전히 제자리걸음만 하고 있었다. 안개와 더위와 비가 연달아서 하늘에 나타났다. 찌르레기와 티티새의 고요한 무리가 남쪽에서 찾아와서 하늘 높이 조용하게 지나갔다. 그러나 그 새들은 우리 도시를 우회하여 지나갔다. 마치 파늘루 신부가 말했던, 휘파람을 불며 집들 위를 돌아다니는 이상한 나무 막대기인 그 재앙이 새들을 도시와 떼어놓기라도 하는 듯했다. 10월 초에는 억수 같은 소나기가 거리를 깨끗이 쓸었다. 그리고 그동안, 그 엄청난 제자리걸음 이외에 더 중요한 일은 아무것도 일어나지 않았다.

그 당시 리외와 그의 친구들은 어느 정도로 자신들이 지쳐 있는지를 느끼게 되었다. 실제로 보건 조직의 사람들은 더 이상 그 피로를 꾹 참을 수 없게 되었다. 리외는 자기 친구들과 자신의 태도에서 묘한 무관심이 자라나는 것을 지켜보면서 그 사실을 알아챘다. 예를 들어, 지금까지 페스트에 관한 모든 소식에 대해 큰 관심을 보여주던 사람들이 이제는 어떤 것에도 관심을 두지 않았다. 랑베르는 얼마 전부터 자신이 묵고 있던 호텔에 설치된 예방 격리소의 관리를 임시로 맡고 있었는데, 자신이 담당하는 사람들의 수효를 완벽하게 알고 있었다. 그는 돌연 병세가 나타나는 사람들을 위해서 그가 만들어놓은 즉각적인 퇴거 체제에 대한 가장 세세한 사항까지도 훤하게 알고 있었다. 격리된 환자들에게 미치는 혈청의 효과에 대한 통계도 그의 기억 속에 잘 새겨져 있었다. 그러나 그는 페스트 희생자의 주간 통계 수치는 알지 못했고, 실제로 페스트가 더 심해지고 있는지 아니면 물러나고 있는지의 사실은 모르고 있었다. 그리고 그는 무슨 일이 있더라도 머지않아 탈출할 수 있으리라는 희망을 여전히 품고 있었다.

다른 사람들에 관해 말하면, 그들은 밤낮으로 자신들의 일에 몰두할 뿐, 신문도 보지 않고 라디오도 듣지 않았다. 그리고 혹시 누가 어떤 결과를 알려주려고 하면 그들은 관심을 갖는 척하다가도, 실제로는 다른 것에 정신이 팔린 채 무관심하게 이야기를 들었다. 그것은 마치, 군사작전에 지칠 대로 지쳐서 단지 일상적인 자신의 의무를 이행하는 일에만 집중하며, 이제 더 이상 결정적인 작전도 휴전의 날도 바라지 않게 된 대규모 전쟁의 병사에게서나 상상할 수 있는 무관심이었다.

그랑은 페스트 때문에 필요해진 계산 업무를 계속 수행하고 있었다. 아마 그로서도 그 업무에서의 전반적인 결과를 보여준다는 것이 확실히 불가능했으리라. 눈에 보일 정도로 피로를 잘 견디는 타루나 랑베르나 리외와는 반대로, 그는 건강이 좋았던 적이 한 번도 없었다. 그런데도 그는 시청 보조직 업무와 리외의 비서 업무, 자신의 밤 작업을 겸하고 있었다. 그래서 지속적인 탈진 상태에 있는 것처럼 보였다. 하지만 그는 자신의 두세 가지 고정관념에 매달려 간신히 버티고 있었는데, 그것은 페스트가 멈춘 다음에 적어도 일주일 동안 완전한 휴가를 얻어서, 자신이 현재 하고 있는 일을 '모자를 벗으시오'와 같은 확실한 방식으로 해보겠다는 생각이었다. 그는 또한 갑작스러운 감동에 사로잡히기도 했다. 그럴 때면 그는 리외에게 잔에 대한 이야기를 곧잘 꺼냈고, 지금 바로 그 순간에 그녀는 어디에 있을까, 또는 신문을 읽으며 혹시 자기 생각을 하고 있을까를 자문했다. 그러한 그랑을 상대로, 리외는 어느 날 아주 평범한 어조로, 그때까지 한 번도 꺼내지 않았던 자기 아내의 이야기를 하고 있는 자신에게 놀랐다. 항상 자신을 안심시키려는 내용인 아내의 전보에 어느 정도의 신빙성을 부여해야 할지 불확실해서, 그는 아내가 치료받고 있는 요양소의 의사에게 전보를 쳐보기로 결심했다. 그에 대한 답신으로 병세가 악화되었다는 통지와 함께 병의 진행을 저지하기 위해 최선을 다하겠다는 약속을 받았다. 그는 그 소식을 혼자서만 간직하고 있었는데, 어떻게 해서 자신이 그 이야기를 그랑에게 털어놓게 되었는지, 단지 피로했기 때문이라고밖에는 달리 설명할 수 없었다. 그랑이 잔에 관한 이야기를 하고 난 후에 리외의 아내에 대해서 물어보기에 리외는 대답을 해줬다. "아시겠지만요" 하고 그랑이 말했다. "요즘 그런 병은 아주 잘 낫는다더군요." 그래서 리외도 그 말에 동의했다. 그는 다만 별거 생활이 길어지기 시작해서, 자신이 옆에 있다면 아내가 병을 이겨내는 데에 도움이 될 수 있었을 텐데, 지금 아내는 정말 외로워하고 있을 것이라고 말했다. 그러고 나서 그는 입을 다물었다. 그랑의 질문들에도 얼버무리며 마지못해 대답할 따름이었다.

다른 사람들도 같은 형편이었다. 그들 중에서 타루가 좀 더 잘 버티고 있었는데, 그의 수첩을 보면 그가 가진 호기심의 깊이는 조금도 줄어들지 않았지만 그 폭은 좁아졌다는 것을 알 수 있었다. 사실 그 기간 내내, 그는 얼핏 보기에 코타르에게만 흥미를 느끼는 듯했다. 호텔이 예방 격리소로 바뀐 후부터 그는 리외의 집에서 거주하게 되었는데, 저녁때 리외의 집에서 그랑이나 의사들이 결과들을 발표해도 거의 듣지 않는 것처럼 보였다. 그는 일반적으로 그의 관심을 끌고 있는 오랑 시민들의 생활에 대한 사소한 일들로 금방 화제를 돌렸다.

카스텔로 말하면, 그가 리외에게 혈청이 준비되었다고 알리러 왔던 날, 때마침 병원에 데려왔던, 리외가 보기에는 증상이 절망적이었던 오통의 어린 아들에게 혈청의 첫 시험을 해보기로 결정한 후 리외가 그 늙은 친구에게 최근의 통계를 알려주고 있었는데, 그때 리외는 대화 상대자가 안락의자에 파묻혀 깊이 잠들었다는 것을 알아차렸다. 평소에는 부드러우면서도 비꼬는 것 같은 표정으로 인해 영원한 젊음이 느껴지던 그 얼굴이 돌연 그 힘을 잃은 듯이, 반쯤 열린 입술 사이로 침이 한 줄 흐르면서 쇠약함과 노쇠함이 드러나는 것을 보자 리외는 목이 메어오는 느낌이 들었다.

그렇게 마음이 약해진 것을 느끼고, 리외는 자신이 얼마나 피곤한지 판단할 수 있었다. 그의 감수성이 새어나온 것이다. 대부분의 시간에는 묶여 있기에, 단단해지고 메말라 있던 그 감수성이 때때로 터져버려서, 억제할 수 없는 감정 속으로 리외를 몰아넣었다. 그의 유일한 방어 방법은, 그 단단함 속으로 도피해서 자기 내면에 만들어진 그 매듭을 다시 꽉 묶는 것이었다. 그는 그렇게 하는 것이 자신이 계속 버티기에 좋은 방법임을 잘 알고 있었다. 어쨌든 그는 그 밖의 나머지 영역에 대해서는 환상을 많이 품지 않았고, 그가 이미 갖고 있던 환상도 피로 때문에 잃어버렸다. 왜냐하면 그는 언제 끝날지도 모르는 그 기간 중에 자신이 맡고 있는 역할이, 이제 더 이상 병을 치료하는 일이 아니라는 것을 알고 있었기 때문이다. 그의 역할은 병을 진단하는 일이었다. 발견하고, 보고, 기록하고, 등록하고, 그다음에 선고를 내리는 것이 그의 일이었다. 환자의 아내들은 그의 손목을 붙들고 울부짖었다. "선생님, 저 사람 좀 살려주세요!" 그러나 그는 사람을 살려주기 위해서 거기에 있는 것이 아니라 격리를 명령하기 위해 거기에 있었다. 그런 순간에 사람들의 얼굴에서 읽을 수 있는 증오심이 무슨 소용이 있단 말인가? "인정이 없으시군요" 하고 어느 날, 누군가가 그에게 말했다. 천만에, 그는 인정이 넘치는 사람이었다. 바로 그 인정 때문에 그는 날마다 20시간 동안, 살기 위해서 태어난 사람들이 죽어가는 모습을 지켜보는 일을 감내할 수 있었다. 그 인정 때문에 그는 날마다 그 일을 다시 시작할 수 있었다. 이제 그에게는 꼭 그만큼의 인정밖에는 남은 것이 없었다. 그러니 어떻게 그만큼의 인정이 사람을 살려내기에 충분할 수 있겠는가?

그렇다. 그가 온종일 나눠주고 있는 것은 도움이 아니라 정보뿐이었다. 물론 그런 것을 사람의 직무라고 부를 수는 없었다. 그러나 결국, 공포에 떨고 많은 사람이 죽어 나가는 그 군중 사이에서, 도대체 누가 인간의 직무를 수행할 만큼 여유가 있단 말인가? 그가 피로를 느끼는 것이 오히려 다행스러운 일이었다. 만약 리외가 더 원기 왕성한 상태였다면 사방에 퍼져 있는 죽음의 냄새가 그를 감상적으로 만들었을 것이다. 하지만 잠을 네 시간밖에 못 자는 그가 감상적인 사람이 되기는 어려웠다. 그런 사람은 상황을 있는 그대로의 모습으로 보게 된다. 다시 말해 정의의 눈으로, 끔찍하고 하찮은 정의의 눈으로 보는 것이다. 그리고 다른 사람들, 다시 말해 선고받은 사람들 역시 그것을 잘 느끼고 있었다. 페스트가 나타나기 이전에, 그는 구세주 같은 대접을 받았다. 알약 세 개와 주사기 한 통이면 모든 것을 해결할 수 있었으며, 사람들은 그의 팔을 붙잡고 복도까지 따라 나왔다. 그것은 그의 기분을 좋게 만드는 일이었지만 위험한 일이기도 했다. 이제는 그와 반대로 그가 병사들을 데리고 가서 소총으로 문을 두드려야 가족들이 겨우 문을 열 생각을 했다. 그들은 리외를, 그리고 인류 전체를 자신들과 함께 죽음 속으로 끌고 들어가고 싶어 했다. 아! 진정으로 사람은 다른 사람들 없이 지낼 수 없고, 그도 이제는 저 불행한 사람들처럼 무력한 신세였다. 진정으로 그가 그들을 떠나고 나면 그 역시 가슴속에 저절로 자라나게 되는 동정심의 전율과 같은 것을 받을 가치가 있는 그런 사람이었다.

적어도 그런 생각들이 그 끝없이 이어지던 여러 주일 동안 이별에 대한 생각과 더불어 리외의 머릿속을 어지럽게 만들었다. 그리고 그것은 그의 친구들 얼굴에도 그림자로 비쳐서 나타나는 생각들이었다. 하지만 재앙에 맞서서 투쟁을 계속하는 모든 사람들에게 조금씩 밀려들고 있는 탈진 상태의 가장 위험한 결과는, 외부의 사건이나 타인의 감정에 대한 무관심 속에 있지 않았다. 그것은 오히려 그들이 되는 대로 살아가고 있는 그 태만함에 있었다. 왜냐하면 당시 그들은 절대적으로 필수적이지 않은 행동들, 그리고 그들의 눈에 항상 힘겨워 보이는 행동들은 모두 피하려는 경향을 갖고 있었기 때문이다. 이처럼 그들은 점점 더 자주, 자신들이 체계화해놓은 위생 규칙을 소홀히 하고, 자기 자신의 몸에 행하기로 했던 수많은 소독 규칙들을 잊었으며, 전염되지 않도록 미리 대비하지도 않은 채 폐장성 페스트에 걸린 환자들 곁으로 달려가곤 했다. 왜냐하면 자신이 이제 곧 페스트에 감염된 집에 들어간다는 사실을 거기 들어가기 직전에 알게 되었다 해도, 어떤 정해진 곳으로 되돌아가서 필요한 소독약을 뿌리기가 귀찮기 짝이 없는 일로 여겨졌기 때문이다. 그것은 정말 위험한 일이었다. 그런 행동들을 하는 것은 페스트에 대항하는 투쟁 자체가 도리어 페스트에 걸리기 가장 쉽게 만들어주는 셈이 되었다. 그들은 결국 그들의 운에 희망을 걸고 있었는데, 그런 운은 어느 누구의 것도 아니었다.

그런데 이 도시에서 지치거나 낙담한 것처럼 보이지 않는 한 사람이 있었다. 만족감의 살아 있는 이미지나 다름없는 그 사람은 바로 코타르였다. 그는 항상 다른 사람들과의 관계를 유지하면서도 계속해서 사람들을 멀리했다. 하지만 그는 타루의 일에 지장을 주지 않는 한 자주 그를 만나보기로 했다. 타루가 자신의 사건에 대해 잘 알기 때문이기도 했고 그 보잘것없는 연금 생활자를 변함없이 다정한 태도로 대해줬기 때문이었다. 그것은 끝없는 기적이기도 했다. 타루는 그렇게 힘든 일을 하고 있는데도 불구하고 항상 친절하고 세심한 모습을 보여줬다. 어느 날 저녁, 너무 피곤해서 몸이 짓눌리는 것처럼 힘들어도 그 이튿날이 되면 새로운 기운이 생기는 것이었다. "그 사람하고는" 하고 코타르가 랑베르에게 말했다. "그 사람하고는 말이 통해요. 왜냐하면 그는 진짜 사나이거든요. 제 말을 항상 잘 이해해줘요."

바로 그런 이유 때문에, 그 시기의 타루의 메모는 차츰차츰 코타르라는 인물을 집중적으로 기록하고 있었다. 타루는 코타르가 자기에게 털어놓은 그대로의 이야기, 또는 자신의 해석을 덧붙인 이야기를 통해 코타르의 반응과 생각들을 정리한 표를 만들려고 했다. '코타르와 페스트의 관계'라는 항목 아래 그 표는 수첩의 여러 장을 차지하고 있어서, 서술자는 그것을 여기에 요약해서 소개하는 편이 유용하리라고 생각한다. 그 키 작은 연금 생활자 코타르에 대한 타루의 총체적인 의견은 다음과 같은 판단으로 요약되었다. '그는 성장하고 있는 인물이다.' 게다가 겉으로 보기에도 그는 기분이 좋은 상태로 성장하고 있었다. 그는 사건이 진행되는 형편에 대해 불평하는 법이 없었다. 또 가끔 타루 앞에서 다음과 같은 몇 마디로 자기 생각의 깊숙한 곳에 있는 것을 표현하곤 했다. "물론 더 나아지지는 않죠. 하지만 적어도 모든 사람들이 함께 관여하고 있는걸요."

타루는 이렇게 덧붙이고 있었다.

물론 그도 다른 사람들처럼 위험에 처한 상태다. 그러나 그는 다른 사람들과 함께 위험에 처한 것이다. 그리고 두 번째로, 그는 자신도 페스트에 걸릴 수 있다고 진지하게 생각하지 않는다. 나는 이것을 확신한다. 그는 다음과 같은 생각으로 살아가는 것 같았다. 하기야 그게 아주 어리석은 생각도 아니다. 그것은 큰 질병이나 심각한 불안에 사로잡혀 있는 사람은 그와 동시에 다른 모든 질병과 불안에서 제외된다는 생각이었다. 그는 나에게 이렇게 말했다. "사람은 여러 가지 병을 한꺼번에 앓을 수 없다는 점에 주목해보신 적이 있나요? 가령 당신이 중증의 암이나 심한 결핵 같은 심각한 불치의 병에 걸렸다고 가정해보십시오. 당신은 절대로 페스트나 장티푸스에 걸리지는 않을 거예요. 불가능한 일이니까요. 게다가 사실은 그 정도가 아니라 한 걸음 더 나아가죠. 왜냐하면 암 환자가 자동차 사고로 죽은 것은 본 적이 없으실 테니까요." 사실이든 아니든, 그런 생각이 코타르를 아주 기분 좋게 만들어주고 있었다. 그가 원하지 않는 유일한 일이 있다면, 그것은 다른 사람들과 헤어지는 일이었다. 그는 완전히 혼자 죄수가 되느니보다는 모든 사람과 함께 포위당해 있는 편을 더 좋아한다. 페스트와 함께 있으면 비밀 조사도, 서류도, 자료 카드도, 납득하기 힘든 지시도, 임박한 체포 같은 것도 있을 수 없다. 엄밀하게 말하자면 이제는 경찰도 없고, 오래되거나 새로운 범죄도 없으며, 죄인이라는 것도 없다. 다만 존재하는 것은 사면(赦免) 중에서도 가장 자의적인 사면을 기다리는 사람들, 즉 불치의 선고를 받은 사람들뿐이며, 그들 중에는 경찰관 자신들도 포함되어 있다.

역시 타루의 해석에 따르면, 코타르는 시민들이 나타내는 불안과 혼란의 증상에 대해 '계속 말해보세요. 나는 먼저 다 겪었으니까요'라는 말로 표현될 수 있는, 관대하고 너그러운 만족감을 지니고 생각할 만한 충분한 근거가 있었다.

다른 사람들과 떨어져 있지 않기 위한 유일한 방법은 결국 올바른 양심을 갖는 것이라고 아무리 내가 그에게 말해도 소용이 없었다. 그는 심술궂은 눈빛으로 나를 보면서 이렇게 말했다. "자, 그런 조건이라면 어느 누구도 타인과 함께 지낼 수 없어요." 그러고는 또 이렇게 말했다. "염려 마세요. 제가 장담해요. 모든 사람을 함께 묶는 유일한 방법은 바로 그들에게 페스트를 보내주는 겁니다. 당신 주변을 둘러보세요." 그런데 실제로 나는 그가 무슨 말을 하고 싶은 건지, 또 현재의 생활이 그에게는 얼마나 편안하게 느껴지는지를 잘 이해하고 있다. 어떻게 그가 한때는 자신이 보였던 여러 가지 반응들을 도중에 알아차리지 못하겠는가? 모든 사람을 전부 자기편으로 만들어보려고 애쓰는 그 시도, 길 잃은 행인에게 가끔 길을 알려줄 때 사람들이 보여주는 친절과 또 때로는 그들에게 나타내는 불쾌한 기분, 고급 식당으로 향하는 사람들의 그 성급함, 거기에 들어가서 오랫동안 시간을 보내는 그들의 만족감, 매일같이 영화관 앞에 줄을 짓는 과도한 인파, 온갖 극장과 댄스홀을 꽉 채웠다가 마치 한꺼번에 쏟아져 나오는 물결처럼 모든 공공장소로 흩어지는 사람들, 모든 인간적인 접촉에 있어서 먼저 앞서는 뒷걸음질, 그런데도 불구하고 사람들을 다른 사람들에게로, 팔꿈치를 팔꿈치에게로, 남성을 여성에게로 혹은 그 여성을 남성에게로 밀게 만드는 인간적인 열기에 대한 욕망, 코타르는 이 모든 것들을 그들보다 먼저 알고 있었다. 분명하다. 여자만은 예외였는데, 왜냐하면 그런 얼굴을 갖고서는……. 그리고 내 생각으로는, 그는 매춘부들을 찾아갈 준비가 막 다 된 것처럼 느꼈다가도, 나중에 자신에게 피해를 줄지 모르는 나쁜 종류의 일을 염려해서 단념하고 말았을 것이다.

결국 페스트는 그에게 좋은 결과를 만들어준 것이다. 페스트는 고독하면서도 고독하기를 원하지 않는 사람들을 공범자로 삼는다. 왜냐하면 그는 눈에 분명히 보일 정도의 공범자이고, 그것도 아주 즐기고 있는 공범자이기 때문이다. 그는 자신이 보는 모든 것들의 공범자이다. 즉 여러 가지 미신, 근거 없는 공포, 경계 태세에 있는 영혼들의 신경과민증, 페스트에 대한 이야기는 되도록 하지 않으려 하면서도 결국에는 그 이야기를 계속하게 되는 그 강박관념,

그 병이 두통에서 시작된다는 것을 알고 난 다음부터 머리가 조금 아프기만 해도 미친 사람처럼 변하고 창백하게 질리는 모습, 또 예민하고 불안정하며 약간 화가 나 있는 것 같은 그들의 감성, 그리고 결국에는 망각을 무례한 것으로 변형시켜서 바지 단추 하나만 잃어버려도 상심하는 그들의 감성, 이 모든 것들의 공범자인 것이다.

타루는 저녁때 코타르와 외출하는 일이 잦았다. 그러고 나서 그는 자기 수첩에, 석양이 질 때나 밤중에 그들이 어두운 군중들 속에 섞여서 어깨를 나란히 하고, 이따금 전등이 그 희미한 빛을 비춰주는 희고 검은 무리 속에 잠겨서, 페스트의 냉기를 막아주는 뜨거운 환락을 찾아가는 인간들의 무리에 동행하는 모습을 적었다. 코타르가 몇 개월 전에 공공장소에서 찾고 있던 것, 그의 꿈이면서도 만족스럽게 누리지는 못했던 사치와 여유 있는 생활, 즉 절제되지 않은 쾌락을 이제는 주민들 전체가 추구하고 있었다. 그 당시에는 물가가 저항할 수 없을 정도로 상승하고 있었지만, 사람들이 그때만큼 많은 돈을 낭비한 적이 없었다. 또 대부분의 경우 필수품이 부족했던 시기에, 그때만큼 사치품이 많이 소비된 적도 없었다. 실업 상태를 의미할 뿐인 그 한가함이 가져다준 모든 오락 활동이 엄청나게 늘었다. 타루와 코타르는 가끔 꽤 오랫동안 한 쌍의 남녀 뒤를 따라가보곤 했다. 전에는 자신들의 관계를 감추는 데에 전념했던 그들이 이제는 서로를 꼭 껴안고 꾸준하게 시내를 돌아다니며, 대단한 정열로 좀 안정된 것 같은 부주의한 모습을 보였다. 그러다 심지어 그들 주변의 군중은 쳐다보지도 않는 것이었다. 코타르는 감동을 받을 지경이었다. "아! 화끈하군!" 하고 그는 말했다. 그리고 그는 집단적인 흥분과 그들 주변에서 거침없이 뿌려지는 엄청난 팁, 눈앞에서 맺어지던 연애 모습을 보며, 얼굴이 환해져서는 큰 소리로 이야기했다.

그렇지만 타루가 생각하기에, 코타르의 태도에는 거의 악의가 없는 듯했다. "난 그것을 그들보다 먼저 알았지"라고 말하는 그의 말은 승리감보다는 차라리 불행함을 더 많이 드러냈다. 타루는 이렇게 적었다.

그는 하늘과 도시의 벽 사이에 갇혀 있는 그 사람들을 사랑하기 시작한 것이라고 생각한다. 예를 들어, 그는 만약 그렇게 할 수만 있다면, 그 사람들에게 그건 그리 끔찍한 것이 못 된다는 것을 기꺼이 설명해주고 싶었을 것이다. "저들이 무슨 얘기를 하고 있는지 들리시죠." 그는 나에게 이렇게 강조했다. "페스트가 떠나면 이걸 해야지, 페스트가 떠나면 저걸 해야지 하는 소리 말입니다……. 저들은 가만히 있지 못하고 자신들의 생활을 망치고 있어요. 자신들이 얼마나 유리한 입장에 있는지 이해하지 못하거든요. 저로 말하면, 이런 말을 할 수 있겠군요. 내가 체포되고 나면 이런 것을 하겠다고요? 체포는 하나의 시작이지 끝은 아닙니다. 반면에 페스트는……. 제 생각을 말해볼까요? 저들은 상황을 그냥 그대로 놓아두지 않기에 불행한 겁니다. 제가 말하는 것에는 근거가 있어요."

'그의 말에는 사실 근거가 있다'고 타루는 덧붙였다.

그는 오랑 시민들이 가진 모순을 있는 그대로 판단하고 있다. 주민들은 자신들을 서로 친밀하게 만들어주는 따뜻한 기운을 마음 깊은 곳에 품고 있으면서도, 동시에 자신들을 서로 멀어지게 만드는 경계심 때문에 타인에게 다가가는 일에 선뜻 자신을 맡기지 못하고 있었다. 이웃을 믿을 수 없다는 것, 나 자신도 모르게 그의 페스트균에 감염될 수 있고, 방심하고 있는 틈을 이용해서 전염될 수 있음을 사람들은 너무나 잘 알고 있었던 것이다. 코타르처럼 자신이 친해지고 싶은 모든 사람이 혹시 밀고자일 수도 있다고 생각하며 지냈던 사람은 그 감정을 잘 이해할 수 있었다. 페스트가 순식간에 그들의 어깨에 손을 얹을 수도 있고, 혹시 우리가 건강하고 안전하다고 즐거워하고 있을 때 어쩌면 페스트가 덤벼들 준비를 하리라는 생각으로 살아가는 사람들의 상태와 꽤 많이 일치하는 것이다. 될 수 있는 한, 그는 공포 속에서도 편안한 상태로 지내려고 한다. 하지만 그는 그 모든 것을 그들보다 먼저 느꼈기 때문에, 그 불안함이 가져다주는 잔인성을 그들과 완전히 똑같이 느끼지는 못할 것이라고 나는 믿고 있다. 결국, 아직은 페스트에 걸리지 않은 우리 모두처럼, 그는 자신의 자유와 생명이 날마다 소멸 직전에 있음을 절실히 느끼고 있다. 그러나 그 자신은 이미 공포 속에서 살았던 일이 있으니, 이번에 다른 사람들이 그 공포감을 경험하게 되는 것은 당연하다고 생각하고 있었다. 더 정확하게 말하자면, 그렇게 되면 그 공포도 완전히 혼자서만 당하던 때보다는 감당하기에 덜 힘들 것 같았다. 이런 점에 있어서는 그가 잘못 생각하고 있는 것이고, 또 이런 점에 있어서 다른 사람들보다 그를 이해하는 편이 더 어려운 것이다. 하지만 결국 바로 이런 점 때문에 그는 다른 사람들보다 더 우리가 이해하고자 애써볼 가치가 있는 사람인 것이다.

마침내 타루가 쓴 수기의 한 대목은, 코타르와 페스트에 걸린 사람들에게 동시에 일어났던 그 독특한 인식에 대해 설명하는 어떤 이야기로 끝난다. 그 이야기는 그 시기의 힘들었던 분위기를 거의 그대로 재생하고 있는데, 그 이유로 서술자는 그것에 중요성을 부여한다.

그들은 〈오르페우스와 에우리디케〉를 상연하는 시립오페라극장에 갔다. 코타르가 타루를 공연 관람에 초대했던 것이다. 그 극단은 페스트가 발병했던 봄에 이 도시로 공연을 하러 왔는데, 병으로 도시가 봉쇄되어 발이 묶이게 되자,

어쩔 수 없이 매주 한 번씩 그 공연을 되풀이하기로 오페라 극장 측과 합의했다. 그래서 몇 달 전부터 금요일마다 이 시립극장에서는 오르페우스의 감미로운 탄식과 에우리디케의 힘없는 호소가 울려 퍼졌다. 매주 똑같은 공연을 올리는데도 불구하고, 그 공연은 관객들의 호평을 꾸준히 받았으며 항상 막대한 수입을 올리는 등 대성공을 거두고 있었다. 가장 비싼 좌석에 앉은 코타르와 타루는 시민들 중에서도 가장 잘 꾸민 멋진 사람들로 가득 찬 1층 일반석을 내려다볼 수 있었다. 방금 전에 도착한 사람들은 입장 시간을 놓치지 않으려고 눈에 띄게 애쓰고 있었다. 무대 앞쪽의 눈부신 조명 아래서 악기 연주자들이 조심스럽게 악기를 조율하는 동안에, 사람의 그림자들이 분명하게 드러나, 이 줄에서 저 줄로 옮겨가거나 우아하게 허리를 굽히는 모습이 보였다. 조용한 어조의 나지막한 웅성거림 속에서, 사람들은 몇 시간 전 도시의 컴컴한 거리에서는 느끼지 못했던 마음의 안정을 되찾았다. 잘 차려입은 정장 차림이 페스트를 쫓아버렸던 것이다.

1막이 상연되는 동안, 오르페우스는 능란하게 탄식의 노래를 했고, 그리스 식 튜닉 의상을 입은 몇몇의 여인들이 오르페우스의 불행에 대해 우아하게 설명하며 아리에타 형식으로 사랑을 노래했다. 그에 대해, 홀의 관객석에서는 소박한 열기로 반응을 보였다. 하지만 관객들은 오르페우스가 2막의 노래에서, 악보에는 표시도 되어 있지 않은 떨리는 소리를 넣어서, 약간 지나친 비장함을 표현하며 지옥의 신을 향해 자신의 눈물에 감동해달라고 호소한 것도 거의 알아채지 못했다. 그에게서 새어나오는 급격한 몸짓은 가장 빈틈없는 감각을 가진 관객들의 눈에도, 그 가수의 연기를 한층 더 돋보이게 하는 하나의 양식화된 효과로 보였다.

3막에서 오르페우스와 에우리디케의 이중창(에우리디케가 연인에게서 떠나게 되는 순간이다)이 연주되자, 홀의 관객석은 놀라움으로 술렁거렸다. 그런데 그 가수는 마치 관객들의 이런 동요만을 기다렸다는 듯이, 더 확실히 말해서 아래층 일반석에서 올라오는 웅성거림이 자신이 느끼고 있던 감정을 확인시켜줬다는 듯이 그 순간을 택해서 고대 의상을 입은 채 기괴한 몸짓으로 무대 조명 쪽으로 걸어 나오더니, 목가적인 무대 장치 한복판에 털썩 주저앉아버렸다. 그 무대 장치는 늘 시대착오적인 모습이었지만, 관객들의 눈에는 그때 처음으로, 그리고 보기 싫은 외양을 띤 시대착오적인 모습으로 변해 있었다. 왜냐하면 그와 동시에 오케스트라의 반주가 멈추자, 일반석의 관객들이 일어나 천천히 홀에서 빠져나가기 시작했으니 말이다. 처음에는 조용하게 마치 교회에서 예배가 끝나고 나오듯, 혹은 장례식장에서 문상을 하고 나오듯, 여자들은 치맛자락을 단정하게 여미고 고개를 숙인 채로, 남자들은 같이 온 여인의 팔꿈치를 잡고 보조의자에 걸리지 않도록 주의하면서 퇴장했다. 그러나 조금씩 그 움직임이 빨라지고 사람들의 속삭임이 외치는 소리로 변하더니, 많은 관객들이 출구로 몰려 서두르다가 마침내 고함을 치면서 서로를 떠밀었다. 단지 자리에서 일어나기만 했던 코타르와 타루는, 당시 자신들의 삶 자체의 이미지인 그 광경들을 마주하면서 그저 서 있었다. 다시 말해, 무대 위에서는 사지를 자유롭게 움직이는 어릿광대의 모습으로 나타난 페스트가, 그리고 홀에서는 관객석 의자의 붉은색 덮개 위에 사람들이 잊어버린 채 놓고 간 부채와 널브러져 있는 레이스 세공품들의 모습으로, 이제 쓸모없게 된 사치품이 남아 있었다.

::

랑베르는 9월 초순에 리외의 곁에서 부지런히 일했다. 단지 고등학교 앞에서 곤잘레스와 두 젊은이를 만나기로 한 날에는 휴가를 요청했다.

그날 정오에 곤잘레스와 랑베르는 웃으며 다가오는 그 두 녀석을 봤다. 그들은 지난번에는 운이 나빴지만 그런 상황은 예상해야만 했던 일이라고 말했다. 아무튼 그 주에 그들은 경비 근무를 맡지 않았다. 다음 주까지 참고 기다려야만 했다. 그때 다시 계획한 일을 시작해보기로 했다. 랑베르도 그 말에 동의했다. 그렇게 해서 곤잘레스는 다음 월요일에 만날 약속을 정하자고 제안했다. 그러나 이번에는 랑베르가 마르셀과 루이의 집에 가 있기로 정했다. "우리 약속을 정하기로 하지, 자네하고 나하고 말이야. 혹시 내가 안 오거든 자네가 곧바로 저 애들 집으로 찾아가는 거야. 어디 사는지 알려줄게." 그러나 그때 마르셀인지 루이인지가, 가장 간단한 방법은 그 친구를 당장 데리고 가는 것이라고 말했다. 그가 까다로운 사람만 아니라면 네 사람이 먹고 지낼 것은 있다고 했다. 그런 방법을 쓰면 랑베르도 요령을 터득하게 될 것이라고도 했다. 곤잘레스는 그것이 아주 좋은 생각이라고 말했다. 그래서 그들은 항구 쪽으로 내려갔다.

마르셀과 루이는 마린 구역의 맨 끝에, 절벽 쪽으로 난 시의 문 근처에서 살고 있었다. 그곳은 벽이 두껍고 창에는 페인트칠을 한 나무 덧문이 달려 있으며, 가구도 없이 어두컴컴한 방들이 있는 스페인 식의 작은 집이었다. 그 청년들의 어머니가 쌀밥을 차려줬는데, 그녀는 주름이 가득하고 웃는 얼굴을 가진 늙은 스페인 여자였다. 곤잘레스는 깜짝 놀랐다. 시내에는 이미 쌀이 떨어진 상태였기 때문이다. "문 쪽에서 적당히 마련하는 거죠" 하고 마르셀이 말했다. 랑베르는 음식을 먹고 마셨다. 그리고 곤잘레스는 랑베르야말로 진정한 친구라고 말했다. 그러는 동안 랑베르는 자신이 앞으로 보내야 할 일주일에 대한 생각만 할 뿐이었다.

사실은 2주일 동안 기다려야만 했다. 경비 근무의 차례는 각 조의 수를 줄이기 위해 보름씩 교대로 하고 있었기 때문이다. 그래서 랑베르는 보름 동안 몸을 아끼지 않고 끊임없이, 어떤 의미에서는 눈을 딱 감고 새벽부터 밤까지 일했다. 밤늦게 잠자리에 들었고, 깊은 잠에 빠져들었다. 한가롭게 지내다가 갑자기 그렇게 힘든 일을 하는 처지로 바뀌는 바람에, 그는 거의 꿈도 활력도 없는 상태가 되었다. 다음에 시도하게 될 탈출에 대해서도 거의 말하지 않았다. 유일하게 주목할 만한 일이 있다면 일주일이 다 지나갈 무렵 리외에게, 그 전날 밤에 자신이 취할 정도로 술을 마셨다는 이야기를 처음으로 털어놓은 것이다. 술집에서 나왔을 때, 그는 문득 자기 사타구니 근처가 부어오르는 것처럼 느껴졌고 겨드랑이 쪽이 아파서 두 팔을 움직이기가 힘들 정도였다. 그는 페스트라고 생각했다. 그도 리외와 함께 그 행동이 비이성적인 짓이었음을 인정했지만, 그때 그가 할 수 있었던 유일한 반사적인 행동은 도시에서 가장 높은 곳으로 뛰어올라 간 것이었다. 그런 다음, 여전히 바다는 보이지 않지만 하늘이 조금 더 잘 보이는 그 작은 광장에서, 그는 도시의 수많은 집들 너머로 자기 아내의 이름을 크게 고함쳐서 불러봤다. 집에 돌아와서 몸에 어떤 감염 증세도 없음을 발견하자, 그는 자신이 그렇게 흥분했었다는 것이 품위 없어 보였다고 했다. 리외는 그의 그런 행동을 아주 잘 이해할 수 있다고 말했다. "어쨌든" 하고 그는 말했다. "누구나 그런 행동을 하고 싶을 때가 생기는 법이죠."

"그런데 오늘 아침에 오통 씨가 당신에 관해 이야기를 하더군요." 랑베르가 막 가려고 할 때, 리외는 갑자기 이렇게 덧붙였다. "그는 저보고 혹시 당신을 아느냐고 물었어요. 그러더니 '그럼 그에게 충고 좀 해주세요. 밀수꾼들하고 어울리지 말라고요. 주목받고 있거든요'라고 말하더군요."

"그게 무슨 의미인가요?"

"당신이 서둘러야 한다는 뜻이죠."

"고맙습니다." 랑베르가 리외의 손을 잡으며 말했다.

그는 문 앞까지 가서 갑자기 몸을 돌렸다. 리외는 페스트가 나타난 후 처음으로 그가 웃는 모습을 보았다.

"그런데 선생님은 왜 제가 떠나는 것을 막지 않으시죠? 막을 방법들이 있으시면서요."

리외는 습관적인 몸짓으로 고개를 끄덕이고 말했다. 그것은 랑베르의 문제이고 랑베르는 행복을 선택한 것이며, 자신은 그에게 반대할 이유가 없다는 것이었다. 그 문제에 대해서 무엇이 옳고 무엇이 그른지를 판단할 능력이 자신에게는 없는 것 같다고 했다.

"그런 입장이시면, 왜 저에게 서두르라고 하시나요?"

이번에는 리외가 미소를 지었다.

"아마도 저 역시, 행복을 위해서 무엇인가를 해주고 싶은 것 같습니다."

이튿날, 그들은 더 이상 그 일에 대해서 아무 말도 하지 않고 함께 일했다. 다음 주가 되자, 랑베르는 마침내 그 작은 스페인 식 집으로 이사했다. 함께 쓰는 방에 그의 침대를 하나 들여놓았다. 청년들이 식사를 하러 집에 돌아오지도 않았고, 또 가능한 밖에 나가지 말라는 당부도 들었기 때문에, 그는 대부분의 시간을 혼자 보내거나 청년들의 어머니인 늙은 스페인 여자와 이야기를 하면서 보냈다. 그녀는 몸이 수척했고 활동적이었는데, 검은 옷을 입고 다녔고 갈색 얼굴에 주름살이 많았다. 머리카락은 매우 깨끗한 흰색이었다. 조용한 그녀는 랑베르를 바라보며 단지 두 눈 가득히 미소 지을 뿐이었다.

한번은 그녀가 랑베르에게 아내한테 페스트를 옮길까봐 두렵지 않느냐고 물었던 적이 있었다. 그는 그렇게 될 수도 있겠지만 요컨대 그런 가능성은 극히 적고, 반면에 그가 이 도시에 계속 머문다면 그들은 영원히 헤어질 위험을 무릅쓰고 있는 것이라고 말했다.

"그분은 상냥한가요?" 스페인 여자가 미소를 지으며 말했다.

"아주 상냥하죠."

"예쁜가요?"

"그런 것 같아요."

"아!" 하고 그 여자가 말했다. "그래서 그러시는군요."

랑베르는 곰곰이 생각해봤다. 아마 그래서 그럴지도 몰랐다. 하지만 단지 그것 때문이라고는 할 수 없었다.

"하느님을 믿지 않으시나요?"

매일 아침마다 미사에 참석하러 가는 그 여자가 물었다.

랑베르가 믿지 않는다고 인정했더니, 그 여자는 또다시

'그래서 그러시는군요'라고 말했다.

"가서 당신의 아내를 만나셔야 돼요. 당신 생각이 옳아요. 그렇지 않으면 뭣 때문에 여기에 남아 있겠어요?"

랑베르는 그 밖의 시간에는 아무 장식도 없이 초벽을 한 담벼락 주변을 빙빙 돌면서, 칸막이벽에 못으로 박아놓은 부채들을 만지작거리거나 식탁보 끝에 달린 술 장식의 동그란 부분의 수를 세며 보냈다. 저녁이 되면 젊은이들이 돌아왔다. 그들은 아직 적절한 때가 오지 않았다고 말할 뿐, 많은 이야기를 하지는 않았다. 저녁 식사가 끝나면 마르셀은 기타를 연주했고, 그들은 함께 아니스 열매로 담근 술을 마셨다. 랑베르는 생각에 잠긴 것 같았다.

수요일이 되자, 마르셀이 집에 들어오면서 말했다. "내일 저녁 자정으로 결정됐어요. 준비하고 계세요." 그들과 함께 감시 근무를 하고 있는 두 사람 중 한 명은 페스트에 걸렸고, 평소에 그와 한방을 쓰고 있던 다른 한 사람도 격리 중이라고 했다. 그래서 이틀 혹은 사흘 동안은 마르셀과 루이만이 근무를 서게 될 것이라고 했다. 밤사이 그들은 마지막 세세한 사항들을 준비해놓으려고 계획했다. 이튿날이 되면 계획대로 일이 가능할 것이었다. 랑베르가 고마워했다. "기쁘세요?" 하고 청년들의 어머니가 물었다. 그는 기쁘다고 대답했지만 다른 일을 생각하는 중이었다.

이튿날은 하늘도 무거운 공기로 가득하고, 축축하고 숨이 막힐 것 같은 더운 날씨였다. 페스트에 대한 소식은 안 좋았다. 하지만 그 스페인 여자는 평정을 유지했다. 그녀는 "이 세상에는 죄악이 있어요. 그러니 할 수 없지!"라고 말했다. 마르셀과 루이처럼 랑베르도 웃옷을 다 벗은 채 상반신을 드러내놓고 있었다. 그렇지만 어떤 짓을 해봐도 어깨와 가슴팍에 땀이 줄줄 흘렀다. 덧문을 닫아버린 집 안의 희미한 빛 속에서 그렇게 하고 있으니 상반신이 거무스름하게 보였고 번들거렸다. 랑베르는 말없이 방 안을 빙빙 돌고 있었다. 그러다가 오후 4시가 되자, 그는 갑자기 옷을 입더니 밖에 나가겠다고 알렸다.

"자, 정신 차리고 있어요. 오늘 자정이에요. 모든 준비가 끝났어요." 마르셀이 말했다.

랑베르는 리외의 집으로 갔다. 리외의 어머니가 랑베르에게 높은 지대에 있는 병원에 가면 리외를 만날 수 있을 것이라고 말했다. 경비 초소 앞에는 전과 똑같은 군중들이 여전히 서성거리고 있었다. "저리들 가요!" 하고 어떤 경찰이 부리부리한 눈을 부릅뜨고 외쳤다. 사람들은 움직였지만 제자리에서 돌 뿐이었다. "기다려봤자 아무 소용없다니까요" 하고 땀이 웃옷에까지 밴 경찰이 말했다. 다른 사람들의 생각도 같았다. 그렇지만 그들은 살인적인 더위에도 불구하고 계속 기다리고 있었다. 랑베르가 경찰에게 통행증을 보여줬더니, 경찰은 그에게 타루의 사무실을 손으로 가리켰다. 그 사무실의 문은 마당 쪽으로 나 있었다. 랑베르는 사무실에서 나오는 파늘루 신부와 마주쳤다.

약품과 축축한 시트 냄새가 나는 흰색의 더럽고 작은 방에서, 타루가 검은색의 나무 책상 너머에 앉아서 셔츠 소매를 걷어 올린 채, 팔뚝에서 흘러내리는 땀을 손수건으로 닦고 있었다.

"아직 있었군요?" 그가 말했다.

"네, 리외 선생님한테 전해드릴 말씀이 있어서요."

"병실에 계세요. 하지만 리외 선생님한테 가지 않고도 해결될 일이면 더 좋겠는데요."

"왜 그렇죠?"

"과로로 지쳐 계시거든요. 제가 할 수 있는 한, 그분의 수고를 덜어드리고 싶어서요."

랑베르는 타루를 쳐다봤다. 타루는 야윈 모습이었다. 피로 때문에 두 눈과 표정이 좋지 않았다. 그의 튼튼한 두 어깨는 둥글게 웅크린 모습이었다. 문 두드리는 소리가 나더니, 흰 마스크를 쓴 간호사 한 명이 들어왔다. 그는 타루의 책상 위에 카드 한 묶음을 내려놓았다. 그러고는 마스크 때문에 작아진 목소리로 "여섯입니다"라고만 말하고는 나가 버렸다. 타루는 랑베르를 쳐다본 후에, 카드들을 부채꼴로 펼쳐서 그에게 보여줬다.

"멋진 카드예요, 그렇죠? 하지만 그게 아니에요. 사망자들이거든요. 지난밤에 생긴 사망자들이요."

그의 이마에 주름살이 잡혔다. 그는 카드 묶음을 다시 정리했다.

"우리에게 남은 유일한 일은 숫자 계산뿐이죠."

타루는 탁자에 손을 짚고 일어섰다.

"곧 떠나시나요?"

"오늘 밤 자정에 떠납니다."

타루는 랑베르에게, 그 소식에 자신도 기쁘다면서 부디 몸조심하라는 말을 했다.

"진심으로 하시는 말씀인가요?"

타루는 어깨를 으쓱했다.

"제 나이가 되면 어쩔 수 없이 진심을 말하게 되죠. 거짓말을 하는 것은 너무 피곤하거든요."

"타루 씨!" 하고 랑베르가 말했다. "의사 선생님을 뵙고 싶어요. 죄송합니다."

"알아요. 그분은 저보다 더 인간적이죠. 갑시다."

"그게 아닙니다." 랑베르가 간신히 말했다. 그러고는 말을 멈췄다.

타루는 그를 바라봤다. 그리고 갑자기 그를 보며 미소를 지었다.

그들은 벽이 밝은 녹색으로 칠해져 있고 마치 수족관 속 같은 빛이 떠다니는 작은 복도를 따라서 걸어갔다. 뒤에 기이한 그림자들이 움직이고 있는 이중 유리문 앞에 도착하기 직전에, 타루는 벽장들이 잔뜩 달린 아주 작은 방으로 랑베르를 들여보냈다. 그는 그 벽장들 중 하나를 열고, 소독기에서 흡수성 가제로 만든 마스크 두 개를 꺼낸 다음, 랑베르에게 그중 하나를 내밀면서 쓰라고 권했다. 랑베르는 그것이 무엇에 쓸모가 있냐고 물었다. 타루는 아무 쓸모도 없지만 다른 사람들에게 신뢰감을 준다고 대답했다.

그들은 유리문을 밀어 열었다. 드넓은 공간의 방이었는데, 계절과 상관없이 창문들이 밀폐된 채 닫혀 있었다. 벽 위쪽에서 환풍기가 부르릉거리고 있었다. 그 환풍기의 곡선형 날개가 두 줄로 놓인 회색 침대 위쪽에서, 한군데로 모여 있고 과열된 실내의 공기를 휘젓고 있었다. 모든 방향에서 둔하거나 날카로운 신음 소리가 들려와서, 하나의 단조로운 탄식을 만들어내고 있을 뿐이었다. 창살을 댄 높은 유리창으로 쏟아져 들어오는 극심하게 따가운 햇살 속에서, 흰옷을 입은 남자들이 천천히 오가고 있었다. 랑베르는 그 방의 끔찍한 더위 때문에 너무나 불편해진 나머지, 신음 소리를 내는 어떤 형체 위로 몸을 굽히고 있는 리외를 간신히 알아봤다. 리외는 환자의 사타구니를 절개하고 있었는데, 두 간호사가 침대 양쪽에서 환자의 다리를 벌리게 한 채 꽉 붙잡고 있었다. 리외는 몸을 일으켜서, 조수가 내미는 쟁반에다 수술 도구들을 떨어뜨리고는 잠시 움직이지 않고 서서, 붕대가 감겨지고 있는 남자를 바라봤다.

"뭐 새로운 일이 있나요?" 가까이 다가온 타루에게 그가 물었다.

"파늘루 신부님이 예방 격리소의 랑베르 씨 자리를 대신 맡겠다고 승낙하셨어요. 그는 벌써 일을 많이 했어요. 남은 것은, 랑베르 씨 없이 3조 검역반을 다시 편성하는 일이죠."

리외는 고개를 끄덕이며 동의했다.

"카스텔이 첫 번째 약품을 완성했어요. 시험해보자더군요."

"아!" 하고 리외가 말했다. "그거 잘됐네요."

"끝으로 전해드릴 것은, 여기 랑베르 씨가 와 있어요."

리외가 돌아다봤다. 마스크 너머로 랑베르를 보면서 그는 눈살을 찌푸렸다.

"이런 데서 뭐하세요?" 그가 말했다. "지금쯤 다른 곳에 가 있어야 할 텐데요."

타루가 랑베르는 오늘 밤 자정에 떠날 것이라고 말하자, 랑베르가 이렇게 덧붙였다. "계획상으로는요."

그들 각자가 말을 할 때마다, 가제 마스크가 불룩해지면서 입 부분이 축축해졌다. 그래서 마치 조각상들의 대화처럼 약간 비현실적인 대화를 하고 있는 듯한 인상을 주었다.

"드릴 말씀이 있어서요." 랑베르가 말했다.

"괜찮으시다면 이따 함께 나가시죠. 타루 씨의 사무실에서 저를 기다려주세요."

잠시 후, 랑베르와 리외는 의사의 자동차 뒷좌석에 자리를 잡았다. 타루가 운전했다.

"휘발유가 떨어졌어요." 타루가 시동을 걸면서 말했다. "내일부터는 걸어 다녀야겠는데요."

"선생님." 랑베르가 말을 꺼냈다. "저는 떠나지 않겠어요. 여러분과 함께 있고 싶어요."

타루는 잠자코 있었다. 그는 운전을 계속하고 있었다. 리외는 피로감에서 빠져나올 수 없는 것처럼 지쳐 보였다.

"그럼, 부인은요?" 그는 낮은 목소리로 물었다.

랑베르는 또다시 곰곰이 생각해봤는데 자기 생각에 변함은 없지만, 그래도 자신이 이곳을 떠난다면 부끄러운 마음이 들 것 같다고 말했다. 그렇게 되면 자신이 두고 온 그 여자를 사랑하는 것도 거북해질 것이라고 했다. 그러나 리외는 몸을 다시 세우고는 단호한 목소리로, 그것은 어리석은 짓이며 행복을 택하는 것은 부끄러운 일이 아니라고 말했다.

"맞아요." 랑베르가 말했다. "하지만 오직 혼자만 행복하다는 것은 부끄러울 수 있죠."

그때까지 입을 다물고 있던 타루가 고개도 돌리지 않은 채 이렇게 지적했다. 만약 랑베르가 사람들과 불행을 함께 나눌 생각이라면 더 이상 행복을 위한 시간은 얻지 못하게 될 테니, 어느 한쪽을 선택해야 한다고 말했다.

"그게 아닙니다" 하고 랑베르가 말했다. "저는 항상 이 도시에서 외부인일 뿐이고 여러분과는 아무 상관도 없다고 생각하면서 살았어요. 하지만 이제 겪을 만큼 겪고 나니, 제가 원하건 원하지 않건 간에 저도 이곳 사람이란 것을 알게 됐어요. 이 사건은 우리 모두와 관련 있는 일입니다."

아무도 대답하지 않았다. 그런 반응에 랑베르는 초조해진 듯했다.

"더구나 여러분들도 잘 알고 계시잖아요! 그렇지 않다면,

이 병원에서 대체 무엇을 하시겠다는 거죠? 그래서 여러분들은 선택을 했던 거고, 또 행복도 포기한 거 아닙니까?"

타루도 리외도 여전히 대답을 하지 않았다. 침묵이 오랫동안 이어진 상태로, 그들은 리외의 집 앞까지 왔다. 랑베르는 더욱 강하게 자신이 마지막에 던졌던 질문을 되풀이했다. 그러자 오직 리외만이 그를 향해 얼굴을 돌렸다. 그는 간신히 몸을 일으켰다.

"미안합니다, 랑베르" 하고 그가 말했다. "하지만 저는 잘 모르겠군요. 원하신다면 우리와 함께 남아도 좋아요."

자동차가 갑자기 방향을 바꾸는 바람에 그는 입을 다물었다. 그러고는 앞을 바라보면서 다시 말을 이었다.

"이 세상에서 자신이 사랑하는 것으로부터 몸을 돌릴 만한 가치가 있는 것은 하나도 없어요. 그런데도 저 역시, 이유도 모르는 채 거기서 돌아서 있죠."

그는 쿠션 위로 다시 몸을 기댔다.

"그것은 하나의 사실이죠. 그뿐이에요." 그가 지친 듯 말했다. "그것을 기억해두고, 거기서 결론을 끌어내봅시다."

"무슨 결론을요?" 랑베르가 물었다.

"아!" 리외가 말했다. "병을 치료하면서 동시에 그것도 알아낼 수는 없지요. 그러니 가능한 한 빨리 치료부터 합시다. 그게 가장 급해요."

자정이 되자, 타루와 리외는 랑베르에게 그가 검역을 책임져야 할 구역의 약도를 그려주고 있었다. 그때 타루가 시계를 봤다. 그러고는 고개를 들다가 랑베르의 시선과 마주쳤다.

"떠나지 않는다는 걸 알리기는 했나요?"

랑베르는 눈을 돌렸다.

"한마디 적어서 보냈어요." 그는 힘들게 말했다. "두 분을 만나러 오기 전에요."

::

카스텔의 혈청을 처음으로 실험한 것은 10월 하순이었다. 실질적으로 그 혈청은 리외의 마지막 희망이었다. 또다시 실패하는 경우에는 페스트가 다시 몇 개월 동안 기승을 부리게 되든지, 또는 이유도 없이 돌연 그치든지 할 텐데, 이처럼 도시 전체가 그 병의 변덕에 맡겨지게 될 것이라고 리외는 확신했다.

카스텔이 리외를 찾아온 그날의 바로 전날에는, 오통의 아들이 병에 걸려서 온 가족이 예방 격리소에 들어가야 했다. 아이의 어머니는 바로 전에 격리소에서 나왔기 때문에, 두 번째로 격리되는 처지에 놓였다. 정해진 명령을 존중하는 예심 판사인 오통은 자기 아이의 몸에서 병의 증세를 발견하자마자 의사 리외를 불렀다. 리외가 도착했을 때, 그 아버지와 어머니는 침대 발치에 서 있었다. 어린 딸은 멀리 떼어놓고 있었다. 아이는 쇠약해져 있어서, 진찰을 받을 때도 신음하지 않고 가만히 있었다. 리외가 고개를 들었을 때 그는 오통의 시선과 그의 뒤에서 손수건을 입에 대고 눈을 크게 뜬 채 의사의 행동을 주시하는 아이 어머니의 창백한 얼굴과 마주쳤다.

"역시 그거죠, 맞죠?" 오통이 냉정한 목소리로 말했다.

"그렇습니다." 리외가 아이를 바라보면서 대답했다.

어머니의 두 눈이 더욱 커졌다. 하지만 그녀는 여전히 아무 말도 하지 않았다. 오통도 잠시 입을 다물고 있다가, 더 낮은 어조로 이렇게 말했다.

"그러면 선생님, 규정대로 해야겠군요."

리외는 여전히 입에 손수건을 대고 있는 어머니의 눈길과 마주치지 않으려고 했다.

"빨리 처리될 겁니다." 그가 망설이면서 말했다. "전화만 걸게 해주시면요."

오통은 그를 곧 안내하겠다고 말했다. 하지만 리외는 오통 의 부인에게로 몸을 돌렸다.

"유감스럽군요. 부인께서는 짐을 좀 꾸려주셔야 할 겁니다. 준비할 것을 알고 계실 테니까요."

"네" 하고 그 여자는 고개를 끄덕이면서 말했다. "안 그래도 하려던 참이에요."

그들과 헤어지기 전에, 리외는 혹시 필요한 것이 없냐고 그들에게 물어보지 않을 수 없었다. 부인은 여전히 말없이 그를 쳐다봤다. 그런데 이번에는 오통이 시선을 돌렸다.

"없습니다"라고 말하고 난 후 그는 침을 삼켰다. "하지만 우리 애를 좀 살려주십시오."

예방 격리는 초기에는 단순한 형식일 뿐이었는데, 리외와 랑베르가 그것을 매우 엄격한 방식으로 조직화했다. 특히 그들은 한 가정의 구성원들은 항상 따로따로 격리해야 한다고 주장했다. 만약 그 가족 중 한 명이 자신도 모르는 사이에 전염되었다고 해도, 병이 퍼질 가능성을 증가시켜서는 안 되었기 때문이다. 리외는 그런 이유를 오통에게 설명해줬고, 그는 좋다고 말했다. 그렇지만 오통과 그의 부인이 서로 쳐다보는 모습을 보니, 리외는 그 이별이 그들에게 어느 정도로 큰 충격인지를 느낄 수 있었다. 오통의 부인과 어린 딸은 랑베르가 관리하는 격리 호텔에 수용되었다. 그러나 오통에게는 도청 당국이 도로 관리과에서 빌려 온 천막들을 이용해서 시립운동장에 만들고 있는 격리 수용소밖에는 자리가 없었다. 리외가 그런 사정에 대해 양해를 구했다. 하지만 오통은 규칙이란 모든 사람들에게 똑같이 적용되는 것이므로, 그것에 따르는 것이 옳다고 말했다.

한편 그 어린 아들은 임시 병원으로 이송되어, 열 개의 침대가 마련되어 있는 오래된 교실에 수용되었다. 약 20시간이 지나자, 리외는 아주 절망적인 상태라고 판단했다. 그 작은 몸은 어떤 반응도 보이지 않은 채 병균에 침식되고 있었다. 고통스럽게 만드는, 그러나 아직 완전히 만들어지지 않은 아주 작은 멍울들이 가느다란 팔다리의 관절들에 피졌다. 이미 패배한 싸움이었다. 그래서 리외는 카스텔의 혈청을 그 아이에게 시험해볼 생각을 했다. 바로 그날 저녁, 식사를 끝낸 그들은 오랜 시간 동안 접종을 실시했지만, 아이에게서 단 한 번의 반응도 얻을 수 없었다. 이튿날 새벽에, 그 결정적인 실험의 결과를 판단하기 위해서 모두들 어린 아이 곁으로 몰려들었다.

아이는 마비 상태에서 벗어나, 침대 시트 속에서 경련을 일으키듯이 몸을 뒤척이고 있었다. 의사 카스텔과 타루는 새벽 4시부터 아이의 곁을 지키며, 병세의 진행 상태나 중지 상태를 신중하게 지켜보고 있었다. 침대 머리맡에는 타루가 육중한 몸을 약간 구부린 채 서 있었다. 침대 발치에서 있는 리외의 곁에 앉은 카스텔은 겉으로 보기에 아주 침착한 태도로 오래된 옛날 책을 읽고 있었다. 햇빛이 그 옛 교실 안으로 조금씩 퍼져감에 따라 다른 사람들도 그곳에 왔다. 먼저 파늘루가 와서 침대 저편에 자리를 잡고는 타루와 마주 보며 벽에 기대어 섰다. 고통스러운 표정이 그의 얼굴에 나타났고, 몸을 바쳐 헌신해온 지난 며칠 동안의 피로가 그 상기된 이마에 주름살을 그려놓았다. 이번에는 조제프 그랑이 왔다. 7시였는데, 그 서기는 헐떡거리며 와서 미안하다고 말했다. 자신은 잠시 동안만 머물 수 있는데, 혹시 확실한 무언가를 알게 되었느냐고 물었다. 리외는 아무 말 없이 그 아이를 가리켰다. 아이는 고통으로 일그러진 얼굴로 눈을 감고 있었는데, 힘껏 이를 악문 채 몸은 움직이지 않고, 베갯잇도 없는 베개 위에서 좌우로 고개만 움직이고 있었다. 마침내 날이 충분히 밝아서, 방 안쪽 깊숙이 원래 자리에 걸려 있는 흑판 위에서 옛날에 씌어진 방정식의 공식 자국을 알아볼 수 있을 무렵 랑베르가 도착했다. 그는 옆에 있는 침대 발치에 등을 기대고 담뱃갑을 꺼냈다. 그러나 아이를 한번 쳐다보고는, 그것을 도로 주머니 속에 넣었다.

여전히 앉아 있던 카스텔이 안경 너머로 리외를 쳐다봤다.

"애 아버지 소식은 들으셨나요?"

"아니요." 리외가 말했다. "그는 격리 수용소에 있는걸요."

리외는 아이가 신음하고 있는 침대의 봉을 힘껏 쥐고 있었다. 그는 어린 환자에게서 눈을 떼지 않고 있었다. 아이는 갑자기 몸이 뻣뻣해지더니 다시 이를 악물고 허리 부분이 약간 휜 상태로 천천히 팔다리를 벌렸다. 군대용 모포 아래, 벌거벗은 작은 몸에서 모직물 냄새와 시큼한 땀 냄새가 올라오고 있었다. 아이는 차츰차츰 축 늘어져서 팔다리를 침대 가운데 쪽으로 모으더니, 여전히 눈을 감은 채 입을 다물고 숨을 더 가쁘게 내쉬었다. 리외는 타루의 시선과 마주쳤다. 타루는 눈을 돌렸다.

몇 개월 전부터 그 무서운 병은 사람을 가리지 않았기 때문에, 그들은 아이들이 죽는 것을 이미 수없이 목격했다. 그러나 그들은 이날 아침처럼 그토록 아이가 고통스러워하는 모습을 시시각각으로 살펴본 적은 없었다. 그리고 물론 그들이 보기에는, 순진무구한 아이에게 가해지는 그 고통이 언제나 있는 그대로의 모습으로, 다시 말해 분노할 만한 하나의 스캔들로 보였다. 그러나 적어도 그 전까지는, 어떻게 보면 추상적으로 분노를 느끼고 있었다. 왜냐하면 그들은 죄 없는 순수한 아이가 그토록 오랫동안 임종의 고통을 느끼는 모습을 눈앞에서 바라본 일이 한 번도 없었기 때문이다.

바로 그때, 아이는 마치 누가 배 위쪽을 물어뜯기라도 하는 듯 가냘픈 신음 소리를 내면서 다시 몸을 구부렸다. 아이는 그렇게 한참 동안 몸이 휘어진 상태로, 마치 그 허약한 몸뚱이가 페스트의 맹렬한 바람을 맞아 꺾이고, 몸에서 나는 열의 반복적인 입김에 무너져버린 것처럼 경련성 떨림과 오한으로 몸이 계속 흔들리고 있었다. 그 발작이 지나가자, 아이의 몸은 약간 이완되면서 열이 조금 내려가는가 싶더니, 축축하고 오염된 모래사장 위에 헐떡거리며 내던져진 것처럼 보였다. 편안히 쉬고 있는 그 모습이 벌써 주검과 같았다. 타오르듯 뜨거운 열의 물결이 세 번째로 또다시 밀려오자, 아이의 몸이 약간 위로 들린 후 다시 움츠렸다. 그리고 아이는 불태울 것 같은 불길에 대한 격렬한 공포에 사로잡혀 침대 밑바닥으로 파고들었다가 담요를 걷어차면서 미친 듯이 고개를 흔들었다. 발갛게 달아오른 눈꺼풀 밑에서 솟아나오는 굵은 눈물이 납빛으로 변한 얼굴 위로 흘러내렸다. 그 발작이 끝나자 기진맥진해진 아이는 뼈가 드러난 앙상한 두 다리와 44시간 만에 살이 완전히 빠져버린 두 팔에 경련을 일으켰다. 그리고 완전히 흐트러진 침대 위에서, 십자가에 못 박힌 듯한 기괴한 자세를 취했다.

타루는 몸을 굽히고는, 눈물과 땀으로 흠뻑 젖은 그 작은 얼굴을 자신의 두툼한 손으로 닦아줬다. 카스텔은 조금 전부터 책을 덮고 환자를 바라보고 있었다. 그가 어떤 말을 하기 시작했지만, 목소리가 갑자기 이상하게 나오는 바람에 말을 끝낼 때까지 헛기침을 해야만 했다.

"아침에 일시적으로 차도가 있지 않았소, 리외?"

리외는 없었다고 대답했다. 그러나 그 아이는 보통의 경우보다 더 오래 저항하고 있다고 말했다. 파늘루는 벽에 기댄 채 약간 기분이 가라앉은 것처럼 보였는데, 그때 낮은 목소리로 이렇게 말했다.

"결국 죽게 될 텐데, 남보다 고통을 더 오래 겪는 셈이지."

리외는 갑자기 그에게로 몸을 돌렸다. 그리고 말을 하려고 입을 벌리다가 다시 입을 다물었다. 자제하려고 애쓰는 모습이 뚜렷이 보였다. 그러고는 아이에게로 다시 시선을 돌렸다.

햇빛이 방 안 가득 흘러 들어왔다. 다른 다섯 개의 침대 위에서는 여러 형체들이 몸을 움직이면서 신음하고 있었다. 다 같이 약속이라도 한 듯 조심스럽게 신음을 뱉었다. 방의 저 끝에서 소리를 지르고 있는 단 한 명의 환자만이 규칙적인 간격을 두고, 고통이라기보다는 차라리 놀라움을 나타내는 것 같은 짧은 탄성을 내지르고 있었다. 마치 환자들 자신에게까지도 그것은 초반의 공포가 아닌 것 같았다. 이제는 심지어 병에 대한 그들의 태도에서 일종의 동의조차 엿보였다. 단지 아이만이 온 힘을 다해서 몸부림치고 있었다. 리외는 때때로 아이의 맥박을 짚어봤는데, 그럴 필요가 있어서라기보다는 오히려 현재 자신의 무력한 부동 상태에서 벗어나기 위해서였다. 눈을 감으면 그 맥박의 흔들림이 자기 자신의 핏속에서 요동치는 느낌과 뒤섞이는 것을 느꼈다. 그때 그는 고통받는 그 아이와 한 몸이 된 것을 느꼈으며, 아직 건강한 자신의 힘을 다해서 아이를 지탱해주려고 애썼다. 그러나 한순간 일치되었다가도, 두 사람의 심장 박동은 서로 어긋나버려서 아이는 다시 그에게서 멀어지고, 그의 노력은 허공으로 사라져버렸다. 그러면 그는 그 가느다란 손목을 살며시 놓고, 자기 자리로 돌아왔다.

햇빛이 석회를 칠한 벽들을 따라서 장밋빛에서 노란빛으로 변해갔다. 유리창 뒤에서는 무더운 아침의 뜨거운 열기가 따닥따닥 소리를 냈다. 그랑이 이따 다시 돌아오겠다고 말하고 나가는데도, 사람들은 그 말을 제대로 듣는 것 같지 않았다. 모두들 기다리고 있었다. 아이는 여전히 눈을 감은 채, 약간 진정된 듯이 보였다. 마치 짐승 발톱처럼 변한 두 손이 침대 옆면 쪽을 가만히 문질렀다. 그 손이 다시 올라가서 무릎 근처의 담요를 긁었다. 그러다가 갑자기 아이는 두 다리를 꺾고 넓적다리를 배 근처에 갖다 대고는 움직이지 않았다. 아이는 그때 처음으로 눈을 뜨고, 자기 앞에 있는 리외를 쳐다봤다. 그러더니, 이제 잿빛의 점토처럼 굳어버린 그 얼굴의 움푹한 곳에서 입이 벌어졌다. 그리고 거의 즉시, 한마디 비명이 흘러나왔다. 그것은 호흡에 따른 미묘한 변화도 거의 없이, 음도 안 맞고 단조로운 항의의 말로 갑자기 방 안을 가득 채우는 소리로, 인간이 내는 소리와 너무 달라서 마치 모든 인간들에게서 동시에 흘러나오는 듯한 소리였다. 리외는 이를 악물었고, 타루는 고개를 돌렸다. 랑베르는 카스텔 곁의 침대에 다가갔고, 카스텔은 무릎 위에 펼쳐져 있던 책을 덮었다. 파늘루는 병 때문에 더러워진 아이의 입을 바라보고 있었는데, 그 입은 어떤 나이의 사람들이라도 내지를 만한 비명으로 가득 차 있었다. 그러고 나서 그는 슬며시 무릎을 꿇고는 약간 숨이 찬 목소리로, 그러나 여기저기서 그치지 않고 들리는 그 이름 없는 신음 소리들 틈에서도 분명히 알아들을 수 있는 목소리로 "하느님이시여, 제발 이 아이를 구해주소서!"라고 말했다. 아무도 이런 모습을 부자연스럽다고 느끼지 않았다.

그러나 아이는 계속 비명을 질렀고, 그 주변의 환자들도 동요했다. 방의 저 끝에서 계속 탄성을 지르던 어떤 환자는 앓는 소리의 리듬이 점점 더 빨라지더니 마침내는 비명을 지르기 시작했다. 그러는 동안 다른 환자들도 점점 더 큰 소리로 신음했다. 흐느낌의 물결이 방 안으로 흘러들어 출렁거려서 파늘루의 기도 소리를 덮어버렸다. 그리고 리외는 침대의 봉을 붙잡은 채, 피로와 혐오감에 취한 듯 두 눈을 감았다.

그가 다시 눈을 떴을 때, 타루가 옆에 와 있었다.

"저는 이만 가봐야겠어요." 리외가 말했다. "더 이상 참을 수가 없군요."

갑자기 다른 환자들이 입을 다물었다. 그러자 리외는 아이의 비명이 약해진 것을 알아차렸다. 점점 약해지던 그 비명이 나중에는 멎어버렸다. 그러더니 그의 주변에서 앓는 소리들이 낮은 소리로, 이제 막 끝난 싸움의 머나먼 메아리처럼 다시 들려오기 시작했다. 싸움이 끝났기 때문이다. 카스텔은 침대 저쪽으로 가더니, 이제 끝났다고 말했다. 아이는 입을 벌린 채, 그러나 말없이, 뒤죽박죽이 된 담요의 움푹 들어간 곳에서 갑자기 더 작아진 것 같은 몸을 웅크리고, 얼굴에는 눈물 자국을 남긴 상태로 누워 있었다.

파늘루가 침대에 다가가서 기도의 몸짓을 했다. 그리고 그는 자신의 성의(聖衣)를 다시 여미고, 중앙 통로를 지나서 나갔다.

"모든 것을 다시 시작해야 할까요?" 타루가 카스텔에게 물었다.

그 늙은 의사는 고개를 끄덕거렸다.

"아마도요." 그는 경직된 미소를 띠면서 말했다. "그래도 오래 견디기는 했어요."

그러나 리외는 이미 방에서 나가고 있었는데, 그 걸음걸이가 아주 빨랐고, 파늘루 옆을 지나갈 때 파늘루가 그를 붙잡으려고 팔을 내밀었을 정도로 심상치 않은 태도를 보였다.

"여보세요, 선생님." 그가 말했다.

리외는 여전히 화가 난 태도로, 몸을 돌리더니 그에게 격렬한 어조로 말을 내뱉었다.

"아! 이 아이는, 어쨌든 아무 죄가 없습니다. 당신도 그것을 잘 알고 있을 거예요!"

그러고 나서 그는 몸을 돌려, 파늘루보다 먼저 방의 문들을 지나서 교정의 구석으로 갔다. 그는 먼지가 잔뜩 내려앉은 작은 나무들 사이에 있는 벤치 위에 앉았다. 그리고 이미 눈 속에까지 흘러 내려온 땀을 닦았다. 그는 가슴을 짓누르는 그 지독한 매듭을 마지막으로 풀기 위해서, 아직도 소리를 크게 지르고 싶었다. 무화과나무 가지들 사이로 더위가 서서히 쏟아져 내리고 있었다. 아침의 푸른 하늘 위로 빠르게 퍼져가는 희끄무레한 연무가 대기를 더 숨 막히게 만들고 있었다. 리외는 벤치 등받이에 몸을 기댔다. 그는 나뭇가지들과 하늘을 바라봤고, 천천히 호흡을 가다듬으면서 조금씩 피로감을 삼켰다.

"아까 왜 저한테 그렇게 화를 내며 말씀하셨죠?" 하는 목소리가 그의 뒤에서 들렸다. "저에게도 그 광경은 참을 수 없는 것이었어요."

리외는 파늘루 쪽으로 돌아섰다.

"정말 그렇습니다." 리외가 말했다. "용서하십시오. 피곤한 나머지, 어리석은 행동을 했군요. 이 도시에서 저는 분노 밖에는 아무것도 느끼지 못할 때가 있거든요."

"이해합니다." 파늘루가 중얼거렸다. "이것은 우리 힘에 벅찬 일이니, 그렇게 분노할 만하죠. 그렇지만 아마도 우리는, 우리가 이해할 수 없는 것을 사랑해야 할지도 모릅니다."

리외는 단번에 몸을 일으켰다. 그는 자신이 기울일 수 있는 모든 힘과 열정을 담아서 파늘루를 쳐다보고는, 고개를 흔들었다.

"아닙니다, 신부님." 그가 말했다. "저는 사랑이라는 것에 대해서 다르게 생각하고 있어요. 아이들까지도 끔찍한 고문을 당하도록 창조해놓은 이 세상을 사랑하라고 한다면, 저는 죽을 때까지 그것을 거부할 겁니다."

파늘루의 얼굴에 당황한 그림자가 스쳐 갔다.

"아! 선생님." 그가 쓸쓸한 목소리로 말했다. "저는 이제 막, 은총이라는 것이 무엇인지를 이해하게 되었어요."

리외는 다시 벤치에 몸을 기댔다. 그는 다시 엄습해오는 피로 속에서 좀 더 부드럽게 대답했다.

"그것은 제게 없는 것이죠. 잘 알고 있어요. 하지만 이런 문제에 대해 신부님과 토론하고 싶지는 않군요. 우리는 신성을 모독하는 말이나 기도를 초월해서, 우리를 하나로 묶어주는 그 무엇을 위해 함께 일하고 있잖아요. 그것만이 중요합니다."

파늘루가 리외의 옆에 와서 앉았다. 그는 감동받은 표정이었다.

"그럼요" 하고 그가 말했다. "그럼요. 당신도 역시 인간의 구원을 위해서 일하고 계시죠."

리외는 미소를 지으려고 애썼다.

"인간의 구원이란 말은 제게는 너무나 거창한 말인데요. 저는 그렇게 원대한 포부를 갖고 있지 않아요. 제 관심의 대상은 인간의 건강입니다. 다른 무엇보다도 건강이죠."

파늘루는 머뭇거렸다.

"선생님" 하고 그가 말했다.

그러나 그는 말을 멈췄다. 그의 이마 위에도 땀이 줄줄 흘러내리기 시작했다. 그가 "안녕히 계세요" 하고 중얼거린 후 일어났을 때, 그의 눈은 반짝이고 있었다. 그가 자리를 뜨려고 하자, 생각에 잠겨 있던 리외도 일어나서 그에게로 한 걸음 다가섰다.

"한 번 더 사과드립니다." 그가 말했다. "그렇게 화내는 일은 이제 다시는 없을 겁니다."

파늘루는 손을 내밀면서 슬픈 목소리로 말했다.

"그렇지만 저는 당신을 납득시키지 못했지요!"

"그게 무슨 상관입니까?" 하고 리외가 말했다. "제가 증오하는 것은 죽음과 불행이라는 것을 신부님도 잘 아시잖아요. 신부님이 원하시든 원하시지 않든지 간에, 우리는 그것들을 견디고 또 그것들과 싸우기 위해 함께 있는 것입니다."

리외는 파늘루의 손을 잡았다.

"자, 보세요." 그는 파늘루를 쳐다보지 않으려고 애쓰면서 말했다. "하느님조차도 우리를 갈라놓을 수 없습니다."

::

파늘루는 보건 조직에 들어온 이후로, 병원을 떠난 일이 없었고 페스트와 접촉해야 하는 장소를 떠난 일도 없었다. 그는 구조원들 사이에서 자신이 거기 있어야 한다고 생각되는 줄, 다시 말해 최전선에 자리를 잡았다. 사람들이 죽는 모습도 많이 봤다. 비록 원칙적으로는 혈청 때문에 안전이 보장되어 있었지만, 자신의 죽음에 대한 걱정도 이제 더 이상 그와 전혀 관계없는 문제는 아니었다. 겉으로 보기에 그는 항상 냉정함을 유지했다. 그러나 한 아이가 죽어가는 모습을 오랫동안 지켜봤던 그날부터 그는 변한 듯했다. 점점 늘어나는 긴장의 기미가 그의 얼굴에 드러났다. 그리고 그가 리외에게 미소를 지으면서, 현재 '신부도 의사의 진찰을 받을 수 있는가?'라는 주제로 짧은 분량의 논문을 준비하고 있다고 말했던 날, 리외는 그것이 파늘루가 하는 말처럼 느껴지지 않았다. 리외는 그 말이 좀 더 심각한 그 무엇을 의미하는 듯한 인상을 받았다. 리외가 그 논문에 대해 알고 싶다고 말하자, 파늘루는 남자들만 모이는 미사에서 설교를 할 예정인데, 이번 기회에 자신의 견해 중 적어도 몇 가지를 설명할 예정이라고 말했다.

“선생님도 오셨으면 좋겠습니다. 선생님께 흥미로운 주제가 될 겁니다.”

바람이 몹시 부는 어느 날, 파늘루는 그의 두 번째 설교를 했다. 사실대로 말하자면, 청중석에 앉은 사람들은 첫 번째 설교 때보다 더 듬성듬성 있었다. 그런 종류의 광경이 시민들에게 더 이상 새로운 매력을 주지 못했기 때문이다. 도시 전체가 경험하고 있는 그 어려운 환경 속에서는 새로움이라는 단어 자체가 이미 그 의미를 상실하고 있었다. 게다가 대부분의 사람들은 그들의 종교적인 의무를 완전히 저버리지도 않았고, 그 의무를 극도로 비도덕적인 개인 생활과 동시에 병행하지는 않는다 하더라도, 보통의 종교적인 의례를 지키는 대신 터무니없는 미신에 관심을 갖고 있었다. 그들은 미사에 참례하는 일보다 자신을 보호해줄 것이라고 믿는 메달이나 성 로크의 부적 같은 것을 더 기쁜 마음으로 몸에 지니고 다니는 데에 신경 썼다.

그런 모습의 한 가지 예로, 우리 시민들이 예언을 과도하게 이용했다는 점을 들 수 있다. 봄이 되자, 사실 사람들은 곧 병의 종말이 오기를 기다렸다. 그런데 아무도 다른 사람에게, 질병이 얼마나 계속될지에 대해 물어볼 생각을 하지 않았다. 왜냐하면 모든 사람들이 병이 얼마나 오래갈지에 대해서는 전혀 알 길이 없다고 확신하고 있었기 때문이다. 그러나 하루하루 시간이 지남에 따라서, 그 불행에는 정말 끝이 없는 게 아닌가 하는 두려움이 생기기 시작했고, 그 전염병의 중단이라는 것이 모든 희망의 대상이 되었다. 그렇게 해서 점성가들이나 가톨릭교회 성자들이 말했던 여러 가지 예언이 이 손에서 저 손으로 떠돌아다녔다. 도시의 인쇄업자들은 그 유행의 열기를 이용해서 이익을 챙길 수 있음을 재빨리 알아차리고, 사람들 사이에 유포된 원고들을 책자로 만들어서 엄청나게 많이 찍어낸 후 뿌렸다. 그들은 대중의 호기심이 지칠 줄 모르는 것을 보고는 시립도서관에 가서, 예언과 관련된 모든 증언들을 갖가지 일화로부터 얻을 수 있도록 그 정보 수집에 착수하여 그것들을 시중에 널리 유포했다. 역사 속의 예언들이 부족할 때는 기자들에게 그것들을 쓰라고 주문했는데, 그들은 적어도 그 부분에 있어서는 지난 시대 그들의 모범들처럼 뛰어난 실력을 발휘했다.

그 예언들 중 어떤 것들은 심지어 여러 신문에 연재되기까지 했는데, 그것들은 전염병이 생기기 전 거기에 실렸던 염문에 관한 이야기보다 더 널리 읽혔다. 그리고 그 예측들 중 몇 가지는 그해의 연도나 사망자 수, 페스트가 지속된 달의 수와 관련해서 이상한 계산법에 근거를 두고 있었다. 또 어떤 것은 역사상 대규모로 발생했던 페스트와 비교하고, 그것으로부터 유사성(예언에서는 그것을 불변의 법칙이라고 불렀다)을 끌어냈다. 또 그 계산법에 못지않게 이상한 계산법을 통해, 현재의 고난과 관련된 교훈을 이끌어낼 것이라는 주장을 펴고 있었다. 그러나 시민들이 가장 애호한 것은 물론, 세상의 종말을 담은 묵시록적인 어법으로 예언하는 일련의 사건들이었다. 그것들 하나하나는 이 도시에서 겪고 있는 사건으로 볼 수도 있었고, 또 그 복잡성 때문에 다른 여러 가지 해석도 가능했다. 그렇게 해서 사람들은 날이면 날마다 노스트라다무스와 성 오딜의 이야기를 참조했고, 그러는 것은 항상 좋은 결과를 가져왔다. 게다가 모든 예언에서 공통적인 부분은 그것들이 결국에 가서는 사람들을 안심시켜준다는 사실이었다. 단지 페스트만이 그렇지 않았다.

그러므로 그러한 미신들이 시민들에게는 종교의 역할을 대신하고 있었으며, 바로 그런 이유로 파늘루의 설교에도 신자들이 성당의 4분의 3밖에 차지 않았다. 설교가 있던 날 저녁에 리외가 거기 도착했을 때는 입구의 문짝 틈으로 바람이 가느다란 줄기처럼 스며들고 있었는데, 그 바람은 신자들 사이를 자유롭게 떠돌아다니고 있었다. 그는 싸늘하고 조용한 성당에서, 남자들만으로 구성된 신자들 한가운데에 자리를 잡고 앉아서, 파늘루가 설교대 위로 올라가는 모습을 봤다. 파늘루 신부는 첫 번째 설교 때보다 부드럽고 사려 깊은 말투로 말했다. 그리고 신자들은 그의 어조에서 약간 주저하는 듯한 기미를 몇 번씩이나 알아차렸다. 더 이상한 점은 그가 이제는 '여러분'이라고 하지 않고 '우리들'이라는 말을 쓴다는 사실이었다.

그의 목소리는 조금씩 확고해지고 있었다. 그는 우선 몇 개월 전부터 페스트가 우리들 사이에 존재해왔으며, 이제 우리의 식탁 또는 사랑하는 사람들의 머리맡에 앉아 있고, 우리들 곁에서 걷고, 일터에서 우리가 오기를 기다리는 것을 수없이 많이 봤으므로 우리는 페스트를 더 잘 알게 되었다는 사실을 상기시키며 설교를 시작했다. 그리고 지금이야말로 우리는 페스트가 끝없이 우리에게 말해주는 것을, 그러나 처음에는 놀란 나머지 잘 알아듣지 못했을 수도 있는 그것을 아마도 더 잘 받아들일 수 있을 것이라고 했다. 지난번에 파늘루가 바로 같은 장소에서 이미 설교했던 것은 여전히 진실로 남아 있었다. 혹은 적어도 그것이 그의 신념이었다. 그렇지만 아마도 우리들 모두가 그런 경험이 있듯이, 게다가 그는 그 점에 대해 가슴을 치며 후회하기도 했지만, 그때는 아무 자비심도 없이 설교의 내용을 생각해냈고 또 설교도 했던 것이다. 그럼에도 불구하고 모든 일에는 언제나 취할 점이 있다는 사실은 진실로 남아 있다. 가장 잔인한 시련조차 기독교인에게는 여전히 은혜로운 법이다. 그러므로 기독교인이 이런 문제에 있어서 추구해야 할 것은 바로 그 은혜이며, 그 은혜가 무엇으로 이루어져 있고 어떻게 그것을 발견할 것인지를 아는 것이라고 했다.

그때 리외의 주변에서는, 사람들이 자신들이 앉은 긴 의자의 팔걸이 사이에서, 되도록 편안한 자세로 자리를 잡으려고 하는 것처럼 보였다. 입구에서, 쿠션을 댄 문 한 짝이 가볍게 덜컥거렸다. 누군가가 그 문을 고정시키기 위해 자리를 떴다. 리외는 그런 움직임 때문에 주의가 산만해져서, 다시 설교를 시작한 파늘루의 말을 거의 듣지 못하고 있었다. 파늘루는 대략 페스트로 인해 벌어지는 광경의 이유를 굳이 납득하려고 해서는 안 되며, 그것으로부터 알 수 있는 것들을 배우려고 노력해야 한다는 말을 했다. 리외가 막연하게나마 이해한 것은, 신부로서는 페스트에 대해 아무것도 설명할 수 없다는 점이었다. 그가 관심을 집중한 것은 파늘루가 세상에는 하느님의 뜻에 비춰 설명할 수 있는 것과 그렇지 않은 것이 있다고 강하게 말했을 때였다. 물론 세상에는 선과 악이 있고, 대체로 그 둘을 구별하는 것은 쉽게 이해된다. 그렇지만 악 그 자체 안에서 문제가 생겨난다. 예를 들면 분명히 필요한 악이 있고 또 분명히 불필요한 악이 있다. 왜냐하면 지옥에 빠진 돈 후안과 어린아이의 죽음을 놓고 볼 때, 방종한 자가 벼락을 맞는 것은 당연한 일이지만, 아이가 고통을 받는 것은 이해할 수 없기 때문이다. 그리고 사실, 아이의 고통과 그 고통에 따르는 공포, 그리고 거기서 찾아내야 하는 여러 가지 이유보다 더 중요한 것은 이 땅에 존재하지 않는다. 그 밖의 생활에서, 신은 우리에게 모든 것을 도와주고 계시며, 그래서 거기까지는 종교의 공덕이 느껴지지 않는다. 그와 반대로 바로 이 지점에서, 신은 우리를 장벽 밑으로 몰아넣고 계시는 것이다. 그리하여 우리는 페스트라는 장벽 밑에 와 있는 것이고, 그것의 치명적인 그늘 아래서 우리는 우리의 은혜를 찾아야만 한다. 파늘루 신부는 심지어 그 장벽에 기어오를 수 있도록 해주는 용이한 특권을 누리는 것조차 거부했다고 말했다. 그 아이를 기다리는 영생(永生)의 환희가 그 아이의 고통을 보상해줄 수 있다고 말하는 것이 자기로서는 쉬운 일이겠지만, 사실 그 점에 대해서는 아는 것이 전혀 없다고도 했다. 사실 영생의 기쁨이 인간의 순간적인 고통을 보상해줄 수 있다는 것을 누가 감히 단언할 수 있단 말인가? 그런 말을 하는 자가 육체와 영혼의 고통을 직접 겪었던 주님을 섬기는 기독교 신자라고 할 수는 없을 것이다. 아니다. 그 신부는 장벽 아래 머물러 있을 것이며, 십자가가 상징하는 것처럼 사지가 찢어지는 그 처참함에 충실한 채로, 아이의 고통을 마주 보고 있을 것이라고 했다. 그리고 그는 오늘 자신의 설교를 듣는 사람들에게 주저하지 않고 이렇게 말하고 싶다고 했다. "나의 형제들이여, 드디어 때가 왔습니다. 모든 것을 믿거나 모든 것을 부정해야 합니다. 그런데 대체 우리들 중 누가 감히 모든 것을 부정하겠습니까?"

리외는 파늘루 신부가 이제 이단자와 비슷해지고 있다고 생각했다. 그런 생각을 막 하자마자, 파늘루는 벌써 힘찬 목소리로 말을 이어서, 그런 명령과 그런 순수한 요청이야말로 기독교인이 받는 은혜라고 강조했다. 그것이 또한 기독교인의 덕성이라는 것이다. 신부는 자신이 이제부터 말하려고 하는 덕성의 어떤 점은 극단적인 면이 있어서, 좀 더 관대하고 전통적인 도덕에 익숙해져 있는 많은 사람들의 정신에 충격을 던져줄 것임을 알고 있다고 했다. 그렇지만 페스트 시대의 종교는 특별한 일이 없는 보통 때의 종교와 같은 것일 수 없으며, 하느님은 행복의 시대에는 사람들의 영혼이 휴식을 취하고 즐기기를 허락하고 심지어는 그것을 원하시겠지만, 극도의 불행 속에서는 그 영혼이 극단적이 되기를 원하고 계신다고 했다. 하느님은 스스로 창조하신 인간들에게 오늘날 은혜를 베풀어주셔서, 우리들이 '전체' 아니면 '무(無)'라는 가장 위대한 덕을 다시 찾아서 받아들여야 할 정도의 큰 불행 속에 우리를 빠뜨려놓았다는 것이다.

이미 몇 세기 전에, 어느 반종교적인 저자가 연옥이라는 것은 존재하지 않는다고 단언하면서 교회의 비밀을 폭로하겠다고 주장한 일이 있었다. 그는 그런 주장을 통해, 어중간한 상태는 없고 '천국'과 '지옥'만이 존재하며, 사람은 자신이 선택한 것에 따라서 구원받거나 저주를 받는 길밖에는 없다는 것을 암시했다. 파늘루의 생각으로는, 그런 생각은 방탕한 영혼의 한가운데서만 생겨날 수 있을 만큼의 엄청난 이단이었다. 왜냐하면 연옥은 실제로 존재하기 때문이다. 그렇지만 아마도 연옥이라는 것을 별로 기대해서는 안 되는 시대, 다시 말해 가벼운 죄에 대해서는 말할 수 없는 시대가 있으며, 모든 죄가 죽음을 의미하고 모든 무관심이 범죄가 되는 시대가 있다고 했다. 그렇게 해서 '전체' 아니면 '무'가 되는 것이라고 했다.

파늘루는 말을 멈췄다. 리외는 그때, 밖에서 더 심해진 것 같은 바람이 문 밑으로 윙윙거리며 새어드는 소리를 더 잘 들을 수 있었다. 바로 그 순간, 파늘루는 다시 말을 이었다. 자신이 말하는 고통에 대한 완전한 감수라는 덕성은, 일반적으로 해석하듯이 좁은 의미로 이해해서는 안 되며, 그것은 평범한 체념도 아니고 까다로운 겸손함도 아니라고 했다. 그것은 굴종과 관계있는 것이지만, 굴종하는 사람 스스로가 승낙하는 굴종이다. 진정 아이의 고통은 정신적으로나 감정적으로 굴욕적인 일이다. 그러나 바로 그런 이유로 고통을 감수하고 그 속에 빠져들어야 한다. 또 바로 그런 이유로, 파늘루는 자신이 말하려고 하는 것을 표현하기가 어렵다고 청중들에게 단언하며, 신이 원하기 때문에 우리는 아이의 고통을 필요로 하는 것이라고 했다. 단지 그것을 통해서만이, 기독교인은 어떤 일이라도 서슴지 않고 선뜻 하게 될 것이며, 모든 출구가 닫힌 상태에서 본질적인 선택의 핵심으로 돌아갈 수 있을 것이다. 그는 모든 것을 부정하는 지경에 놓이지 않기 위해 모든 것을 믿는 쪽을 선택할 것이다. 그리고 이 순간에도 여러 교회에서 용감한 부인들이, 몸에 생겨나는 멍울은 인간의 몸이 감염을 물리치는 과정에서 나타난 자연스러운 경로라는 것을 깨닫고 '주여, 우리 자식에게도 그 멍울을 베풀어주시옵소서!'라고 기도하고 있듯이, 비록 이해할 수 없는 것일지라도 기독교인은 신의 의지에 자신을 내맡길 줄 알아야 한다. '나는 그것을 이해하지만, 그것을 받아들일 수는 없다'는 말은 할 수 없다는 것이다. 바로 우리의 선택을 하기 위해서는, 우리에게 주어진 받아들일 수 없는 것의 그 핵심 속으로 뛰어들어야만 한다. 아이들이 겪는 고통은 우리들에게 있어 쓴 맛이 나는 빵과 같다. 그러나 그 빵이 없다면, 우리의 영혼은 정신적인 굶주림으로 소멸할 것이다.

이 부분에서 파늘루가 말을 멈출 때마다 대개 흘러나왔던 그 소음, 소란스럽게 자리를 이동하며 부스럭거리는 소리가 다시 들리기 시작했다. 그때 느닷없이 그 설교자는 신자들을 대신해서 묻는 말투로, 그러면 우리는 결국 어떻게 처신해야 하는가, 하고 힘차게 말을 이었다. 그는 그 질문에 대해 사람들이 곧바로 숙명론이라는 소름끼치는 말을 꺼내리라고 짐작하고 있었다. 좋다, 다만 거기에다가 '능동적인' 이라는 형용사를 붙이는 것을 허용해준다면 그는 숙명론이라는 말에 대해서 뒷걸음치지 않을 것이다. 진정으로 다시 말하지만, 전에 말했던 아비시니아의 기독교인들을 흉내내서는 안 된다. 그리고 페스트균에 감염된 옷을, 기독교인으로 구성된 보건 감시인들을 향해서 벗어던지며, 신이 내리신 그 병에 대항하려는 이교도들에게 페스트를 옮겨달라고 기도하면서 하늘에 대고 큰 목소리로 간청했던 페르시아의 페스트 환자들을 흉내 내는 것도 생각조차 해서는 안 된다. 그러나 이와는 반대로, 지난 세기에 전염병이 돌던 때에, 혹시 병균이 잠복하고 있을지도 모르는 축축하고 따뜻한 입술이 다른 입술에 닿지 않도록 핀셋으로 성체의 빵을 집어서 영성체 의식을 진행했던 카이로의 수도자들을 흉내 내서도 안 된다. 페르시아의 페스트 환자들과 그 수도자들은 똑같이 죄를 지었다. 왜냐하면 전자로 말하면, 아이의 고통 같은 것은 전혀 고려하지 않았기 때문이고, 후자로 말하면 그와 반대로 고통에 대한 인간적인 공포심이 너무 지나쳤기 때문이다. 두 가지 경우 모두, 문제의 핵심이 보이지 않았다. 모두들 하느님의 목소리를 알아듣지 못했던 것이다. 그런데 파늘루가 상기시키길 원했던 또 다른 예들도 있었다. 마르세유에서 발병했다는 대규모 페스트의 기록에 따르면, 메르시 수도원의 81명의 수도자들 중에서 단지 4명만이 그 열병으로부터 살아남았는데, 그 4명 중에서 3명은 도망쳤다고 한다. 그것을 기록한 사람은 거기까지만 적어 놓았는데, 그 이상을 적는 것은 그들의 직분에 맞지 않는 일이었다. 그런데 파늘루 신부는 그것을 읽으면서, 시신 77구를 목격했으며 특히 3명의 동료들이 도망친 후에도 홀로 남아 있었던 1명의 수도자에게로 마음이 향했다고 했다. 파늘루는 설교대의 가장자리를 주먹으로 두드리면서, "나의 형제들이여, 우리는 남아 있는 한 사람이 되어야 합니다!"라고 외쳤다.

그러나 재앙의 무질서 속에서 사회가 도입한 대비책과 현명한 질서를 거부하라는 것은 아니었다. 무릎을 꿇고 모든 것을 포기해야 한다고 하는 저 도덕가의 말에 귀를 기울여서는 안 된다. 어둠 속에서 약간 더듬거리면서라도, 단지 앞으로 나아가기 시작해야 하고, 선을 행하도록 노력해야 한다. 그러나 그 밖의 것들에 대해서는 그저 가만히 있어야 하며, 아이들의 죽음조차도 신의 뜻에 맡기는 것을 받아들이고, 개인적인 방책을 찾아서는 안 된다.

이 부분에서 파늘루 신부는 마르세유에 페스트가 유행했을 때 볼 수 있었던 벨징스 주교의 고귀한 모습을 상기시켰다. 페스트가 사라져갈 무렵에, 그 주교는 지금까지 자신이 할 수 있는 일을 다 했으므로 이제 더 이상의 대책은 없다고 생각하며, 식량을 준비한 후에 벽을 높이 쌓은 자신의 집에 틀어박혔다. 그런데 그를 우상화하고 있었던 주민들은, 고통이 극에 달했을 때 나타나는 감정의 반발로 인해 주교에 대해 분개하여, 그에게도 병을 전염시키기 위해 그의 집 둘레에 시체들을 쌓아올렸고, 그가 더 확실하게 죽기를 바라면서 담 뒤에서 안쪽으로 시체들을 던져넣기까지 했다. 이처럼 그 주교는 최후의 약한 마음에서, 자신은 죽음의 세계에서 따로 떨어져 있다고 믿었는데, 사실 죽음은 하늘로부터 그의 머리 위로 떨어져 내렸던 것이다. 우리의 경우 또한 그와 같아서, 페스트와 격리된 섬이란 없다는 것을 믿어야 할 것이다. 아니다, 중간이라는 것은 존재하지 않는다. 우리는 신을 미워하든가, 그렇지 않으면 신을 사랑하든가 둘 중 하나를 선택해야 하므로, 분노할 만한 스캔들도 인정해야만 한다. 그런데 누가 감히 신에 대한 증오를 선택할 수 있단 말인가?

"나의 형제 여러분" 하고 마침내 파늘루는 결론을 내리겠다는 어조로 말했다. "신을 사랑하는 일은 무척 힘든 일입니다. 그것은 자신을 완전히 포기하고 자아를 무시하는 것을 전제로 합니다. 그러나 그 사랑만이 아이의 고통과 죽음을 지워줄 수 있습니다. 어쨌든 그 사랑만이 아이의 죽음을, 우리가 필요로 하는 것으로 만들어줄 수 있는 것입니다. 왜냐하면 그 사랑은 이해할 수가 없기 때문이고, 그저 바라는 길밖에는 없기 때문입니다. 바로 이것이, 제가 여러분과 나누고자 하는 어려운 교훈입니다. 또 바로 이것이, 인간이 보기에는 잔인하지만 신이 보기에는 결정적인 믿음인데, 우리는 그 믿음에 다가가야만 합니다. 우리는 저 끔찍한 이미지와 평등해져야 합니다. 그 꼭대기에서 모든 것이 합쳐지고 동등해질 것이며, 겉으로 보기에 정의롭지 않은 것에서 진리가 솟아날 것입니다. 바로 이렇게 해서, 프랑스 남부 지방의 수많은 성당에서는 성당의 내진(內陣, 교회 건축에서의 중심부로서 교차랑과 후진, 주보랑으로 둘러싸인 공간을 말한다. 내진에는 주로 성가대석과 제단이 놓인다 ―옮긴이)에 깔아놓은 돌 밑에, 페스트로 쓰러진 사람들이 이미 수세기 전부터 잠들어 있는 것입니다. 그러니 사제들은 그들의 무덤 위에서 설교를 하는 것이고, 그들이 전파하는 정신은 그 죽음의 재로부터 솟아나는 셈인데, 그 재에는 아이들의 재도 포함되어 있지요."

리외가 밖으로 나갈 때, 반쯤 열려 있던 문 사이로 강풍이 쏟아져 들어오면서 신자들의 얼굴을 정면에서 후려쳤다.

그 바람은 비 냄새와 축축한 보도의 냄새를 실어다가 성당 안에 불어넣었다. 그래서 신자들은 밖에 나가기도 전에, 거리의 모습을 추측할 수 있었다. 의사 리외의 앞 쪽에서, 그때 막 나온 한 늙은 신부와 젊은 부사제가 바람에 날아가려는 모자를 붙잡아 두느라 곤욕을 치르고 있었다. 그 늙은 신부는 끊임없이, 설교에 대한 논평을 늘어놓고 있었다. 그는 파늘루의 웅변에는 경의를 표했으나, 그래도 파늘루가 제시했던 몇 가지의 대담한 생각에 대해서는 걱정했다. 그는 그 설교가 힘보다는 불안감을 더 많이 보여줬다면서 파늘루 같은 나이의 사제는 불안을 느끼면 안 되는 법이라고 평가했다. 한편 그 젊은 부사제는 바람을 피해 고개를 숙이면서, 자신은 파늘루 신부와 자주 만나서 어울렸기에 신부의 사상 변화를 잘 알고 있다면서, 그의 논문은 앞으로 훨씬 더 대담해질 것이고 아마 출판 허가도 못 받게 될 것이라고 단언했다.

"그렇다면 그의 사상은 대체 무엇인가?" 늙은 신부가 물었다.

그들은 성당 앞뜰에 도착했는데, 바람이 요란한 소리를 내며 그들을 둘러싸서 젊은 부사제의 말을 중단시켰다. 말을 다시 할 수 있게 되었을 때, 그는 다만 이렇게 말했다.

"신부가 의사의 진찰을 받는다면 그것은 모순이라는 거죠."

리외는 파늘루의 연설 내용을 타루에게 전해줬다. 타루

는 그 이야기를 듣자, 전쟁 중에 눈알이 파열된 어떤 청년의 얼굴을 보고 신앙심을 잃은 한 신부를 알고 있다고 말했다.

"파늘루 신부님의 말씀이 옳아요." 타루가 말했다. "죄 없는 사람이 눈알을 잃었을 때, 기독교인으로서는 신앙을 잃거나 그렇지 않으면 눈알이 빠진 것을 받아들여야 하지요. 파늘루 신부님은 신앙을 잃는 것을 원하지 않으세요. 그러니 그는 갈 데까지 가실 거예요. 그가 말씀하고 싶었던 것이 바로 그겁니다."

타루의 이런 관찰이, 그 후에 일어난, 그리고 그 당시 파늘루의 행동이 주위 사람들에게 이해하기 어렵다는 인상을 주게 만든 불행한 사건들의 의미를 약간 해명해줄 수 있을까? 그것에 대해서는 각자가 판단할 것이다.

그 설교가 있었던 날로부터 며칠이 지난 후, 사실 파늘루는 이사하는 일에 전념하고 있었다. 그 당시는 병의 급격한 진행으로 인해 시내 많은 집들의 이사가 끊임없이 이어지고 있었다. 타루가 자기가 묵었던 호텔을 떠나서 리외의 집에 와서 살고 있듯이, 파늘루도 교구에서 배당해줬던 아파트를 놓아두고, 성당의 신자이고 아직 페스트에 걸리지 않은 어떤 나이 든 부인의 집에 가서 살아야 했다. 파늘루는 이사를 하는 동안에 피로와 불안이 점점 커지는 것을 느꼈다. 그렇게 해서 그는 자신이 묵는 집 여주인의 존경을 잃게 되었다. 왜냐하면 그 부인이 그에게 성 오딜의 예언이 가진 미덕에 대해 열렬히 찬양했을 때, 아마도 피로감 탓이었겠지만 그는 아주 가벼운 짜증이 섞인 반응을 표출했기 때문이다. 그는 그 뒤로 온갖 노력을 해가면서, 그 늙은 부인으로부터 적어도 호의적인 공정성이라도 얻기 위해 애썼지만 성공하지 못했다. 그는 나쁜 인상을 주고 말았던 것이다. 그래서 그는 매일 저녁마다, 뜨개질한 레이스 커튼이 늘어진 자신의 방으로 되돌아가기 전에, 응접실에 앉아 있는 여주인의 등을 응시해야만 했다. 동시에 그는, 그 여주인이 돌아보지도 않은 채 무뚝뚝한 어조로 그에게 "안녕히 주무세요, 신부님"이라고 했던 밤 인사의 기억을 떠올려야만 했다. 바로 그러한 어느 날 저녁, 잠자리에 누우려는 순간 그는 갑자기 머리가 지끈거리고 며칠 전부터 있었던 몸의 열이 손목과 관자놀이 쪽에서 터져 나오는 것을 느꼈다.

그 후에 일어난 일은 그 여주인의 이야기를 통해서만 겨우 알 수 있었다. 그날 아침에 그녀는 평소 습관처럼 일찍 일어났다. 그런데 시간이 꽤 흘러도 파늘루가 그의 방에서 나오지 않는 것을 보고 놀라서, 오랫동안 망설이던 끝에 그의 방문을 두드려 보기로 결심했다. 그녀는 밤새 잠을 못 이룬 채 아직도 자리에 누워 있는 파늘루를 발견했다. 그는 숨이 막혀서 고통스러워하고 있었고, 얼굴이 평소보다 더 붉어져 있었다. 부인의 말에 따르면, 자신이 의사를 부르자고 공손하게 제안을 했더니, 자신이 유감스럽게 느낄 정도로 그가 맹렬하게 거절하더라는 것이었다. 결국 그녀는 물러가는 수밖에 없었다. 잠시 후에 파늘루는 벨을 눌러서 부인을 불렀다. 그는 아까 그녀에게 버럭 화를 냈던 행동에 대해서 사과하고는, 그것이 페스트일 리는 없으며 그런 증상은 전혀 나타나지 않았다면서, 자신의 상태는 단지 일시적인 피로에서 온 것뿐이라고 말했다. 늙은 부인은 점잖은 태도로, 자신이 아까 그 제안을 했던 것은 그런 차원의 불안에서 나온 것이 아니었으며, 하느님의 손에 달린 자기 자신의 안전은 안중에도 없지만, 다만 자신에게도 부분적으로 책임이 있다고 볼 수 있는 신부님의 건강을 생각했을 뿐이라고 대답했다. 하지만 그가 더 이상 어떤 말도 하지 않자, 그녀의 말을 그대로 믿는다면, 그 여자 집주인은 자신의 의무를 다하고 싶다는 생각에서 의사를 부르자고 또다시 그에게 제안했다. 파늘루는 한 번 더 거절했다. 그런데 이번에는 어떤 설명을 덧붙였는데, 늙은 부인에게는 종잡을 수 없는 어수선한 말로 들렸다. 다만 부인이 이해한 것은, 바로 이것이 그녀에게 있어 애매한 부분이었는데, 파늘루는 진료라는 것이 자신의 원칙과 일치하지 않기 때문에 거부한다는 것이었다. 그 이야기를 들은 부인은, 파늘루가 너무 열이 심한 나머지 정신이 흐려져서 제대로 생각하지 못한다고 결론을 내렸다. 결국 그녀가 할 수 있던 일이라고는, 탕약을 끓여서 파늘루에게 가져다주는 것뿐이었다.

그런 상황에서 생겨나는 여러 가지 의무를 아주 충실하게 완수하겠다고 늘 결심해왔던 부인은 두 시간마다 규칙적으로 환자의 방에 들어가봤다. 부인에게 가장 큰 인상을 심어줬던 것은, 파늘루가 끊임없는 흥분 상태로 그날 하루를 보낸 일이었다. 그는 이불을 걷어찼다가 다시 끌어당겼다가 하면서, 축축한 이마에 계속 손을 갖다 댔다. 그리고 자주 몸을 일으키면서, 마치 구역질을 하듯, 거칠고 축축하며 목이 멘 기침을 뱉어내려고 애썼다. 그럴 때면 그는 마치 목구멍 깊숙이 박힌 솜뭉치를 뽑아낼 수 없어서 숨 막혀 하는 것 같았다. 그런 발작이 끝날 때면, 그는 완전히 기진맥진한 모습으로 뒤로 넘어가버렸다. 그러다가 마침내, 다시 몸을 반쯤 일으키고는 아주 잠시 동안, 앞에서 보였던 완전한 동요 상태보다 더 강한 태도를 취하며 움직이지도 않은 채 정면을 응시했다. 그렇지만 늙은 부인은 다시 의사를 불렀다가 환자를 불쾌하게 만들까봐 망설였다. 겉으로는 아주 심각해 보이지만, 어쩌면 그저 단순한 열병의 발작 증세일지도 모른다고 생각했다.

그럼에도 불구하고 부인은 오후에 파늘루에게 말을 걸어봤는데, 대답으로 불명료한 몇 마디 말밖에 들을 수 없었다. 부인은 또 한 번 제안을 되풀이했다. 그러나 그때 파늘루는 몸을 일으키고 반쯤 숨이 막힌 듯한 상태로, 자신은 의사를 원하지 않는다고 분명하게 대답했다. 그래서 부인은 이튿날 아침까지 기다려보기로 하고, 그때도 파늘루의 병세가 호전되지 않으면 랑스독 통신사에서 라디오를 통해 날마다 대략 열 번씩 되풀이하고 있는 전화번호로 전화를 걸어보겠다고 결정했다. 여전히 자신의 의무에 신경을 쓰는 그 부인은, 밤에 환자를 찾아가서 그를 돌봐줄 생각이었다. 그런데 저녁때 신부에게 탕약을 새로 한 차례 주고 난 후, 잠깐 누워 있으려고 했는데 잠이 들어버려서 이튿날 새벽에야 겨우 깨어났다. 부인은 그의 방으로 달려가봤다.

파늘루는 움직이지도 않고 누워 있었다. 전날에는 극도로 빨갛게 열이 나더니 이제는 창백한 납빛으로 변해 있었는데, 얼굴 모양이 아직 온전한 만큼 그런 얼굴빛의 변화가 더 뚜렷하게 느껴졌다. 신부는 침대 위에 걸려 있는 여러 가지 색깔의 진주 장식 샹들리에에 시선을 고정하고 있었다. 부인이 방에 들어가자, 그는 그녀에게로 고개를 돌렸다. 그 여주인의 말에 따르면, 그의 그때 모습은 밤새도록 통증에 시달렸는지 온몸에 힘이 빠져서 움직일 수도 없는 것처럼 보였다고 한다. 그녀는 그에게 몸이 어떤지 물었다. 그랬더니 그는 이상할 정도로 무관심한 말투로, 병세는 악화되고 있지만 의사를 부를 필요는 없고, 모든 일을 규칙대로 해나가기 위해서 자신을 병원으로 운반해 주기만 하면 된다고 말했다. 겁에 질린 그 노부인은 전화를 걸기 위해 달려갔다.

리외는 정오에 집에 도착했다. 여주인의 이야기를 듣고 나서 그는 단지, 파늘루의 말대로 이미 때가 너무 늦은 것 같다고만 대답했다. 파늘루는 여전히 담담한 태도로 그를 맞이했다. 리외는 그를 진찰하고 난 후, 가래톳 페스트나 폐장성 페스트의 중요한 증상들이 전혀 발견되지 않는 상태에 놀랐다. 다만 목이 막혀서 부어 있었고, 폐색증이 있을 뿐이었다. 어쨌든 맥박이 너무나 낮게 뛰고 있었고, 전반적으로 아주 위험한 상태에 놓여 있어서 살아날 희망은 거의 없었다.

"페스트의 주요 증상은 전혀 없습니다." 그는 파늘루에게 말했다. "하지만 사실 의심스러운 점이 있으니 역시 격리하는 게 좋겠습니다."

파늘루는 예의를 차리듯 어색하게 미소를 보였지만 아무 말도 하지 않았다. 리외는 전화를 걸러 나갔다가 다시 돌아왔다. 그는 파늘루를 바라봤다.

"제가 곁에 있겠습니다." 그는 부드럽게 말했다.

파늘루는 약간 생기를 찾은 듯이 리외에게로 시선을 돌렸는데, 일종의 열의가 되살아나는 눈빛이었다. 그러고는 힘들게 한 마디 한 마디를 이어갔는데, 그 어조가 슬픈 것인지 아닌지는 알 수 없었다.

"감사합니다" 하고 그가 말했다. "하지만 성직자들에게는 친구가 없습니다. 모든 것을 신에게 맡겼으니까요."

그는 침대 머리맡에 있는 십자가를 달라고 해서 받더니, 고개를 돌려서 그것을 바라봤다.

병원에 가서도 파늘루는 침묵을 지켰다. 그는 자기 몸에 행해지는 모든 치료에 대해서 마치 물건처럼 자신을 내맡기고 있었지만, 십자가는 손에서 놓지 않았다. 파늘루의 증세는 여전히 불분명한 상태였다. 리외의 머릿속에는 의문이 끈질기게 생겨났다. 페스트 같기도 했고 아닌 것 같기도 했다. 게다가 얼마 전부터 페스트는 진단을 혼란에 빠뜨리는 것에서 기쁨을 느끼는 것만 같았다. 하지만 파늘루의 경우, 그런 불확실성도 크게 중요하지 않다는 사실이 그 후의 경과에서 밝혀졌다.

열이 올라갔다. 기침은 점점 더 쉰 소리가 되어 나왔고, 그 기침 때문에 환자는 온종일 큰 고통을 겪었다. 저녁이 되자 마침내 파늘루는 그를 숨 막히게 했던 그 솜뭉치를 토해냈다. 그것은 새빨간 것이었다. 그렇게 고열로 신음하는 혼란 속에서도 파늘루는 여전히 무관심한 눈빛을 유지하고 있었다. 그런데 이튿날 아침이 되자, 그는 침대 밖으로 몸을 반쯤 늘어뜨린 채 죽어 있었다. 그의 눈에서는 어떤 표정도 읽어낼 수 없었다. 그의 진료 카드에는 이렇게 기재되었다. '병명 미상'

::

그해의 만성절은 보통 때와 달랐다. 물론 날씨는 때에 알맞았다. 느닷없이 날씨에 변화가 찾아와서, 늦더위가 서늘한 기운에 갑자기 자리를 물려주고 사라졌다. 예년과 마찬가지로 지금은 찬바람이 지속적으로 불고 있다. 거대한 구름들이 이 지평선에서 저 지평선으로 이동하면서 집들을 그늘로 덮었고, 그것들이 지나간 후에는 11월의 싸늘한 금빛 햇살이 다시 그 집들 위를 비췄다. 그해에 처음으로 비옷이 거리에 등장했다. 고무를 입혀서 번들거리는 천의 옷들이 수없이 많이 눈에 띄었다. 사실 신문들은 200년 전 남프랑스에 대규모의 페스트가 유행했을 때, 의사들이 자신들을 보호하기 위해 기름 먹인 옷을 입었다는 사실을 보도한 일이 있었다. 상점들은 그것을 이용해서 유행에 뒤떨어진 옷들의 재고품을 유통시켰는데, 시민들은 그 옷의 도움을 받아서라도 병에 대한 면역을 얻으려는 생각이었던 것이다.

그러나 계절을 알려주는 그 모든 징후들도 묘지에 사람이 없다는 사실을 잊게 할 수는 없었다. 예년에는 전차들이 국화꽃의 은은한 향기로 가득 찼고, 긴 행렬을 이룬 부인들이 그들의 친척이 묻혀 있는 무덤에 꽃을 놓으러 가곤 했다. 그날은 고인 곁에 가서, 몇 개월 동안 잊은 채 버려두고 지냈던 일을 보상해보려고 노력하는 날인 것이다. 그러나 이번 해에는 아무도 죽은 자를 생각하려고 하지 않았다. 정확히 말하자면 그들은 이미 죽은 사람들 생각을 지나치게 많이 했던 것이다. 그러므로 약간의 애석함과 우수로 가득 찬 심정으로 그들에게 찾아가는 일을 이제 더 이상 할 필요가 없었던 것이다. 죽은 사람들은 이제 더 이상, 일 년에 한 번 그들 무덤에 찾아가 그동안 버려둔 것에 대해서 변명을 늘어놓아야 하는 버림받은 상대가 아니었다. 그들은 잊어버리고 싶은 불청객이었다. 이런 이유 때문에 그해의 초혼제도 어떻게 보면 적당히 넘어가버린 것이다. 타루의 관찰에 의하면 코타르는 그 당시 빈정거리는 말들을 점점 더 많이 쓰고 있었는데, 코타르는 하루하루가 초혼제의 날이라고 비꼬았다.

그런데 실제로 페스트의 그 지긋지긋한 불꽃은 화장터의 화덕에서 언제나 더 강렬하고 환희에 넘쳐서 타고 있었다. 사실 날마다 사망자 수가 증가하는 것은 아니었다. 하지만 페스트는 이제 그 절정기에 편안히 자리 잡고 앉아서, 매일의 살인에 있어서 성실한 공무원처럼 정확성과 규칙성을 기울였다. 당국의 의견으로는 원칙적으로 그것이 좋은 징조라고 했다. 페스트 진행의 그래프는 끊임없는 상승에 이어서 오랫동안 평평한 안정 상태를 보였는데, 예를 들어 의사 리샤르 같은 사람에게는 그것이 완벽하게 위안을 주는 징조로 보였던 것이다. "좋아, 훌륭한 그래프야." 그는 이렇게 말했다. 그는 병세가 소위 안정기에 도달한 것이라고 평가하고 있었다. 앞으로 병세는 쇠퇴하는 일밖에 남지 않았다. 그는 그런 실적에 대한 공로를, 최근에 알게 된 카스텔의 혈청에게로 돌렸다. 사실 예측하지 못했던 몇 번의 성공 사례들이 있었던 것이다. 노인 카스텔은 그것에 대해 부인하지는 않았지만, 그 전염병은 역사적으로 볼 때 예기치 못했던 여러 가지 재연이 발생했던 기록을 갖고 있으므로, 사실 어떤 것도 예상할 수 없는 것이라고 추정하고 있었다. 도청은 오래전부터 시민들의 마음을 진정시키기를 희망했지만, 페스트는 그렇게 만들어줄 방법을 좀처럼 보여주지 않았다. 도청은 그 문제에 대한 의사들의 의견을 회의를 통해 모으기로 제안했는데, 그때 의사 리샤르 역시 페스트로 사망하고 말았다. 그것은 분명히 페스트의 병세가 안정기에 머물고 있을 때의 일이었다.

충격적이었지만 어떤 것도 증명할 수 없는 그 실례 앞에서 행정 당국은 비관론 쪽으로 방향을 돌렸다. 그들은 처음에 낙관론을 받아들였을 때 못지않게 모순된 태도를 취했다. 카스텔로 말하면, 그는 자신이 만든 혈청을 최대한 정성 들여서 준비하는 일에만 몰두하고 있었다. 아무튼 이제는 병원이나 격리 병동으로 개조되지 않은 공공장소가 한 군데도 없었지만, 도청만은 여전히 그대로 남겨두고 있었다. 그것은 사람들이 모일 장소를 온전히 남겨둬야 했기 때문이다. 그러나 전체적으로 볼 때, 그리고 그 시기에는 페스트가 비교적 안정기에 있다는 사실로 인해, 리외가 계획했던 조직은 일손이 조금도 부족하지 않았다. 이미 기진맥진할 정도로 노력을 쏟고 있던 의사들과 조수들은 그 이상의 엄청난 노력을 요하는 상황을 상상해볼 필요가 없었다. 이렇게 표현해도 된다면, 그들은 단지 규칙적으로 그 초인적인 일들을 계속해야만 했다. 이미 그 모습을 드러내고 있었던 폐장성 페스트는 마치 바람이 사람들의 가슴속에 불을 붙이고 부채질을 하는 것처럼, 이제 도시의 구석구석에서 퍼지고 있었다. 환자들은 피를 토하면서 엄청나게 빨리 죽어갔다. 이제는 그 새로운 증세의 페스트와 더불어, 전염성이 더 커질 위험이 도사리고 있었다. 사실 그 점에 관해서는 전문가들의 견해가 항상 서로 반대로 나타났다. 그러나 더욱 안전을 기하기 위해서, 보건 관계자들은 여전히 소독된 얇은 천으로 만들어진 가제 마스크를 쓰고 호흡했다. 아무튼 얼핏 보면 병은 앞으로 점점 더 확산될 것이 틀림없었다. 그러나 가래톳 페스트의 케이스가 감소되고 있었기 때문에 통계 곡선은 균형을 유지하고 있었다.

그렇지만 시간이 지나면서 점점 늘어나고 있는 식량 보급 문제의 어려움 때문에 또 다른 근심거리가 생겨나게 되었다. 게다가 투기까지 끼어들면서, 일반 시장에서 가장 필요한 생활필수품들이 터무니없이 높은 가격에 팔렸다. 그리하여 가난한 집들은 매우 곤란한 상황에 놓였지만, 반면에 부유한 집들은 부족한 것이 거의 없었다. 페스트가 그 임무로 우리에게 가져다준 효과적인 공평함 덕분에 시민들 사이에 평등을 확고히 심어줄 수도 있었을 텐데, 그와 반대로 이기주의의 당연한 발동으로 인해 오히려 사람들의 마음속에 불의에 대한 감정만 더 강렬해지도록 만들었다. 물론 죽음이라는 완전무결한 평등만은 남아 있었지만, 그런 평등은 아무도 원하지 않았다. 그래서 이렇게 굶주림을 겪고 있던 가난한 사람들은 깊은 향수에 젖어서, 생활이 자유롭고 빵이 비싸지 않은 이웃 도시들과 시골들을 그리워했다. 게다가 이치에 맞지 않는 생각이지만, 자신들에게 식량을 충분히 공급해주지 못하고 있으니 차라리 자신들을 떠날 수 있게 해줘야 한다는 마음을 품고 있었다. 그래서 마침내 하나의 구호가 생겨나서 퍼지기에 이르렀는데, 때로는 그것을 벽에 붙여서 사람들이 읽도록 만들었고 때로는 도지사가 지나가는 길에서 외치기도 했다. '빵을 달라, 그렇지 않으면 공기를 달라' 이 비꼬는 문구는 몇몇 시위의 시초가 되었는데, 시위는 곧 진압되었지만 그 심각성은 누가 보기에도 소홀히 생각할 수 없었다.

물론 신문들은 그들이 받아들인 경험이 있는 낙관론이라는 명령에 절대적으로 순종하고 있었다. 신문을 보면 현재 상황의 특징은 시민들이 보여준 '냉철함과 침착함의 감동적인 모범'이었다. 그렇지만 사방이 꽉 막혀 있는 도시에서, 어떤 것도 비밀인 채로 남아 있을 수 없는 이 도시에서, 사회가 제시하고 있는 '모범' 따위에 속는 사람은 아무도 없었다. 그리고 문제가 된 그 냉철함과 침착함이라는 것에 대해 정확한 개념을 얻기 위해서는, 당국에서 마련한 예방 격리소나 격리 수용소 중 한 곳에 들어가보는 것으로 충분했다. 서술자는 다른 곳에 볼일이 있어서, 그런 곳들에 가보지는 못했다. 그런 이유로 서술자는 여기서 타루의 증언을 인용할 수밖에 없다.

타루는 그의 수첩에 시립운동장에 설치된 수용소에 랑베르와 방문했던 이야기를 적어놓았다. 운동장은 시의 문과 가까운 곳에 있었는데, 한쪽은 전차가 다니는 거리로 향하고 있었고 다른 한쪽은 그 도시가 자리 잡은 고원 끝까지 뻗은 공터를 향하고 있었다. 그곳은 평소에 콘크리트로 된 높은 담이 둘러쳐져 있어서, 탈주를 막기 위해서는 출입구 네 군데에 보초병을 세워두는 것으로 충분했다. 동시에 그 담은 외부 사람들이 자신들의 호기심을 충족시키기 위해, 격리되어 있는 불행한 자들을 훔쳐보고 귀찮게 하는 일을 막아주기도 했다. 그 대신 격리되어 있는 사람들은 보이지도 않는 전차가 지나다니는 소리를 온종일 들었고, 전차 소리와 더불어 더욱 요란해지는 웅성거림을 들으며 그때가 직장의 출퇴근 시간이라는 것을 짐작하기도 했다. 그래서 그들은 자신들만 소외된 삶이 그들과 불과 몇 미터 떨어진 곳에서 계속 이어지고 있는데도, 콘크리트 담을 경계로 자신들은 서로 다른 두 개의 별보다도 더 멀리 떨어져 있는 것처럼, 저쪽 세상과 분리되어 있다는 사실을 알았다.

타루와 랑베르가 운동장으로 찾아간 날은 어느 일요일 오후였다. 그들은 축구 선수인 곤잘레스와 함께 갔다. 랑베르가 그를 다시 찾아내서, 운동장에 마련된 수용소의 교대 감시 일을 하는 것에 승낙하도록 만들었던 것이다. 랑베르는 수용소의 관리인에게 그를 소개해야만 했다. 곤잘레스는 그 두 사람과 만났을 때, 페스트가 발병하기 전 같으면 축구 시합을 시작하려고 유니폼을 입고 있을 시간이라는 말을 했다. 그것은 경기장이 징발된 현재 상황으로는 더 이상 가능하지 않은 일이었다. 곤잘레스는 이제 할 일이 완전히 없어졌다고 느끼고 있었고, 또 겉으로도 그렇게 보였다. 바로 그것이 곤잘레스가 주말에만 감시 업무를 수행한다는 조건으로 그 일을 승낙했던 이유들 중의 하나였다. 하늘은 약간 흐렸다. 곤잘레스는 그런 하늘을 흘긋 쳐다보더니, 비도 안 오고 덥지도 않은 이런 날씨가 시합에는 아주 제격이라고 아쉽다는 듯이 말했다. 그는 탈의실의 물파스 냄새와 무너질 듯 가득 찬 관람석, 황갈색 땅 위를 누비는 선명한 색의 운동복 셔츠, 중간 휴식 시간에 마시는 레몬주스, 그리고 바싹 마른 목구멍을 바늘 천 개로 콕콕 찌르는 듯 시원한 탄산음료 같은 것들을 가능한 한 많이 떠올려봤다. 게다가 타루의 기록에 따르면, 그 선수는 변두리의 파헤쳐진 길을 걸어가는 동안에도 자갈만 보면 그것을 발길로 걷어차는 행동을 멈추지 않았다. 그는 그 자갈들을 하수구 구멍에 똑바로 집어넣으려고 애썼는데, 성공할 때면 "일 대 영"이라고 말했다. 그는 담배를 다 피우고 나면 담배꽁초를 자기 앞으로 탁 뱉어내고, 떨어지는 그것을 재빨리 발로 잡으려고 시도하기도 했다. 운동장 근처에서 놀고 있던 아이들이 지나가는 사람들을 향해서 공을 보내면, 곤잘레스는 일손을 멈추고 공을 향해 달려간 후 정확히 그것을 차서 돌려보내곤 했다.

마침내 그들은 경기장에 들어갔다. 관람석은 사람들로 가득 차 있었다. 그러나 운동장은 수백 개의 붉은 천막으로 뒤덮여 있었고, 그 천막 내부에 침구와 작은 짐들이 놓여 있는 모습이 멀리서도 보였다. 관람석은 몹시 덥거나 비가 오는 날에 수용자들이 그곳으로 몸을 피할 수 있도록 그대로 남겨뒀다. 단순하게도 그들은 해가 지면 천막 안으로 되돌아가야만 했다. 관람석 아래쪽에는 개조한 샤워실과 예전의 선수용 탈의실을 개조한 사무실, 그리고 양호실 들이 있었다. 수용자들의 대부분은 관람석에 모여 있었다. 또 다른 사람들은 터치라인 근처를 서성거리고 있었다. 몇몇 사람들은 그들의 천막 입구에 웅크리고 앉아 멍한 시선으로 두리번거리며 주위의 모든 것을 살피고 있었다. 관람석에는 많은 사람들이 마치 무엇인가를 기다리듯 털썩 주저앉아 있었다.

"저들은 낮에 무엇을 하죠?" 타루가 랑베르에게 물었다.

"아무것도 안 해요."

실제로 사람들 대부분이 빈손으로 팔을 흔들거리고 있었다. 그 막대한 규모의 군중은 이상할 정도로 조용했다.

"처음 며칠 동안은 서로의 말소리도 안 들릴 정도로 시끄러웠죠." 랑베르가 말했다. "하지만 날이 갈수록 점점 말수가 줄어들더군요."

타루의 메모에 따르면 그는 그들의 마음을 이해하고 있었다. 초기에 그들은 천막 속에서 밀어 넣어진 채, 파리가 날아다니는 소리를 듣거나 몸을 긁는 행동에 몰두하고 있었다. 그러다가 호의적으로 자신의 이야기를 들어줄 사람이라도 나타나면, 분노나 공포에 대해 절규하는 모습을 보였다. 그러나 수용소가 인구 과잉의 상태로 접어든 후부터는 친절하게 이야기를 들어주는 사람의 수가 점점 눈에 띄게 줄어들었다. 그래서 그들은 입을 다문 채 서로를 경계하기만 했다. 사실 그곳에서는 일종의 경계심이 잿빛으로 빛나는 하늘로부터 붉은 천막 위로 떨어져 내리고 있었다.

그렇다. 그들은 모두가 경계하는 모습을 보였다. 다른 사람들과 억지로 분리된 사람들이었으니, 그렇게 된 것에 전혀 이유가 없는 것도 아니었다. 그들은 자신들의 이유를 스스로 찾고는, 두려워하는 사람의 얼굴을 보여주고 있었다. 타루가 본 사람들은 하나같이 텅 비어 있는 눈빛을 갖고 있었고, 모두가 자신들의 생활을 이뤘던 것들로부터 매우 총체적으로 격리된 것 때문에 고통을 느끼고 있는 듯했다. 그렇다고 해서 항상 죽음만 생각하며 지낼 수는 없었기 때문에, 그들은 어떤 생각도 하지 않았다. 그들은 휴가 중이었다. 타루는 이렇게 쓰고 있다.

> 그러나 가장 나쁜 것은 그들이 잊힌 사람들이라는 것과 그들 역시 그것을 알고 있다는 섬이나. 그들을 아는 사람들도 다른 것들을 생각해야 하기 때문에 그들을 잊고 지내는 것이니, 그런 것은 충분히 이해할 수 있는 일이다. 그리고 그들을 사랑하는 사람들도, 그들을 수용소에서 끌어내기 위한 교섭이나 계획에 몰두해야 했기 때문에 역시 그들을 잊고 지냈다. 끌어내는 일 자체만 생각했기 때

문에, 끌어내야 할 사람에 대해서는 더 이상 생각하지 않았던 것이다. 그것도 역시 당연한 일이다. 그러므로 결국에 가서는, 비록 최악의 불행에 빠졌을지라도 어떤 사람을 진정으로 생각한다는 것은 불가능하다는 것을 알게 된다. 왜냐하면 누군가를 진정으로 생각한다는 것, 그것은 집안일에 대한 걱정도 안 하고, 날아다니는 파리나 한 끼의 식사, 근질근질한 감각 등 그 어떤 것에도 마음을 빼앗기지 않은 채 시시각각으로 그 사람을 생각하는 것이기 때문이다. 하지만 파리와 가려움은 항상 존재하기 마련이다. 그래서 인생은 살기가 어려운 것이다. 그리고 수용소에 있는 사람들은 그 사실을 너무나 잘 알고 있다.

수용소의 소장이 그들에게 돌아와서는 오통이 그들을 만나고 싶어 한다는 것을 알렸다. 소장은 곤잘레스를 그의 사무실로 안내해주고 나서, 그들을 관람석의 한쪽 구석으로 데리고 갔다. 사람들과 멀리 떨어져서 앉아 있던 오통이 자리에서 일어나 그들을 맞았다. 그는 여전히 평소와 같은 옷차림을 하고 있었고, 빳빳한 셔츠 칼라도 예전과 똑같았다. 타루는 단지 그의 머리털이 관자놀이 위쪽을 예전보다 훨씬 더 수북하게 덮고 있으며, 한쪽 구두끈이 풀려 있는 모습을 알아봤다. 오통은 피곤해 보였고, 말하는 동안에 단 한 번도 상대방을 쳐다보지 않았다. 그는 그들에게 만나게 되어 기쁘다고 하고는, 리외에게 신세를 졌으니 감사하다는 말을 전해달라고 했다.

두 사람은 말없이 가만히 있었다.

"아무쪼록." 잠시 후에 오통은 이렇게 말했다. "필립이 심하게 고생하지 않았기를 바랍니다."

타루로서는, 그가 자기 아들의 이름을 부르는 것을 처음으로 들은 것이었다. 그래서 그는 무엇인가가 변했음을 알 수 있었다. 해가 지평선으로 기울었다. 두 조각의 구름 사이로 햇빛이 솟아나와 관람석을 비스듬히 비추며, 세 사람의 얼굴을 금빛으로 물들이고 있었다.

"아닙니다" 하고 타루가 말했다. "아니에요. 정말 고생하지 않았어요."

그들이 떠나고 난 후에도, 오통은 햇빛이 비치는 쪽을 여전히 바라보고 있었다.

그들은 곤잘레스에게 작별 인사를 하러 갔다. 그는 감시 교대 일람표를 검토하고 있었다. 그 축구 선수는 그들의 손을 잡으며 웃었다.

"적어도 탈의실만은 되찾았죠." 그가 말했다. "그 정도만 해도 감지덕지죠."

잠시 후에 소장이 타루와 랑베르를 배웅해줄 때, 관람석 쪽에서 엄청나게 큰 소리로 찌지직거리는 잡음이 들려왔다. 그러더니, 좋았던 시절에는 시합의 결과를 알리거나 팀을 소개하는 데 사용했던 확성기가 콧소리를 내며 수용자들은 각자의 천막으로 돌아가서 저녁 식사 배급을 받으라고 알렸다. 사람들은 천천히 관람석을 떠나서, 신발을 질질 끌면서 천막 안으로 들어갔다. 모두가 제자리로 돌아가자, 역에서나 볼 수 있는 작은 전기 자동차 두 대가 커다란 냄비들을 싣고는 천막들 사이를 지나다니고 있었다. 사람들은 두 팔을 뻗어서 두 개의 국자를 그 두 냄비에 담갔다가 건져서 음식물을 두 개의 그릇 안에 쏟았다. 차는 다시 움직였다. 다음 천막에서도 같은 일이 되풀이되었다.

"과학적이네요." 타루가 소장에게 말했다.

"그래요." 소장은 그들과 악수하면서, 만족스러운 듯 대답했다. "과학적인 방식이죠."

석양이 지고 있었고 하늘이 맑게 개었다. 부드럽고 싱그러운 햇빛이 수용소를 비춰줬다. 저녁의 평화로움 속에서, 스푼과 접시 부딪히는 소리가 사방에서 들려왔다. 박쥐들이 천막 위로 날아오르더니 곧 사라져버렸다. 벽 저 너머에서, 전차 한 대가 선로변경 장치 위를 지나가느라 날카로운 소음을 내고 있었다.

"가여운 판사님." 문턱을 넘어서면서 타루가 중얼거렸다. "뭔가를 해드려야 할 텐데, 판사님을 어떻게 도울 수 있지?"

::

도시 안에 이런 수용소가 몇 군데 더 있었지만, 서술자는 도덕적인 거리낌 때문에, 또 직접적인 정보도 없기 때문에 더 이상 언급할 수 없다. 그러나 확실히 말할 수 있는 것은 그런 수용소가 존재했다는 것과 거기서 나는 사람의 냄새, 황혼 속에서 들리는 확성기의 커다란 소리, 벽 너머의 세계에 대한 신비로움, 세상으로부터 배척당한 장소에 대한 두려움 같은 것들이 시민들의 마음을 무겁게 짓누르고, 모든 사람들이 느끼고 있던 혼란과 불안감을 한층 더 가중하고 있었다는 사실이다. 행정 당국과의 마찰과 대립은 더욱 심해졌다.

그러는 동안 11월 하순이 되었고, 아침에는 매우 추워졌다. 폭우가 몇 차례 쏟아져서 맑은 물이 도로를 깨끗이 씻어내고 하늘을 맑게 닦아냈다. 반짝이는 거리 위로는 구름 한 점 없는 하늘이 보였다. 힘을 잃은 태양이 매일 아침마다, 차갑고 반짝이는 햇살을 도시 위에 퍼뜨리고 있었다. 반대로 저녁때가 되면 공기는 새로 미지근해졌다. 타루가 리외에게 자신의 속마음을 조금씩 털어놓기 위해 고른 시간도 바로 그런 때였다.

타루는 어느 날 힘들고 길었던 하루를 보내고 나서, 저녁 10시경에 그 늙은 천식 환자의 집으로 저녁 왕진을 가는 리외를 따라나섰다. 옛 시가지의 집들 위로 하늘이 부드럽게 빛나고 있었다. 산들바람이 어두운 네거리를 통과하며 소리도 없이 불고 있었다. 고요한 거리에서 올라오자마자, 두 남자는 노인의 수다와 맞닥뜨리게 되었다. 노인은 그들에게 이런 이야기를 들려주었다. 자신의 마음에 들지 않는 것들이 있는데, 이익을 챙기는 것은 항상 똑같은 놈들이고 꼬리가 길면 결국 밟히는 법이니 아마도—이 대목에서 그는 손을 비볐다—큰 소동이 일어나고야 말 것이라는 이야기였다. 리외가 그를 치료하고 있는 동안에도, 그는 정세에 대한 자신의 생각을 끊임없이 늘어놓았다.

그런데 위층에서 누군가 걸어 다니는 소리가 들렸다. 무슨 소리인지 궁금해하는 타루의 표정을 알아본 노인의 부인은, 이웃집 여자들이 테라스에 나와 있는 것이라고 설명했다. 그 설명을 들은 그들은 그 위로 올라가면 전망도 좋고, 집들의 테라스가 흔히 한쪽으로 서로 통하고 있어서, 그 동네 여자들은 자기 집 밖으로 나가지 않고도 쉽게 다른 집을 방문할 수 있다는 사실을 동시에 알게 되었다.

"그래요" 하고 노인이 말했다. "한번 올라가보시죠. 거기는 공기가 좋거든요."

테라스에는 아무도 없었고, 의자만 세 개 놓여 있었다. 한쪽으로는 눈으로 볼 수 있는 한 가장 먼 곳까지 테라스가 줄지어 보였고, 그 끝에는 어둡고 울퉁불퉁한 덩어리가 보였는데, 그것이 첫 번째 언덕이었다. 또 다른 쪽에는, 몇 개의 거리와 보이지 않는 항구 저 너머로, 하늘과 바다가 어렴풋하게 흔들리며 섞여 있는 수평선이 내다보였다. 그들이 낭떠러지라고 알고 있는 곳의 저 너머에서는, 어디서 오는지도 모르는 불빛이 규칙적으로 깜빡이고 있었다. 지난봄부터 항로의 등대가 다른 항구 쪽으로 방향을 돌리는 선박들을 위해서 계속 불빛을 비춰주며 돌고 있었던 것이다. 바람에 쓸리고 닦인 깨끗한 하늘에서는 맑은 별들이 반짝였고, 등대의 머나먼 불빛이 가끔씩 거기에 순간적으로 회색빛을 덧붙이곤 했다. 산들바람이 향신료와 돌의 냄새를 실어왔다. 그곳은 침묵만이 가득했다.

"좋네요." 리외가 앉으면서 말했다. "여기는 페스트가 절대로 올라오지 못할 곳 같군요."

타루는 그에게 등을 보이며 바다를 바라보고 있었다.

"네." 잠시 후에 그가 말했다. "좋군요."

그는 리외 옆에 와서 앉았고 주의 깊게 리외를 바라봤다. 불빛이 하늘에서 세 번 다시 나타났다. 어느 길의 깊숙한 곳으로부터 접시 부딪히는 소리가 그들에게까지 들려왔다. 집 안에서 문이 닫히는 소리도 났다.

"리외 선생님!" 타루는 매우 자연스러운 어조로 말했다. "제가 어떤 사람인지 한 번도 알려고 하지 않으셨죠? 저에게 우정을 느끼십니까?"

"네" 하고 리외가 말했다. "당신에게 우정을 느끼고 있어요. 하지만 지금까지는 우리에게 시간이 부족했죠."

"좋아요, 그 말씀을 들으니 마음이 놓이네요. 그럼 이 시간을 우정의 시간으로 만들어볼까요?"

리외는 대답을 대신해서 그에게 미소를 지었다.

"자, 그럼 이제부터……."

저 멀리 어느 거리에서, 자동차 한 대가 축축한 도로 위로 오랫동안 미끄러지고 있는 듯했다. 자동차가 멀어지자, 그 뒤로 웅성거리는 고함 소리들이 멀리서 터져 나와 다시 침묵을 깨뜨렸다. 그리고 그 침묵은 하늘과 별의 온 무게를 싣고 그 두 사람에게 다시 떨어졌다. 타루는 일어나서 테라스 난간에 걸터앉았는데, 그 맞은편에는 리외가 여전히 의자에 몸을 깊숙이 묻고 앉아 있었다. 그의 모습은 하늘에서 가위로 오려낸 것 같은 묵직한 형체로밖에는 보이지 않았다. 그는 오랫동안 이야기했는데, 그의 긴 이야기를 다시 옮겨 보면 대략 다음과 같다.

"리외, 간단히 말하기로 하죠. 저는 이 도시와 전염병을 만나기 훨씬 전부터 이미 페스트로 고생했던 사람입니다. 그 사실은 저도 이곳의 모든 사람과 마찬가지라는 것을 잘 알려주는 것이죠. 하지만 그런 것을 모르는 사람들도 있고, 혹은 그런 상태에서도 괜찮다고 하는 사람들도 있어요. 또 그런 것을 알면서 거기에서 빠져나가고 싶어 하는 사람들도 있죠. 저로 말하자면, 전 항상 빠져나가기를 원했던 쪽이죠.

젊었던 시절에는 제가 결백하다는 생각을 갖고 살았어요. 즉 전혀 생각을 하지 않았던 거죠. 저는 고민이 많은 유형의 사람도 아니었고, 사회에 진출하는 일도 적절하게 이뤄졌죠. 머리를 쓰는 일도 쉽게 했고 여자들과도 잘 지내며, 모든 것이 좋은 성과를 올렸어요. 어쩌다 약간의 불안감이 생기기도 했지만, 곧 사라져버리곤 했죠. 그러던 어느 날, 저는 생각에 잠기기 시작했어요. 이제는…….

제가 당신처럼 가난하지는 않았다는 것을 우선 말씀드려야겠군요. 아버지는 차장 검사로 계셨는데, 그만하면 꽤 번듯한 지위라고 할 수 있죠. 하지만 아버지는 타고난 호인이어서 그런 기색을 드러내지도 않으셨죠. 어머니는 단순하고 소극적인 분이셨어요. 저는 항상 변함없이 어머니를 사랑해왔어요. 하지만 어머니 이야기는 하지 않는 편이 더 좋겠군요. 아버지는 저에게 큰 애정을 갖고 계셔서, 저는 아버지가 저를 이해하려고 노력하셨다는 생각까지 하고 있죠. 지금 생각해보면 확신이 서는데, 밖에서 바람을 피우신 것 같지만, 그렇다고 해서 제가 그것에 대해 조금도 분개하는 것은 아닙니다. 배우자에 대한 그런 부정에 있어서조차, 아버지는 자신의 행동에 대해 사람들이 믿을 수 있을 만한 방식으로만 처신하셨지, 어느 누구도 충격에 빠뜨릴 만한 행동을 하지는 않으셨어요. 간단히 말하자면 그리 개성적인 분은 아니셨어요. 돌아가시고 난 지금 돌이켜보면, 아버지는 성인처럼 사시지도 않았지만 그렇다고 악인도 아니었다는 것을 알 수 있지요. 중용을 지키셨거든요. 그뿐이에요. 그리고 그런 유형의 인물에게서 사람들은 상당한 애정을 느끼게 되죠. 지속할 수 있는 애정 말이에요.

그럼에도 불구하고 아버지에게는 한 가지 특징이 있었어요. 그는 책 《철도여행 안내》를 항상 머리맡에 두고 즐겨 읽으셨죠. 그렇다고 여행을 자주 가시는 것도 아니었고요. 단지 휴가 때가 되면, 아버지의 땅이 조금 있는 브르타뉴 지방에 가보시는 정도였어요. 그렇지만 그는 파리에서 베를린을 오가는 열차의 출발 및 도착 시간과 리옹에서 바르샤바까지 가기 위한 운행 시간표의 조합, 그리고 수도 사이의 거리가 몇 킬로미터 떨어져 있는지 그 정보들을 정확히 알고 계셨어요. 브리앙송에서 샤모니까지 어떻게 가면 되는지 말할 수 있나요? 그런 질문에는 아마 역장조차 갈피를 잡지 못할 겁니다. 하지만 아버지는 헤매지 않으셨어요. 거의 매일 저녁, 그 부분에 대한 지식을 많이 쌓으려고 공부를 하셨고, 그런 것에 대해 자랑스러워하셨죠. 아버지의 그런 취미가 저를 무척 즐겁게 만들어주었기에 저는 아버지에게 자주 질문을 던졌어요. 아버지의 대답을 책에서 확인해보고, 그 답이 틀리지 않았다는 것을 발견하고는 아주 기뻐했죠. 그런 사소한 퀴즈 풀기로 우리 부자 간의 정은 매우 두터워졌어요. 왜냐하면 저는 아버지에게 열의가 대단한 청중이 되어드렸으니까요. 저로서는 철도에 관한 지식에서의 그 탁월함도 다른 분야에 대한 탁월함과 마찬가지로 가치가 있다고 생각했습니다.

그런데 이런 식으로 이야기를 진행하다가는 그 정직한 분을 너무 중요한 인물로 만들게 될까봐 걱정이 되는군요. 왜냐하면 결국, 아버지는 제 결심에 대해서 간접적인 영향만을 주셨기 때문이죠. 기껏해야 제게 어떤 기회를 만들어주신 것뿐입니다. 실은 제가 열일곱 살이 되었을 때, 아버지는 저에게 자신의 논고를 들으러 오라고 하셨어요. 그것은 중죄 재판소에서 공판을 받는 어느 중대한 사건이었어요. 그리고 분명히, 아버지는 그날 당신의 가장 훌륭한 모습을 보여줄 수 있을 것이라고 생각하셨을 거예요. 젊은이의 상상력을 자극하기에 적합한 그런 의식을 통해, 아버지 스스로 택하신 그 길로 저도 접어들 수 있도록 부추기려는 생각이셨다고 믿습니다. 저는 그곳에 가겠다고 했죠. 왜냐하면 아버지가 좋아하실 것 같기도 했고, 또 우리 가족들에게 하시던 것과 다른 역할을 하시는 모습을 보고 듣고 싶다는 생각도 들었거든요. 그 이상에 대해서는 전혀 생각하지 않았죠. 그전까지 저는 법정에서 일어나는 일이 7월 14일의 혁명 기념 열병식이나 상장 수여식처럼 자연스럽고도 불가피한 것이라고 늘 생각하고 있었죠. 굉장히 추상적인 관념이었지만, 그것 때문에 신경이 쓰이지는 않았어요.

그렇지만 그날, 제가 간직하게 된 유일한 이미지, 그것은 죄인의 이미지였어요. 저는 사실 그에게 죄가 있다고 생각했지만, 그게 어떤 죄였는지는 별로 중요하지 않았어요. 그런데 붉은 색 머리털을 가진 작고 불쌍한 그 30대 남자는 모든 것을 인정하기로 결심한 것처럼 보였어요. 그는 자신이 저지른 일과 앞으로 자신에게 가해질 일에 대해 얼마나 진심으로 두려움에 떠는 모습이었던지, 잠시 후에 저는 그 사람만 쳐다보게 되었지요. 그는 마치 너무 강한 햇빛을 받고 겁먹은 부엉이처럼 보였어요. 넥타이의 매듭도 셔츠 칼라의 접힌 곳에 반듯하게 매여 있지 않았어요. 그는 한쪽 손의 손톱을 조금씩 물어뜯고 있었죠. 오른손이요……. 요컨대 제가 계속 이야기하지 않더라도, 그가 살아 있는 사람이라는 것은 이해하셨겠죠.

하지만 그때까지 저는 그런 사람에 대해 '피의자'라는 간단한 구분을 통해서만 생각해왔다는 사실을 문득 깨닫게 된 거예요. 그때 제가 아버지 생각을 잊었다고는 말할 수 없지만, 무엇인가가 제 배를 꽉 조이는 느낌이 들어서 그 피고인 외에 다른 어떤 것에도 주의를 기울일 수가 없었습니다. 거의 아무것도 들리지 않았어요. 저는 사람들이 저 살아 있는 사람을 죽이려 한다는 것을 느끼자, 파도처럼 밀려오는 엄청난 본능을 억제할 수 없어서 일종의 맹목적인 고집에 사로잡혀 그 남자 편을 들고 있었어요. 정말이지, 제가 정신을 다시 차린 것은 아버지의 논고가 시작되었을 때였어요.

붉은 옷으로 갈아입고 완전히 다른 사람이 된 아버지, 호인도 아니고 다정한 사람도 아닌 아버지의 입에서는 엄청난 말들이 가득 차 있다가 마치 뱀처럼 쏟아져 나왔습니다. 그때 저는, 아버지가 사회를 대표해서 그 남자의 목숨을 요구하고 있다는 것을, 그리고 심지어는 그 남자의 목을 자르라고 요구하시고 있다는 것을 깨달았죠. 사실 아버지는 이렇게 말씀했을 뿐이에요. '그의 목은 마땅히 떨어져야 합니다'. 하지만 결국 차이는 별로 없죠. 아버지는 사실 그 남자의 목을 차지하셨으니, 결국 똑같은 문제로 돌아온 거예요. 단순히 당시 사형 집행인이 아버지가 아니었을 뿐이죠. 그리고 그 후로도, 저는 특히 그 사건만은 결론이 날 때까지 무조건 방청을 했는데, 그 불행한 남자에 대해서 아버지는 결코 느끼지 못하실 아찔할 만큼의 친밀감을 느끼게 되었습니다. 그래도 아버지는 관습에 따라서, 사람들이 공손하게 최후의 순간이라고 부르는 것에 참석하셨겠지요. 그 임종이야말로 가장 비열한 살인이라고 불러야 할 겁니다.

그때부터 저는 《철도여행 안내》만 봐도 가증스럽다는 생각에 거부감이 들었죠. 그리고 그때부터 저는 정의라든가 사형선고, 형의 집행 같은 것들에 대해 혐오감을 갖고 흥미를 느끼게 되었어요. 또 아버지가 이미 몇 번이나 그런 살인 현장에 입회하셨고, 아침에 아주 일찍 일어나시는 날이 바로 그런 날이었다는 것을 알았을 때 아찔함까지 느꼈어요. 맞아요. 아버지는 그런 경우에는 자명종을 맞춰놓으시곤 했어요. 저는 감히 그런 말을 어머니께 하지는 못했지만, 그때 어머니를 더 유심히 관찰해보고는 깨달았죠. 그 부부 사이에는 이제 아무것도 없고, 어머니는 그저 금욕의 생활을 하고 계시다는 것을요. 그런 것 때문에 저는 어머니만은 용서해드릴 수 있었어요. 당시 제가 쓰던 표현대로 말하자면요. 나중에 시간이 흘렀을 때, 저는 어머니가 용서받아야 할 것이 전혀 없다는 것을 알게 되었죠. 왜냐하면 어머니는 결혼하실 때까지 평생 가난에 시달렸고, 가난이 어머니에게 체념을 알려드렸으니까요.

아마도 제가 곧바로 집에서 뛰쳐나왔다고 말할 것을 기대하고 계시겠지요. 아닙니다. 저는 그대로 몇 개월을, 아마 거의 일 년을 더 집에 머물러 있었어요. 하지만 마음은 병이 들어버렸죠. 어느 날 저녁에는, 아버지가 일찍 일어나야겠으니 자명종을 가져오라고 부탁하셨어요. 저는 그날 밤, 잠을 이루지 못했어요. 그 이튿날 아버지가 돌아오셨을 때, 저는 이미 집을 떠난 상태였죠. 곧바로 말씀드리자면, 아버지는 저를 찾아내셨고, 저는 아버지를 보러 갔어요. 가서는 아무런 설명도 하지 않은 채 침착하게, 만약 저를 강제로 돌아오게 한다면 자살하겠다고 말씀드렸어요. 결국 아버지가 승낙했죠. 본래 천성이 온화하신 분이었으니까요. 그리고 자기 힘으로 생계를 유지하는 일(제가 저지른 행동의 동기를 그렇게 설명하셨는데, 저는 그 오해를 굳이 풀어드리려고 하지는 않았어요)의 어리석음에 대해 설교를 늘어놓으시더니 셀 수 없이 많은 충고를 해주시고는, 진심에서 우러나온 눈물을 꾹 참으시더군요. 그 후, 아주 오랜 시간이 지난 후에 저는 어머니를 만나기 위해 정기적으로 집에 들렀는데, 그때 아버지도 뵈었지요. 그런 관계라도 그는 만족하시는 것 같았어요. 저로서는 아버지에 대해서 증오심도 갖고 있지 않았고, 다만 마음속에 약간의 슬픔을 느꼈을 뿐이었어요. 아버지가 돌아가시자 저는 어머니와 같이 살았는데, 어머니가 나중에 돌아가시지만 않았다면 아직도 모시고 있었을 겁니다.

제가 그 초기의 이야기를 길게 늘어놓으며 강조한 것은, 그것이 사실 모든 것의 발단이었기 때문이죠. 이제부터는 좀 더 빨리 이야기하기로 하죠. 저는 열여덟 살 때 여유로운 생활에서 벗어나면서 가난이라는 것을 경험하게 되었습니다. 생활비를 벌기 위해서 온갖 종류의 일들을 했지요. 실패한 일 없이 그럭저럭 괜찮았어요. 그렇지만 제가 가장 관심을 갖고 있었던 것은 역시 사형 선고였어요. 그 붉은 머리털을 가진 부엉이 씨의 일에 대해 결판을 내고 싶었거든요. 그래서 결과적으로 저는 소위 정치 운동을 하게 된 거예요. 저는 결코 페스트 환자가 되고 싶지 않았어요. 그뿐이에요. 저는 제가 살고 있는 사회가 사형 선고라는 기반 위에 세워져 있다고 믿었어요. 그래서 그것과 투쟁함으로써 살인 행위에 대해 반대하려고 했죠. 저는 그렇게 믿었고, 다른 사람들도 그렇게 말했으며, 또 결론적으로 그것은 대체로 진실이었어요. 그렇게 해서 저는 제가 좋아하던 사람들과 정말로 끊임없이 좋아했던 그 사람들과 힘을 합쳐서 일을 시작했던 거예요. 저는 그 일에 오랫동안 몸담고 있었기 때문에, 유럽 국가들 중에서 제가 투쟁하지 않은 곳이 없을 정도였죠. 다음 이야기로 넘어갈게요.

물론 저는 우리들 역시, 경우에 따라서는 선고를 내린다는 것을 알고 있었어요. 그렇지만 더 이상 아무도 사람을 죽이지 않는 세계로 사람들을 인도하기 위해, 그런 몇몇 사람의 죽음은 필요한 일이라고 말하는 사람들이 있었어요. 어떻게 보면 그 말도 진실이었지만, 어쨌든 저로서는 아마도 그런 종류의 진실을 받아들일 수 없었던 것 같습니다. 확실한 것은 제가 망설이고 있었다는 점입니다. 하지만 저는 그 부엉이 씨 생각을 했고, 그 생각을 계속할 것 같았어요. 제가 사형 집행을 보게 된 그날(헝가리에서의 일이었죠)이 될 때까지는 말이에요. 아이였던 저에게 엄습했던 그 현기증이, 어른이 된 저의 눈을 캄캄하게 만들었어요.

사람을 총살형에 처하는 모습을 아마 한 번도 못 보셨겠죠? 물론 못 보셨을 거예요. 그것은 보통 초청받은 사람들에게만 보여주게 되어 있고, 참석자는 미리 결정되어 있으니까요. 그 결과, 선생님 같은 분들이 그것에 대해 갖고 있는 생각은 그림과 책에서 본 것들에만 그치고 있죠. 눈가리개, 처형용 기둥, 그리고 멀리 떨어져 있는 병사들. 하지만요. 그렇지 않아요! 그런 상상과는 반대로, 총살형 집행부는 사형수로부터 1.5미터 떨어진 거리에 자리를 잡는다는 것을 아시나요? 사형수가 두 걸음만 앞으로 나가면 총부리가 자기 가슴에 부딪힌다는 것을 아시나요? 그렇게 가까운 거리에서 총살 집행자들이 사형수의 심장 쪽을 집중 사격하면, 그들이 쏜 굵은 탄환들이 한데 뭉쳐서 주먹이라도 들어갈 만한 구멍을 뚫어놓는다는 것을 아시나요? 모르시겠죠. 알지 못하실 겁니다. 사람들은 그렇게 자세한 부분들에 대해서는 말하지 않으니까요. 인간들의 잠은 페스트 환자들이 느끼는 생명보다도 더 신성한 것입니다. 선량한 사람들이 잠자는 것을 방해하면 안 됩니다. 약간의 나쁜 취미가 그 잠을 방해하는 법이죠. 그리고 누구나 다 알듯이, 취미란 애써 고집을 부리지 않는 것이고요. 하지만 저로 말할 것 같으면, 그 무렵부터 잠을 잘 이루지 못했어요. 그 나쁜 취미가 여전히 제게 남아 있었고, 계속해서 고집을 부린 것이죠. 같은 생각만 하고 지냈던 거예요.

그때 저는 깨달았어요. 제 온 영혼을 바쳐서 바로 그 페스트와 투쟁한다고 믿으며 살아온 그 오랜 세월 동안, 저야말로 끊임없이 페스트를 앓고 있었다는 사실을 말입니다. 저는 제 자신이 수천 명의 인간의 죽음에 간접적으로 동의했다는 것을 알게 되었어요. 또 필연적으로 그런 죽음에 이르도록 만든 행동이나 원칙들을 선량함이라고 인정함으로써, 제 자신이 그런 죽음을 야기하기까지 했다는 것을 깨달았죠. 다른 사람들은 그런 문제로 거북해하는 것 같지 않았고, 적어도 자발적으로 그런 이야기를 꺼내는 일은 결코 없었어요. 하지만 저는 목이 꽉 멘 상태로 지내야 했죠. 사람들과 같이 있을 때도, 전 혼자라고 느끼고 있었어요. 제가 갖고 있던 양심의 가책에 대한 생각을 드러내기라도 하면, 그들은 제게 어떤 것이 중요한 문제인지 숙고해야 한다면서, 감동적인 이유들을 종종 제시하며 제가 소화할 수도 없는 것을 삼켜버리게 만드는 것이었어요. 하지만 저는 이렇게 대답했죠. 저명한 페스트 환자들, 붉은 법복을 입은 사람들도 자기 나름대로의 거창한 이유가 있고, 만약 제가 불가

항력이라는 이유를 대면서 소수의 페스트 환자들이 간청한 요구를 받아들인다면, 저명한 페스트 환자들의 요구도 물리칠 수 없게 될 것이라고요. 그런데 그들은 제게 붉은 법복이 옳다는 것을 인정하는 적절한 방식은 곧 그들에게 사형 선고의 독점권을 맡기는 것이라고 지적하더군요. 그렇지만 그때 저는 이렇게 생각했어요. 일단 한번 양보한다면 멈출 필요가 없다고요. 역사는 제 생각이 옳다는 것을 증명해주는 것처럼 보이더군요. 오늘날에는 누가 더 많이 죽이는지 경쟁을 벌이는 것 같으니까요. 그들은 모두 살인의 광기에 사로잡혀 있어요. 그래서 그런 행동을 멈출 수가 없는 거예요.

어쨌든 제게 중요한 문제는 이성적인 사유가 아니었어요. 제 관심사는 그 붉은 머리털의 부엉이 씨였고, 추잡한 절차였습니다. 페스트에 감염된 더러운 입들이 쇠사슬에 결박된 한 남자를 향해서 너는 죽는다고 선고를 내리고, 그 남자는 여러 날 밤을 고뇌 속에서 뜬 눈으로 보내며 자기가 살해당할 그날을 기다리고, 결국 그가 죽음을 맞이하도록 모든 조치를 취하는 그런 더러운 절차 말입니다. 제 관심사는 총살을 당한 인간의 가슴에 뚫린 그 구멍이었어요. 그래서 저는 그 사이에 이런 생각을 했지요. 그래도 최소한 저로서는, 선생님도 아시듯 그 혐오스러운 도살 행위에 대해 단 한 가지라도, 오직 한 가지라도 정당성을 부여하는 것은 반드시 거부하겠다고요. 그래요. 저는 세상을 더 똑똑히 이해할 수 있을 때까지 기다리면서 이 맹목적인 고집을 갖기로 선택한 겁니다.

그 이후로도 제 생각은 변하지 않았습니다. 전 오랫동안 부끄러워했어요. 비록 간접적이라고 하더라도, 또 아무리 선의에서 나왔다고 하더라도 저 역시 살인자 측이라는 것이 정말 죽을 만큼 부끄러웠어요. 시간이 지나면서 저는 단지 이런 것을 깨달았어요. 다른 사람들보다 더 나은 사람들조차도, 오늘날 사람을 죽이는 행위나 혹은 사람을 죽이도록 방관하는 일을 막을 수 없다는 사실을요. 왜냐하면 그들이 사는 세상의 논리가 그것을 부추기고, 우리는 사람을 죽게 하는 위험을 무릅쓰지 않고서는 이 세상에서 몸 한 번 움직일 수 없기 때문이죠. 그렇습니다. 저는 여전히 부끄러웠고, 우리들 모두가 페스트 속에 있다는 것을 깨달았죠. 그래서 저는 마음의 평화를 잃고 말았어요. 저는 오늘날에도 여전히, 그 평화를 찾고 있어요. 모든 사람을 이해하려고 하고, 그 누구에게도 치명적인 원수가 되지 않으려고 애쓰면서요. 저는 단지, 더 이상 페스트에 걸리지 않으려면 반드시 해야만 할 일을 해야 한다는 것을, 그렇게 하는 것만이 우리들로 하여금 평화를 바라도록 만들어주고, 혹은 평화가 아니더라도 떳떳한 죽음을 바랄 수 있도록 만들어준다는 것을 알고 있어요. 그것이야말로 인간의 짐을 덜어주는 것이고, 비록 인간을 구원해주지는 못하더라도 적어도 그들에게 해를 덜 끼치며, 때때로 약간의 선까지 행하도록 만들어주는 것이죠. 그래서 저는 직접적이든 간접적이든, 좋은 이유에서든 나쁜 이유에서든 사람을 죽게 하거나 또는 그 행위를 정당화하는 모든 것들을 거부하기로 결심했어요.

또한 그렇기 때문에, 이 전염병이 제게 가르쳐준 것은 여전히 하나도 없습니다. 만약 있다면, 당신들 편에 서서 그 병과 싸워야 한다는 것뿐이죠. 제가 확실히 알고 있는 것은 (그래요, 리외 선생님. 잘 아시다시피 저는 인생 만사를 다 알고 있어요), 사람은 각자 자신 속에 페스트를 지니고 있다는 것입니다. 왜냐하면 누구도, 세상의 어느 누구도 페스트로부터 무사한 사람은 없기 때문이에요. 감염되지 않기 위해서는 끊임없이 스스로 조심해야 하죠. 잠깐 방심하다가는 다른 사람의 얼굴에 숨을 내쉬어서 그에게 전염병을 옮겨주고 맙니다. 자연적인 것, 그것이 바로 병균입니다. 그 외의 것들, 즉 건강과 청렴결백, 순진함 등은, 이렇게 표현해도 괜찮다면, 바로 인간이 가진 의지의 결과물이라고 할 수 있습니다. 결코 멈춰서는 안 될 의지의 결과물이요. 올바른 사람, 즉 거의 누구에게도 병을 전염시키지 않는 사람이란 가능한 한 긴장을 풀지 않는 사람을 말하는 거예요. 그런데 결코 긴장을 풀지 않으려면 어느 정도 의지와 긴장감이 필요한 것이죠! 그래요, 리외 선생님. 페스트 환자가 된다는 것은 정말 피곤한 일입니다. 그렇지만 페스트 환자가 되지 않으려고 애쓰는 것은 한층 더 피곤한 일이죠. 바로 그렇기 때문에 모든 사람이 다 피곤해 보이는 겁니다. 왜냐하면 오늘날에는 모든 사람이 약간씩 페스트에 걸려 있으니까요. 바로 그런 이유로 페스트 환자 노릇을 그만두고 싶어 하는 몇몇 사람들은 극도의 피로감을 체험하고 있는 거예요. 죽음 이외에는 다른 어떤 것도 그들을 해방해줄 수 없을 피로감을 말입니다.

그때부터 지금까지, 저는 제 자신이 이 세상 자체에 대해서 아무 쓸모가 없다는 것을 알게 되었을 뿐만 아니라, 사람을 죽이는 권리를 포기한 순간부터 제가 결정적인 추방을 선고받았다는 것도 알게 되었지요. 역사를 만드는 것은 다른 사람들입니다. 저는 또한 제가 그들을 표면적으로 비판할 수 없다는 것도 알고 있어요. 제게는 이성을 지닌 살인자가 될 자질이 부족하니까요. 그러니 그것은 우월감도 아닙니다. 그러나 이제 저는 있는 그대로의 제 자신이 되기로 했고 겸손함도 배웠어요. 단지 저는 이 땅에 온갖 재앙들과 희생자들이 존재하니 가능한 한 재앙의 편을 들기를 거부해야 한다고 말하고 싶은 것입니다. 아마도 이런 말이 약간 단순하게 느껴질지도 모르겠군요. 단순한지 어떤지는 모르지만, 그것이 진실이라는 점은 잘 알고 있습니다. 저는 너무나 많은 이론들을 들어서 머리가 돌아버릴 뻔했어요. 또 사실, 그 이론들은 다른 사람들의 머리도 충분히 돌게 만들어서 그들이 살인 행위에 동의하도록 만들었지요. 저는 인간의 모든 불행은 그들이 분명한 언어를 쓰지 않는 데서 온다는 것을 깨달았어요. 그래서 저는 올바른 길을 가기 위해, 분명하게 말하고 행동하는 쪽을 택했던 겁니다. 따라서 저는 재앙과 희생자들이 있다고만 말할 뿐, 그 이상이 있다고 말하지는 않는 겁니다. 만약 그렇게 말함으로써 비록 제 자신이 재앙 그 자체가 되는 일이 있더라도, 적어도 그것에 동의하지는 않을 겁니다. 저는 결백한 살인자가 되려고 하는 거예요. 아시다시피 그건 그리 큰 야망이 아닙니다.

물론 제3의 범주, 즉 진정한 의사로서의 범주가 필요하겠지요. 하지만 이런 행동은 자주 마주칠 수 있는 게 아니고, 더구나 틀림없이 어려운 일일 겁니다. 그런 이유로, 저는 어떤 경우에 있어서도 피해를 줄이기 위해 희생자들 편에 서기로 결심한 거예요. 희생자들 가운데에 있을 때, 저는 적어도, 어떻게 하면 제3의 범주인 평화에 도달할 수 있는지를 찾을 수 있는 겁니다."

타루는 이야기를 마치면서, 다리 한쪽을 휘저어 발로 테라스 바닥을 탁탁 두드렸다. 잠시 동안 침묵을 지킨 리외는 약간 몸을 일으키고는 타루에게 평화에 도달하기 위해서 걸어야 할 길에 대해서 어떤 생각을 갖고 있냐고 물었다.

"물론이죠, 그것은 공감이에요."

멀리서 구급차의 사이렌이 두 번 울렸다. 조금 전만 해도 알아들을 수 없었던 그 고함이, 도시 경계선 근처의 돌투성이 언덕 쪽으로 몰려가고 있었다. 그와 동시에 폭발음 비슷한 어떤 소리가 들려왔다. 그리고 다시 조용해졌다. 리외는 등대의 불빛이 두 번 깜빡거리는 것을 헤아리고 있었다. 미풍이 약간 강해지더니, 동시에 바다에서 불어온 바람이 소금 냄새를 싣고 왔다. 해안 절벽에 부딪히는 둔탁한 파도 소리가 이제는 뚜렷이 들려왔다.

"결국," 타루가 소박한 말투로 말했다. "제가 관심을 갖는 것은, 어떻게 하면 성인이 되는가 하는 것입니다."

"하지만 신은 믿지 않잖아요."

"바로 그렇기 때문이죠. 신 없이 성인이 될 수 있는가, 현재 제가 알고 있는 단 하나의 구체적인 문제는 바로 그겁니다."

아까 고함이 들려오던 곳에서 갑자기 큰 불빛이 솟아오르더니, 바람의 흐름을 타고서 어렴풋한 함성이 그 두 사람에게까지 들려왔다. 불빛은 곧바로 흐려졌고, 이제는 테라스 가장자리의 불그스름한 빛만 남았다. 바람이 그치자 사람들의 고함이 선명하게 들려오다가, 이어서 총 쏘는 소리와 군중의 아우성이 들렸다. 타루가 일어서서 귀를 기울였다. 하지만 그 이상은 아무 소리도 들리지 않았다.

"시의 문에서 또 싸움이 벌어졌나보군요."

"이제 끝난 모양입니다." 리외가 말했다.

타루는 결코 끝나지 않았으며, 순서가 그렇게 되어 있으므로 여전히 희생자들이 생길 것이라고 중얼거렸다.

"아마 그럴지도 모르죠." 리외가 대답했다. "하지만 당신도 아시다시피, 저는 성인들보다는 패배자들에게서 더 강한 연대감을 느낍니다. 아마도 저는 영웅적인 행위나 신성함 같은 것에는 취미가 없는 듯해요. 제가 관심을 갖고 있는 것은 그저 인간이 되는 일뿐입니다."

"그래요, 우리는 같은 것을 추구하고 있군요. 다만 제가 야심이 더 적을 뿐이죠."

리외는 타루가 농담을 하는 줄 알고 그를 쳐다봤다. 그러나 하늘에서 내려오는 희미한 빛 속에 보이는 그의 얼굴은 슬프고도 진지해 보였다. 바람이 다시 불기 시작했고, 리외는 그 훈훈한 바람의 감촉을 느꼈다. 타루가 몸을 움직였다.

"우리가 우정을 위해서 무엇을 하면 좋을지 아세요?" 그가 물었다.

"좋으실 대로 합시다." 리외가 말했다.

"해수욕을 하는 거예요. 미래의 성인에게조차 잘 어울리는 즐거움이죠."

리외가 미소를 지었다.

"우리가 갖고 있는 통행증으로 방파제까지 갈 수 있어요. 정말이지, 페스트 속에서만 살아야 한다는 건 너무 바보 같은 일이죠. 물론 인간은 희생자들을 위해 싸워야 해요. 그러나 한편으로는 아무것도 사랑하지 않게 된다면 서로 싸워서 무슨 소용이 있겠어요?"

"그럼요." 리외가 말했다. "자, 갑시다."

잠시 후 자동차는 항구의 철책 앞에 와서 멈췄다. 달이 떠 있었다. 하얀 하늘이 사방에 희미한 그늘을 비추고 있었다.

그들 뒤에서는 시내가 계단 모양으로 늘어서 있었고, 거기서 불어오는 뜨겁고 병든 바람은 그들로 하여금 점점 더 바다 쪽을 주목하도록 만들었다. 그들이 보초에게 신분증을 보여주자, 보초는 오랫동안 그것을 살펴봤다. 그들은 초소를 통과한 후 큰 통들로 뒤덮인 평지를 가로질러, 포도주와 생선 냄새가 나는 곳을 지나 방파제 쪽으로 방향을 잡았다. 그곳에 도착하기도 전에 요오드 냄새와 해초 냄새가 풍겨와 바다에 가까워졌음을 알려줬다. 곧 파도 소리가 들려왔다.

바다는 거대한 형체를 이루고 있는 방파제 밑에서 부드럽게 철썩거리고 있었다. 그들이 방파제 위로 올라가자, 벨벳처럼 짙은 색을 띠고 있으며, 야생에서 자란 짐승처럼 유연하고 매끄러운 바다가 그들 앞에 나타났다. 그들은 바다를 향한 채 바윗돌 위에 자리를 잡고 앉았다. 파도가 쳐서 물이 부풀었다가 다시 천천히 주저앉곤 했다. 그리고 바다의 그 잔잔한 호흡에 맞춰서, 기름을 바른 듯한 반사광이 물 위에 나타났다가 사라지곤 했다. 그들 앞에는 밤의 어둠이 한없이 펼쳐져 있었다. 리외는 자기 손가락 밑에서 바윗돌의 울퉁불퉁한 감촉을 느끼자, 마음속에 기묘한 행복감이 가득 차올랐다. 그는 타루를 바라봤는데 그의 침착하고 근엄한 얼굴에서도, 어떤 것도 잊지 않고 사는, 심지어는 살인 행위까지도 잊지 않고 있는 자신과 똑같은 그 행복감을 읽을 수 있었다.

그들은 옷을 벗었다. 리외가 먼저 물에 몸을 담갔다. 처음에는 물이 차갑게 느껴졌지만, 다시 떠올랐을 때는 미지근하게 느껴졌다. 몇 번 평영을 하고 나니, 그날 저녁의 바다는 몇 개월 동안 쌓이고 쌓였던 대지의 열기를 이어받아 가을 바다의 미지근함을 아직도 간직한 듯 따뜻했다. 그는 일정한 간격을 두고 헤엄쳤다. 발을 풍덩거릴 때마다 그의 뒤에는 하얀 거품이 생겨났고, 두 팔을 따라 흘러내린 물이 다리로 흘렀다. 무겁게 풍덩 하는 소리가 들리자, 타루도 물에 뛰어든 것을 알았다. 리외는 물 위에 드러누운 채 움직이지도 않고, 달과 별들로 가득 찬 둥근 하늘을 바라봤다. 그는 길게 숨을 내쉬었다. 그러자 밤의 침묵과 적막함 속에서, 의아할 정도로 뚜렷한 찰랑거리는 물소리가 점점 더 분명히 들려왔다. 타루가 가까이 다가오자, 곧 그의 숨소리까지 들렸다. 리외는 몸을 뒤집은 다음, 그와 나란히 같은 리듬으로 헤엄쳤다. 타루는 그보다 더 힘차게 앞으로 나가고 있어서, 그는 좀 더 속력을 내야 했다. 몇 분 동안 그들은 세상을 멀리 떠나, 마침내 도시와 페스트에서 해방된 상태로 단 둘이서 같은 리듬, 같은 활력으로 전진하고 있었다. 리외가 먼저 멈췄다. 그리고 그들은 천천히 돌아왔다. 다만 헤엄치는 도중, 한순간 그들은 얼음처럼 찬 물결을 만났는데, 두 사람 모두 바다의 그런 기습에 겁을 먹은 듯 말없이 서둘러 헤엄쳤다.

그들은 다시 옷을 입고는, 아무 말도 하지 않은 채 다시 돌아왔다. 하지만 그들은 똑같은 심정이었으며, 그날 밤의 추억은 달콤했다. 그들은 멀리 페스트의 보초병이 서 있는 것을 알아봤다. 그때 리외는 타루 역시 자기처럼, 페스트가 조금 아까 잠시나마 우리를 잊고 있어서 좋았는데 이제 또 시작이겠구나, 하고 생각한다는 것을 알 수 있었다.

::

그렇다. 다시 시작해야만 했다. 페스트는 어느 누구도 아주 오랫동안 잊어버리는 법이 없었다. 12월 내내, 페스트는 시민들의 가슴속에서 타올랐고, 화장터를 환하게 비췄고, 맨손의 그림자 같은 사람들로 수용소를 가득 채우는 등, 어쨌든 그 끈질기고 불규칙적인 속도로 계속 전진했다. 당국은 날씨가 추워지면 병세가 수그러들 것으로 기대했지만, 오히려 페스트는 며칠 동안 계속된 겨울의 매서운 첫추위 속에서도 떠나지 않고 계속 머물러 있었다. 아직 기다려봐야만 했다. 그렇지만 사람이란 기다림에 지치면 아예 기다리지 않게 되는 법이다. 그래서 우리의 도시 전체는 미래를 상실한 채 살고 있었다.

리외에 관해 말하자면, 그가 만끽했던 평화와 우정의 그 덧없는 순간도, 그는 그 이튿날을 기약하지 못했다. 또 병원이 하나 생겼기 때문에, 이제 리외가 마주 보는 사람은 환자들밖에 없게 되었다. 그는 그렇게 바쁜데도 불구하고 전염병의 단계에서 변화를 알아차렸는데, 이제 페스트가 점점 폐장성의 형태를 띠고 있었던 것이다. 환자들은 그들 나름대로 의사에게 협조하고 있는 것 같았다. 그들은 병의 초기에 허탈감과 광적인 증상에 빠져들었던 모습에서 벗어나, 자신들의 이익에 관해서 더 올바르게 생각하게 된 것 같았다. 또 자신들에게 가장 이로울 수 있는 것을 스스로 요청하곤 했다. 그들은 마실 것을 끝없이 요구했으며, 모두들 따뜻한 것을 원했다. 의사는 예전처럼 여전히 피곤했지만, 그래도 그런 사람들을 보면 덜 외롭다는 느낌이 들었다.

12월 말이 되자, 리외는 아직도 수용소에 있는 예심 판사 오통으로부터 편지를 받았다. 그의 격리 기간이 끝났는데도 불구하고, 틀림없는 착오 때문에 당국은 그의 입소 날짜를 확인할 수 없다며 자신을 아직도 수용소에 억류해두고 있다는 내용이었다. 얼마 전에 수용소에서 나온 그의 부인이 도청에 이의를 제기했는데, 거기서는 절대로 착오가 있을 수 없다고 하며 냉대했다고 했다. 리외는 랑베르에게 중재를 부탁했다. 그리고 며칠이 지나자 오통은 나올 수 있게 되었다. 실제로 착오가 있었던 것이어서 리외는 약간 분개했다. 그러나 오통은 수척해진 모습으로 손을 힘없이 들고는 한 마디 한 마디에 힘을 주면서, 누구나 실수할 수 있는 법이라고 말했다. 리외는 그가 좀 변했다고만 생각했다.

“앞으로 어떻게 하시겠어요, 판사님? 처리할 서류들이 잔뜩 기다리고 있을 텐데요." 리외가 말했다.

"글쎄요. 그래도 할 수 없죠. 휴가를 얻을까 합니다." 오통이 말했다.

"사실 휴식이 필요하긴 하죠."

"그게 아닙니다. 다시 수용소로 가고 싶어서요."

리외는 깜짝 놀랐다.

"하지만 거기서 나오셨잖아요!"

"제 말뜻을 이해하지 못하셨군요. 그 수용소에서 사무를 보는 자원봉사자들이 있다고 들었습니다."

오통은 눈을 이리저리 굴리며, 손으로 한쪽 머리카락들을 꾹꾹 눌러 모양을 바로잡으려고 애쓰고 있었다.

"이해하시겠지만, 저도 뭔가 일을 좀 하려고 합니다. 그리고 어리석은 생각이지만, 그렇게 되면 제 아들과 헤어져 있다는 고통도 덜 느끼게 될 것 같아서요."

리외는 그를 바라봤다. 그 엄격하고 밋밋했던 눈빛에 돌연 부드러움이 감돈다는 것은 있을 수 없는 일이었다. 하지만 그의 눈은 예전보다 더 흐릿해졌고, 금속 같던 그 맑은 빛은 사라져버렸다.

"물론이죠." 리외가 말했다. "원하시는 일이니, 제가 곧 알아봐 드릴게요."

실제로 리외는 그 일을 알아봐줬다. 그리고 페스트가 널리 퍼진 도시의 생활은 크리스마스에 이를 때까지도 그 상태가 지속되었다. 타루는 가는 곳마다 자신의 효과적인 침착성을 발휘하면서 다녔다. 랑베르는 리외에게 그 두 명의 젊은 보초 덕분에 자기 아내와의 은밀한 편지 교환 방편을 만들어놓게 되었다는 이야기를 털어놓았다. 그래서 그는 가끔 아내의 편지를 받게 되었다. 그는 리외에게도 그 방법을 이용해보라고 권유했고 리외도 그것을 받아들였다. 그는 몇 개월 만에 처음으로 편지를 썼는데, 이것은 리외에게 굉장히 어려운 일이었다. 그동안 그가 잊어버린 말도 있었다. 편지는 발송되었다. 답장을 받는 데 시간이 오래 걸렸다. 한편 코타르의 장사는 번창하고 있었고, 그가 벌인 자잘한 투기들이 그를 부유하게 만들어줬다. 그랑은 그 축제 기간 중에 별 이득을 얻지 못했다.

그해의 크리스마스는 복음서의 축제일이라기보다는 차라리 지옥의 축제일이었다. 텅 비고 불조차 꺼져버린 가게들, 진열창 속에 있는 모형 초콜릿이나 빈 상자들, 침울한 얼굴들로 꽉 찬 전차들 등 어느 것도 과거의 크리스마스 분위기를 연상시키지 못했다. 예전에는 부유하든 가난한 사람이든 모두 함께 모여서 지냈던 그 축제일도 이제는 때가 낀 가게 뒷방에서, 특권층 사람들이 거금을 들여서 마련하는 고독하고도 부끄러운 몇 가지 즐거움을 위한 자리 이외에는 아무것도 없었다. 성당들은 신에 대한 감사의 기도보다는 오히려 탄식 소리로 가득 찼다. 활기도 없고 얼어붙은 것 같은 시내에서는, 몇 명의 아이들이 어떤 위협이 다가오는지도 여전히 모른 채 뛰어놀고 있었다. 그렇지만 아무도 감히 그 아이들에게, 인류의 고통만큼이나 오래되었으나 젊은 날의 희망만큼 새로운 선물을 가득 실은 옛날의 신이 찾아온다는 이야기를 해주지는 못했다. 모든 사람들의 마음속에는 이제 아주 오래되고 아주 침울한 희망, 심지어는 사람들이 그냥 가만히 죽지도 못하게 만드는 희망, 삶에 대한 단순한 고집에 불과한 희망의 자리밖에는 존재하지 않았기 때문이다.

그 전날 밤, 그랑은 약속한 자리에 나오지 않았다. 불안해진 리외는 새벽에 그의 집을 찾아갔으나 그를 만나지 못했다. 모든 사람들이 위험의 징후를 느꼈다. 랑베르가 11시경에 병원에 와서, 그랑이 일그러진 얼굴 표정으로 거리를 헤매는 것을 멀리서 봤는데 시야에서 곧 사라졌다고 리외에게 알려줬다. 리외와 타루는 차를 타고 그를 찾으러 나갔다.

정오에 날씨가 몹시 추운 때에 차에서 내린 리외는 저 멀리서 그랑의 모습을 알아봤다. 그는 나무를 대충 조각해서 만든 장난감들로 가득 찬 어느 진열창 앞에 바싹 붙어 있었다. 그 늙은 서기 그랑의 얼굴에는 눈물이 끊임없이 흘러내리고 있었다. 그리고 그 눈물은 리외의 마음을 뒤흔들었다. 왜냐하면 리외도 그 눈물의 의미를 이해하고 있었고, 자기도 목구멍 깊숙한 곳에서 그것을 느끼고 있었기 때문이었다. 리외도 크리스마스 날 어느 가게 앞에 있는 한 불행한 남자의 약혼과 그 남자에게 기대며 기쁘다고 말하던 잔의 모습을 머릿속에 떠올려봤다. 그랑의 그 격정적인 가슴 속에, 머나먼 세월의 안쪽 깊은 곳으로부터 잔의 그 생기발랄한 목소리가 들려왔음이 분명했다. 리외는 울고 있는 그 늙은 남자가 그 순간에 무슨 생각을 하고 있는지를 알고 있었다. 그리고 자신도 그 남자와 마찬가지로, 사랑이 없는 이 세계는 죽은 세계와 같으며, 사람에게는 감옥이나 일이나 용기 같은 것들에 지친 나머지 한 인간의 얼굴과 애정에 경탄하는 가슴을 필요로 하는 때가 반드시 찾아오기 마련이라고 생각했다.

그랑이 유리에 비친 리외를 알아봤다. 그는 여전히 울음을 그치지 못한 채 돌아서서 진열창에 등을 기대고, 리외가 다가오는 것을 봤다.

"아! 선생님, 아! 선생님." 그가 말했다.

리외는 말을 할 수가 없어서, 대답 대신 고개를 끄덕거렸다. 그 고뇌는 리외의 고뇌이기도 했다. 또 그 순간 그의 마음을 고통스럽게 만든 것은, 모든 인간이 나누고 있는 고통 앞에서 한 인간에게 찾아온 막대한 분노였다.

"그래요, 그랑 씨." 그가 말했다.

"그녀에게 편지를 쓸 시간을 갖고 싶어요. 그녀가 알 수 있도록……. 그래서 그녀가 후회 없이 행복해질 수 있도록……."

리외는 거의 강제로 그랑을 앞세우고 걸었다. 그랑은 끌려가다시피 걸어가면서도 여전히, 아까 했던 말의 끝부분들을 입속으로 중얼거리고 있었다.

"이 고통은 너무 오래가고 있어요. 이제 될 대로 되라는 생각이 들어요. 어쩔 수 없죠. 아! 선생님! 제가 겉으로는 침착해 보이겠죠. 하지만 정상적으로 보이기 위해서는 엄청난 노력이 필요했어요. 이제는 너무 힘드네요."

그는 팔다리를 흔들고 광기가 느껴지는 눈을 치켜뜨면서 말을 멈췄다. 리외가 그의 손을 잡았다. 손에서 열이 나고 있었다.

"돌아가야죠."

그렇지만 그랑은 그에게서 벗어나 몇 발자국을 뛰어가더니, 멈춘 후 두 팔을 벌리고 앞뒤로 흔들거리기 시작했다. 그는 제자리에서 빙빙 돌고는 차가운 보도에 쓰러져버렸다. 얼굴은 계속 흘러내린 눈물로 지저분했다. 지나가는 사람들이 그를 멀리서 보고는, 갑자기 멈춰 선 채 감히 다가오지 못하고 있었다. 리외는 그를 두 팔로 부축해야만 했다.

이제 침대 속에 누운 그랑은 숨이 차서 호흡이 곤란한 상태였다. 이미 폐가 감염된 것이다. 리외는 곰곰이 생각해봤다. 그랑에게는 가족도 없었다. 그를 병원으로 옮겨서 무슨 소용이 있겠는가? 자신과 타루가 그를 보살펴주는 게 좋을 듯했다.

그랑은 베개에 머리를 푹 박은 채 누워 있었는데, 안색이 창백하고 눈빛도 흐렸다. 그는 타루가 나무상자 부스러기로 벽난로에 지펴놓은 빈약한 불길을 물끄러미 바라보고 있었다. "일이 잘 풀리지 않네요." 그가 말했다. 그런데 그가 말을 할 때마다, 염증이 난 그의 폐 속 깊은 곳으로부터 기이한 비빔소리(숨을 들이쉴 때 꽈리가 늘어나면서 나는 소리로 보통 늙거나 허약한 사람에게서 가끔 들리며, 병적으로는 폐렴이 있을 때 들린다 ―옮긴이)가 새어나왔다. 리외는 그에게 말하지 말라고 권한 다음, 이만 가보겠다고 말했다. 그러자 환자가 이상한 웃음을 지었고, 그 미소와 함께 일종의 다정함이 얼굴 표정에 떠올랐다. 그는 애써서 눈을 깜빡여 보였다. "만약 제가 회복된다면, 모자를 벗고 경의를 표해야지요, 선생님!" 그러나 그는 곧바로 온몸의 힘이 쭉 빠져버렸다.

몇 시간이 지난 후 리외와 타루가 환자에게 돌아왔더니, 그는 침대에서 반쯤 몸을 일으키고 있었다. 리외는 그의 얼굴에서, 그의 몸을 화끈거리게 만드는 병세의 진전을 알아채고 불안해졌다. 하지만 그는 정신이 훨씬 또렷해진 듯했다. 그리고 곧 이상할 정도로 공허한 목소리로, 서랍에 넣어둔 원고를 갖다달라고 그들에게 부탁했다. 타루가 그 종이뭉치를 갖다주자, 그는 그것들을 보지도 않고 꼭 껴안았다가, 다음에는 의사에게 그것들을 내밀더니 자기에게 읽어달라는 손짓을 하며 권했다. 그것은 50쪽 남짓한 짧은 분량의 원고였다. 리외는 그 원고를 대충 넘겨봤는데, 그 종이뭉치 전체에는 같은 문장을 수없이 다시 베끼고 고치고 보충하거나 삭제한 것들뿐이라는 것을 알게 되었다. 5월이니 말 타는 여인이니 숲의 오솔길이니 하는 말들이 끊임없이 반복되었고, 다양한 방식으로 배열되어 있었다. 또한 그 작품에는 설명도 포함되어 있었는데 어떤 설명은 터무니없이 길었고, 게다가 이본(異本)까지 있었다. 그렇지만 마지막 장의 끝에는 단지, 정성 들인 글씨로 아직 잉크 빛도 선명하게 '나의 사랑스러운 잔, 오늘은 크리스마스라오……'라는 말이 쓰여 있었다. 그 위에는 최종적인 문장이, 세밀하게 정성 들여 쓴 글씨로 적혀 있었다. "읽어 주세요"라고 그랑이 말했다. 그래서 리외가 그것을 읽었다.

"5월의 어느 아름다운 아침에, 어떤 날씬한 여인이 화려한 밤색 암말을 타고, 꽃이 만발한 가운데, 숲의 오솔길을 누비고 있었다……."

"그것이었나요?" 늙은 그랑이 흥분한 목소리로 물었다.

리외는 그에게로 시선을 돌리지 않았다.

"아!" 그가 몸을 움직이며 말했다. "저도 잘 알아요. 아름다운, 아름다운, 적절한 낱말이 아니죠."

리외는 이불 위에 놓인 그의 손을 잡았다.

"그냥 놔두세요, 선생님. 전 이제 시간이 없을 겁니다……."

그의 가슴이 아주 힘들게 들썩거리더니, 그는 갑자기 소리를 질렀다.

"그것을 태워버리세요!"

의사는 망설였다. 하지만 그랑이 너무나 무서운 말투로, 그리고 하도 괴로운 목소리로 그 명령을 되풀이하는 바람에, 리외는 거의 꺼져가는 불 속에 그 종잇장들을 집어 던졌다. 그러자 방 안은 순식간에 밝아졌고, 그 짧은 한순간의 열이 방을 데웠다. 리외가 그랑에게 돌아왔을 때 그는 등을 돌린 채 누워 있었는데, 그의 얼굴이 벽에 거의 닿을 지경이었다. 타루는 그런 모습에 관심이 없는 듯이 창밖을 내다보고 있었다. 리외가 혈청 주사를 놓은 후 타루에게, 그랑이 밤을 넘기지 못하겠다고 말하자, 타루는 자신이 남아 있겠다고 말했다. 리외는 수락했다.

밤새도록, 그랑이 죽어가고 있다는 생각이 리외의 머릿속을 떠나지 않았다. 그러나 이튿날 아침이 되자, 리외는 그랑이 침대 위에 앉아서 타루와 대화를 하고 있는 모습을 봤다. 열이 완전히 떨어진 것이다. 그는 일반적인 쇠약 증세만을 보일 뿐이었다.

"아! 선생님" 하고 그랑이 말했다. "제 잘못이에요. 하지만 다시 시작할 거예요. 다 외우고 있거든요. 두고 보십시오."

"기다려봅시다." 리외가 타루에게 말했다.

그러나 정오가 되어도 아무런 변화가 없었다. 저녁때가 되자 그랑은 병이 다 나은 사람으로 간주되었다. 리외는 그러한 회복 상태를 전혀 이해할 수 없었다.

그렇지만 비슷한 시기에 사람들이 한 여자 환자를 리외에게 데려왔는데, 리외는 그 환자의 병세가 절망적이라고 판단해서, 병원에 도착하자마자 그 환자를 격리했다. 그 젊은 여자는 심각한 정신착란증을 보였고, 폐장성 페스트의 모든 증세를 다 나타내고 있었다. 그러나 이튿날 아침이 되자 열은 내려가 있었다. 그래도 리외는 여전히, 그랑의 경우와 마찬가지로 아침나절의 일시적인 병세 차도 현상이라고 믿고 있었다. 경험상으로는 그것이 나쁜 징조라고 간주하는 쪽에 익숙했던 것이다. 그런데 정오가 되어도 환자의 열은 다시 올라가지 않았다. 저녁때 겨우 몇 도 올라갔을 뿐이고, 다시 이튿날 아침에는 열이 완전히 떨어졌다. 그 젊은 여자는 비록 쇠약하긴 했지만 침대에 누워서 자유롭게 호흡하고 있었다. 리외는 타루에게 그 환자는 모든 법칙을 깨뜨리고 완쾌된 것이라고 말했다. 그러나 그 일주일 동안, 그와 유사한 일이 리외가 치료를 맡은 구역에서 네 건이나 발생했다.

같은 주의 주말에 그 천식 환자 노인은 완전히 흥분한 모습을 보이며 리외와 타루를 맞이했다.

"됐어요" 하고 노인이 말했다. "그놈들이 다시 나오고 있어요."

"누가요?"

"이런! 쥐 말이에요!"

지난 4월 이후로 죽은 쥐는 한 마리도 발견되지 않았다.

"그럼 다시 시작될까요?" 타루가 리외에게 물었다.

노인은 손을 비비고 있었다.

"그놈들이 뛰어다니는 것을 봐야 해요! 기분이 진짜 좋다니까요."

그는 살아 있는 쥐 두 마리가 거리로 난 문을 통해서 자기 집으로 들어오는 것을 봤던 것이다. 이웃사람들 역시 자신들의 집에서 쥐들이 다시 나타났다는 것을 그에게 알려줬다고 했다. 집의 목조 부분 여기저기에서 사람들은 몇 개월 동안 잊고 지냈던 바스락 소리를 다시 듣게 되었다. 리외는 매주 초에 나오는 전체적인 통계의 발표를 기다렸다. 통계는 병세의 후퇴를 보여주고 있었다.

La Peste

5부

비록 페스트의 그런 갑작스러운 후퇴가 예상 밖의 일이기는 했지만, 시민들은 선뜻 기뻐하지 않았다. 이제 막 지나간 몇 개월 동안이 해방에 대한 그들의 욕망을 키워준 만큼 그들에게 신중함이란 것도 가르쳐줬고, 그 전염병이 앞으로 종말을 맞이할 것이라는 사실을 점점 덜 믿도록 그들을 길들여온 셈이다. 그렇지만 그 새로운 사실은 모든 사람들의 입에 오르내렸다. 그래서 사람들의 마음속 깊은 곳에는 비밀스러운 큰 희망이 꿈틀거리고 있었다. 그 나머지 모든 일은 뒷전으로 밀려나게 되었다. 새로운 페스트 환자들이 생겼다는 소식은 통계 숫자가 내려갔다는 엄청난 사실에 비하면 별로 중요하지 않았다. 사람들이 공공연하게 기대감을 드러내지는 않았지만, 모두들 건강의 시기를 몰래 기다리고 있다는 징조가 나타났다. 그것은 바로, 그때부터는 시민들이 비록 무관심한 표정으로나마 페스트가 물러가고 난 이후에 다시 세우게 될 생활 계획에 대해서 기꺼이 이야기하고 있다는 사실이었다.

과거에 누렸던 생활의 편리함을 단번에 되찾을 수는 없으며, 재건하는 것보다는 파괴하는 일이 더 쉽다는 생각에 모든 사람들이 동의하고 있었다. 다만 사람들은 식량 보급만은 조금 개선될 수 있을 것이며, 또 그렇게 되면 가장 절박한 근심에서는 벗어날 수 있으리라고 예상하고 있었다. 그러나 사실 그런 대수롭지 않은 생각의 밑바닥에는 엄청난 희망이 동시에 활개를 치고 있었는데, 시민들도 때때로 그 사실을 자각할 정도에까지 이르자 그들은 황급히, 아무튼 해방의 날은 바로 내일 오게 되지는 않으리라 확신했다.

그리고 실제로도 페스트는 바로 그 이튿날 끝나지 않았다. 하지만 겉으로 보기에는 사람들이 이성적으로 기대했던 것보다는 더 빨리 약화되어가고 있었다. 1월 초순에는 추위가 너무나 완강하게 맹위를 떨치며 버티고 있어서, 도시의 하늘 위까지 얼어붙고 있는 듯했다. 그렇지만 그때만큼 하늘이 푸른색을 띠고 있던 적은 없었다. 며칠 동안 내내, 변함없고 싸늘한 하늘의 찬란함이 끊임없는 빛으로 우리의 도시 전체를 가득 채웠다. 그 깨끗해진 대기 속에서 페스트는 3주일 동안 계속적인 하강 상태에 있었다. 페스트로 인해 줄지어 생겼던 시신의 수가 점점 더 줄어드는 상황 속에서, 이제 페스트는 완전히 힘을 잃은 것처럼 보였다. 수개월 동안 축적해놓았던 힘의 거의 전부를 단시일 안에 잃어버린 것이다. 리외가 돌보았던 그 젊은 여자나 그랑처럼 완전한 표적으로 삼았던 먹잇감을 놓친다든지, 어떤 동네에서는 이틀이나 사흘간 병세가 심화되다가 다른 동네에서는 완전히 사라지든지, 월요일에는 희생자의 수를 증가시켜놓다가 수요일에는 거의 대부분의 환자를 살려준다든지, 또한 그처럼 숨이 가빠지고 서두르는 상태를 보면, 마치 페스트는 신경질과 싫증으로 붕괴되고 있는 듯했다. 그리고 페스트 스스로에 대한 지배력과 동시에, 그 힘의 바탕이었던 수학적이며 절대적인 효율성마저 상실해가고 있는 것 같았다. 한편 카스텔의 혈청은 갑자기, 그때까지 전혀 거두지 못했던 성공을 여러 차례 이루게 되었다. 또한 그 전까지는 어떤 좋은 결과도 얻지 못했던 의사들의 치료법들 중 몇 가지가 갑자기 확실한 효과를 보이는 것 같았다. 이제는 반대로 페스트가 추격당하는 상황이 온 듯했고, 페스트가 돌연 무력해진 덕분에, 그때까지 그 병을 향해 겨누고 있던 무뎌진 무기들에도 힘이 생긴 듯했다. 다만 가끔씩 그 병은 완강하게 버티면서, 일종의 맹목적인 폭발을 일으키는 가운데 완쾌될 것이라고 기대했던 서너 명의 환자들을 앗아갔을 뿐이다. 그들은 페스트에 있어서 불운한 사람들, 희망으로 가득 찼을 때 페스트가 목숨을 빼앗은 사람들이다. 격리 수용소에서 나온 오통 판사가 바로 그런 경우였다. 사실 타루는 그에 대해서 운이 나빴다고 말했지만, 그 말이 판사의 죽음을 생각해서 한 말인지, 아니면 판사의 삶을 생각해서 한 말인지 알 수 없었다.

그러나 전체적으로 말해서, 전염병은 모든 분야에서 물

러가고 있었다. 도청의 공식적인 발표도 처음에는 소극적이고 은밀한 희망이나 줄 뿐이었지만, 이제 마침내 승리를 얻었으며, 병이 원래의 위치를 떠나 물러가고 있다는 확신을 대중의 머릿속에 확고하게 심어주게 되었다. 실제로 그것이 과연 승리인지 아닌지는 판단하기 어려웠다. 사람들은 다만 페스트가 찾아왔을 때처럼 이제 사라지고 있다는 사실만은 확인하지 않을 수 없었다. 페스트에 대응하는 전략은 바뀌지 않았다. 어제까지는 효과가 없었던 전략이 오늘은 눈에 보일 정도로 만족스러운 효과를 나타낸 것이다. 단지 병이 스스로 힘을 다 잃어버렸거나, 또는 아마도 제 목적을 달성했으니 물러가는 것이라는 느낌도 들었다. 어떻게 보면 병은 임무를 완수한 것이었다.

그럼에도 불구하고 시내에서는 아무 변화도 나타나지 않았다. 항상 낮에는 조용했던 거리가 저녁때가 되면 늘 똑같은 군중으로 뒤덮였는데, 다만 이제는 군중의 대부분이 외투와 스카프를 걸치고 있다는 차이점만 있을 뿐이었다. 영화관과 카페는 여전히 사업이 잘되어 재미를 보고 있었다. 하지만 좀 더 가까이에서 살펴보면 사람들의 얼굴 표정이 더 온화해지고 가끔 미소까지 짓고 있다는 것을 알아볼 수 있었다. 그리고 바로 그런 때가, 그때까지는 거리에서 아무도 웃고 있지 않았다는 것을 확인할 수 있는 기회였다. 실제로 몇 개월 전부터 이 도시를 둘러싸고 있었던 어두운 장막에 이제 막 하나의 찢어진 구멍이 생겨났는데, 사람들 각자는 월요일마다 라디오의 뉴스를 통해서, 그 구멍이 점점 커지고 있으며 나중에는 마침내 숨을 쉴 수 있게 될 것이라는 사실을 확인할 수 있었다. 그것은 아직 매우 부정적인 안도감이었기 때문에, 공공연한 표현으로 드러나지는 않았다. 그러나 이전 같으면 기차가 떠났다거나, 배가 들어왔다거나, 또는 자동차의 운행이 다시 허가될 것 같다는 소식을 들을 때 의심스러운 마음이 먼저 들었을 것이다. 그런데 이와 반대로, 1월 중순경에는 그런 사실들을 발표한다고 해도 사람들이 전혀 놀라지 않았을 것이다. 그것은 사소한 일이다. 그렇지만 그런 간단하고 미묘한 변화는 실제로, 시민들이 희망을 향해 가는 길에서 굉장한 진전이 있었음을 나타냈다. 더구나 주민들에게 가장 사소한 희망도 실현 가능한 것이 되는 그 순간부터 이미 페스트의 실질적인 지배는 끝났다고 할 수 있었다.

그래도 어쨌든 1월 내내 우리 시민들이 모순된 방식으로 반응하고 있었다는 것도 역시 사실이었다. 정확히 말하자면, 그들은 흥분과 의기소침의 상태를 번갈아가면서 겪었다. 그렇게 해서 통계 숫자가 가장 긍정적인 결과를 보여준 바로 그때 새로운 몇 건의 탈주 기도가 보고되는 일도 있었다. 당국은 그 사건으로 크게 놀랐고, 감시 초소들까지도 놀랐다. 왜냐하면 탈주의 대부분이 성공했기 때문이다. 하지만 사실 그 시기에 탈주한 사람들은 본능적인 감정을 따른 것뿐이었다. 어떤 사람들의 마음속에는 페스트로부터 벗어날 수 없다는 심각한 회의주의가 뿌리내리고 있었다. 그들에게는 희망이라는 것이 더 이상 자리를 잡지 못했다. 페스트가 지나가버린 그때에도 그들은 계속해서 페스트의 규범에 맞춰서 살아갔다. 그들은 시대에 뒤떨어져 있었던 셈이다. 반대로 다른 사람들의 경우에는, 특히 그때까지 사랑하는 사람과 떨어진 채 살아왔던 사람들 중에서 흔히 볼 수 있는 반응이었는데, 그들은 오랜 시간에 걸친 감금 상태와 낙담을 경험했기 때문에, 이제 막 불기 시작한 희망의 바람이 그들의 흥분과 초조함에 불을 붙이자 모든 자제력을 잃고 말았다. 어쩌면 목적지를 그토록 가까이 두고 그들이 죽을 수도 있다거나, 사랑하는 그 사람과 다시 못 만나게 되어 그 오랜 고생이 아무 보람도 얻지 못하게 될지도 모른다는 생각 때문에 일종의 공포심에 사로잡히게 된 것이다. 그들은 몇 개월 동안 막연한 인내심을 갖고 감금과 유배 상태를 견디며 끈질기게 기다려왔는데, 갑자기 나타난 그 첫 번째 희망은 공포와 절망에도 흔들리지 않았던 것을 허물어뜨리기에 충분했다. 페스트의 속도를 마지막 순간까지 따라갈 수 없게 된 그들은, 그것보다 앞서기 위해 미친 사람들처럼 서둘러댔다.

게다가 같은 시기에 낙관주의의 자연스러운 징후들이 몇 가지 나타났다. 물가의 현저한 하락 현상이 기록된 것이 그런 징후 중 하나였다. 순수하게 경제적인 관점에서 본다면 그런 변화는 설명할 길이 없었다. 검역 절차는 시의 문에서 계속되고 있었으며, 식량 보급은 여전히 개선될 기미가 보이지 않았다. 그러므로 그런 동향은, 마치 페스트의 후퇴가 사방에 영향을 미치고 있는 것처럼 순전히 정신적인 현상이었던 것이다. 그와 동시에 전에는 집단생활을 하다가 질병 때문에 떨어져 살아야만 했던 사람들에게 낙관주의가 생기기 시작했다. 시내의 수도원 두 곳이 재조직되기 시작했고, 공동생활도 다시 할 수 있게 되었다. 군대의 경우도 마찬가지여서, 텅 비어 있던 병사(兵舍)로 다시 모이기 시작했다. 정상적인 주둔 생활을 재개한 것이다. 그런 사소한 일들이 대단한 징후들이었다.

주민들은 1월 25일까지 그렇게 은밀한 흥분 속에서 지내고 있었다. 그 주일에 통계 수치가 어찌나 낮아졌는지, 당국은 의사협회의 자문을 거친 후, 이제 전염병은 저지된 것으로 간주할 수 있다고 발표하기까지 했다. 사실 공식 발표문에서는 다음과 같이 덧붙이고 있었다. 반드시 시민의 동의를 얻으리라고 기대되는 신중한 취지에서, 시의 문은 앞으로 2주일간 폐쇄 상태를 유지하고 예방 조치는 한 달간 유지될 것이다. 그 기간 중에 위험이 재발할 것 같은 징후가 조금이라도 보이면 '현상 유지 조치는 계속될 것이며, 조치들은 소급해서 연장된다'. 그렇지만 모든 사람들은 그 추가 항목을 형식적인 조항으로 간주하는 데 의견들이 일치했다. 그래서 1월 25일 저녁에는, 즐거움이 넘치는 흥분이 도시를 가득 채웠다. 지사는 시민들의 전체적인 기쁨을 함께 하기 위해, 가로등을 과거의 건강했던 시대의 조명 방식으로 켜놓으라는 지시를 내렸다. 그래서 시민들은 차고 청명한 하늘 아래, 불이 환하게 켜진 거리로, 무리를 지어 떠들썩하게 웃으며 쏟아져 나왔다.

물론 많은 집들은 여전히 덧문을 닫고 있었고, 어떤 가족들은 다른 사람들의 환호하는 소리로 가득한 그 밤을 조용하게 보냈다. 그렇지만 그처럼 상중(喪中)이라서 슬픔에 잠긴 사람들의 경우에도, 또 다른 가족이 목숨을 빼앗기지나 않을까 하는 두려움이 마침내 가라앉아서인지, 자신의 목숨을 지켜야 한다는 감정에 매달려 더 이상 조심하지 않아도 되기 때문인지 깊은 안도감을 느끼고 있었다. 하지만 주민 대다수의 기쁨과 아무런 상관없이 남아 있는 가족들도 있었는데, 그것은 이론의 여지없이, 바로 그 순간에도 병원에서 페스트와 싸우고 있는 가족들, 그리고 예방 격리소나 자기 집에 머물며 재앙이 다른 사람에게서 손을 뗀 것처럼 자신들에게도 손을 떼고 실제로 떠나버리기를 기다리는 가족들이었다. 그 가족들도 물론 희망을 품고 있었지만, 그들은 희망을 따로 떼놓은 채 간직해두었으며, 실제로 그 권리를 얻게 될 때까지는 희망을 마음속에서 꺼내는 것을 스스로 금지하고 있었다. 그러므로 모든 사람들이 환희를 누리는 가운데, 단말마의 고통과 기쁨의 중간 지점에서 그런 기대감을 안은 채 그렇게 조용히 밤을 지새운다는 것이 자신들에게는 한층 더 잔인하게 느껴지는 것이었다.

그러나 그런 예외적인 사람들이 있다고 해서 다른 사람들의 만족감을 조금이라도 줄어들게 한 것은 아니었다. 아마도 페스트는 아직 끝나지 않았고, 그런 사실을 페스트가 앞으로 증명해 보일 것이 분명하다. 그렇지만 모든 사람들의 머릿속에는 이미, 몇 주일을 앞당겨서 기차들이 끝없이 철로 위로 기적을 울리며 지나가고, 선박들이 햇빛에 반짝이는 바다를 가르며 나아가고 있었다. 그 이튿날이 되어 사람들의 마음이 진정되면 의혹은 다시 살아날 것이다. 그렇지만 당장에는 도시 전체가, 이제까지 단단한 뿌리를 뻗고 서 있었던 그 어둡고 움직임 없는 닫힌 곳을 떠나기 위해 움직이기 시작하여, 마침내는 생존자들을 싣고 전진하기 시작하는 것이다. 그날 저녁에 타루와 리외도, 그리고 랑베르와 다른 사람들도 군중 속에 섞여 걷고 있었는데, 그들 역시 발이 땅에 닿지 않는 것 같은 가벼운 느낌을 받았다. 큰길에서 벗어난 지 오래되었는데도 타루와 리외의 귀에 그 기쁨의 소리가 그들 뒤를 따라오며 들렸고, 심지어는 그들이 인적이 없는 골목길에서 덧문이 닫힌 창문들을 따라 걷고 있을 때조차 그 소리는 들려왔다. 그런데 피로 탓인지 그들은, 그 덧문들 뒤에서 아직도 연장되고 있는 그 괴로움을, 거기서 좀 더 먼 곳의 거리거리를 가득 채우고 있는 기쁨과 따로 떼어놓고 생각할 수 없었다. 다가오고 있는 해방은 웃음과 눈물이 뒤섞인 모습을 하고 있었던 것이다.

웅성거리는 소리가 더 크고 더 즐겁게 들리는 순간, 타루는 멈춰 섰다. 어두운 길 위에 어떤 형체 하나가 가볍게 달리고 있었기 때문이다. 그것은 고양이였는데, 지난봄 이후로 처음 보는 것이었다. 고양이는 길 한가운데서 잠시 가만히 있다가 머뭇거리고는 한쪽 발을 핥았다. 그리고 그 발을 재빨리 오른쪽 귀에 문지르고 난 후, 다시 조용히 달려가서 어둠 속으로 사라졌다. 타루는 미소를 지었다. 그 작은 노인도 역시 기뻤을 것이다.

::

페스트가 떠나며, 그것이 조용히 빠져나왔던 미지의 어떤 소굴로 다시 돌아가는 듯했던 그 무렵, 그런 퇴각에 망연자실하고 있던 사람이 이 도시에는 적어도 한 사람 있었다. 타루의 수첩에 적힌 내용에 따르면, 그 사람은 코타르였다.

사실 그 수첩의 내용은 통계 숫자가 내려가기 시작할 무렵부터 매우 이상하게 변하고 있었다. 피로 탓인지는 모르겠지만 수첩의 글씨가 읽기 어려워지고, 화제가 너무 빈번하게 이것에서 저것으로 바뀌고 있었다. 게다가 처음으로 그 수첩에는 객관성이 없는 개인적인 의견이 끼어들고 있었다. 그래서 코타르에 관한 매우 긴 대목 도중, 고양이들과 노인에 대한 짧은 이야기가 덧붙여져 있었던 것이다. 타루가 쓴 글을 그대로 믿는다면, 페스트는 그 노인에 대한 그의 깊은 관심을 조금도 줄어들게 하지 못했다. 그 노인은 전염병이 생기기 전에 그의 흥미를 끌었듯이, 전염병이 생긴 후에도 그의 흥미를 끄는 인물이었던 셈이다. 그런데 타루 자신이 노인에게 갖고 있던 호의에 문제가 생긴 것도 아니었는데, 어쨌든 불행하게도 노인은 더 이상 타루의 흥미를 끌지 못했다. 그런데 그는 다시 그 노인을 보려고 애썼다. 1월 25일 저녁이 지난 며칠 후에, 그는 그 좁은 길의 한 모퉁이에 자리를 잡고 서 있었다. 거기서 고양이들은 예전처럼 같은 시간에, 양지바른 곳에 모여 햇빛을 쬐고 있었다. 그러나 보통 때의 그 시간이 되어도 덧문은 굳게 닫혀 있었다. 그 이후로도, 타루는 그 덧문이 열리는 것을 한 번도 보지 못했다. 그는 그 이유에 대해서 기이하게도 다음과 같은 결론을 내렸다. 그 작은 노인은 화가 났거나 아니면 죽었을 것이며, 만약 화가 난 것이라면 그 이유는 노인이 자신은 옳은데 페스트가 자신에게 피해를 입혔기 때문이겠고, 만약 죽었다면 노인에 관해서도 그 천식 환자 노인의 경우와 마찬가지로 그가 과연 성인이었는지 생각해볼 필요가 있다는 것이다. 타루는 그 노인을 성인이라고 생각하지는 않았지만, 그 노인의 경우에는 어떤 '징후'가 있다고 평가하고 있었다. 수첩에는 이렇게 적혀 있었다.

아마도 우리는 성스러움의 근사치까지밖에는 도달할 수 없을 것이다. 그렇다면 수수하고 자비로운 어떤 악마주의로 만족해야만 할 것이다.

코타르에 관한 관찰을 적은 글과 여전히 뒤섞인 채, 수첩 속에는 여기저기 흩어져 있는 수많은 고찰이 발견되었는데, 그중 어떤 것들은 이제 회복기에 있어서 아무 일도 없었다는 듯이 다시 일을 시작한 그랑에 관한 것이며, 또 다른 것들은 리외의 모친에 대한 이야기였다. 한집에 살고 있던 관계로 그 여인과 타루 사이에 오간 몇 번의 대화와 그 나이 든 부인의 태도, 그녀의 웃음, 페스트에 대해 그녀가 한 말 등이 세밀하게 적혀 있었다. 타루는 특히 리외 부인의 겸손한 모습에 대해 강조했다. 그리고 모든 것을 단순한 말로 표현하는 그녀의 솜씨, 조용한 거리로 난 창문을 특별히 좋아해서 저녁때가 되면 그 창 앞에 약간 몸을 펴고 두 손을 가만히 놓은 채 주의 깊은 시선으로, 석양빛이 방 안으로 가득히 들어와 부인의 형체를 잿빛 광선 속에 하나의 검은 그림자로 만들었다가, 그 광선이 조금씩 짙어지면서 움직이지 않는 그 그림자를 없애버릴 때까지 앉아 있던 그녀의 모습, 또 이 방에서 저 방으로 갈 때의 우아한 동작, 타루 앞에서는 한 번도 분명히 드러내 보인 적은 없지만 부인의 행동이나 말에서 그런 빛을 알아볼 수 있는 선량함, 마지막으로 깊이 생각하지 않고도 모든 것을 알고 있던 점, 그처럼 조용히 어둠 속에 묻혀 있었으면서도 그 어떤 깨달음의 빛과도, 그것이 페스트의 빛이었다 해도 당당하게 감당할 수 있었다는 것을 강조하고 있었다. 그런데 이 부분에서 타루의 글씨에는 이상한 굴절 증세가 나타나고 있었다. 그 뒤에 계속 이어지는 몇 줄은 읽기가 힘들었고, 또 그 굴절의 새로운 증거를 보여주기라도 하듯, 마지막 말들은 처음으로 개인적인 내용이었다.

> 우리 어머니 역시 그러했는데, 나는 어머니의 그런 겸손함을 좋아했으며, 내가 항상 한편이 되고 싶었던 사람도 바로 어머니였다. 8년 전에 어머니가 돌아가셨다고 할 수는 없다. 단지 어머니는 평보소다 약간 더 자신의 존재를 숨기셨을 뿐이다. 그래서 내가 뒤를 돌아봤을 때, 어머니는 이미 거기에 안 계셨던 것이다.

그러나 이제 우리는 코타르의 이야기로 돌아갈 필요가 있다. 통계 숫자가 내려간 이후로, 코타르는 온갖 다양한 핑계를 대며 리외를 여러 번 방문했다. 하지만 실제로는 매번 한결같이, 리외에게 전염병의 진행에 대한 예측을 물어봤다.

"그냥 이런 식으로 갑자기, 아무 예고도 없이 병이 멈출 거라고 생각하시나요?"

코타르는 그 점에 대해 회의적이었다. 적어도 그는 회의적이라고 선언했다. 그렇지만 계속 질문을 되풀이하는 것을 보면, 그의 확신이 덜 단호한 듯했다. 1월 중순에 리외는 상당히 낙관적인 방식으로 대답했다. 그런데 그 대답들은 매번, 코타르를 기쁘게 해주기는커녕 다양한 반응들을 불러일으켰는데, 그 반응들은 불쾌감의 표현부터 낙담에까지 이르는 등 그날그날에 따라 다양했다. 그래서 그 후부터 리외는 그에게, 통계상으로 나타난 희망적인 징조에도 불구하고 아직은 승리를 선언할 시기는 못 된다고 말하게 되었다.

"다시 말해서." 코타르가 전망을 말했다. "아무것도 알 수 없다는 건가요? 오늘내일 다시 터질 수도 있다는 말씀이죠?"

"그래요. 치료의 움직임이 진척되는 것과 마찬가지로 반대의 상황이 될 수도 있죠."

모든 사람이 불안해하는 그 불확실성이 코타르의 마음을 분명히 진정시켜 주었다. 그래서 그는 타루가 보는 앞에서, 그가 사는 동네의 상인들과 대화를 시작할 때면 리외의 의견을 널리 퍼뜨리려고 애썼다. 사실 그것은 하기 힘든 일이 아니었다. 왜냐하면 초기에 누렸던 승리의 열광이 사라지자 많은 사람들의 머릿속에는 의심이 다시 생겨났고, 그 의심은 도청의 발표에 흥분했었던 마음보다 더 강하게 남아 있었기 때문이었다. 코타르는 사람들이 그런 불안감을 느끼는 모습을 보면서 안심하곤 했다. 또 지난번처럼 낙담도 했다. "그래요"라고 그는 타루에게 말했다. "결국 시의 문이 열리게 되겠죠. 그러면 두고 보세요. 모두들 나 같은 사람은 알 바 아니라는 듯 버릴 겁니다."

1월 25일까지는 모든 사람들이 그의 정신 상태가 불안정하다는 것을 알아차렸다. 긴 세월 동안, 그렇게 오랫동안 동네 사람들이나 친척들과 잘 지내보려고 애썼던 그가, 이제 그들과 정면으로 대립하게 되었다. 적어도 겉으로 보기에는, 그 당시 그는 세상을 등지고 은둔 생활을 했으며, 갑자기 비사교적인 생활을 하기 시작했다. 식당에서도, 극장에서도, 그가 좋아했던 카페에서도 이제 더 이상 그를 볼 수 없었다. 그럼에도 불구하고 그는 전염병이 유행하기 전에 그가 영위했던 규칙적이고 변변치 않은 생활로 되돌아가지는 않는 듯했다. 그는 자기 아파트 속에 완전히 틀어박혀 살면서, 식사는 근처에 있는 식당에서 시켜다 먹었다. 단지 저녁때가 되면 은밀한 외출을 했는데, 필요한 것들을 산 다음에 가게에서 나와 사람들이 안 보이는 거리로 뛰어 들어갔다. 그러다가 타루와 마주친 적이 있었지만, 그에게서는 그저 짧은 한두 마디 말밖에 들을 수 없었다. 그 후로는, 갑자기 다시 사교적으로 변하더니, 페스트에 관해서 유창하게 떠들기도 하고 남의 의견을 끌어내기도 하며, 매일 저녁마다 사람들의 환심을 사려는 태도를 보이며 군중의 틈에 뛰어들었다.

도청의 발표가 있던 날, 코타르는 완전히 행방을 감췄다. 그런데 이틀 후, 타루는 거리를 헤매고 있는 그를 마주쳤다. 코타르는 그에게, 변두리까지 같이 가달라는 부탁을 건넸다. 그날 하루 동안의 일로 유난히 피로감을 느끼고 있던 타루는 머뭇거렸다. 하지만 코타르는 끈질기게 간청했다. 그는 매우 흥분한 듯이, 혼란스러운 몸짓을 하며 빠르고 큰 목소리로 떠들어댔다. 그는 타루에게, 도청의 발표로 정말로 페스트가 물러갔다고 생각하는지를 물었다. 물론 타루는 그런 행정적인 발표 자체가 재앙을 멈추게 할 수는 없지만, 그래도 뜻밖의 사고가 일어나지 않는 한 전염병이 물러가고 있다는 것을 추정할 수 있다고 대답했다.

"그래요" 하고 코타르가 말했다. "뜻밖의 사고를 제외한다면 말이에요. 하지만 언제나 그런 사고는 일어나는 법이죠."

게다가 타루도 도청에서 시의 문을 개방하기 전에 2주일간의 기간을 두는 체제를 마련함으로써, 어떻게 보면 예기치 않은 사고를 미리 고려하고 있다는 사실을 지적했다.

"아주 잘한 일이에요." 코타르가 여전히 침울하고 흥분한 상태로 말했다. "상황이 돌아가는 꼴을 보니, 도청은 쓸데없는 헛소리를 한 것일지도 모르니까요."

타루는 그렇게 될 가능성도 물론 있지만, 그럼에도 불구하고 앞으로 시의 문이 열리게 되어 정상적인 생활로 돌아가게 될 것을 예상하는 편이 더 나을 거라고 말했다.

"그렇다고 가정해봅시다." 코타르가 말했다. "그렇다고 쳐요. 하지만 정상적인 생활로 돌아간다는 게 무슨 의미죠?"

"영화관에 새로운 필름이 들어온다는 것이요." 타루가 웃으면서 말했다.

그러나 코타르는 웃지 않았다. 그는 페스트가 그 도시에서 어떤 것도 변화시키지 않을 것인지, 그리고 모든 것이 전과 같이, 즉 아무 일도 일어나지 않았던 것처럼 다시 시작될 수 있을지를 알고 싶어 했다. 타루는 페스트가 도시를 변화시킬 수도 있고 변화시키지 않을 수도 있다고 했다. 그러면서 당연히 시민들의 가장 강한 욕망은 현재도 또 미래에도 마치 아무 일도 일어나지 않은 것처럼 행동하는 것이라고 생각한다고 덧붙였다. 그러므로 어떤 의미에서는 아무것도 변화하지 않겠지만, 다른 의미에서 보면 비록 필요한 의지력을 갖췄다고 해도 모든 것을 잊을 수는 없으며, 페스트는 적어도 사람들의 마음속에라도 그 흔적을 남길 것이라고 했다. 그러자 그 키 작은 연금 생활자 코타르는 자신은 마음 따위에는 관심이 없으며 그런 것에 신경을 쓴다 해도 맨 마지막에나 신경을 쓸 것이라고 아주 분명히 선언했다. 자신의 흥미를 끄는 것은 혹시 도시의 조직 자체가 변화하지 않을 것인지의 문제, 즉 예를 들면 모든 기관들이 과거와 같이 기능을 수행할 수 있을지의 문제라고 했다. 그래서 타루는 그런 문제에 대해서는 모르겠다고 인정하지 않을 수 없었다. 타루의 생각으로는, 전염병이 유행하던 기간에 혼란에 빠졌던 그 모든 기관들이 다시 제대로 움직이려면 약간의 어려움이 따를 것이라고 추측할 수 있다고 했다. 또한 새로운 문제들이 엄청나게 많이 제기됨으로써, 적어도 과거 기관들의 재편성이 필요해질 것으로 믿는다고 말했다.

"아!" 하고 코타르가 말했다. "그럴 가능성이 있죠. 사실 모두가 모든 일을 전부 다시 시작해야 하겠죠."

그 두 산책자는 코타르의 집 근처까지 걸어왔다. 코타르는 활기를 띠면서 낙관적인 생각을 하려고 애쓰고 있었다. 그는, 무에서 다시 시작하기 위해 과거를 지우고 새롭게 살아보려는 도시의 모습을 상상하고 있었다.

"맞아요" 하고 타루가 말했다. "결국에는, 아마도 당신 역시 형편이 좋아질 거예요. 어떤 면에서는 새 생활이 시작되는 것이니까요."

그들은 문 앞까지 와서 악수를 했다.

"옳은 말씀이에요." 코타르는 점점 더 흥분해서 이렇게 말했다. "무에서 다시 시작한다는 것은 좋은 것이죠."

그런데 복도의 어둠 속에서 두 남자가 갑자기 나타났다. 타루는 저 작자들이 왜 왔는지 모르겠다고 말하는 자기 친구의 말을 들을 겨를도 없었다. 사복을 입은 형사처럼 보이는 그 남자들은 이미 코타르에게, 당신 이름이 분명 코타르가 맞냐고 물었다. 그러자 코타르는 나지막한 탄성 비슷한 소리를 내더니 몸을 홱 돌려, 그 남자들이나 타루가 어떤 행동을 취할 틈도 없이 벌써 어둠 속으로 돌진해버렸다. 놀라운 마음이 좀 진정되자, 타루는 그 두 남자에게 무슨 일로 그러느냐고 물었다. 그들은 신중하고 예의 바른 태도를 보이며, 그가 어떤 첩보에 관련되어 있어서 그런다고 말하고는, 코타르가 뛰어간 방향으로 침착하게 떠났다.

집에 돌아온 타루는 그때의 장면에 대해 적어놓고, 곧바로 자신의 피로감(글씨가 그것을 증명했다)에 대해서도 언급했다. 그는 자신에게는 아직도 할 일이 많이 남아 있으며 그렇다고 해서 마음의 준비도 없이 지내면 안 된다고 덧붙인 후에, 과연 자신은 마음의 준비가 되어 있는지를 자문해봤다. 그에 대한 대답으로 타루는 마지막에 다음과 같은 글을 썼다. '언제나 낮과 밤의 어떤 시간이 되면 인간의 마음이 느슨하게 풀리며 무기력해지는 법인데, 내가 두려워하는 것은 바로 그 시간뿐이다.' 타루의 수첩에 적힌 글은 이 부분에서 끝나 있었다.

::

그다음다음 날, 도시의 문들이 열리기 며칠 전에 리외는 자신이 기다리는 전보를 받게 되지 않을까 해서, 정오에 집으로 돌아왔다. 그 당시에도 그의 하루하루는 페스트가 가장 사나운 위세를 떨치던 때만큼이나 고단했지만, 결정적인 해방에 대한 기대감이 그의 피로감을 전부 사라지게 만들었다. 그는 이제 희망을 갖게 되었고, 또 희망을 갖게 된 것을 기뻐하고 있었다. 항상 자신의 의지력을 팽팽하게 긴장시킨 채, 완강하게 버티며 지낼 수는 없는 법이다. 투쟁을 위해 엮어놓았던 힘의 다발을, 마음을 활짝 터놓은 채 마침내 그 매듭을 하나씩 풀어가는 것은 행복한 일이다. 만약 그가 기다렸던 그 전보 역시 기분 좋은 내용을 담고 있다면, 리외는 새로 출발할 수 있으리라. 모두가 새 출발을 해야 한다는 것이 그의 의견이었다.

그는 수위실 앞을 지나갔다. 새로 온 수위가 유리창에 얼굴을 가까이 대고 그에게 미소를 지었다. 리외는 계단을 올라가면서, 피로와 궁핍함으로 창백해진 수위의 얼굴을 다시 떠올려보았다.

그렇다. 추상이 끝나게 될 때, 그는 새로 출발할 것이다. 그리고 약간의 운이 따라준다면……. 그런데 그가 방의 문을 열었던 바로 그때, 그의 어머니가 그를 마중 나와서 타루가 몸이 좋지 않다는 사실을 알려줬다. 그는 아침에 일어났지만, 외출할 기력이 없어서 조금 전에 자리에 다시 누웠다는 것이었다. 리외의 어머니는 불안해하고 있었다.

"아마 심각한 문제는 없을 겁니다." 그녀의 아들이 말했다.

타루는 몸을 쭉 펴고 누워 있었다. 두통으로 무거워진 그의 머리는 긴 베개 속에 푹 파묻혔고, 튼튼한 가슴의 윤곽이 두꺼운 이불 밑으로 드러나 보였다. 열이 나고 있었고, 머리가 아파서 괴로워하고 있었다. 그는 리외에게 증세가 모호하지만 어쩌면 페스트 증세 같기도 하다고 말했다.

"아니에요, 아직 확실한 증세는 없어요." 그를 진찰하고 나서 리외가 말했다.

그렇지만 타루는 갈증이 나서 괴로워했다. 리외는 복도

에 나가서 자기 어머니에게, 아마도 페스트의 시초인 것 같다고 말했다.

"오!" 하고 어머니가 말했다. "그럴 리가 있나, 이제 와서!"

그리고 바로 이어서 말했다.

"그냥 집에서 치료하자, 베르나르."

리외는 생각에 잠겼다.

"제게는 그럴 권한이 없어요." 그가 말했다. "하지만 시의 문이 곧 열릴 거예요. 만약 어머니만 안 계시다면, 아마 제가 제 몫으로 누리는 첫 번째 권한을 행사할 수도 있었겠죠."

"베르나르" 하고 어머니가 말했다. "우리 둘 다 집에서 치료받게 해다오. 내가 새로 예방주사를 맞은 지 얼마 되지 않았다는 것을 너도 잘 알지 않니?"

리외는 타루도 예방주사는 맞았지만, 아마 너무 피곤해서 마지막 혈청 주사를 맞는 일을 빠뜨렸을 테고, 또 몇 가지 주의사항을 잊어버렸을 것이라고 말했다.

리외는 벌써 자신의 진료실에 가 있었다. 그가 다시 방으로 돌아왔을 때, 타루는 그가 커다란 혈청 앰풀을 들고 있는 것을 봤다.

"아! 역시 그것이군요." 그가 말했다.

"아니에요, 예방 차원에서 하는 거예요."

타루는 대답 대신에 팔을 내밀었다. 그리고 자신이 다른 환자들에게 놓아줬던, 다 맞으려면 한없이 오래 걸리는 그 주사를 꾹 참고 맞았다.

"오늘 저녁에 결과를 봅시다" 하고 말하고 나서 리외는 타루를 정면으로 바라봤다.

"격리는요, 리외 선생님?"

"페스트에 걸려다는 것도 아직 확실하지 않은데요."

타루는 애써서 웃음을 보였다.

"혈청 주사를 놓으면서 동시에 격리 지시를 안 내리시는 건 처음 보는군요."

리외는 얼굴을 돌렸다.

"어머니와 제가 당신을 보살펴주겠어요. 여기 있는 편이 더 나을 겁니다."

타루는 입을 다물었다. 주사액 앰풀을 정리하고 있던 리외는 타루가 무슨 말을 하면 바로 돌아서려고 기다리고 있었다. 마침내 그는 침대 쪽으로 걸어갔다. 환자는 그를 쳐다봤다. 환자의 얼굴은 피곤해 보였지만, 회색빛의 두 눈은 평온해 보였다. 리외는 그에게 미소를 지었다.

"될 수 있으면 잠을 푹 자요. 곧 돌아올게요."

리외가 문 앞까지 갔을 때, 그를 부르는 타루의 목소리가 들려왔다. 그는 타루 쪽으로 돌아봤다.

"리외 선생님." 마침내 그는 또박또박 말을 했다. "제게 모든 것을 말씀해주셔야죠. 그럴 필요가 있어요."

"약속하지요."

타루는 그의 투박한 얼굴을 일그러뜨리며 웃었다.

"고마워요. 저는 죽고 싶지 않아요. 계속 투쟁할 거예요.

하지만 싸움에서 진다면 깨끗하게 최후를 맞이하고 싶군요."

리외는 머리를 숙이고 그의 어깨를 잡았다.

"아니죠" 하고 리외가 말했다. "성자가 되려면 살아야 해요. 싸우십시오."

낮 동안 매서웠던 추위는 조금 풀렸지만, 그 대신 오후에는 우박이 섞인 소나기가 세차게 쏟아졌다. 석양이 질 무렵에는 하늘이 좀 개었지만, 추위는 살을 에는 듯 더 맹렬해졌다. 리외는 저녁에 집으로 돌아왔다. 그는 외투도 벗지 않은 채 친구의 방에 들어갔다. 리외의 어머니가 뜨개질을 하고 있었다. 타루는 자리에서 조금도 움직이지 않은 듯했다. 하지만 열 때문에 하얗게 변한 그의 입술은, 그가 여전히 투쟁을 지속하고 있음을 말해줬다.

"좀 어떤가요?" 리외가 물었다.

타루는 침대 밖으로 그 두툼한 어깨를 드러내며 약간 으쓱해 보였다.

"글쎄요." 그가 말했다. "아무래도 제가 질 것 같군요."

리외는 그에게로 몸을 굽혔다. 불에 타는 듯 화끈거리는 피부 밑에서 멍울들이 단단하게 굳어 있었고, 그의 가슴은 보이지 않는 제철소에서 들려오듯 온갖 소음을 내고 있었다. 타루는 기이하게도 두 종류의 증세를 보이고 있었다. 리외는 일어서면서, 혈청이 완전한 효력을 나타낼 겨를이 아직 없었다고 말했다. 타루의 목구멍에서 뜨거운 열이 솟아울러 그가 하려고 애쓰는 몇 마디 말을 삼켜버렸다.

리외와 그의 어머니는 저녁을 먹고 나서, 환자 곁에 와서 앉았다. 타루에게 밤은 싸움으로 시작되었다. 리외는 페스트 화신과의 이 가혹한 투쟁이 새벽녘까지 계속될 것임을 알고 있었다. 타루의 단단한 두 어깨와 넓은 가슴이 최선의 무기는 아니었다. 그보다는 차라리 조금 전에 리외가 바늘 끝으로 뽑아낸 그 피, 그리고 그 핏속에서 영혼보다 더 내밀한 그 무엇, 어떤 과학의 힘으로도 밝힐 수 없는 그 무엇이야말로 최선의 무기였다. 리외는 자기 친구가 싸우는 모습을 단지 보고만 있어야 했다. 그가 시도하려고 했던 일들, 즉 화농을 촉진시킨다거나 강장제를 주사하는 일은 몇 개월간 실패를 거듭했기 때문에 그 효과가 어느 정도인지 잘 알고 있었다. 그래서 사실 이제 그가 할 수 있는 유일한 일은, 자극을 받아야만 움직이는 그 우연성에 기회를 제공해 주는 것뿐이었다. 그러니 그 우연성이 반드시 움직여야만 했다. 왜냐하면 리외는 자신의 계획을 좌절시킬지도 모르는 페스트의 모습을 마주 보게 되었기 때문이다. 페스트는 한 번 더, 그것에 대항하려고 사람들이 세웠던 전략들을 따돌리는 일에 열중하고 있었다. 페스트는 전혀 예상하지 못한 곳에 나타나는가 하면, 굳게 자리를 잡은 것처럼 보이던 곳에서 사라져버리기도 했다. 한 번 더, 페스트는 사람들을 뒤흔드는 일에 전념하고 있었던 것이다.

타루는 움직이지 않고 투쟁을 계속하고 있었다. 밤새도

록 고통의 공격으로 흔들리는 모습을 단 한 번도 보이지 않았고, 단지 그 육중한 몸과 완전한 침묵으로 싸우고 있었다. 그런데 그는 역시, 단 한 번도 말을 하지 않았다. 그렇게 그는 자기 특유의 방식으로, 이제 더 이상 방심할 여유가 없다는 것을 고백하고 있는 것이었다. 리외는 단지 친구의 눈을 통해서만, 그런 투쟁의 과정을 좇아갈 뿐이었다. 떴다 감았다 하는 그 눈, 안구에 더 바싹 달라붙었다가 반대로 축 늘어지곤 하는 눈꺼풀, 어떤 대상을 뚫어지게 바라보거나 혹은 리외와 그의 어머니에게로 옮겨지는 그 시선 같은 것으로 말이다. 리외가 그 시선과 마주칠 때마다, 타루는 힘껏 애써서 미소를 지었다.

그런데 어느 한순간, 거리에서 급히 뛰어가는 발소리들이 들려왔다. 발소리는 멀리서 으르렁대는 천둥소리에 쫓기는 것 같더니, 이제 그 천둥소리가 조금씩 가까워지면서 마침내 거리는 빗물이 쏟아져 내리는 소리로 가득 찼다. 다시 비가 내리는 것이다. 곧바로 그 비에 우박이 섞여서 도로를 내리치고 있었다. 창문들 앞에 있는 커다란 차양들이 물결치듯 나부끼고 있었다. 방 안의 어둠 속에서 비 오는 소리에 잠시 정신이 팔렸던 리외는 머리맡에 놓인 램프 불빛에 비친 타루의 모습을 다시 주시했다. 리외의 어머니는 뜨개질을 하면서, 가끔 고개를 들어 환자를 주의 깊게 쳐다봤다. 리외는 이제 할 수 있는 일은 모두 다 해봤다. 비가 그치자 방 안의 침묵은 더욱 깊어졌고, 보이지 않는 전쟁의 소리 없는 동요만이 그곳을 가득 채웠다. 불면증 때문에 신경이 예민해진 리외는 그 침묵의 한계선에서, 전염병이 유행하는 동안 계속해서 그를 따라다녔던, 그 부드럽고 규칙적인 휘파람 소리가 들리는 것 같은 상상에 빠졌다. 그는 어머니에게 그만 주무시라고 권하는 눈짓을 보냈다. 어머니는 고개를 저으며 싫다고 했는데, 그녀의 눈이 반짝이고 있었다. 그리고 그녀는 바늘 끝으로, 뜨개질하던 것의 코를 세밀하게 헤아려봤다. 코의 개수를 확신할 수 없었던 것이다. 리외는 일어서서 환자에게 물을 먹이고, 다시 돌아와 자리에 앉았다.

행인들은 비가 잦아든 틈을 타서, 빠르게 보도 위를 걸어가고 있었다. 그들의 발소리가 점점 약해지더니 곧 멀어졌다. 리외는 처음으로, 밤늦게 돌아다니는 산책자들도 많고 구급차의 사이렌 소리도 안 들리는 그날 밤이 옛날의 밤과 비슷하다고 생각했다. 페스트에서 해방된 밤이었던 것이다. 그리고 추위와 햇빛과 군중에 의해 쫓겨난 병이 도시의 어둡고 깊숙한 곳에서 빠져나온 후, 이 따뜻한 방으로 도피해서 타루의 무기력한 몸을 향해 최후의 공격을 하고 있는 듯했다. 재앙은 더 이상, 도시의 하늘을 휘저으며 요동치게 만들지 않았다. 하지만 그것은 이제, 방 안의 무거운 공기 속에서 가만히 휘파람을 불고 있었다. 리외가 몇 시간 전부터 듣고 있었던 소리가 바로 그 소리였다. 그는 거기서도 역시 페스트가 멈추고, 거기서도 역시 페스트가 패배를 선언하기를 기다려야만 했다.

새벽이 되기 조금 전에 리외는 어머니에게 몸을 굽히고 말했다.

"8시에 저와 교대하시려면 어머니는 주무셔야죠. 주무시기 전에 소독하세요."

리외 부인은 일어나서 뜨개질을 하던 것을 정리하고 침대 쪽으로 갔다. 조금 전부터 타루는 이미 눈을 감고 있었다. 그 단단한 이마 위에는 땀으로 머리카락이 엉겨붙어서 고리 모양을 만들고 있었다. 부인이 한숨을 쉬었더니, 환자가 눈을 떴다. 그는 온화한 얼굴이 자신을 보고 있는 것을 봤다. 그러자 열이 불규칙하게 끓어오르는 중에도, 집요한 그 미소가 다시 얼굴에 떠올랐다. 그렇지만 눈은 곧바로 감겼다. 혼자 남게 된 리외는, 모친이 방금까지 앉았던 안락의자에 가서 앉았다. 거리는 조용했고, 이제 침묵만이 가득했다. 아침의 쌀쌀한 기운이 방안에서 느껴지기 시작했다.

리외는 깜빡 잠이 들었다. 하지만 새벽의 첫 자동차 소리가 그를 잠에서 끌어냈다. 그는 소스라치듯 깨어나 타루를 바라봤다. 그는 병세가 잠시 가라앉아서 환자도 잠들어 있다는 것을 알아차렸다. 나무와 쇠로 된 마차 바퀴 소리가 여전히 멀리서 들려오고 있었다. 밖은 아직 어두워서 창문 유리창이 검은색이었다. 의사가 침대 가까이 다가가자, 타루는 아직 잠에서 깨어나지 않은 것처럼 무표정한 눈으로 그를 봤다.

"잠이 들었죠, 그렇죠?" 리외가 물었다.

"네."

"숨쉬기는 좀 나아졌나요?"

"네, 약간. 그게 무슨 의미가 있나요?"

리외는 입을 다물었다가 잠시 후에 이렇게 말했다.

"없어요, 타루. 아무 의미도 없어요. 아침에 나타나는 일시적인 차도라는 것을 나만큼이나 잘 알고 있잖아요."

타루가 그 말에 동의했다.

"고마워요." 그가 말했다. "제게 늘 그렇게 정확히 대답해 주세요."

리외는 침대 발치에 걸터앉았다. 그는 바로 곁에서, 무덤 앞 횡와상(橫臥像, 옆으로 누워 있는 모습으로 만든 상—옮긴이)의 다리처럼 딱딱하고 기다란 환자의 다리를 느꼈다. 타루의 숨소리는 더 높아졌다.

"열이 또 오르는 모양이에요. 그렇죠, 리외?" 그는 헐떡거리는 목소리로 말했다.

"네, 하지만 정오가 되면 안정될 거예요."

타루는 눈을 감았고, 자신의 힘을 한곳으로 모으는 듯했다. 피로감을 드러내는 표정을 그의 얼굴에서 읽을 수 있었다. 그는 자신의 몸 깊숙한 곳 어딘가에서 이미 움직이기 시작한 열이 어서 온몸에 올라오기를 기다리고 있었다. 그가 눈을 떴을 때, 시선은 흐려져 있었다. 그는 자기 옆에서 몸을 구부리고 있는 리외를 보고 나서야 겨우 밝아졌다.

"물을 마셔요." 리외가 말했다.

타루는 물을 마시고, 머리를 다시 푹 숙였다.

"지루하군요." 그가 말했다.

리외는 그의 팔을 잡았지만, 타루는 시선을 돌린 채 더 이상 반응을 보이지 않았다. 그러자 갑자기, 열이 그의 이마에까지 눈에 띄게 역류했다. 마치 열이 내부의 둑을 무너뜨린 것 같았다. 타루의 시선이 리외에게 향했을 때, 리외는 긴장한 얼굴로 그에게 용기를 북돋아줬다. 타루는 다시 웃어 보이려고 애썼지만, 웃음은 굳어진 턱과 희끄무레한 거품으로 시멘트 칠을 한 것 같은 입술 밖으로 나오지 못했다. 하지만 딱딱하게 굳은 그 얼굴에서 두 눈만은 여전히 용기의 광채로 빛나고 있었다.

7시에 리외의 어머니가 방 안에 들어왔다. 리외는 사무실로 가서 병원에 전화를 걸어 자신의 대리 근무자를 바꿔달라고 부탁했다. 그는 또한 자신의 진료를 나중으로 연기하기로 결정하고, 진찰실의 긴 의자 위에 잠시 누웠다. 그러나 그는 곧 일어나서 방으로 돌아왔다. 타루는 리외의 어머니 쪽으로 고개를 돌리고 있었다. 그는 의자에 앉아 두 손을 모아 다리에 얹고 있는 그 조그만 그림자를 보고 있었던 것이다. 그가 너무나 강렬하게 응시하고 있었기 때문에, 부인은 그의 입술 위에 손가락을 갖다 대었다가 일어나서 머리맡의 전등을 껐다. 그러나 커튼 뒤에서 햇빛이 재빨리 새어들었다. 잠시 후에 환자의 모습이 어둠 속에서 떠올랐을 때, 부인은 환자가 여전히 자신을 바라보는 것을 볼 수 있었다. 그녀는 그에게로 몸을 굽혀서 그의 베개의 위치를 고쳐주고, 일어나면서 축축하게 젖은 채 엉킨 머리카락 위에 잠시 손을 얹었다. 그때 부인은, 멀리서 들려오는 희미한 목소리가 고맙다고 하면서, 이제 모든 것이 잘되었다고 말하는 소리를 들었다. 다시 그녀가 자리에 앉았을 때, 타루는 눈을 감고 있었다. 입술은 굳게 다물고 있었는데도 불구하고, 그 지친 얼굴은 다시 미소를 짓는 것처럼 보였다.

정오가 되자 열은 절정에 이르렀다. 일종의 내장성 기침이 환자의 몸을 흔들었고, 환자는 단지 피만 토하기 시작했다. 멍울은 더 이상 부어오르지 않았다. 하지만 멍울은 여전히 없어지지 않고 관절의 오목한 부분마다 나사처럼 단단히 박혀 있어서, 리외는 그것들을 절제하는 일이 불가능하다고 판단했다. 타루는 열이 오르고 기침을 하는 중에도, 여전히 가끔씩 자신의 친구들을 쳐다봤다. 그렇지만 곧, 그가 눈을 뜨는 일도 점점 더 줄어들었다. 게다가 완전히 일그러진 그 얼굴이 빛 속에 드러났는데, 빛이 비칠 때마다 얼굴이 점점 더 창백해지는 것이었다. 폭풍우에 휩쓸린 그의 몸은 발작적으로 경련하더니, 그의 모습을 환하게 비추던 폭풍의 번개도 이제 점점 드물어졌고, 타루는 그 폭풍의 저 끝으로 서서히 표류하고 있었다. 리외의 앞에는 이제 움직이지도 않고 웃음도 사라진 하나의 가면밖에는 남은 것이 없었다. 그에게 그토록 친근했던 그 인간의 모습이, 지금은 창에 찔리고 초인간적인 불행에 의해 불타오르고, 하늘에서 불어오는 증오에 찬 모든 바람에 의해 고문을 당하면서 바로 그의 눈앞에서 페스트의 물속으로 가라앉고 있었지만, 그는 그 난파를 막기 위해 할 수 있는 일이 아무것도 없었다. 그는 그 재앙에 대항하여 다시 한 번 빈손과 고통스러운 마음으로, 무기도 방책도 없이 바다 기슭에 머물러 있어야만 했다. 그리고 결국에는 자신의 무력함을 한탄하는 눈물이 앞을 가려서, 타루가 갑자기 벽 쪽으로 돌아누워, 마치 절대적으로 필요한 어떤 줄 하나가 몸의 어느 부분에서 툭 끊어지기라도 한 것처럼, 힘없는 신음 소리를 내며 숨을 거두는 것조차 그는 지켜보지 못했다.

그 후에 이어진 밤은 투쟁의 밤이 아니라 침묵의 밤이었다. 세상과 분리된 그 방에서, 이제는 옷을 새로 입힌 시신 위로, 리외는 여러 날 밤 전에 페스트를 내려다보았던 테라스 위에서, 도시의 문이 공격당했던 직후에 느꼈던 그때의 정적이 떠돌고 있는 것을 느꼈다. 그는 이미 그때에도, 그냥 죽도록 내버려두고 온 사람들의 침대 위에 감돌고 있던 그 침묵에 대해 생각했었다. 그것은 어디든지 똑같은 일시적인 중지였고, 똑같이 엄숙한 간격이었으며, 전투 뒤에 따라오는 항상 똑같은 평정 상태였다. 그것은 패배의 침묵이었다. 그러나 지금 그의 친구를 감싸고 있는 침묵에 대해 말하면, 그것은 너무나 촘촘하고, 페스트에서 해방된 도시와 거리의 침묵과 너무나 밀접하게 일치하는 침묵이었기 때문에, 리외는 이번에야말로 정말 결정적인 패배를 절실히 느끼고 있었다. 그 패배는 전쟁을 종식시키면서 평화 그 자체를 치유할 수 없는 고통으로 만들어버리는 그런 것이었다. 리외는 결국, 타루가 평화를 다시 찾았는지에 대해서 알 수 없었다. 그렇지만 적어도 그때, 그는 자기 자신에게 다시는 평화가 존재할 수 없다는 것, 또 자기 아들을 잃은 어머니나 혹은 자기 친구를 매장해본 적이 있는 사람에게도 더 이상 휴전이라는 것이 없다는 것을 알게 되었다.

바깥은 여전히 추운 밤이었고, 맑고 싸늘한 하늘에는 별들이 얼어붙어 있었다. 반쯤 어두워진 방 안에서도, 유리창을 밀어대는 강추위와 북극의 밤으로부터 불어오는 엄청나게 강한 바람의 숨소리를 느낄 수 있었다. 침대 옆에는 리외의 어머니가 습관적인 자세로, 오른쪽 머리맡의 전등 불빛을 받으면서 앉아 있었다. 리외는 그 불빛에서 멀리 떨어진 채, 방의 중앙에 놓인 안락의자에 앉아서 기다리고 있었다. 아내에 대한 생각이 떠올랐지만, 그럴 때마다 그는 그 생각을 머릿속에서 몰아내곤 했다.

밤이 되자 추운 밤공기 속에서, 행인들의 발소리가 또렷하게 들려왔다.

"할 일은 다 끝냈니?" 어머니가 말했다.

"네, 전화를 걸었어요."

그렇게 해서 두 사람은 다시 침묵의 밤샘을 시작했다. 리외의 어머니는 때때로 자기 아들을 쳐다봤다. 어머니의 시선과 마주칠 때면 그는 미소를 지어 보였다. 밤의 익숙한 소음이 거리에서 연이어 들려왔다. 비록 아직 허가는 나지 않았지만, 많은 차량들이 다시 통행하고 있었다. 차들은 도로 위에서 연료를 소비하며 빠르게 달렸는데, 사라졌다가 곧바로 다시 나타나곤 했다. 사람들의 목소리, 외치는 소리, 돌아온 침묵, 말발굽이 달그락거리는 소리, 커브를 도는 전차 두 대의 끼익하는 쇳소리, 분명하지 않은 웅성거림, 그리고 다시 밤의 숨소리.

"베르나르."

"네."

"피곤하지 않니?"

"아니요."

그때 그는 어머니가 무슨 생각을 하는지를 알고 있었고, 또 어머니가 자신을 사랑하고 있다는 것을 느꼈다. 그는 한 인간을 사랑한다는 것은 대단한 일이 아니라는 것을, 적어도 사랑이라는 것은 그 자체의 표현을 발견할 수 있을 만큼 충분히 강력하지 못하다는 것을 알고 있었다. 그러므로 그의 어머니와 그는 항상 침묵 속에서 서로를 사랑할 것이다. 그리고 어머니는—혹은 그는—자신의 차례가 되면, 평생 동안 자신들의 애정을 그 이상으로 고백하지도 못한 채 죽게 될 것이다. 이와 마찬가지로, 그는 타루의 바로 곁에서 살았는데도, 그들의 우정을 생생하게 체험할 시간도 갖지 못한 채, 그날 저녁 타루를 떠나보내야 했다. 타루는 자신이 말했던 것처럼, 내기에 졌다. 그렇지만 그 자신, 리외가 이겼던 것은 과연 무엇이란 말인가? 단지 페스트를 겪었고 그것에 대한 기억을 갖게 되었다는 것, 우정을 알게 되었고 그것에 대한 기억을 갖게 되었다는 것, 애정을 알게 되어서 언젠가는 그것에 대해 회상하게 되리라는 것, 그것만이 그가 승리한 점이었다. 인간이 페스트와 인생의 도박에서 얻을 수 있는 것, 그것은 인식과 기억뿐인 셈이다. 아마도 타루가 내기에서 이기는 것이라고 불렀던 것이 바로 그런 것이었나보다!

다시 자동차 한 대가 지나갔고, 리외의 어머니는 의자 위에서 몸을 약간 움직였다. 리외는 어머니에게 미소를 지었다. 그녀는 아들에게, 자신은 피곤하지 않다고 말했다. 그리고 곧바로 말을 이었다.

"너, 산으로 휴양을 가야겠구나. 거기로 말이야."

"그래야 할까봐요, 어머니."

그렇다. 그는 거기에 가서 휴식을 취할 예정이었다. 물론 갈 수 있다. 그것 또한 기억에서 하나의 구실이 되어주리라. 그렇지만 내기에 이긴다는 것이 결국 이런 것이라면, 단지 자신이 알고 있고 기억하는 것만을 지니고 살아갈 뿐, 희망하는 것은 빼앗겨야 하니 가혹한 일임이 틀림없다. 아마도 타루는 그런 방식으로 살아왔을 테고, 그래서 환상 없는 삶이 얼마나 메마른 것인지를 자각하고 있었던 듯하다. 희망 없이 평화는 존재하지 않는다. 그래서 인간들에게 어느 누구든 남을 단죄할 권리를 주지 않았던 타루, 그렇지만 누구도 남을 단죄하지 않을 수 없으며, 심지어 희생자가 때로는 사형 집행인이 되는 것을 알고 있었던 타루는 분열과 모순 속에서 살아왔던 셈이다. 결코 희망을 알지 못했던 것이다. 바로 그것 때문에 성스러움을 원하고, 인간에 대한 봉사에서 희망을 찾으려고 했던 것일까? 사실 리외는 그런 부분에 대해 아무것도 알지 못했고, 그런 것은 별로 중요하지 않았다. 그가 타루에 대해서 앞으로 간직하게 될 유일한 이미지는, 자기 차의 핸들을 두 손으로 꽉 움켜잡은 채 운전하는 한 남자의 이미지이거나, 이제는 움직이지도 않고 뻗어 있는 그 육중한 몸에 대한 이미지일 것이다. 삶의 열기와 죽음의 이미지, 그것이 바로 인식이었던 것이다.

이튿날 아침, 리외가 아내의 죽음에 대한 소식을 담담하게 받아들인 것도 아마 그런 이유 때문이었을 것이다. 그는 진료실에 있었다. 그의 어머니가 거의 뛰다시피 진료실에 들어와 그에게 전보 한 장을 전해주고는, 배달부에게 봉사료를 주려고 다시 나갔다. 어머니가 돌아왔을 때, 아들은 손에 전보를 펼쳐 들고 있었다. 어머니가 그를 쳐다봤다. 하지만 그는 창문 너머로, 항구 위로 해가 떠오르고 있는 찬란한 아침 풍경을 뚫어지게 응시하고 있었다.

"베르나르!" 어머니가 말했다.

리외는 멍한 표정으로 어머니를 쳐다봤다.

"무슨 전보니?" 어머니가 물었다.

"그거였어요." 의사는 솔직히 털어놓았다. "일주일 전에 그렇게 되었다는군요."

리외의 어머니는 창문 쪽으로 고개를 돌렸다. 리외는 입을 다물었다. 조금 있다가 그는 어머니에게 울지 말라고 하면서, 예상은 하고 있었지만 그래도 무척 견디기 어렵다고 말했다. 그런 말을 하면서 그는 단지, 자신의 고통이 갑작스러운 것은 아님을 알아챘다. 그것은 몇 개월 전부터, 그리고 바로 이틀 전부터 지속되었던 똑같은 아픔이었다.

::

도시의 문들은 2월의 어느 화창한 날 새벽, 시민들과 신문과 라디오와 도청 발표문의 환호를 받으며 마침내 열리게 되었다. 그러므로 서술자에게 남은 일은 도시의 문이 개방되었던 그 기쁜 시간들의 기록자가 되는 일이다. 비록 서술자 자신은 그 환호하는 물결에 완전히 섞여서 기뻐할 자유가 없었던 사람들 중 한 사람이긴 하지만 말이다.

성대한 축하 행사가 밤낮으로 준비되었다. 그러는 동안 같은 시간에 기차는 역에서 연기를 뿜기 시작했고, 머나먼 바다로부터 항해해온 선박들은 이미 우리 시의 항구로 뱃머리를 돌렸으며, 이별로 고통받았던 모든 사람들의 역사적인 재회의 날이 바로 그날이라는 것을 저마다 나름의 방식으로 보여주고 있었다.

그토록 수많은 시민들의 마음속에 자리 잡고 있던 이별의 감정이 어떻게 변했을지는 이제 이쯤에서 쉽게 상상할 수 있으리라. 낮 동안에 도시에 들어온 열차들도, 도시에서 나간 열차들 못지않게 많은 승객을 싣고 있었다. 저마다 이 틀간의 유예 기간 중에, 그날을 위해서 좌석을 예약해놓고는, 마지막 순간에 가서 도청의 결정이 취소되지나 않을까 불안해했다. 게다가 도시로 들어오는 승객들 중에는 그런 근심에서 완전히 벗어나지 못한 사람들도 있었다. 왜냐하면 그들은 보통 자신이 연락을 계속 취했던 가까운 사람들의 처지에 대해서는 알고 있었지만 다른 사람들이나 도시 자체의 상태에 대해서는 전혀 몰랐고, 도시는 아마도 무서운 양상을 띠고 있을 것이라고 간주하고 있었기 때문이다. 하지만 이것도 그 오랜 기간 동안 정열이 모두 불타버리지 않은 사람들의 경우에나 적용되는 이야기였다.

열정적인 사람들은 실제로, 자신들의 고정관념에 사로잡혀 있었다. 그들에게는 단 한 가지만이 변했다. 다시 말해 그들은 유배 상태에 있었던 몇 개월 동안에는 시간이 어서 흘러가기를 바라며 시간을 재촉하는 일에 열중하고 있었는데, 이제 벌써 우리의 도시가 눈에 보이고 기차가 멈추려고 제동을 걸기 시작하자마자, 이번에는 반대로 시간이 속도를 늦추고 그대로 정지해주기를 바라는 것이었다. 그들의 사랑에 있어서 잃어버린 세월이라고 할 수 있는 그 몇 개월 동안의 삶에 대한 막연하면서도 강렬한 감정 때문에, 그들은 기쁨의 시간이 기다림의 시간보다 두 배는 더 느리게 흘러가야 한다는 일종의 심리적인 보상을 막연하게나마 요구하고 있었다. 랑베르의 아내는 몇 주일 전부터 소식을 듣고는 도착에 필요한 절차를 밟아 오늘 이 도시에 도착하는데, 그러한 입장의 랑베르와 마찬가지로 방 안에서나 혹은 플랫폼에서 기다리고 있는 사람들도 똑같은 초조함과 똑같은 정신적인 혼란에 빠져 있었다. 왜냐하면 몇 개월 동안 지속되었던 페스트로 인해 추상화되어버린 사랑이나 애정이, 그동안 그것의 소재였던 육체적인 존재와 대면하는 순간을 랑베르는 가슴을 떨며 기다리고 있었기 때문이다.

그는 전염병이 퍼지던 초기의 자기 자신, 다시 말해 단숨에 그 도시에서 벗어나 사랑하는 사람을 만나러 달려가고 싶었던 자신으로 돌아가기를 원했는지도 모른다. 그러나 이제 그것이 불가능하다는 것을 그도 알고 있었다. 그는 변했다. 페스트가 그의 마음속에 무심함이라는 것을 불어넣었던 것이다. 그는 온 힘을 다해 그것을 부정하려고 애썼지만, 그것은 마치 어렴풋한 불안증처럼 그의 마음속에서 계속 살아남았다. 어떤 의미에서 그는, 페스트가 너무나 갑작스럽게 끝나버린 것 같은 마음이 들어서 정신을 차리지 못하고 얼떨떨했다. 행복은 전속력으로 다가왔고, 일들은 기대했던 것보다 더 빨리 진행되고 있었다. 랑베르는 모든 일이 단번에 복구될 것이고, 기쁨이라는 것은 만끽할 겨를도 없이 갑자기 입는 화상이라는 것을 깨달았다.

뿐만 아니라 모든 사람이, 조금 더 의식하거나 덜 의식하는 정도의 차이만 있었을 뿐, 랑베르와 비슷한 생각을 갖고 있었다. 그러므로 그 모든 사람들에 대해서 이야기할 필요가 있다. 저마다 각자의 개인 생활을 다시 시작하게 되는 기차역의 그 플랫폼에서, 그들은 여전히 공동체의 일치감을 느끼면서, 서로 눈짓과 미소를 주고받았다. 하지만 그들이 기차의 연기를 보자마자, 당황스러우면서도 엄청난 기쁨의 소나기가 쏟아져 내리면서 그들이 갖고 있던 이별의 감정은 갑자기 꺼져버렸다. 기차가 멈춰 섰을 때, 이제는 그 모습조차 잊어버렸던 몸과 몸 위로 서로의 팔을, 소유욕과 큰 기쁨에 넘치는 심정으로 붙잡는 그 순간, 흔히 그 똑같은 플랫폼에서 시작되었던 한없던 이별은 같은 곳에서 순식간에 종결되었다. 랑베르는 자신을 향해서 달려오는 그 모습을 바라볼 겨를조차 없었으며, 그녀는 이미 그의 품 안에 뛰어들어 있었다. 그래서 그는 그녀를 품 안에 가득 껴안은 채, 친숙한 그 머리카락밖에는 보이지 않는 그 머리를 꼭 끌어당기고는, 현재의 행복에서 오는 것인지 아니면 너무나 오랫동안 억눌려왔던 고통에서 오는 것인지도 알 수 없는 눈물을 마음껏 줄줄 흘렸다. 그는 그 눈물 때문에, 지금 자신의 어깨에 푹 파묻힌 그 얼굴이 자신이 그토록 많이 상상했던 얼굴인지, 아니면 반대로 완전히 낯선 사람의 얼굴인지 확인해볼 수 없다는 생각만은 확신하고 있었다. 조금 후에는 자신의 의심이 사실이었는지 거짓이었는지를 알게 될 것이다. 현재로서는 그도, 자기 주변에서 그런 사실을 믿고 있는 것처럼 보이는 모든 사람들처럼, 페스트가 찾아오든지 떠나든지 간에 사람의 마음은 변하지 않는다고 믿고 싶었다.

그들은 모두 서로를 꼭 껴안은 채 그들 외의 나머지 세계는 보이지 않는 듯이, 겉으로는 페스트에 승리한 것 같은 모습으로 각자 집으로 돌아갔다. 그들과 같은 기차를 타고 왔지만 아무도 마중 나온 사람이 없는 것을 보고서야, 그 오랜 시간의 침묵이 그들 마음속에 이미 싹트게 만들었던 두려움을 이제 막 현실로 받아들이게 된 다른 사람들의 모든 비참함을 잊어버린 채 집으로 향했던 것이다. 이 비참한 사람들의 경우에는 이제 동행할 것이라고는 너무나 생생한 고통밖에는 없게 되었고, 또 다른 사람들의 경우에는 그 순간에, 사라져버린 사람에 관한 추억에만 열중하고 있었는데 그들 각각에게 사정이 전혀 달라서, 이별의 슬픔이 절정에 이르렀다. 이제 이름도 없는 구덩이에 묻혀서 잃어버렸거나, 또는 잿더미 속에서 사라져버린 사람과 함께, 모든 기쁨을 잃게 된 어머니들, 배우자들, 애인들에게 페스트는 여전히 계속되고 있었다.

그러나 누가 그런 고독한 사람들을 생각해주겠는가? 정오가 되자, 태양은 아침부터 대기 속에서 싸우고 있던 찬바람을 물리치고, 변함없이 강렬한 햇빛의 물결을 온 도시에 끝없이 쏟고 있었다. 낮은 멈춰 있었다. 언덕 꼭대기에 있는 요새의 대포들은 변함없이 맑은 하늘에 지속적으로 포성을 울렸다. 도시의 시민 전체가 밖으로 뛰어 나와서 그 가슴 벅찬 순간을 축하하고 있었는데, 그때는 고통의 시간은 종말에 도달했지만 망각의 시간은 아직 시작되지도 않은 그런 순간이기도 했다.

사람들은 모든 광장에 모여서 춤을 췄다. 갑자기 교통량이 엄청나게 증가해서, 더욱 많아진 자동차들은 사람들이 차지한 거리를 힘들게 통과하고 있었다. 시내의 종들이 오후 내내 힘차게 울렸다. 종들은 푸르른 금빛 하늘을 그것들의 진동으로 가득 채웠다. 사실 여러 교회에서는 신에 대한 감사의 기도를 올리고 있었다. 하지만 그와 동시에, 축하의 기쁨을 나누는 곳들은 미어터질 정도로 가득 찼다. 또 카페들은 앞날에 대한 걱정은 하지 않은 채, 마지막 남은 술까지 손님들에게 제공하고 있었다. 카페의 계산대 앞에는 한결같이 흥분한 사람들이 떼를 지어 붐비고 있었다. 그리고 그들 중에는 구경거리가 되는 것도 겁내지 않고 포옹하고 있는 수많은 연인들도 있었다. 모두가 소리를 지르거나 웃고 있었다. 그들은 저마다 자기 영혼의 빛을 약하게 줄여놓고 살았던 지난 몇 개월 동안 저장된 생기를, 마치 그날이 자신들의 생존 기념일이라도 되는 것처럼 마음껏 발산했다. 그 이튿날이 되면 본래의 생활이 그 자체의 조심성과 더불어 다시 시작될 것이었다. 하지만 당장은 혈통도 매우 다른 사람들끼리 서로 스치고 접촉하면서 형제처럼 가깝게 어울리고 있었다. 죽음 앞에서도 실제로 실현되지 못했던 평등이 해방의 기쁨 속에서는 적어도 몇 시간 동안 실현되고 있었다.

하지만 그 흔한 활기가 모든 것을 말해주는 것은 아니었다. 저녁에 랑베르 곁에서, 거리를 가득 채웠던 군중들 중에는, 평온한 태도를 보이며 마음속의 더 미묘한 행복감을 종종 숨기는 사람들도 있었다. 사실 겉으로 보기에는 수많은 연인들과 수많은 가족들이 평화로운 산책자들로만 보였다. 하지만 실제로 그들 대부분은 자신들이 고통을 겪었던 장소들을 찾아다니며 미묘한 탐방을 하고 있었다. 그것은 새로 들어온 사람들에게 페스트의 선명한 흔적이나 숨겨진 흔적, 그 역사의 자취를 보여주기 위해서였다. 어떤 사람들은 안내자 역할을 하며, 많은 일을 목격한 사람, 또 페스트와 같은 시대를 살았던 사람의 역할을 하는 데 만족했다. 그들은 공포를 그려내지 않고도 위험에 대한 이야기를 했다. 그런 즐거움은 해로운 것은 아니었다. 그러나 다른 사람들의 경우에 그것은 더 민감한 안내 과정이었는데, 추억의 달콤한 불안에 빠진 한 애인은 동반한 여인에게 이렇게 말했다. "바로 여기에서, 그 시기에 나는 당신을 그렇게 원했는데 당신은 없었지." 그 정열의 여행자들은 그때 비로소 서로를 알아볼 수 있었다. 그들은 소란의 한가운데로 걸어가면서, 속삭임과 비밀 이야기의 작은 섬을 이루고 있었다. 진정한 해방을 알리는 사람들은 네거리에 있는 요란한 오케스트라보다도 바로 그들이었다. 왜냐하면 말도 아끼며 꼭 껴안은 채 몹시 기쁜 얼굴을 하고 있는 그 연인들이야말로, 거리의 그 소란스러움 속에서 행복을 얻은 승리감과 행복의 불공평함을 드러내면서 이제 페스트는 끝났고 공포의 시기는 지나갔다는 것을 보여주고 있었다. 그들은 우리가 언젠가 경험했던 몰상식한 세계, 사람 한 명 죽이는 것쯤은 파리 한 마리의 죽음만큼 일상적인 것으로 여겼던 그 세계, 잘 규정된 그 야만성, 계산된 그 광란, 현재의 일이 아닌 모든 것 앞에서의 가졌던 끔찍한 자유를 가져왔던 그 감금 상태, 죽지 않은 모든 사람들을 경악하게 만든 그 죽음의 냄새 등을, 그것들이 완전히 분명한 사실이었는데도 불구하고, 침착하게 부정하고 있었다. 날마다 어떤 사람들은 화장터의 입구에 아무렇게나 쌓인 후 이글거리는 연기가 되어서 증발해버리고, 그러는 동안 다른 사람들은 무력함과 공포의 쇠사슬에 묶여 자기 차례를 기다리고 있던 그 얼빠진 상태의 민중이었다는 것을 부정한 것이다.

아무튼 그런 것들이, 리외의 눈앞에 갑자기 나타났던 광경이었다. 그는 그날 오후가 다 지날 무렵, 변두리 쪽에 가보려고, 교회의 종소리와 대포 소리, 음악 소리와 귀를 멍하게 하는 고함 속을 혼자 걷고 있었다. 그의 임무는 계속 이어지고 있었다. 환자들에게는 휴가가 없으니 말이다. 도시 위로 내리쬐는 날카롭고도 맑은 햇볕 속에, 옛날에 맡았던 불고기 냄새와 아니스 주 냄새가 피어올랐다. 그의 주변에는 행복해 보이는 얼굴들이 고개를 젖히고 하늘을 우러러보고 있었다. 남자들과 여자들이 정열로 붉게 물든 얼굴을 하고, 욕망의 외침과 흥분을 마음에 품은 채 서로를 부둥켜안고 있었다. 그렇다. 페스트는 이제 공포와 더불어 끝났다. 그리고 그처럼 껴안은 팔들은 사실, 단어의 본질적인 의미에서 보면, 유배 상태와 이별의 동의어였음을 말해주고 있었다.

리외는 처음으로, 몇 개월 동안 행인들의 모든 얼굴에서 읽을 수 있었던 그 가족적인 분위기에 이름을 붙였다. 이제 그는 주변을 둘러보는 것만으로 충분했다. 비참함과 상실 속에서 페스트의 종말에 도달했을 때, 그 모든 사람들은 마침내, 그들이 이미 오래전부터 맡아온 역할의 의상을 걸치게 된 것이다. 처음에는 얼굴이, 그리고 이제는 옷이 결핍과 멀리 있는 고향을 말해주고 있는 망명자로서의 역할 말이다. 페스트가 시의 문을 폐쇄한 그 순간부터, 그들은 오직 이별의 상태 속에서만 살아왔고, 모든 것을 잊게 해주는 인간의 그 온정으로부터 분리되었던 것이다. 정도 차이는 있지만, 도시 구석구석에서 그 남자들과 여자들은 어떤 결합을 열망하고 있었는데, 그것은 모두에게 같은 본질을 지니고 있었지만, 역시 모두에게 똑같이 불가능한 것이기도 했다. 그들 대부분은 자기와 멀리 떨어져 있는 사람을 향해, 몸의 뜨거운 온기와 애정, 혹은 습관을 돌려달라고 온 힘을 다해서 외치고 있었다. 어떤 사람들은 종종 자신도 모르는 사이에, 사람들과의 우정이 미치지 못하는 곳에 있다는 사실과 더 이상 편지나 기차나 배와 같이 우정을 나눌 수 있는 보통 수단을 통해서는 사람들과 연결될 수 없다는 사실로 고통스러워했다. 그 외의 더 드문 경우의 사람들, 다시 말해 아마도 타루와 같은 사람들은, 자신들 스스로 정의를 내릴 수는 없지만 그들에게 유일하게 매우 바람직한 것으로 보이는 그 어떤 것과의 결합을 간절히 바라고 있었다. 그것에 붙일 이름이 따로 없어서, 그들은 가끔 그것을 평화라고 불렀다.

리외는 계속 걷고 있었다. 그가 앞으로 나아갈수록 그의 주위에 군중의 수도 점점 많아지고 소란스러운 소리도 더 커져서, 그가 가려고 하는 변두리 구역이 자꾸 그만큼씩 더 멀어지고 있는 것처럼 느껴졌다. 그도 차츰차츰 그 요란한 소리를 내는 큰 집단 속으로 섞이게 되면서, 적어도 그 고함의 일부는 자신이 외치는 소리인 것처럼 그 소리들을 점점 더 잘 알아듣게 되었다. 그렇다. 모든 사람들이 육체적인 면에서든 정신적인 면에서든 똑같이, 괴로운 휴가와 손을 쓸 수도 없는 유배 상태, 결코 채울 수 없는 갈증으로 함께 고통을 당했던 셈이다. 그 산더미처럼 쌓인 시신들, 구급차의 사이렌 소리, 운명이라고 불러야 적당할 것들에 대한 경고, 두려움에 대한 끈질긴 정체 상태, 그들의 마음속에 생겨났던 무시무시한 반항심, 이러한 모든 것들 사이에서도 하나의 거대한 웅성거림이 결코 멈추지 않고 옮겨 다니며, 그들의 진정한 조국을 다시 찾아야만 한다고 말하면서, 공포에 사로잡힌 사람들에게 경고하고 있었다. 그들 모두에게 진정한 조국은 그 질식한 상태에 놓인 도시의 벽들 저 너머에 있었다. 그 조국은 언덕 위의 그 향기로운 가시덤불 속에, 바다 속에, 자유로운 고장들과 사랑의 무거움 속에 있었다. 그리고 그들은 바로 그 조국을 향해서, 그 행복을 향해서 돌아가고 싶었던 것이며, 나머지에 대해서는 거부감을 갖고 등을 돌리려 했다.

그 유배 상태와 결합에 대한 희망이 무엇을 의미하는지에 대해 리외는 아무것도 알 수 없었다. 그는 사방에서 떠밀고 말을 걸어오는 사람들 틈에서 계속 걸어가면서 차츰차츰 덜 혼잡한 거리에 이르렀고, 그런 것들이 의미가 있는지 없는지 하는 것은 중요하지 않으며, 단지 인간들의 희망이 어떤 대답을 얻게 되었는지에 대해 살펴볼 필요가 있다는 생각을 했다.

하지만 그는 앞으로 어떤 대답이 나올지 알고 있었고, 거의 사람이 없는 변두리 구역의 초입에 들어섰을 무렵에는 그것을 더 분명히 알아차리고 있었다. 자신을 보잘것없는 존재로 간주하고 있는 사람들은, 단지 자신들의 사랑의 보금자리로 돌아가기만을 원했기 때문에 때때로 그 보답을 받았다. 물론 그들 중 어떤 사람들은 자신이 기다렸던 사람을 빼앗겨서, 혼자서 계속 시내를 돌아다니곤 했다. 그러나 그들조차도 다른 사람들처럼, 두 번의 이별을 겪지 않게 된 것이 그나마 다행이었다. 어떤 사람들은 전염병이 퍼지기 전에 자신들의 사랑을 단번에 완성해놓지 못하고 있다가, 원수처럼 되어버린 연인들 사이를 마침내 서로에게 완전히 고정시켜주는 어려운 화합을 수년 동안 맹목적으로 추구해 왔기 때문이다. 그런 사람들은 리외 자신과 마찬가지로, 시간이 해결해주리라 믿는 경솔함을 지니고 있었다. 하지만 그들은 영원히 헤어지게 되었다. 그러나 리외가 바로 그날 아침에 헤어지면서 "용기를 내요. 지금이야말로 이치에 맞게 행동해야 할 때지요"라고 말해줬던 랑베르, 그 랑베르 같은 사람들은 완전히 잃어버렸다고 믿었던 사람을 주저하지 않고 다시 찾았던 것이다. 적어도 당분간, 그들은 행복할 것이다. 이제 그들은, 인간이 항상 원할 수는 있지만 아주 가끔씩만 얻을 수 있는 것이 한 가지 있다면, 그것은 바로 인간의 애정이라는 것을 깨닫게 되었다.

이들과 반대로, 인간을 초월해서 자신들이 상상조차 할 수 없는 그 무엇인가에 호소했던 그 모든 사람들은 결국 답을 얻지 못했다. 타루는 그가 말했던 그 평화라는 힘든 것을 만난 듯했지만, 그 평화가 자신에게 아무런 소용이 없게 되었던 시간에 이르러서야, 다시 말해 죽음 속에서야 겨우 발견할 수 있었다. 반대로 만약 다른 사람들이, 즉 집의 문턱에서 기울어가는 햇빛을 받으며, 서로를 힘껏 껴안은 채 열광적으로 마주 보고 있는 사람들이 자신들의 원하던 바를 얻을 수 있었다면, 그것은 자신들에게 속한 유일한 것을 요구했기 때문이라는 것을 리외는 깨닫게 되었다. 리외는 그랑과 코타르가 사는 거리로 향하면서, 적어도 가끔은 기쁨이라는 것이 찾아와서 인간과 인간의 초라하면서도 무시무시한 사랑으로 만족을 느끼는 사람들에게 보답을 해주는 것은 정당한 일이라고 생각했다.

::

이 연대기도 끝나가고 있다. 이제 의사인 베르나르 리외는 자신이 이 연대기의 필자라는 것을 고백해야 할 때가 되었다. 그러나 연대기의 마지막 사건들을 서술하기 전에, 그는 적어도 자신이 여기에 개입하게 된 이유를 정당화하기를 원했으며, 또 그가 객관적인 증인의 어조로 기록하려는 태도를 고수했다는 것을 알리고자 한다. 페스트가 퍼졌던 기간 동안 그는 직업상 시민의 대부분을 만났고, 그래서 그들의 감정이 어떠했는지에 대한 정보도 얻을 수 있었다. 그래서 자신이 보고 들은 것들을 보고하기에 매우 적절한 위치에 있었던 셈이다. 하지만 그는 바람직한 신중함을 지닌 상태로, 그것을 보고하고자 했다. 보통 그는, 자신이 본 것 이상의 일들은 보고하지 않도록, 그리고 페스트와 함께 지냈던 사람들에게 결국 그들의 마음속에 생겨나지 못했던 생각들을 그들의 생각이라고 간주하지 않도록, 그리고 우연히 혹은 불운으로 자기 손에 들어오게 된 원고만을 이용해서 서술하는 일에 전념했다.

일종의 범죄 사건이 벌어졌을 때 그는 증인으로 불려간 일이 있었는데, 그때도 그는 선의를 가진 증인이 마땅히 갖춰야 할 특별히 신중한 태도를 유지하고 있었다. 그렇지만 그와 동시에 정직한 마음의 법칙에 따라 그는 단호하게 희생자의 편을 들었으며, 자신과 같은 시민들이 공통적으로 갖고 있는 유일한 확실성, 다시 말해 사랑과 고통과 유배 상태 속에서 그들과 합쳐지기를 원했다. 그렇게 해서, 시민들의 불안 중 어떤 것도 그가 함께 겪어보지 않은 것이 없었고, 시민들의 그 어떤 상황도 역시 그의 상황이 아니었던 적이 없었다.

그는 충실한 증인이 되기 위해 특히 보고서, 문헌, 그리고 사람들의 소문을 인용해야만 했다. 하지만 그가 개인적으로 말하고 싶었던 것, 즉 자신의 기대감이나 자신의 고난에 대해서는 침묵해야만 했다. 만약 그런 것들이 이용되었다면, 그것은 단지 시민들을 이해하고 또 이해시켜보려는 의도에서 그랬던 것이고, 대개의 경우 그들이 막연하게 느끼고 있던 것에 가능한 한 정확한 형태를 부여해보려는 의도에서 그랬던 것이다. 사실 그런 이성적인 노력이 그에게는 전혀 힘들지 않았다. 페스트 환자 수천 명의 목소리에 자신의 내밀한 이야기를 직접 섞어 넣어보고 싶은 유혹을 느꼈을 때도, 그는 자신의 고통 중 그 어느 것도 동시에 다른 사람들의 고통이 아닌 것이 없으며, 너무나 빈번하게 홀로 괴로움을 느껴야 하는 세계에서는 그런 고백을 하지 않는 편이 더 낫다는 생각이 들어서 참았다. 그래서 결국 그는 모든 사람에 관한 이야기를 해야만 했다.

그러나 우리의 시민들 중 적어도 한 사람에 대해서만은, 리외도 편을 들어줄 수 없었다. 사실 그는, 어느 날 타루가 리외에게 이렇게 말한 적이 있던 바로 그 사람이었다. "그의 유일하고도 진정한 죄는, 아이들과 성인들을 죽이는 것에 대해서 마음속으로 동의했다는 점이지요. 그 나머지에 대해서는 저도 이해를 합니다. 그러니 나머지에 대해서만은 용서할 수밖에 없어요." 이제 이 기록은 그 무지한 마음을 가졌던 사람, 즉 외로웠던 그 사람에 대한 이야기로 끝나는 것이 적절할 것이다.

축제로 인해서 시끄러웠던 큰 거리를 빠져나와서, 그랑과 코타르가 살고 있는 길로 들어섰을 때, 사실 리외는 경찰들이 쳐놓은 바리케이드 때문에 걸음을 멈추게 되었다. 그는 그런 일을 전혀 예상하지 못했다. 축제 분위기로 떠들썩한 소리가 멀리서 들려오고 있어서 그 동네는 더욱 조용한 것처럼 느껴졌기 때문에, 동네에 사람도 보이지 않을 것이라고 예상했던 것이다. 그는 신분증을 꺼내서 보여줬다.

"안 됩니다, 선생님" 하고 경찰이 말했다. "한 미치광이가 사람들에게 총을 쏘아대고 있어요. 하지만 잠시 여기 계십시오. 선생님이 저희에게 도움을 주실 수 있을지도 몰라서요."

그때 리외는 그랑이 자기 쪽으로 오는 모습을 봤다. 그랑 역시 아무것도 모르고 있었다. 사람들이 자신을 지나가지 못하게 해서 물어보니, 자기 집에서 누가 총을 쏘고 있었다는 이야기였다. 실제로 저 멀리서, 열기를 잃은 태양의 마지막 광선을 받아 금색으로 빛나는 건물의 정면이 보였다. 그 주변에는 커다란 텅 빈 공간이 드러나 있었는데, 그 공간은 맞은편 인도에까지 뻗어 있었다. 차도 한가운데에는 모자 한 개와 더러운 천 조각이 선명하게 보였다. 리외와 그랑은 아주 멀리, 길의 건너편에도 통행을 막고 있는 차단선과 평행하게 경찰의 차단선이 또 하나 쳐 있고, 그 뒤로 동네 주민들 몇 명이 빠른 걸음으로 오가는 모습을 볼 수 있었다. 잘 살펴보니, 그 집의 맞은편 건물의 문 안쪽에 숨어서 권총을 겨누고 있는 경찰들의 모습도 알아볼 수 있었다. 집의 덧문은 모두 닫혀 있었다. 그런데 3층의 덧문 하나가 반쯤 떨어져나가 있었다. 거리는 완전한 침묵 속에 잠겼다. 다만 시내 중심가에서 음악 소리가 약간씩 들려올 뿐이다.

어느 순간, 그 집 맞은편의 건물들 중 한곳에서 권총 소리가 두 번 울리더니, 그 망가진 덧문에서 파편이 튀었다. 그러고는 다시 조용해졌다. 멀리서 보고 있자니, 게다가 낮 동안 소란스러운 거리를 본 이후에 마주치게 된 이 광경이 리외에게는 약간 비현실적으로 느껴졌다.

"저기는 코타르의 방 창문이에요." 갑자기 그랑이 몹시 흥분하더니 이렇게 말했다. "하지만 코타르는 사라졌는데."

"왜 총을 쏘는 건가요?" 리외가 경찰에게 물었다.

"그의 주의를 다른 데로 돌리는 중이죠. 필요한 장비를 싣고 올 차를 기다리고 있거든요. 저 건물의 문으로 들어가려는 사람들에게 총을 쏘아대서요. 경찰 한 명이 총에 맞았어요."

"저 사람은 왜 총을 쏘는 건가요?"

"모르겠어요. 사람들이 거리에서 즐기고 있었어요. 처음에 총을 쏘았을 때는 사람들이 그저 어리둥절했죠. 두 번째 총성이 나고서야 비명 소리들이 울려 퍼졌고, 부상자도 생겼고, 그래서 모두들 도망쳤죠. 미친놈이죠, 뭐!"

다시 조용해지자, 마치 시간이 기어가는 것처럼 지루하게 느껴졌다. 그런데 돌연, 거리의 저편에서 개 한 마리가 튀어나오는 것을 보았는데, 리외로서는 정말 오랜만에 보는 개였다. 아마도 주인이 그때까지 숨겨두었던 게 틀림없는 스패니얼 종의 더러운 개였는데, 그 개가 벽을 따라 뛰어오고 있었다. 개는 문 앞에까지 와서 멈칫거리더니 엉덩이를 대고 땅에 앉고는, 몸을 뒤로 젖혀서 벼룩을 순식간에 먹어치웠다. 경찰들이 호루라기를 몇 번 불면서 개를 불렀다. 개는 머리를 들더니 천천히 길을 건너가서 모자 냄새를 킁킁거리며 맡기 시작했다. 바로 그 순간, 권총 소리가 또 3층에서 울렸다. 그러자 개는 크레이프 빵처럼 확 뒤집혀서 맹렬하게 네 발을 휘젓더니, 몇 번 길게 경련을 일으키고는 마침내 옆으로 쓰러져버렸다. 그에 대응하여 맞은편 문에서, 대여섯 발의 폭음이 울리며 그 덧문을 다시 부스러뜨렸다. 다시 조용해졌다. 태양이 약간 기울어져서, 그늘이 코타르의 방 창문과 가까워지고 있었다. 리외 뒤에서, 자동차 브레이크 소리가 슬그머니 울렸다.

"도착했군!" 경찰이 말했다.

그들의 등 뒤에서 경찰들이 나타났는데, 그들은 밧줄과 사다리 한 개, 기름 먹인 천으로 싼 기다란 보따리 두 개를 들고 있었다. 그들은 그랑의 집 맞은편 가옥들을 끼고 도는 위치의 골목에 진입했다. 잠시 후에 그 집들의 문 앞에서 어떤 흔들림이 있었다는 것을, 눈으로 보기도 전에 짐작할 수 있었다. 그리고 사람들은 기다리고 있었다. 개는 더 이상 움직이지 않았고, 이제 검붉은 물웅덩이 속에 잠겨 있었다.

갑자기 경찰들이 들어가 있던 집들의 창 쪽에서 경기관총의 발포가 시작되었다. 사격이 계속되면서 그들이 겨냥했던 그 덧문은 또다시 정말로 산산조각이 났고, 그 뒤로 검은 구역이 드러났지만, 리외와 그랑이 있는 자리에서는 그 속의 모습을 전혀 알아볼 수 없었다. 그 총성이 멎자, 두 번째 기관총 소리가 좀 더 떨어진 집으로부터 다른 각도에서 탕탕 울렸다. 총알이 아마 창문의 네모난 공간 어디로 뚫고 들어갔는지, 그중 한 방에 벽돌 파편이 튀었다. 바로 그 순간, 경찰 세 명이 도로 위를 달려서 건물 현관문으로 휩쓸리듯 들어갔다. 바로 직후에 또 다른 세 사람이 같은 곳으로 돌진하면서, 기관총 소리는 멈췄다. 사람들은 다시 기다렸다. 건물 안에서 두 차례의 폭발음이 희미하게 울려 퍼졌다. 이어서 웅성거리는 소리가 점점 크게 들리더니, 셔츠를 입은 자그마한 남자가 계속 소리를 지르면서 집 안에서부터 나오는 모습이 보였는데, 끌려 나왔다기보다는 오히려 떠받쳐진 상태로 나왔다. 기적이라도 일어난 것처럼, 거리의 모든 닫힌 덧문들이 다시 열렸고, 창문마다 호기심 많은 사람들이 잔뜩 내다보고 있었다. 그러는 동안 집에서 나온 사람들이 떼를 지어 바리케이드 뒤쪽으로 서둘러 몰려들었다. 잠깐 동안, 길 한가운데에 있는 그 작은 남자의 모습이 보였는데, 이제야 발을 땅에 붙이고 두 팔은 경찰에 의해 뒤로 붙들려 있었다. 그는 소리를 지르고 있었다. 경찰 한 명이 그에게 다가가더니, 일종의 법적인 절차를 진행하는 것처럼 조용히, 주먹으로 두 번 힘껏 후려쳤다.

"코타르네요." 그랑이 더듬거리며 말했다. "미쳐버렸나봐요."

코타르는 쓰러졌다. 땅 위에 쓰러져 있는 그 둔한 남자에게 경찰이 힘차게 발길질을 했다. 그러자 당황한 사람들이 동요하며 움직였고, 리외와 그의 나이 든 친구에게로 몰려들었다.

"다들 가세요!" 경찰이 말했다.

리외는 그 사람들이 그의 앞으로 지나갈 때 시선을 돌렸다.

그랑과 리외는 해가 완전히 저물어갈 때쯤 자리를 떴다. 마치 그 사건이, 마비 상태가 되어 잠들어 있던 그 동네를 흔들어 깨우기라도 한 것처럼, 그 외진 거리에도 환희에 찬 군중들의 웅성거리는 소리가 다시 넘쳐나고 있었다. 그랑은 집 앞에서 리외에게 작별 인사를 했다. 그는 이제 곧 일을 할 생각이었다. 하지만 집으로 막 올라가려다가 리외에게, 잔에게 편지를 썼으며 이제는 마음이 기쁘다고 말했다. 그리고 자신의 문장을 새로 쓰기 시작했다고 말했다. "전부 없애버렸어요. 그 모든 형용사들 말이에요"라고 그가 말했다.

그리고 짓궂은 미소를 지으며, 모자를 벗어들고 고개를 숙여 정중한 인사의 몸짓을 했다. 그러나 리외는 코타르 생각을 하고 있었다. 천식 환자 노인의 집에 가는 동안에도, 코타르의 얼굴을 후려쳤던 주먹질의 둔탁한 소리가 그의 귀에 계속 들려오는 것 같았다. 아마도 죄인에 대해서 생각하는 것이 죽은 사람에 대해 생각하는 것보다 더 견디기 힘든 일인지도 모른다.

리외가 그 늙은 환자의 집에 도착했을 때는, 벌써 어둠이 온 하늘을 뒤덮어버렸다. 방 안에서는 자유를 만끽하는 사람들의 웅성거림이 멀리서 들려왔고, 노인은 평소와 같은 기분으로 콩 옮겨 담는 일을 계속하고 있었다.

"저렇게 기뻐하는 것도 당연하지." 그가 말했다. "세상에는 좋은 일과 나쁜 일이 있게 마련이니까. 그런데 선생님의 친구 분은 어떻게 되셨나요?"

폭발음이 몇 번 울려서 그들의 귀에까지 들려왔다. 그러나 그것은 평화로운 소리였다. 아이들이 불꽃놀이를 즐기고 있는 것이었다.

"죽었습니다." 리외는 노인의 우르릉거리는 가슴에 청진기를 대면서 말했다.

"아!" 노인이 약간 당황해서 이렇게만 소리를 냈다.

"페스트로 죽었지요." 리외가 덧붙였다.

"그랬군요." 잠시 후에 노인은 이렇게 말했다.

"가장 좋은 사람들이 늘 먼저 가는군요. 그게 인생이죠. 하지만 그분은 자신이 원하는 것을 알고 있던 사람이었어요."

"왜 그런 말씀을 하시지요?"

리외가 청진기를 집어넣으면서 말했다.

"이유는 없어요. 그분은 별 의미가 없는 말은 하지 않았죠. 아무튼 저는 그분이 마음에 들었어요. 그냥 그랬다는 거예요. 사람들은 이렇게 떠들어대죠. '페스트예요. 페스트를 이겼다고요.' 좀 더 봐줬다간 훈장이라도 달라고 할 지경이죠. 하지만 페스트가 대체 무엇이죠? 그게 바로 인생이라는 것, 그뿐이죠."

"훈증 요법을 규칙적으로 써보세요."

"오! 걱정 마세요. 저는 아직도 멀었는걸요. 남들이 다 죽는걸 보고 죽게 될 거예요. 살아남는 방법을 알고 있으니까요. 저는 말이죠."

멀리서 기쁨의 아우성이 그의 말에 대답을 해주는 것처럼 들려왔다. 리외는 방 한가운데에 멈춰 섰다.

"제가 테라스로 좀 나가봐도 될까요?"

"물론이죠! 저 위에서 그들을 보고 싶으신 거군요, 그렇죠? 좋을 대로 하세요. 하지만 그들은 정말 늘 똑같답니다."

리외는 계단 쪽으로 갔다.

"그런데, 선생님. 페스트로 죽은 사람들을 위해서 기념비를 세운다는 게 사실인가요?"

"신문에 그렇게 났더군요. 비석이나 명판을 만들 거라고요."

"그럴 줄 알았다니까. 그러고는 연설도 하겠죠."

노인은 목 멘 소리로 웃어댔다.

"연설에서 무슨 말을 할지, 여기서도 들을 수 있어요. '세상을 떠난 우리 시민들은…….' 그런 다음에 그들은 곧바로 식사를 하겠죠."

리외는 이미 계단을 올라가고 있었다. 광대하고 싸늘한 하늘이 집들 위에서 빛나고 있었고, 언덕 근처에는 별들이 부싯돌처럼 단단해지는 듯했다. 그 밤은, 그가 타루와 함께 페스트를 잊어보려고 그 테라스 위로 올라왔던 과거의 그날 밤과 별로 다르지 않았다. 그러나 오늘은 바다의 파도 소리가 그때보다 훨씬 더 요란하게 절벽 아래에서 들려오고 있었다. 공기는 가을의 미지근한 바람에 실려왔던 짭짤한 입김을 내려놓고, 이제 움직임도 없이 가볍기만 했다. 그

동안 시내에서 들려오는 웅성거림은 물결치는 소리를 내면서, 테라스 밑에서 계속 울려댔다. 그러나 그 밤은 해방의 밤이었지 반항의 밤은 아니었다. 저 멀리 어둡고 불그스름한 불빛은 조명으로 환하게 밝혀진 광장과 대로가 그곳에 자리 잡고 있다는 것을 보여주고 있었다. 이제 자유로워진 밤 속에서, 욕망은 속박으로부터 풀려나게 되었다. 그리고 리외의 귀에까지 들려오고 있던 것도 바로 그 욕망이 으르렁거리며 끓어오르는 소리였다.

어두운 항구에서, 공식적인 축하의 첫 번째 불꽃이 솟아올랐다. 도시는 길고 나지막한 함성을 내며, 그 불꽃을 맞아들이고 있었다. 코타르도, 타루도, 그리고 리외가 사랑했지만 잃고 만 남자들과 여자들도, 죽은 자들도 범죄자들도 모두 잊혔다. 노인의 말이 옳았다. 인간들은 항상 똑같은 것이다. 그렇지만 그것이 그들의 힘이고 그들의 순수함인 것이다. 그리고 모든 고뇌를 넘어서, 바로 그런 점에서 자신이 그들과 아주 비슷하다는 것을 느꼈다. 힘차고 지속적인 함성이 점점 커지더니 테라스 바로 밑까지 밀려와 길게 울려 퍼지는 가운데, 여러 색깔의 불꽃 다발들이 더 많아지면서 하늘 위로 솟아오르고 있었다. 바로 그때 리외는 결심했다. 입을 다물고 침묵하는 사람들의 무리에 속하지 않기 위해, 페스트에 희생된 그 사람들에게 호의적으로 증언하기 위해, 적어도 그들이 겪었던 부당함과 폭력에 대한 기억을 남겨놓기 위해, 그리고 단지 재앙의 한가운데서 배운 것을 말하기 위해, 즉 인간에게는 경멸해야 할 것들보다는 찬양해야 할 것들이 더 많다는 사실만이라도 말하기 위해, 지금 여기서 끝마치려고 하는 이야기를 써야겠다고 결심한 것이다.

하지만 그는, 그럼에도 불구하고 이 연대기가 결정적인 승리의 기록일 수는 없다는 것을 알고 있었다. 이 연대기는 아마 공포와 그 공포의 지칠 줄 모르는 공격에 대항해 그가 계속 수행해야 했던 것, 또 성자가 될 수도 없고 그렇다고 재앙을 허용할 수도 없기에 의사가 되겠다고 노력하는 모든 사람들이, 자신들의 개인적인 괴로움에도 불구하고 여전히 수행해나가야 할 것에 대한 증언이 될 수도 있다.

리외는 시내에서 올라오는 환희의 함성에 귀를 기울이면서, 그런 환희가 항상 위협을 받고 있다는 사실을 상기했다. 왜냐하면 그는 즐거움에 넘치는 그 군중이 모르는 체하고 있는 사실을 잘 알고 있었기 때문이다. 그것은 온갖 책을 통해서도 알 수 있는 사실인데, 다시 말해 페스트균은 결코 죽거나 소멸하지 않는다는 것, 그 균은 수십 년 동안 가구나 옷들 속에서 잠든 채 머물 수도 있고, 방이나 지하실, 여행용 가방이나 손수건, 그리고 서류 뭉치 같은 것들 속에서 끈기 있게 기다리다가, 아마도 언젠가는 인간들에게 불행과 교훈을 가져다주기 위해서, 페스트가 또 쥐들을 깨워 어느 행복한 도시로 보낸 후 거기서 죽게 할 날이 올 것이라는 사실을 말이다.

옮긴이 한수민

인하대학교 불어불문학과를 졸업하고 연세대학교 일반대학원에서 비교문학과 협동 과정으로 석사학위를 취득하였다. 세계 여러 나라의 국민 문학을 연구하며 현재 출판 번역에이전시 베네트랜스에서 리뷰어 및 전문 번역가로 활동 중이다.

페스트

초판 1쇄 발행 | 2018년 2월 20일

지은이 | 알베르 카뮈
옮긴이 | 한수민

펴낸이 | 이삼영
책임편집 | 카후, 고현진
마케팅 | 푸른나래
디자인 | 호기심고양이

펴낸곳 | 별글
블로그 | http://blog.naver.com/starrybook
등록 | 128-94-22091(2014년 1월 9일)
주소 | 경기도 고양시 덕양구 오금로 7 305동 1404호(신원동)
전화 | 070-7655-5949 팩스 | 070-7614-3657

ISBN 979-11-86877-61-6
979-11-86877-49-4(세트)